Jörgen Bracker

Die Reliquien von Lissabon

JÖRGEN BRACKER

Die Reliquien von Lissabon

Störtebekers Vermächtnis

Historischer Roman

MURMANN

Die Deutsche Bibliothek – CIP-Einheitsaufnahme
Ein Titelsatz für diese Publikation ist bei der Deutschen Bibliothek erhältlich.
ISBN 978-3-86774-021-0

1. Auflage, April 2008

Umschlaggestaltung: Rothfos & Gabler, Hamburg
Herstellung und Gestaltung: Eberhard Delius, Berlin
Satz: Offizin Götz Gorissen, Berlin
Gesetzt aus der Kennerly und Memphis Universal
Druck und Bindung: Friedrich Pustet KG, Regensburg
Printed in Germany

Besuchen Sie uns im Internet: www.murmann-verlag.de

Ihre Meinung zu diesem Buch interessiert uns!
Zuschriften bitte an **info@murmann-verlag.de**
Den Newsletter des Murmann Verlages können Sie anfordern unter **newsletter@murmann-verlag.de**

INHALT

Das Vermächtnis

Aus Norwegen zurück

Seegebiet, nördlich von Helgoland,
Sonnabend, 20. August 1401

Ein warmer Nordwest füllte das große Rahsegel und ließ die Holk über die sanft hügelige See hin der Sonne entgegengleiten. Dem leichten Rollen und Krängen des Schiffes folgend, schrieben die beiden Mastspitzen Schleifen in den Himmel. Das Ruder lag beim buckligen Christern in besten Händen. Sein jungenhaftes, von blonden Locken eingerahmtes Gesicht bewies: Es war nicht das Alter, das ihm den Rücken gekrümmt hatte! Er kauerte auf der Ruderbank, schickte hin und wieder einen prüfenden Blick hinauf zum Segel und hielt das Schiff vor halbem Wind. Wenn es mal bis zur Bö auffrischte, gab er mit der Pinne nach, und das luvgierige Schiff drehte nach Steuerbord. Flaute es ab, holte er das Ruder wieder mehr mittschiffs zu sich heran. Der Großmast ächzte leise im Rhythmus des sich in den Wellen wiegenden Schiffes. Christern grübelte in sich hinein, linste ab und zu unruhig zur Seite. Da lag Goedeke und räkelte sich wohlig der Länge nach auf den Decksplanken, die in der Sonne nach Holzteer rochen. Nicht zu übersehen, dass dem die Entspannung wohltat. Wie er das nur machte, sich so unbekümmert hinzuflegeln, als ob ihn die Welt ringsum überhaupt nichts anginge! Wie sollte man dem jetzt was beibringen? Etwas, das keinen Aufschub duldete?

»Möchtest wohl wissen, was ich gerade entdeckt habe?«, fing der Bucklige leise an, sein Ziel im Auge.

»Möcht ich nicht«, gähnte Goedeke, »meinetwegen bräuchtest du gar nichts zu entdecken, wenn ich man immer so liegen bleiben könnte! Auf See vergisst sich schnell, was so an Land passiert. Der Rhythmus von Wind und Wellen, mal ruhig bei Flaute, mal quirlig bei frischer Brise, dann wieder Trommelwirbel und Paukenschlag im Gewittersturm, hält uns in Atem, bestimmt unser Dasein und beansprucht unser Denken in ganz anderer Weise als das der Leute an Land. Dem geben wir uns hin, ganz und gar ...« Die letzten Worte gingen in Murmeln über und versiegten schließlich ganz.

Christern konnte sich eine Bemerkung nicht verkneifen. »Wenn deine Worte Butter wären, würde ich sagen: Ganz schön dick aufgetragen.«

Langsam aber sicher kam Goedeke hoch, wischte sich die verklebten langen Strähnen aus dem Gesicht und blickte noch schläfrig um sich. Christern wusste, wie er ihn zu nehmen hatte: »Ach, tu man nicht so, als ob du's nicht siehst! Da – recht voraus!« Christern wies mit seiner Linken in Fahrtrichtung.

Goedeke rieb sich mit den Handrücken die Augenhöhlen. »Die Sonne blendet.« Und wie beiläufig ließ er fallen: »Ach, Helgoland! Der rote Strich da am Horizont? Klar hab ich den gesehen. Sag mal, kannst du unseren Kurs wirklich halten?«

»Werd's versuchen, Goedeke. Versprechen kann ich nichts.«

»Wenn wir direkt zur Ems hinüberwollen – und das möchte ich –, müssen wir die Insel ziemlich weit an Backbordseite liegen lassen. Hol also die Rah noch weiter mittschiffs und setz die Vorkante des Segels genau über dem Bug mit der Schot noch härter durch! Das achtere Segel am Treibermast trimmst du genauso. Dann schaffen wir es vielleicht, scharf rechts an den Riffs vor Helgoland vorbeizurutschen«, empfahl Goedeke.

»Das bringt doch nichts«, murmelte Christern, »aber wenn du meinst! Du hast das Sagen. Nur – an den Segeln und Leinen herumzuzupfen, bis alles wieder richtig steht: Das musst du schon selber besorgen. Ich kann vom Ruder nicht weg. Schau dich um! Wir sind allein hier oben. Der Rest der Mannschaft schnarcht unter Deck im Chor. Also, geh schon nach vorn! Selbst ist der Mann. Ich werde derweil mein Ruder ganz vorsichtig streicheln, damit es unsere Holk weiter nach Westen rüberbringt.«

Widerwillig machte sich Goedeke Michel an die ihm längst nicht mehr gewohnte Arbeit. Unheimlich, welche Autorität der junge Bucklige ausstrahlte, wenn er am Ruder stand! In diesem Augenblick kam Otto von Tyne, der Engländer, den Niedergang herauf und erschien an Deck.

»Ach Otto, übernimm du gleich den Treibermast am Heck!«, rief Goedeke ihm zu.

Der packte sofort mit an, und so waren die notwendigen Handgriffe schnell erledigt. »Ist ja eine starke Erfindung, dieser Treiber! Kleines Segel, große Wirkung!«, murmelte Otto anerkennend.

»Besonders wenn ich am Ruder das Schiff auf neuen Kurs bringen muss!«, ergänzte Christern. »Wenn du die Segelstellung nur ein bisschen änderst, bläst der Wind in das Tuch und drückt das Heck herum.«

»Weiß ich all lang! Hab ich mal im Hafen von Newcastle gesehen, wie sie die neue Erfindung vorführten. Darum steht der kurze Mast ja auf dem Heck, und darum heißt er eben Treiber.«

Immerhin – es gelang: Das Schiff luvte an und nahm

einen westlicheren Kurs. »Siehst du?«, triumphierte Goedeke. »Jetzt werden wir bequem am roten Felsen vorbeizwitschern.«

»Hoffentlich!«, brummte Christern wenig überzeugt. Unvermittelt ging er zum Angriff über, um seinen Unmut loszuwerden: »Aber sag mal – was redest du jetzt von der Ems? Gestern noch hieß es, wir wollten nach Oldenburg. Wenn wirklich Oldenburg unser Ziel wäre, müssten wir direkt Kurs auf die Wesermündung nehmen, uns in die Weser einfädeln und dann in die Hunte abbiegen.«

»Du tust wieder mal so, als ob ich überhaupt keine Ahnung hätte«, erwiderte Goedeke ungehalten, und der Blonde darauf: »Ich will mir nur Klarheit über eines verschaffen: Wieso hungern wir uns hier mühselig am Westenwind entlang, wenn wir weit bequemer Helgoland Steuerbord liegen lassen und vor dem Wind mit vollen Segeln auf die Wesermündung zuhalten könnten.«

»Weil's besser ist«, hielt Goedeke dagegen. »Außerdem hungert es sich doch noch ganz gut auf diesem Kurs. Wir sollten uns aber nicht in die Watten vor Elbe, Weser und Jade hineinwagen. Dort wimmelt es nur so von Spähern. Und die erzählen's der ganzen Küste, wenn die uns sehen. Außerdem – ich weiß nicht, warum – hab ich so ein Kribbeln in der Nase, als ob wir dort von irgendjemandem erwartet würden.«

Otto von Tyne, der glaubte, auch seine Meinung sei gefragt, mischte sich in das Gespräch ein: »Warum laufen wir nicht gleich den Helgoländer Hafen an? Da lägen wir ausreichend geschützt. Unsere Freunde sollen, wie du weißt, unter Störtebekers Führung die Hamburger zurückgeschlagen und Helgoland als Stützpunkt gehalten haben. Übrigens, man erzählt sich, ihr Sieg sei auf die Wirkung dieser Dinger, die sie am Halse getragen hätten, zurückzuführen gewesen. Steht doch alles drin in dem Brief, der uns auf Marstrand zugespielt wurde.«

Goedeke wiegte bedenklich das Haupt: »Du sagst es, ›zugespielt‹! Für sich genommen, eine wunderbare Nachricht! Ob sie aber auch stimmt? Ich trau dem Braten nicht recht. Am Ende möchte man uns in den Helgoländer Hafen hineinlocken. Und wären wir erst einmal drin, bräuchten sie nur die enge Einfahrt dichtzumachen. Eine Mausefalle! Ich sag's euch. Wer weiß schon, durch wessen Hände dieser Brief gegangen und wie weit er verändert oder sogar ausgetauscht worden ist, bevor er uns erreichte. Ich gebe ja zu, dass die Freude über den Sieg der Vitalienser für mich ein Signal war, nach Ostfriesland zurückzukehren. Aber als ich mehr darüber nachdachte, wurde mir klar, dass wir uns sehr vorsichtig bewegen müssen.«

»Wieso das denn?«, mengte sich nun auch Magister Wigbold ein. »Tragen wir nicht alle ganz ähnliche Dinger am Halse? – Wann merkt ihr euch endlich einmal, dass es sich bei den ›Dingern‹ um Amulette handelt! Sie sind euch gegeben, damit ihr sie wie eure Augäpfel bewahrt und verteidigt. So werden sie euch wirkungsvoll schützen. Wer könnte wider uns sein, uns etwas anhaben?«

Der Engländer sah sich bestätigt: »Na also! Da haben wir einmal die Amu… die Umla… oder wie sie heißen – und dann da noch diesen Brief, den ich ganz anders …«

Christern unterbrach ihn: »Der Brief! Der Brief! Hör mir auf mit diesem Brief! Eine aalglatte Fälschung, wenn ihr mich fragt! Ich hab das Schreiben ja selber gesehen und daran gerochen. Irgendwie hat es gestunken.«

»Du mit deiner ewigen Unkerei!«, winkte Otto von Tyne verdrießlich ab. Sie schwiegen.

»Wenn alles so unsicher erscheint, Goedeke – wohin können wir eigentlich noch gehen? Irgendwo müssen wir bleiben, wenn diese Reise zu Ende geht«, nahm Christern den Faden wieder auf.

Goedeke erklärte: »Ich habe Graf Konrad von Oldenburg wissen lassen, wir würden den Weg über die Jade und ein Stück Landweg bis nach Oldenburg in Kauf nehmen. Er rechnet mit uns. Am bequemsten wäre es wohl gewesen, über Weser und Hunte direkt in den Oldenburger Hafen einzulaufen. Aber dann hätten die Bremer allzu leichtes Spiel mit uns. Ich habe noch einmal alle Möglichkeiten durchdacht und dabei Folgendes ausgebrütet: Lasst uns erst einmal die Ems aufwärts segeln. Den Grafen können wir immer noch besuchen. Der läuft uns ja nicht weg. Ich weiß sogar einen ziemlich verschlungenen Landweg von der Ems nach Oldenburg hinüber. Zwar ein weiter Fußmarsch in schwierigem Gelände, unwegsam, aber sicher!«

»Und warum so umständlich?«

»Von der Ems her bekämen wir jede Unterstützung. Die ostfriesischen Häuptlinge waren letztes Jahr von den hansestädtischen Besatzern gezwungen worden, alle Vitalienbrüder, die sie zuvor zum Schutz ihrer Burgen aufgenommen hatten, über Land wegzuschicken. Kaum hatten die Invasionstruppen Ostfriesland den Rücken gekehrt, waren unsere Leute wieder da. Also befänden wir uns dort auf sicherem Terrain.«

Christern beugte sich sachte vornüber, schüttelte unwillig den Kopf. Den rechten Fuß auf dem linken Knie, pulte er unentschlossen an den Zehennägeln. Die langen blonden Strähnen verhüllten sein Gesicht wie ein Vorhang. Goedeke beobachtete ihn, wie er so in sich versunken dasaß, als sei er ganz allein auf der Welt, mit steigender Ungeduld: »Zufrieden? Nein? Ich merke schon, irgendetwas stimmt nicht mit dir«, ging er ihn an. »Woran denkst du? Heraus damit!«

Christern ließ sich viel Zeit, ehe er überraschend schroff mit einer Gegenfrage antwortete: »Was willst du überhaupt so tief im Land? Was sollen wir bei den Bauern auf der Ems? Was bei dem Grafen von Oldenburg? Glaubst du etwa, die freuen sich über unseren Besuch? Die meisten von uns wären lieber in Marstrand am Sund geblieben, mal richtig ausruhen nach all den Kämpfen.«

»Und da wolltet ihr eure Tage beschließen, dem Ende entgegendämmern auf dieser elenden Insel Marstrand? Ist ja großartig! Hatten wir nicht höher gesteckte Ziele? Wenn du so denkst, dann kann dir diese Reise natürlich nicht schmecken.«

»Goedeke – nicht doch! Ich bin einfach müde – die ewige Unsicherheit, immer die Abenteuer suchen, unter vollen Segeln in jedes Kampfgetümmel hineinrauschen und erleichtert aufatmen, wenn's mal wieder gut gegangen ist. Wenigstens hättest du uns diesmal den Grund für die Reise nennen können. Der Brief, dem du misstraust, war es ja wohl nicht. Aber was denn sonst? Warum machst du ein Geheimnis daraus? Ich möchte schließlich wissen, warum wir uns ohne Not unter die Wölfe begeben.«

Goedeke schaute sich prüfend um. Dann fixierte er den Buckligen: »Nun gut – ich sag dir den Grund, obwohl ich fürchten muss, damit deinen Zorn zu erregen. Es gibt nicht einen.«

»Wie! Es gibt keinen? Keinen Grund für unsere Reise? Was wollen wir dann hier?« Christern war außer sich.

»Nein, Christern. Beruhige dich! Es gibt nicht nur einen, es gibt mehrere Gründe. Diesmal bin ich einem inneren Drang gefolgt, den ich in Worten nicht ausdrücken kann. Es darf uns nicht einfach alles zwischen den Händen zerrinnen, wofür wir Mühen und Qualen auf uns genommen haben. So wollen wir nicht auseinanderlaufen. Am Ende sollte etwas Großes geschehen, das uns verbindet und das alles Alltägliche und Widerwärtige vergessen macht. Was das sein könnte, weiß ich noch nicht, aber es sollte mit unseren Grundsätzen in Einklang stehen. Auch wenn ihr's vergessen haben solltet: Wir hatten mal Ideale.

Wisst ihr noch, wie das vor zwölf Jahren begann? Die eiskalte Winternacht in Wismar! Und wie wir in St. Georgen waren. All die Freunde waren gekommen, Arnd Stuke, Henneke Grubendal, Claus Sheld, der mit dem Hühnerhals, und Claus Störtebeker. Wir saßen auf den hinteren Bänken, aber vorn die Herren Bürgermeister von Wismar und Rostock sowie die Mitglieder des Herzogenhauses. Aber dann trat er auf, Herzog Johann von Mecklenburg-Stargard, und holte uns nach vorn. Ich seh ihn noch vor mir, wie er, gestützt auf ein riesiges Beidhänderschwert, uns beschwor, mit unseren Schiffen den Belagerungsring von Stockholm zu durchbrechen und die von der Dänenkönigin dem Hungertod preisgegebene Bevölkerung mit Viktualien zu versorgen. Wir nannten uns danach die Vitalienbrüder. Das war einmal ein Ehrentitel – war einmal! Leider erinnern sich manche von uns nicht mehr daran.

Unsere Ideen stießen bei Königen und Fürsten auf Begeisterung. Wir haben Seite an Seite mit den Mecklenburgern gekämpft, auf Seiten der Dänen und Engländer, mal für die Ostfriesen gegen die Holländer oder mit den Holländern gegen die Hamburger gefochten, mit ihren Anführern gelacht, getafelt und um die Wette getrunken. Wir haben Heldentaten vollbracht: Ich erinnere nur an die Befreiung des schwedischen Königs, Herzog Albrecht von Mecklenburg, aus den Fängen der mächtigen Königin Margarete von Dänemark. Später haben wir uns häufiger in kleinliche Nachbarschaftskämpfe hineinziehen lassen, wenn Fürsten untereinander in Streit lagen. In Ermangelung höherer Aufgaben haben wir uns sogar zur Unterstützung reiner Raubzüge herbeigelassen.

Dann wendete sich das Blatt. Es kam dahin, dass nicht allein die Fürsten und Könige, sondern Hansestädte wie Rostock und Wismar, ehedem unsere Arbeitgeber, ja sogar Hamburg und Bremen, wo wir einmal Markt halten durften, uns durch ihre Propaganda zu gottlosen Monstren gemacht haben. Sie begannen, uns in Bausch und Bogen zu Verbrechern zu erklären, um unsere Verfolgung mit einem Schein des Rechts zu bemänteln. Heute gehört es zum guten Ton, sich bösartig über uns zu äußern und Jagd auf uns zu machen. Ich bin es so leid, nicht mehr für bedeutende Aufgaben, sondern nur noch für den täglichen Unterhalt zu kämpfen. Wir haben nirgendwo mehr Freunde. Alle sind zu Feinden geworden. Nur einer ist übrig geblieben: Graf Konrad von Oldenburg.«

»Konrad hat immer zu uns gehalten, wohl wahr, in Freud und Leid«, ergänzte Otto von Tyne. »Was haben wir für prächtige Feste in seiner Residenz gefeiert! Ich sehe dich noch, wie du mit dem Grafen Arm in Arm singend und trinkend durch Oldenburg gezogen bist. Dort waren wir stets willkommen und haben uns gut aufgehoben gefühlt. Ich jedenfalls würde nicht widersprechen, sollte Oldenburg zu unserem nächsten Reiseziel erkoren werden.«

»Da hört ihr's! Bei Graf Konrad wärt ihr weit besser aufgehoben als auf Marstrand – wenigstens standesgemäß«, unterstrich Goedeke. »Aber noch etwas: In Oldenburg sind wir wieder wer. Wir haben seit Jahren vorgesorgt. Erinnert euch: Wenn es Beute zu verteilen galt, wurden Gold und Geld sofort ausgezahlt. Aber alles andere, goldene Becher und Kannen, Trinkhörner und Geschmeide, haben Claus Störtebeker und ich für euch aufgehoben und Konrad von Oldenburg zur Aufbewahrung anvertraut. Was glaubt ihr, was das einbringt, wenn wir das alles zu Geld machen! Otto von Tyne hat alles nach Oldenburg gebracht und dem Grafen persönlich übergeben.«

Otto nickte: »Es ist so, wie Goedeke sagt. Der Graf und ich, wir sind nach jeder Lieferung an der Hunte entlang nach dem Oseberch geritten und haben all die Kostbarkeiten in einer schwer zugänglichen Höhle, die außer uns beiden niemand kennt, eingelagert. Wir haben einen riesigen Schatz angehäuft, der dort auf uns wartet.«

Christern hob erstaunt das Gesicht, dass die langen Strähnen in den Nacken fielen.

Goedekes Stimme wurde immer leiser: »Wir Kaperfahrer leben gefährlich. Deswegen habe ich vor fünf Jahren mit Claus Störtebeker alles Wichtige für den Fall besprochen, dass nur einer den anderen überlebt. Wir haben uns das Recht eingeräumt, dass der Überlebende zugunsten unserer Vitalienbrüder über den gemeinsamen Schatz verfügen darf. So lautet das gegenseitige Vermächtnis.

Wir könnten uns jetzt gemeinsam zur Ruhe setzen, wir alle, im Schatten eines Kirchleins ein Hospital gründen und Magister Wigbold zu unserem geistlichen Vorsteher befördern. Denkt euch: Die Zustimmung des römischen Papstes trage ich seit siebzehn Jahren mit mir herum. Mehr noch: Ich habe sogar gelobt, sobald das Geld zusammen ist, ein solches Kirchlein zu bauen. Unsere Schätze reichen mittlerweile aus, um auch noch ein Hospital zu errichten und mittendrin: ein prächtiges Gotteshaus.«

»Wo sollte das möglich sein? Gotland, das unsere Heimat werden sollte, ist uns vor drei Jahren vom Deutschen Ritterorden weggenommen worden«, warf Christern ein, »und unsere frommen Stiftungen in Stockholmer Kirchen waren für die Katz!«

»Die Vitalienbrüder sind in alle Winde zerstoben«, erklärte Goedeke.

»Die meisten haben sich von unseren Prinzipien losgesagt. Da wird es Zeit, dass wir an uns selber denken, das heißt an eine kleine Lösung für uns. Ein Stück Land besitze ich auch, um die Bauten zu erstellen. Ein König, mit dem ich gut Freund bin, hat es mir gegeben. Wollt ihr wissen, wer so freundlich war und wo das Grundstück liegt? Das darf ich jetzt noch nicht verraten. Nur eines sollt ihr wissen: Dafür müssen wir viele Tage nach Süden segeln.«

»Hört sich verlockend an«, knurrte Christern beifällig.

»Damit aus dem Plan etwas wird, müssen wir die Kostbarkeiten an unserem Halse gut bewahren, weil die bei der Gründung der Kirche nicht fehlen dürfen«, fiel Magister Wigbold ein.

Christern griff nach der Lederschnur, die um seinen Hals lag, und fragte nach: »Mit den …? Ach, ich kann das schwere Wort nicht behalten.«

»Genau damit, Christern.«

»Dann nur zu! Auf nach Oldenburg. So langsam freue ich mich auf die Reise!«

»Recht so!«, murmelte Magister Wigbold.

Goedeke schien erleichtert und ernst zugleich, als er abschließend bemerkte: »Dann wird diese Reise wohl unsere letzte sein.«

»Sag so etwas nicht, Goedeke! Du könntest am Ende recht behalten«, mahnte Christern ahnungsvoll.

Die Hoffnung auf den richtigen Wind hielt nicht lange an, denn es flaute weiter ab. Die Segel fielen leicht ein. Christern machte ein langes Gesicht: »Das Ruder gehorcht nicht mehr. Wir machen zu wenig Fahrt. Das Schiff beginnt quer zu treiben. Wir driften schon auf die Insel zu. Da gibt es nur eins: nach Osten abfallen und Helgoland westlich liegen lassen. Soll ich …?«

Goedeke suchte den Himmel ab: »Wart noch einen Augenblick. Ich glaube, wir bekommen gleich mehr Wind, als uns lieb ist.« Bald war kein Hauch mehr zu spüren, nur der Seegang war geblieben. So taumelte der schwere Rumpf in der See, und die Segel an Großmast und Treiber schlugen hin und her.

»Kuhl up, ole Vadder, kuhl up …!« Christern kauerte am Ruder, dumpf lautende Worte murmelnd.

»Kannst du nicht von deinen bösen Zaubersprüchen lassen?«, schalt ihn Wigbold. »Was heißt das eigentlich: ›kuhl up‹?«

»Man muss auch zum Wind freundlich sein, wenn er einem helfen soll. Also bitte ich ihn: ›Bris auf, alter Vater, bris auf‹! Und meistens hilft er mir.«

Aber Wigbold schien gar nicht einverstanden: »Hör bloß auf mit dem Teufelskram, sonst gibt's noch ein Unglück!«

Die Mahnung war kaum vergessen, da huschte eine Brise über das Wasser und blies so kräftig ins Großsegel, dass das Schiff sich knarrend zur Seite neigte und auf Kurs bringen ließ. Es nahm Fahrt auf. Goedeke rieb sich die Hände. Christern blieb auffällig still, schien bedrückt, redete mit sich selbst: »Gefällt mir gar nicht, wie der Wind zunimmt! Viel zu böig! Und das bei wolkenlosem Himmel!« Die Böen schwollen zu Starkwind an. Das Schiff holte weit nach Lee über und machte schnelle Fahrt. Bald bauten sich im Westen höhere

Wellenkämme auf. Sie hoben die Steuerbordseite des Schiffs ruckartig an und kippten es in eine gefährliche Schräglage. Im Schiffsbauch rollten die Leute aus ihren Kojen und krochen einer nach dem anderen an Deck. Der Starkwind steigerte sich schnell zum Sturm. Gischtkronen schäumten auf, lösten sich von den Wellen und flogen in Fetzen vorbei.

»Wir müssen das Segel reffen! Holt die Bonnets runter!«, schrie Christern. Sofort sprangen mehrere Männer unter das Rahsegel, ließen es ein wenig herunter und versuchten, die beiden Tuchstreifen, mit denen bei flauen Winden das Rahsegel nach unten hin verlängert und die Segelfläche vergrößert wurde, loszumachen, eine harte und gefährliche Arbeit! Schwer war es vor allem, die Bonnets an der Backbordseite zu bergen, weil dort das Unterliek immer wieder in der See schleifte.

»Wo ist Gorm? Lasst ihn das machen!«, schrie der Bucklige.

Gorm, der Vormann der Decksleute, hatte längst begriffen. Er balancierte schon auf der Schanz, krallte sich ins Segel und schnitt die letzten Bändsel mit seinem Messer ab. Die anderen holten die wild um sich schlagenden Bonnets über die Schanz ein, ohne darauf zu achten, dass Gorm mit einem Fuß darauf stand. Sie rissen ihm die Beine unter dem Körper weg, so dass er hilflos in die See stürzte.

»Mann über Bord!«, brüllten sie, aber der Bucklige änderte seinen Kurs nicht, um Gorm noch zu retten.

»Tu doch was!«, brüllten sie, doch Christern hielt unbeirrt Kurs. Wigbold kniff die Lippen zusammen und flüsterte im Staccato vor sich hin: »Ich hab's kommen sehen, Verwünschungen! Zaubersprüche! ›Kuhl up, kuhl up …!‹ Wenn man den Teufel um eine Brise bittet, muss man dafür bezahlen!«

Die Kursänderung

Vor Helgoland,
am gleichen Tag, Nachmittag

Der Wind drehte, fiel erst von der Seite her ein und langsam immer vorlicher. Der Kurs war nicht mehr zu halten. Die Wellenkämme stiegen höher und höher. Brecher fegten von Steuerbordseite über Deck. Was an Kisten und Kasten, Tonnen und Körben zuvor fest an Deck verzurrt war, riss an den Leinen, bis die Knoten sich lösten, und stürzte polternd über Bord. Das Schiff drohte zu kentern.

»Wir schaffen es nicht!«, brüllte Christern.

Die Düne nördlich Helgolands kam ihnen bedrohlich nahe. Bald musste es unter dem Kiel knirschen und krachen. Alle sahen zu Christern hin. Wenn einer, dann würde nur er das Schiff durchbringen.

Man musste den Zeitraum von einem Wellenkamm zum nächsten abschätzen. »Vier Leute zum Großmast an die Schoten und die Brassen! Zwei Leute zum Treibermast!«, schrie er, und sie wussten, was sie zu tun hatten. Er lauerte auf den richtigen Augenblick, um zwischen zwei Brechern das Schiff vor den Wind zu bringen. Es war ein gefährliches Manöver! Ein Wellenkamm riss das Achterschiff in die Höhe.

»Jetzt! Wir gehen rum!«, brüllte er. Mit ganzer Kraft warf er sich gegen die Pinne, und das stark krängende Schiff gehorchte nicht gleich. Das Großsegel ließ sich bei dem Sturmwind nicht so schnell umsetzen. Zwei Leute mussten die Backbordschot lösen und freigeben, und die beiden anderen die Steuerbordschot dichtholen. Harte Arbeit!

Aber es gelang: Mit dem zum Bersten gefüllten Segel schwenkte die Rah um den Mast, bis sie im rechten Winkel über der Kiellinie stand. Irgendwo knackte es in den Rahen bedenklich, aber das Treibersegel drückte das Heck herum, und das Schiff ließ sich auf den neuen Kurs bringen. Goedeke stand mit offenem Mund, ließ Christern gewähren. So aufgeregt war er, dass sich die Fingernägel tief in seine Handballen gruben.

»Das war knapp!«, brummte er, als das Heck herumkam und das Schiff sich allmählich wieder aufrichtete.

»Wie gut, dass wir den Treiber haben«, seufzte Christern erleichtert. »Mit 'ner einmastigen Kogge hätt ich das Manöver nicht fahren mögen!«

Kentern würden sie vor dem Wind nicht. Aber der Sturm zwang ihnen einen Kurs nach Südosten auf. Sie würden, anders als geplant, Helgoland knapp östlich passieren und in das gefährliche Fahrwasser zwischen Elbe- und Wesermündung geraten. Ihr angepeiltes Tagesziel, die Emsmündung, konnten sie in den Wind schreiben.

Sie fuhren so dicht unter der Düne entlang, dass sie die schmauchenden Kalköfen auf der Barriere sehen konnten, durch die die Düne mit der Felseninsel verbunden war. Sie sahen auch viele Masten im Hafen hinter der Düne und ein gutes Dutzend Männer am Strand entlanglaufen.

»Ist ja gerade noch mal gut gegangen«, murmelte Goedeke vor sich hin. »Seht ihr die Strandgutsammler? Ganz enttäuscht, die Armen, dass wir hier nicht auf ihre Küste gekracht sind! Die hätten unser Wrack zu gern geplündert und uns glatt abgemurkst.«

Magister Wigbold, immer noch zuversichtlich, fragte: »Oder sind es doch unsere Vitalienser, die uns freundlich in Empfang nehmen wollen?«

Christern blieb skeptisch: »Glaub ich kaum. Wer weiß, ob da drüben nicht doch noch ein paar Kerle herumlungern, die als Informanten auf der Lohnliste der Hamburger Kämmerei stehen. Für Geld besorgen sie jede Nachricht. Allerdings – bevor die mal nach Hamburg gelangt, vergehen Tage. Trotzdem kann es dann brenzlig werden.«

»Darüber wollen wir lieber gar nicht nachdenken«, schaltete sich der fromme Wigbold ein. »Vielleicht hilft uns ja der heilige Nikolaus.« Er blinzelte zu der Kapelle hinauf, die hoch oben auf der überhängenden Nordspitze des roten Felsens auszumachen war.

Sie hatten die weit nach Osten ausholende Düne in voller Fahrt passiert und flogen nur so an der Hafeneinfahrt vorbei. Ein Blick in den Hafen genügte ihnen, um drei zum Auslaufen bereite Fahrzeuge zu erkennen: eine plumpe Kogge und daneben zwei Schniggen, schlanke Schnellboote, wie man sie aus der Flussschifffahrt kannte. Wenn man mit ihnen auf die hohe See hinausfuhr, wurde der Mast verkürzt und das Rigg verkleinert.

Weil sie sich zusätzlich mit je zwanzig Riemen rudern ließen, konnte man mit ihnen, unabhängig vom Wind, einen Feind in jede Richtung verfolgen. Wie bei Hafenliegern üblich, waren die langen Flögel – manche sagten auch Wimpel dazu – hinter dem Windzeiger auf der Mastspitze abgenommen.

Magister Wigbold triumphierte: »Hab ich's nicht gleich gesagt? Das sind sie doch – unsere Brüder, die Vitalienser!«

»Dann nichts wie rein in den Hafen! Nun mach schon, Christern, leg das Ruder!«, schrie Otto von Tyne.

Christern behielt unbeirrt seinen Kurs bei, und zum Engländer gewandt erklärte er: »Du siehst doch neben der Kogge zwei Schniggen liegen. Was erkennst du da gerade unterhalb der Mastspitze der außen liegenden Schnigge, wenn du genau hinschaust?«

»Was soll die Frage! Natürlich den Windweiser.«

»Und kannst du ihn genau beschreiben?«

»Moment mal! Sieht ja aus wie ein langer Knochen!«

»Ist auch einer, ein Unterschenkelknochen, den hat man durchbohrt und frei beweglich auf der Mastspitze montiert. Die Gelenkkapsel unter dem Knie hat man etwas angespitzt. Sie weist in den Wind. An dem anderen Ende des Knochens wird der Flögel befestigt, sobald das Schiff den Hafen in Richtung See verlässt. In diesem Fall würde die Schnigge einen roten Flögel setzen.«

»Heißt das: einen Hamburger Flögel?«, fragte Otto ungläubig. »Woher weißt du das – und wie der Windweiser gearbeitet ist, ohne hinzusehen?«

»Ein Blick hat mir genügt. Ich muss ja auf den Kurs achten. Die Schnigge heißt BUNTE KUH, und ihr Schiffsführer ist Herman Nyenkerken. Man sagt, er sei der gefährlichste aller Kopfgeldjäger. Er hat den Knochen auf dem Begräbnisplatz für unbekannte Seeleute ausgegraben und sich daraus den Windweiser geschnitzt. Es wird auch gesagt, der Knochen solle ihn beschützen und seine Feinde erschrecken. Dafür braucht es nicht erst den Knochen. Der Herman ist schon selber schrecklich genug. Er und der Schiffsführer der anderen Schnigge, Simon von Utrecht, sind unzertrennlich, wenn sie Jagd auf uns machen. Was meinst du, wie die beiden sich jetzt über unseren Besuch im Hafen gefreut hätten.«

»Mit den Hamburgern habe ich jetzt noch nicht gerechnet!«, knirschte Goedeke durch die Zähne und kniff die Augen eng zusammen und murmelte: »Als ob sie auf uns gewartet hätten! Lass dir deine Nase vergolden, lieber Christern! Es stinkt jetzt tatsächlich gewaltig zum Himmel: Die gute Nachricht über die Vitalienser auf Helgoland, sie stammt nicht von Störtebeker, sondern aus der Fälscherwerkstatt der Hamburger Ratsschreiberei. Damit haben sie uns nur aus Norwegen hierher locken wollen!«

»Heiliger Nikolaus, Beschützer aller Seefahrer! Ich dachte, du legst im Himmel ein gutes Wort für uns ein! Dich werd ich um gar nichts mehr bitten«, redete Wigbold vor sich hin. »Du mauschelst ja mit den Hamburgern – das hätt ich nie von dir gedacht! Die werden uns bestimmt verfolgen.«

Der Bucklige beruhigte ihn: »Keine Angst! Verfolgen werden sie uns heute bestimmt nicht mehr – nicht bei diesem Schietwetter. Die Kogge da drüben ist ein ganz lahmer Schluffen. Weiß ich doch. Die holen unsere Holk nie ein. Und den Schipper kenn ich auch. Steht im Lohn bei der Stadt Hamburg. Der riskiert nichts. Der kennt sich aus. Was mit den Schniggen ist? Bei gutem Wetter könnten sie uns sehr gefährlich werden. Aber, dem Herrn sei Dank, heute bleiben sie besser, wo sie sind! Bei dem Seegang würden sie durch die Wellen tanzen wie die verzückten Verehrerinnen des heiligen Veit, aber steuern kannst du sie nicht. Also bleiben wenigstens heute – vielleicht auch morgen und übermorgen – alle drei hübsch im Hafen und hoffen auf besseres Wetter.«

Sie zogen an der Hafeneinfahrt vorbei und brausten nach Süden. Helgoland wurde hinter ihnen schnell kleiner und verschwand schließlich am Horizont. Die stürmische See hatte sie für heute vor jeder Verfolgung bewahrt, und auch während der Nacht, die bald hereinbrach, würden sie sicher sein. Aber der Sturm aus Westen hatte sie allzu weit ostwärts vertrieben. Fast wären sie noch dem bösen Wachhund vor der Elbmündung, dem *Olde Scharhörn*, in den Rachen gefahren, dessen weiße Dünenkette wie eine Reihe von spitzen Zähnen aufblitzte. Wer auf dieses Riff geriet – so erzählte man sich –, dessen Schiff wurde von den Wellen kurz und klein geschlagen und in wenigen Wochen von dem Sand ganz verschlungen, bis nicht einmal mehr die Mastspitze zu sehen war. Weil der Wind allmählich nachließ und drehte, gelang es Christern, dem gefährlichen Sand zu entkommen und sogar einige Meilen nach Südwesten in Richtung der Wesermündung gutzumachen. Sie querten die Außenweser und loteten sich in ein unmittelbar vor dem Butjadinger Ufer verlaufendes Tief hinein. Schon bald tröstete sie nach einem aufregenden Tag der Anblick der Kirche von Burhave. Hier fühlte man sich vor jedem Sturm und schweren Grundseen geschützt. Als der letzte Schein der Dämmerung aufgezehrt war, fiel der Anker. Der Wind legte sich. Im Laufe der Nacht kam dichter Nebel auf. Mehr Sicherheit konnte sich niemand wünschen, um eine ruhige Nacht zu verbringen.

Das Morgengrauen kroch herauf. Christern, der Frühaufsteher, war auch heute der Erste. Kein Windhauch war zu spüren. Tropfnasser Nebel lastete über dem Schiff. Es herrschte Totenstille. Etwas ließ ihm keine Ruhe: Er hatte im Sturmgetöse ein starkes Knacken wahrgenommen, als sie die große Rah kurz vor der Helgoländer Düne mittschiffs brachten.

Auf den ersten Blick war nichts zu erkennen. Also ließ er die Rah herunter, um sie näher zu untersuchen. Das also war es! Ein alter Trockenriss, der schräg durch das Rundholz ging, hatte sich geweitet und zum Bruch etwa in der Mitte der Rah geführt. Die beiden Teile hingen zwar noch in dem gesplitterten Riss zusammen, doch würden sie mit Sicherheit beim nächsten Starkwind auseinanderfliegen. So würde man nicht weiterfahren können. Da muss erst einmal der Zimmermann ran, dachte er bei sich und suchte schon mit den Augen die Treppenstufen im Niedergang.

Der Nebel lichtete sich, wie Christern erleichtert bemerkte. Aus der verschleierten Umgebung klärte sich an Steuerbordseite ein Gegenstand von tröstlicher Wirklichkeit. Etwas näher zum Ufer hin ankerte eine Kogge, die auch hier Schutz gesucht hatte und im Laufe der Nacht von Westen her übers Watt gekommen sein musste und den Anker geworfen hatte, als es immer diesiger wurde. Er beeilte sich, Goedeke Michel und die ganze Mannschaft zu wecken, und forderte sie auf, sich mucksmäuschenstill zu verhalten.

»Der Ankerlieger könnte eine der hansischen Vredekoggen sein, die uns ans Leder wollten und uns im Nebel nicht gefunden haben. Wie auch immer – wir müssen sofort handeln«, erklärte Goedeke. »Wir rudern mit zwei Beibooten hinüber und nehmen Waffen mit. Auch wenn wir herausfinden, dass wir's mit einem Kaufmann zu tun haben, müssen wir ihn trotzdem erst einmal festhalten. Wir dürfen ihm keine Gelegenheit bieten, sich davonzumachen und unser Versteck hier zu verraten. Noch einmal – bewegt euch leise, wenn ihr an Deck geht und die Beiboote herunterlasst! Vergesst nicht, passende Riemen für die beiden Schaluppen mitzunehmen und sie mit Tuch zu umwickeln!«

Lubbert Overdiecks Handschrift

Küstengewässer vor Butjadingen,
Sonntag, 21. August 1401

Die Leute auf dem Nachbarschiff schienen sich absolut sicher zu fühlen. Leise und ohne das sonst so charakteristische Klatschen tauchten die umwickelten Riemenblätter ein. Mit wenigen Schlägen waren sie drüben. Noch immer war niemand an Deck zu sehen. Ein Schiff ihrer Verfolger war's nicht, aber auch kein gewöhnlicher Kauffahrer! Es schnürte Christern die Kehle zu: Der Rumpf, die Maststellung und überhaupt die ganze Linienführung! Er kannte jede Planke des Seelenverkäufers, mit dem ihn fürchterliche Erinnerungen verbanden! Geschlagen und getreten hatte man den Schiffsjungen. Bei schlimmstem Wetter hatte man ihn auf die Rah gejagt und den Absturz in Kauf genommen, an den ihn das verkrümmte Rückgrat täglich erinnerte! Lautlos glitten die Schaluppen übers Wasser und machten an dem Ankerlieger fest. Gewandt kletterten die Männer an Bord und huschten unter Deck. Alles schlief. Ohne Gegenwehr ließ sich die ganze Mannschaft gefangen nehmen und fesseln, bevor sie richtig wach wurde. Christern, an Bord beinahe zu Hause, hatte Goedeke Michel sofort zur Koje des Eigners und Schiffsführers geführt und ihm zugeflüstert: »Nun bist du an der Reihe! Das ist Lubbert Overdieck, ein Kaufmann aus Kampen, der mich zum Krüppel gemacht hat.«

Goedeke rüttelte den Schlafenden wach. Lubbert fuhr hoch. Angst und blankes Entsetzen standen ihm in den Augen. »Was ist das? Wer seid ihr? Wie kommt ihr hier rein?«

Goedeke Michel baute sich vor ihm auf: »Gottes Freund – aller Welt Feind! – Ihr kennt doch den Spruch«, gab er hohnlachend zur Antwort. Lubbert fuhr der Schreck in die Glieder. Aber er versuchte, sich zu beherrschen. Er richtete den Oberkörper auf und bemühte sich, Kraft in seine Stimme zu legen: »Und was wollt ihr jetzt noch von mir? Der Graf von Holland hat kürzlich Frieden mit Hamburg geschlossen. Alle von ihm erteilten Kaperbriefe sind aufgehoben. Also – runter von meinem Schiff!«

Goedeke lachte böse: »Nimm den Mund nicht zu voll, mein Lieber! Mir geht es nicht um die elende Kaperei. Es geht eher um eine alte Rechnung.« Er trat einen Schritt beiseite und schob Christern ins Licht. Mit leiser Handbewegung strich er Christern über die verwachsenen Schultern. »Ist deine Handschrift, nicht wahr?«, ranzte er Lubbert an und packte ihn an beiden Unterarmen. »Hast du nie daran gedacht, dass du irgendwann einmal dafür würdest bezahlen müssen? Nein? Dann weißt du's jetzt!«, herrschte er den Kerl an und riss ihn aus seiner Schlafstatt hoch.

»Aber, ich …? Ich war … doch gar nicht! Meine Leute, die …«, stotterte Lubbert hilflos.

Christern kam ihm zuvor, den Satz zu vollenden: »… haben mich an einem Ende der Rah festgebunden und dann das andere Ende der Rah nach unten gerissen. Da bin ich schön durch die Luft geflogen und ein bisschen hart an Deck gelandet – hat dir doch Spaß gemacht, allein das Zuschauen, oder?«

Lubbert Overdieck bebte: »Damit hab ich nichts zu tun. Ich bin unschuldig.«

»Du warst und du bleibst verantwortlich und musst nun auch bezahlen. Was du an Handelsware mitführst, wird so gerade reichen, um meinem Freund Christern Genugtuung zu verschaffen.«

»Aber – das könnt ihr nicht machen!«, greinte Overdieck.

»Die Bierladung, die ich mitführe, gehört Gerrit de Bruyn aus Leiden, aber doch nicht mir. Ich transportiere sie ja nur und muss dafür geradestehen.«

»Deine Sache!«, höhnte Michel. »Wie du mit deinen Befrachtern klarkommst, ist mir gleichgültig.«

Sie ließen Lubbert gut verwahrt in der Schifferkajüte zurück und nahmen die anderen gefesselten Gefangenen mit aufs Deck.

Der Himmel war wieder klar, es wehte ein kühler Seewind. Christern griff aufgeregt nach Goedekes Schulter: »Heilige Jungfrau! Nun schau dir an, wer da kommt«, flüsterte er heiser und hob das Kinn Richtung Norden. »Siehst du die drei Striche am Horizont? Einen dicken hohen in der Mitte, flankiert von zwei dünnen, weniger hohen?«

Goedeke zuckte zusammen: »Sag, dass das nicht wahr ist! Die kommen von Helgoland«, stieß er hervor, »eine Kogge, begleitet von zwei Schniggen. Na klar! Die haben uns erkannt, wie wir an der Hafeneinfahrt vorbeigerauscht sind. Die wollen uns ans Leder! Wir müssen uns dünnemachen, aber schleunigst.«

Goedeke hielt abrupt inne, tat einen Schritt auf die Reling zu. Seine Augen weiteten sich vor Entsetzen: Herr im Himmel – steh uns bei! Das werden ja immer mehr Schiffe. Und alle kommen auf uns zu. Das stinkt gewaltig nach Verrat.

Otto von Tyne trat zu ihm: »Ich weiß, was du denkst. Und leider wirst du recht behalten.«

»Ich weiß es und kann es dennoch nicht glauben. Nur ein Einziger wusste von meinen Plänen – nur Konrad. Aber der, der beste Freund …? Das glaub ich nicht – will ich nicht glauben, nie und nimmer! Der nicht!«, redete Goedeke vor sich hin.

Otto sah ihm in die Augen und sagte: »Und doch ist es so:

Dein Oldenburger Busenfreund, ich mag den Namen gar nicht mehr aussprechen. Er profitiert am meisten vom Verrat unserer Reisepläne, weil er uns loswird und sich obendrein mit den Hansestädten gutstellen kann. Außerdem darf er sich Hoffnungen auf unseren Schatz im Oseberch an der Hunte machen. So ein Schuft!«

»Der wird das Gold bestimmt nicht dazu verwenden, um es in den Bau einer Kirche zu stecken!«, meinte Meister Wigbold, und seine Augen glänzten hasserfüllt. »Euer gegenseitiges Vermächtnis könnt ihr euch jetzt an den Hut stecken.«

»Darüber können wir später nachdenken. Jetzt heißt es handeln«, drängte Christern.

Goedeke wirkte völlig abwesend, weil ihn ein furchtbarer Verdacht beschäftigte. »Die haben für unseren Empfang Schiffe aus allen Hafenstädten aufgeboten. Was können wir überhaupt noch tun?«, stammelte er ratlos. »Hier ist doch jeder Fluchtversuch zwecklos – es gibt überhaupt kein Entkommen. Wir müssen uns wohl oder übel auf Nahkämpfe einstellen.«

»Meinst du das im Ernst? Die lassen nichts von uns übrig, schon weil du dabei bist!«, wehrte Christern ab. »Die würden uns gnadenlos auseinandernehmen.« Christern unterbrach sich, legte den Finger auf den Mund und dachte laut nach: »Warte! Wir täuschen sie, sie werden nichts ahnen. Du übernimmst Lubberts Schiff, bleibst hier an Bord und gehst sofort Anker auf. Außerdem nimmst du unsere Segelmannschaft mit. Du kannst den Hamburgern in aller Ruhe entgegenfahren – und sogar an ihnen vorbeisegeln. Mit dem Ostenwind geht das wunderbar. Sie werden dich vorbeilassen. Sie kennen Lubberts Schiff und vermuten an Bord nur den richtigen Eigner. Inzwischen werden sie uns so nahe gekommen sein, dass sie unsere Holk erkennen können. Da werden sie sich erst einmal Goedeke Michel schnappen wollen, den gefährlichsten Anführer der Vitalienbrüder, der ihnen immer wieder durch die Maschen geschlüpft ist. Und – geldgierig, wie sie sind – werden sie Goedeke Michels sagenumwobenen Schatz zuerst auf seinem Schiff vermuten.«

»Für wen hältst du mich? Ich soll dich hier ohne Segelmannschaft zurücklassen, ohne Aussicht, den Schweinen zu entkommen?«, widersprach ihm Goedeke.

»Von wegen – ich weiß, was ich tue!«, erklärte Christern. »Ich lasse mich jetzt mit den anderen Brüdern auf unsere Holk übersetzen und erwarte die Hamburger vor Anker. Segeln können wir ohnehin nicht damit, weil die Rah gebrochen ist. Also brauch ich auch keine Segelmannschaft. Ich behalte nur die Landkämpfer. Lubbert und seine Leute garantieren mir unser Überleben – ich nehme sie als Geiseln mit hinüber. Die werden wir vor den Augen der Hamburger alle schön an Deck platzieren. Die Hamburger Scharfschützen werden sich schwer hüten, auf die gefesselten Seeleute zu schießen, sobald sie den Lubbert erkannt haben. Ihre Enttäuschung wird riesengroß sein, weder dich noch deinen Schatz an Bord zu finden. Ich werde versuchen, sie durch einen vorgespielten Verrat günstig zu stimmen, und ihnen anbieten, den Schatz zu zeigen. Ich werde behaupten, du hättest uns feige im Stich gelassen und dich mit Lubberts Schiff nach Emden davongemacht. Vielleicht gelingt es mir dann, durch Übergabe von Lubbert und der anderen Geiseln für uns einen freien Abzug zu erreichen.«

»Könnte gelingen! Gut ausgedacht«, nickte Goedeke anerkennend. »Ich versuche derweil, die Edenburg auf der Insel Bant zu erreichen. Wenn ich hier an der Butjadinger Kante entlang nach Nordwesten segle und den Priel finde, der um Langwarden herum in die Jade führt, dann schaffe ich es auch bis zur Edenburg. Dort werde ich in Sicherheit sein und auf dich warten.«

»Vergiss die Teereimer nicht, Goedeke«, mahnte Christern. »Du wirst sie eher brauchen als ich.«

Gemeinsam ließen sie die beiden Beiboote der overdieckschen Kogge zu Wasser, holten Lubbert und die anderen Gefangenen an Deck und brachten sie mit den Beibooten hinüber. Sie mussten mehrfach fahren. Die Zeit wurde knapp.

Michel höhnte noch Lubbert hinterher: »Solltest mir dankbar sein, dass du's dir mal in meinem Schiff gemütlich machen darfst!«

Auf Lubberts Kogge wurde der Anker hochgerissen und das Rahsegel gesetzt, das Schiff nahm Fahrt auf und segelte, von den Entgegenkommenden gänzlich unbehelligt, dicht unter der Butjadinger Küste nach Nordwesten.

Goedeke Michel hatte das Ruder übernommen. »Wir müssen uns höllisch beeilen. Die Hamburger werden gewaltig fluchen, sobald sie bemerken, wie wir sie getäuscht haben. Aber dann werden sie sich gleich wieder auf unsere Fährte setzen.« Goedeke sagte an: »Noch fünf Minuten geradeaus an dem Hoghe Weghsand entlang.«

»Was soll das? Da vorn laufen wir auf Grund!«, ängstigte sich Wigbold.

Aber Goedeke beharrte auf dem Kurs: »Ich weiß, was ich sage. Wir halten schnurstracks auf eine neue Rinne zu – eng wie ein Nadelöhr! Kennt kaum einer. Die bringt uns ganz dicht unter Land nach Westen hinüber ins Jade-Fahrwasser. Haben wir erst letztes Jahr ausprobiert, als wir nach Norwegen ausgerissen sind. Wigbold, du fängst jetzt an, an Steuerbordseite das Lot sinken zu lassen, alle halbe Minute einmal. Wir haben hier noch acht Fuß Wassertiefe. Wenn's weniger wird, musst du den Arm heben, damit ich den Kurs nach Backbord korrigieren kann. Jetzt heißt es höllisch aufpassen. Wenn wir hier einmal auf Grund laufen, kommen wir nicht mehr frei. Dann sitzen wir bis zur nächsten Flut fest – und die Hamburger haben uns.«

Jetzt waren alle Männer an Deck und warteten gespannt darauf, ob man das Nadelöhr, den Eingang in die neue Rinne, treffen würde, das ihnen den kürzesten Weg aus dem Watt ins freie Fahrwasser öffnen würde.

»Wirf das Lot aus!«, brüllte Goedeke, und die Suche begann.

Ab und an ruckte das ganze Schiff bei leichter Grundberührung und schlurte über eine schmale Sandbarre. Irgendjemand stöhnte: »Mein Gott!« Aber es ging weiter – es waren nur leichte Bodenschwellen. Mit zusammengepressten Lippen beobachteten die Männer, wie Wigbold eins ums andere Mal das Lot warf.

Endlich! Endlich! Die Viertelstunde war ihnen wie eine Ewigkeit vorgekommen. Die Lotleine wurde wieder einrollt. Sie waren frei.

»Geh auf Südkurs!«, raunte Goedeke Michel Otto von Tyne zu. »Wir laufen in die Jade hinein und segeln die Made hinauf bis zur Edenburg. Bei Häuptling Ede Wimmeken sind wir vor den Hamburgern und den Oldenburgern sicher.«

Das Ruder wurde gelegt, die Rah ausgerichtet, so dass der kräftige Nordwind jetzt direkt von achtern ins Segel blies. Sie kamen gut voran, obwohl sie dem aus der Jade herausgurgelnden Ebbstrom entgegenfahren mussten.

Das misslungene Täuschungsmanöver

Butjadinger Watt,
am gleichen Tag, später Vormittag

Im Butjadinger Versteck war es ganz anders gekommen als gedacht. Die der Hamburger Kogge vorauseilenden Schniggen hatten den Ankerlieger, Goedeke Michels Schiff, sofort mit Brandpfeilen angegriffen, ohne Rücksicht auf die Leute an Deck. Die Masten und die beiden Rahen, die eingerollten Segel, das Rigg und sonstiges Tauwerk hatten bereits Feuer gefangen. Um die kostbaren Geiseln wenigstens bis zur Übergabe vor Verwundungen zu schützen, hatte Christern die Gefangenen wieder unter Deck bringen lassen. Die verbliebenen Vitalienbrüder kämpften auf den Decksplanken. Sie versuchten, wenigstens der Flammen Herr zu werden, und warfen die Brandpfeile der Hamburger zurück.

Mit Enterhaken zogen sich die Hamburger an den Ankerlieger heran und enterten in großer Zahl das feindliche Schiff. Sie waren überall gleichzeitig und überwältigten die zurückgebliebenen Vitalienser schnell.

Angeführt wurden die Angreifer von Simon von Utrecht und Herman Nyenkerken.

»Wo steckt er? Komm heraus, Goedeke Michel! Nun zeig dich endlich, du Feigling!«, brüllte Nyenkerken.

In der Schifferkajüte gestikulierte und schrie Lubbert Overdieck nach den Befreiern, bis endlich Herman Nyenkerken es an der Zeit fand, auch die Kajüte zu filzen. Ob Goedeke den Vitalienserschatz nicht doch unter dem Fußboden oder hinter den Wänden versteckt hielt? Wenigstens fand er dort Overdieck, bevor er die ganze Einrichtung der

Kajüte, dazu die Wände und den Fußboden auseinanderriss. Goedeke Michel fanden sie nicht.

Die Mannschaften der beiden Schniggen ließen sich nun nicht länger zurückhalten und begannen, das Schiff systematisch zu durchsuchen und zu plündern, was nicht niet- und nagelfest war. Die Beute war enttäuschend. Christern und seine Leute bekamen es zu spüren. Aber auch die Folter förderte nicht mehr zutage. Entkräftet und halbwegs ohnmächtig wurden die Vitalienser in Eisen gelegt. Noch hatten die Angreifer die Hoffnung nicht aufgegeben, auf Goedeke Michels eigenem Schiff die kostbarsten Schätze zu heben.

»Geradezu ärmlich, was die an Kaufmannswaren aus Norwegen mitgebracht haben: einige Klumpen Wachs, fünf kleine Fässer Talg, drei Ballen Tuch und etwas Werg zum Kalfatern der Schiffsnähte«, ließ Herman Nyenkerken sich aus dem Schiffsbauch hören. »Aber von den Kostbarkeiten, die Goedeke im Laufe der Zeit zusammengerafft haben müsste, keine Spur!«, fuhr er grimmig fort.

Simon von Utrecht nickte knapp. Im Gegensatz zu Nyenkerken wirkte er im gesellschaftlichen Umgang allein durch seine äußere Erscheinung gewinnend und attraktiv. Er war groß und schlank, weißblond, hellhäutig und blauäugig, seine Stimme sonor und schon wegen des holländischen Akzents weich und einschmeichelnd. Man erzählte sich, so manche Hamburgerin sei seinem Charme erlegen und etliche von ihnen – freilich ohne Erfolg – bemüht gewesen, ihn zum Traualtar zu schleppen. Wer ihn von dieser Seite her kennengelernt hatte, der mochte wohl am eigenen Urteilsvermögen zweifeln, wenn er dem Piratenjäger Simon auf der Pirsch begegnete: Hart und unerbittlich verfolgte er seine Opfer.

Nun war auch die von Hinrik Jenevelt und Nikolaus Schoke kommandierte Kogge mit zusätzlichen einhundert

Landsoldaten herangekommen. Sie machten gerade an Goedekes Schiff fest, da drang auch schon das Gegröle der Piratenjäger zu ihnen herüber.

»Das ist Nyenkerkens Stimme«, gab Schoke Jenevelt abfällig zu verstehen. »Bei uns im Hafen benimmt der sich genauso.«

»Nun lass mal hören, was der da brüllt«, meinte Jenevelt neugierig. »He da, du widerwärtiges Buckelmonstrum! Sag uns endlich, wo Goedeke die wertvollsten Sachen versteckt hält.«

»Der Nyenkerken! Der erstickt gleich an seiner Geldgier«, stieß Schoke hervor. »Jetzt bedroht er einen von Goedeke Michels Leuten, der wohl was weiß.«

»Still doch, Schoke! Ich will hören, was der andere über den Schatz preisgibt.«

Schoke tat so, als habe er Jenevelts letzten Satz nicht mehr gehört. Er kletterte auf die Schanz, machte einen großen Satz, stand im nächsten Augenblick auf der Reling von Goedekes Kogge und hielt sich an dem zur Mastspitze hinaufstrebenden Tauwerk der Wanten fest. Eine imponierende Erscheinung, wie man ihn von da oben die Geschehnisse an Bord überblicken sah. Eine schlanke, straffe Gestalt von hohem Wuchs, der Kopf markant, die Züge ein wenig herrisch – so präsentierte sich Schoke als ein Mann, der überall das Sagen hatte. Das Erste, was er hier sah, war Nyenkerkens Versuch, einen buckligen Seemann in die Enge zu treiben. Er schaute beiseite. Gerade hörte er noch, wie Christern, Goedekes Steuermann, sagte: »Wenn Ihr das Gold meint: das hat er in Norwegen vergraben. Ich will Euch gerne den Weg zeigen, wenn Ihr die anderen gehen lasst.«

Nikolaus Schoke war deutlich ungehalten darüber, dass die Schniggenfahrer Anstalten machten, ihre Schatzsuche an

Bord der Holk bis in die letzten Winkel fortzusetzen. Ungeduldig schaute er sich nach Hinrik Jenevelt um, der in diesem Augenblick aufgeregt gestikulierend den Niedergang heraufkam. »Unfasslich!«, zischte der durch die Zähne. »Da müsste doch mehr sein als nur dieser Kaufmannsmist! Ich war ganz sicher, hier bestimmte Dinge von Wert zu finden. Einer von Störtebekers Leuten, der bei der Hinrichtung im vorigen Jahr seinen Kopf hatte retten wollen, wusste doch von einem riesigen Vermächtnis, das Störtebeker und Goedeke Michel gemeinsam … Man müsste nur noch einmal ganz genau hinter alle Spanten gucken.«

»Ich muss schon sagen, lieber Freund Jenevelt«, ereiferte sich Schoke, »darüber wundere ich mich jetzt doch, dass du, ein Hamburger Ratsherr, dir nicht zu schade bist, da unten auf Schatzsuche zu gehen! Die Holk nehmen wir ohnehin mit nach Hamburg und können sie dort ausschlachten. Im Augenblick gibt es Wichtigeres: Wo steckt Goedeke Michel? Seinetwegen sind wir hier. Ihn festzunehmen ist das Gebot der Stunde.«

»Der hat sich aus dem Staub gemacht«, beeilte sich Christern geradezu geflissentlich mitzuteilen. »Hat uns im Stich gelassen, feige, wie er ist. Uns auf seinem lahmgelegten Schiff auszusetzen und mit Lubberts Schiff durchzubrennen – das hätten wir nicht von ihm gedacht. Er will nach Groningen.«

»Traut ihm nicht! Der flunkert, der alte Buckel, dass sich die Balken biegen!«, mischte Lubbert sich ein. »Ich hab gelauscht und gehört, was sie da oben an Deck beschwatzt haben. Goedeke sollte gleich um Butjadingen herum in die Jade gehen. Er will die Made hinauf nach der Edenburg. Der Bucklige hat sogar den ganzen Fluchtplan ausgedacht. Er war es auch, der Goedeke geraten hat, mein Schiff zur Flucht zu benutzen, um Euch zu täuschen.«

»Ist das wahr?«, brüllte Nyenkerken in bedrohlicher Tonlage und griff Christern nach der Kehle.

Der beeilte sich, gegen Lubberts Beschuldigung zu setzen: »Die Wahrheit ist, dass er durchgebrannt ist.«

In seinem Hass auf Christern versuchte Lubbert, die Wut der Hanseaten noch zu steigern, indem er nachlegte: »Der Christern tönt so viel, wie er krumm ist.«

»Dann lasst ihn uns mal wieder gerade machen!«, lachte Nyenkerken böse und stieß Christern zu Boden. Dann rief er nach seinem Bootsmann. »Wenn du es schaffst, den Buckligen wieder gerade zu kriegen, geb ich 'ne Kanne Bier aus.«

»Die Wette gilt!«, dröhnte grinsend der Muskelprotz. »Nichts leichter als das!« Er warf den hilflosen Christern auf den Rücken und sprang ihm immer wieder auf den Brustkorb, dass die Rippen nur so krachten, bis der Arme Blut spie und sein Leben aushauchte.

»Die Kanne hast du verloren! Ist richtig 'n Stück länger geworden oder nicht?«, begeisterte er sich an seiner Untat.

Nyenkerken nickte anerkennend: »Ist er nicht goldig? Mein bester Mann. Anführer meiner Truppe. Wo die Jungs zupacken, da wächst kein Gras mehr.«

Ratsherr Schoke schwollen die Zornesadern auf der Stirn, angeekelt wandte er sich ab und ließ sich nur halblaut vernehmen: »Pfui Teufel! Dir und deinen Leuten scheint es noch Spaß zu machen, unsere Gegner zu entehren und zu Tode zu quälen. Die Stadt Hamburg hat mit euch, wie es aussieht, eine Mörderbande engagiert. So kann man doch nicht mit Gefangenen verfahren.«

»Aber, aber! Ehrenwertester Herr Schoke! Ihr wunderfeinen Ratsherren! In welcher Welt lebt Ihr eigentlich?«, höhnte Nyenkerken böse. »Wenn's ein Mensch wär, das buckelige Monstrum, könnt man Euer Mitgefühl ja noch verstehen! Aber so?«

Simon von Utrecht schwieg dazu, aber seiner Miene war deutlich anzumerken, dass sogar ihm, der für seine Härte bekannt war, dieses Schauspiel nicht gefiel. Nyenkerkens Leute packten den Leichnam und warfen ihn über Bord, als wäre es ein gammeliger Tierkadaver.

»Nun – wie immer! Die Zeit drängt. Wir müssen so schnell wie möglich aufbrechen. Unser oberstes Ziel muss sein, Goedeke Michel zur Strecke zu bringen.« Mit energischen Anordnungen sorgte Schoke dafür, dass ein Schiffszimmermann sowie einige befahrene Leute sich um Goedekes Holk und deren Überführung nach Hamburg kümmerten, alle anderen aber auf die Staatskogge und die beiden Schniggen zurückkehrten.

»Wir haben sehr viel Zeit verloren – alles euretwegen«, knurrte Schoke den Kollegen an. »Goedeke Michel ist längst dabei, den Hoghe Weghsand zu queren. Wenn wir ihn nicht mehr fassen, darf sich der Rat der Stadt Hamburg bei dir bedanken.«

Schuldbewusst suchte Jenevelt sich mit einem Vorschlag wieder ins Spiel zu bringen: »Wenn es nicht anders geht, müssen wir die Schniggen vorausschicken. Die gehen so flach über den Sand, dass sie leicht eine Abkürzung wagen können.«

Nach knapper Verständigung und Ausgabe der Befehle sahen sie Nyenkerkens BUNTE KUH und das andere Sturmboot vorausgehen. Die Rahsegel standen im Wind, und je zwanzig Ruderer legten sich hüben wie drüben zusätzlich in die Riemen. Mit hoher Geschwindigkeit fuhren sie vorweg und gingen unter Land knapp um die Butjadinger Küste herum. Die Ratsherren auf der Kogge, die sich keineswegs sicher waren, ob die Schniggen nicht doch Grundberührung bekämen und dann eine Tide lang im Watt stecken bleiben würden, sahen ihnen angespannt nach.

»Wer sagt es denn! Sie schaffen es«, frohlockte Schoke. »Umso geruhsamer können wir ihnen auf dem vorgesehenen Weg folgen.«

»Dann kann ich ja endlich einmal ein paar Fragen loswerden, lieber Schoke, die mich seit einiger Zeit schon beschäftigen. Du, der Gerichtsherr, hast doch sicher als Erster davon erfahren, dass Goedeke Michel in diesen Tagen hier auftauchen würde.«

»In der Tat«, hüstelte Schoke höchst amtlich. »Ich weiß davon seit vierzehn Tagen und habe durch Geheimboten die umliegenden Hafenstädte um Mithilfe gebeten.«

»Wie hast du davon erfahren – durch einen Späher etwa?«

»Nicht durch einen Späher. Sagen wir – durch einen Gewährsmann.«

»Und durch wen, wenn ich einmal fragen darf?«

»Darfst du nicht, verehrtester Kollege Jenevelt! Ein höchst delikates Politikum! Es wird schon früh genug offenbar werden!«

Den beiden Herren wurde die Reise nicht lang, so vieles hatten sie miteinander zu bereden. Sie waren heil ins Jade-Fahrwasser gelangt und segelten am westlich gegenüberliegenden Ufer südwärts und schließlich südwestlich auf den Madestrom zu. Auf einmal rumpelte es gewaltig am Bug, polterte unter dem Schiff, und hinten beim Ruder tauchte sie kurz wieder auf: eine Biertonne! Jetzt sahen sie weitere Biertonnen, die zu beiden Seiten des Schiffes eine Handbreit unter der Wasseroberfläche vorbeischwammen.

Schoke geriet außer sich: »Was ist denn mit dem Ausguck! Döst der Kerl da oben? Pass auf die Tonnen auf, du Siebenschläfer! Die können uns glatt ein Loch in die Bordwand schlagen, wo gerade dein Hintern reinpasst. Was siehst du sonst noch? Schau endlich nach vorn, du alte Blindschleiche, und erzähl uns, wer sie verloren hat!«

Jenevelt schüttelte den Kopf: »Du hast vielleicht derbe Sprüche drauf – und das als Ratsherr!«

Schoke parierte: »Soeben warst du dabei, ein Schiff auszuplündern. Und du fragst mich in allem Ernst, ob meine Seemannssprache eines Ratsherrn unwürdig sei? Was willst du von einem Kaufmann erwarten, der von Kindesbeinen an auf jeder Tonne und jeder Bütt, wenn es ging, über die Elbe geritten ist! Ich bin mir ganz sicher, dass Goedeke Michel irgendwo da vorn Tonnen über die Kante schmeißt, um sein Schiff zu leichtern.«

»Einen Haufen Schiffe seh ich voraus – alle ganz dicht beisammen«, tönte es von der Mastspitze herab.

»Das müssen die Groninger, Leute von Hoorn, Enghuizen oder die Campener sein, wenn ich richtig informiert bin«, erklärte Schoke. »Die sind dem Goedeke Michel auf den Fersen. Der muss es gewaltig mit der Angst gekriegt haben – ohne Not schmeißt doch sonst niemand bei so herrlichem Wetter sein Bier über Bord. Da vorn muss es jetzt schon zum Kampf kommen.«

Goedeke Michels Gefangennahme

Auf der Jade,
am gleichen Tag, Nachmittag

Goedeke und seine Mannschaft glaubten sich bereits in Sicherheit, als sie auf der Jade ringsum zahlreiche Schiffe entdeckten, die zwar alle näher kamen, sich aber letztlich nicht auf Tuchfühlung heranwagten. Jeder Kursänderung auf Goedekes Schiff wichen sie aus, so groß schien der Respekt vor dem Gegner zu sein, den zu verfolgen und zu stellen sie eigentlich im Sinn hatten. An den Wimpeln, die von den Mastspitzen wehten, erkannte man sie leicht als Schiffe mit den Heimathäfen Hoorn, Campen und Groningen. An Heck und Bug waren sie, wie Kriegsschiffe, mit Kastellen zum Schutz und Trutz der mitfahrenden Landkämpfer versehen. Sah man genauer hin, wurde klar, dass die Kastelle roh zusammengezimmert waren, um den Feind glauben zu machen, nicht etwa gewöhnliche Handelsschiffe, sondern eine Flotte hochgerüsteter Kriegsschiffe vor sich zu haben.

Goedeke rief dem Steuermann zu: »Immer Kurs halten in Richtung der Mademündung, auch wenn sich jemand in den Weg stellen sollte. Sobald du ihm zu nahe kommst, wird er Reißaus nehmen. Die sind wie Küchenfliegen: äußerst lästig, aber ungefährlich.«

Bei einem Blick zurück über das Kielwasser hinüber nach der weit hinter ihnen liegenden Küste Butjadingens musste Goedeke Michel einsehen, dass ihnen aus dieser Richtung viel größere Gefahr drohte. Er sah zwei Schniggen so dicht unter Land das Kap umrunden, wie es anderen Fahrzeugen mit größerem Tiefgang nie möglich war. Wegen der Abkürzung hatten sie enorm aufgeholt. Und auch jetzt folgten ihnen die mehr geruderten als gesegelten Boote so schnell, dass der Abstand sich deutlich verringerte.

»Der Wind lässt nach, und wir laufen gegen den Ebbstrom. Wir werden immer langsamer. Wir müssen irgendetwas tun, sonst haben sie uns gleich«, erklärte Goedeke. Im selben Augenblick knirschte es unter dem Kiel, und sie saßen fest auf Schiet. »Noch einmal zwölf Tonnen Bier über Bord, damit wir wieder aufschwimmen!«, befahl er. Und schon flogen rechts wie links die schweren Holzfässer über die Reling. »Wir schwimmen – es geht weiter«, rief Goedeke.

Sie näherten sich der Made, doch die Schniggen waren schon auf Schiffslänge an sie herangekommen und nahmen ihr Heck in die Zange.

»Kurs halten!«, brüllte Goedeke.

Ein Hagel von Armbrustpfeilen überschüttete sie, ohne jemanden zu verletzen.

»Einsammeln! – Die brauchen wir noch«, rief Goedeke ungerührt.

Nun flogen an Wurfleinen die Enterdraggen, kleine leichte Anker, von achtern auf das Schiff, verhakten sich in der Schanz, den Spieren und im Tauwerk. Sofort hängten sich die Hamburger in die Wurfleinen und versuchten, sich über die Bordkante hochzuziehen.

»Kappt die Enterdraggen!«, schrie Goedeke.

Otto von Tyne, Wigbold und andere unerschrockene Männer sprangen zum Heck und durchschlugen mit ihren Bootsmessern die Wurfleinen. Drei von ihnen wurden schwer verletzt, weil der Feind diesen Augenblick für eine neue Armbrustsalve nutzte.

»Die Teereimer! Die brauchen wir jetzt«, brüllte Goedeke. »Anzünden! Schleudern!«

Im Heckbereich drängten sich zu beiden Seiten die Vitalienser, sprangen auf die Schanz und schleuderten ihre brennenden Eimer auf die Schniggen hinüber. Der brennende Teer lief aus den Eimern über Deck. Die Hamburger unterbrachen ihren Angriff, um die Brände zu löschen und Schäden zu beseitigen. Goedekes Steuermann hielt unbeirrt Kurs.

Da schob sich ihnen ein kräftig gebauter Kraier in den Weg, ein Schiff aus Enghuizen, das gar nicht daran dachte, Platz zu machen. Es krachte und splitterte, als sich das Vitalienserschiff mit dem Bug in die Schanz des Gegners bohrte. Drüben waren hervorragende Kämpfer an Bord, etwa fünfzig Leute. Einige Gesichter kamen den Vitaliensern bekannt vor. Die hatte man schon früher auf Hamburger Koggen gesehen.

Lange dauerte der Kampf, ehe sich die Vitalienser dem überlegenen Gegner ergaben. Zusammen mit Goedeke Michel, Otto von Tyne und dem Gelehrten Wigbold, Meister der Sieben Künste, hatten die meisten, wenn auch verwundet, den Kampf überlebt.

Gerrit Jacobssone, Eigner und Schiffsführer aus Enghuizen, ließ die Verwundeten versorgen und begrüßte Goedeke Michel durchaus nicht geringschätzig: »Du hast mannhaft gekämpft, das muss der Respekt dir lassen. Wir aber hoffen, dass durch deine Gefangennahme Schluss damit ist, dass die Fürsten und Häuptlinge irgendwelche Kaperfahrer anheuern, bloß um ihre Eifersüchteleien auszutragen. Sie sollen niemanden mehr bereit finden. Deshalb erwarte ich von dir und deinen Leuten, dass ihr Urfehde schwört.« Die Hamburger Schniggen hatten sich, nachdem alle Gefahr vorüber schien, wieder genähert und beiderseits an der von den Vitaliensern entführten Kogge des Lubbert Overdieck festgemacht.

Simon von Utrecht und Herman Nyenkerken betraten als

Erste das Deck. »Das hätten wir auch ohne Eure Hilfe geschafft«, räsonierte Simon, der nur die Teilung der Beute im Auge hatte, in unfreundlichem Ton.

Gerrit blieb höflich: »Euer größter Feind hat uns schon halbwegs zugestanden, Urfehde zu schwören«, sagte er.

»Urfehde und Schwören? Das habt Ihr dem Gesindel angeboten? Das sind *malefici*«, tat sich Simon groß, »nicht einfache Übeltäter, sondern Leute, die mit dem Teufel im Bunde stehen, manchmal sogar schwarze Magie und Zauberei betreiben. Das sind Ketzer, Schurken, die zum Abschaum der Hölle gehören.« Drohend fügte er hinzu: »Wer sie anders beurteilt und anders behandelt, stellt sich gegen Gott, die Kirche und die Hanse. Dazu würde ich Euch nicht raten!«

Gerrit Jacobssone gab auf. Er war ein einfacher, redlicher Schiffer. Aus Simon sprach die religiös verbrämte, offizielle Hetzpropaganda der Hansestädte. Dem hatte er wenig entgegenzusetzen. Aber eines wusste er ganz genau: dass es ein grober Fehler war, das seit Menschengedenken bewährte, friedenstiftende Instrument der Urfehde mit Füßen zu treten. Wie sollte es, wenn man so verfuhr, je gelingen, Frieden auf See zu schaffen?

Weil nach kaiserlichem Dekret den Hamburgern zustand, Seeräubern und Kaperfahrern den Prozess zu machen, bemächtigten Nyenkerken und die Crew seiner Bunten Kuh sich der Gefangenen und peitschten sie sozusagen zur Begrüßung, ohne einen Unterschied zu machen, erst einmal durch und legten sie in Eisen.

Gerrit Jacobssone bekam noch mit, wie Goedeke Michel blutend zusammenbrach, und verließ entsetzt die Kogge. Das sind die hirnlosen Bluthunde, die den Hass in die Welt prügeln und damit unausrottbare Feindschaft säen, dachte er bei sich. Nur fort von hier! Angeekelt wandte sich Jacobssone seinem Schiff zu, untersuchte den Kollisionsschaden an der Schanz und stellte erleichtert fest, dass nur einige Planken oberhalb der Wasserlinie zerborsten waren, was die Schwimmfähigkeit seines Fahrzeugs nicht beeinträchtigte. Er legte ab, noch bevor die Staatskogge mit den beiden Hamburger Ratsherren herangekommen war. »Gute Arbeit!«, lobten diese die grandiose Überwältigung des berühmtesten aller Vitalienbrüder, als sie Lubberts Kogge bestiegen, und gönnten den Schniggenführern anerkennende Blicke. Simon von Utrecht und Herman Nyenkerken badeten sich darin und prahlten mit ihren Ruhmestaten, ohne die entscheidende Unterstützung durch Gerrit Jacobssone überhaupt zu erwähnen.

Stolz überreichte Nyenkerken dem Ratsherrn Nikolaus Schoke olivenförmige kupferne Amulette, die den Vitalienbrüdern abgenommen worden waren.

Schoke nahm sie und entfernte sich von den anderen, um die Amulette ungestört zu studieren. Er glaubte sich allein und breitete die merkwürdigen Anhänger vor sich aus. Er erkannte gleich, dass sie fast, aber nicht ganz genau, mit denen übereinstimmten, die man den Genossen Störtebekers im Vorjahr vor ihrer Hinrichtung abgenommen hatte. Diese hier waren auf der Schauseite mit groben Reliefs verziert, die jeweils eine Kogge und zwei große Vögel erkennen ließen. Die saßen auf dem Bug und dem Heck und blickten von dort aus zur Mitte des Schiffes. Rätselhaft – es musste sich um ein Wappen handeln. Das Wappen einer Stadt? Was hatte es an dieser Stelle zu bedeuten?

Der Ratsherr bemerkte schnell, dass die olivenförmigen Gebilde hohl und eigentlich Kapseln waren, die irgendetwas umschlossen, das bei jeder Bewegung klickerte. An der Unterseite einer der Kapseln fand er einen kleinen Verschluss. Voller Neugier öffnete er ihn. Entsetzt fuhr er zurück und ließ das kleine Behältnis fahren. Es fiel zu Boden, und heraus sprang ein Fingerknochen mit dem Daumennagel eines Menschen.

Schoke bückte sich, suchte und fand den grausigen Gegenstand, steckte ihn wieder in die Kapsel und verschloss sie sorgsam. Er untersuchte nun auch die anderen Amulette und fand immer wieder Überreste einer menschlichen Hand.

Angenommen, was er da vor sich hatte, wären Reliquienkapseln. Keine wertlosen Pilgeramulette, wie es sie zu Hunderten gab, sondern Behälter mit echtem Gebein von einem Heiligen – und dann von unschätzbarem Wert? Er schloss die Augen und glaubte sich in eine Kathedrale versetzt, sah sich vor den Stufen eines Hauptaltars knien, und bei einem Blick auf den Tisch des Herrn wurde er geblendet von einem Gegenstand aus feurig gleißendem Gold, den er trotz allen Bemühens nicht zu erkennen vermochte.

Er wusste nicht, wie ihm geschah. War es die Emanation, die immer von der Kirche behauptete Wirkungsmacht dieser Reliquien, die ihn verwirrende Bilder sehen ließ?

Jäh holte ihn ein Rascheln in seinem Rücken in die Gegenwart zurück. Schoke fuhr zusammen. Er fühlte eine unerhörte Verantwortung auf sich zukommen, der er nicht gewachsen sein würde. Nur weg damit – am besten über Bord! Die Amulette wurden ihm heiß in den Händen. O nein! Er würde sie nie mehr los, denn alle hatten gesehen, wie sie ihm übergeben worden waren.

Niemand von diesen Schwätzern durfte etwas über die wahre Bedeutung der Amulette erfahren. Er musste die Kapseln, so schnell es ging, dem worthaltenden Bürgermeister der Stadt Hamburg übergeben. Auf den konnte er sich verlassen. Mochte der das Notwendige veranlassen!

Goedekes Hinrichtung

Hamburg, vor dem Rathaus,
Donnerstag, 22. September 1401

Vom Rathaus bis zum Alten Krahn war das Gelände gerade so weit abgesperrt worden, dass für schaulustige Mitbürger noch ausreichend Platz blieb, die schon seit einer Stunde ausgeharrt hatten, um endlich die Gäste der Stadt gebührend zu bejubeln. Gerade legte ein flott gerudertes Bereisungsboot aus Lübeck an, erkennbar an dem Stadtwappen, das an beiden Seiten des mit Goldornamenten verzierten Deckshauses angebracht war.

Die Lübecker Delegation verließ das Bereisungsboot und erklomm die Kaimauer über die Hafenleiter. Sie wurde von den Ratsherren Crispin und van Rintelen angeführt, die anstelle der Bürgermeister gekommen waren. Ebenso würdigen wie gemessenen Schrittes begaben sie sich dicht an der Absperrung entlang zum Rathaus, damit die Amtstracht auch ja recht ordentlich begafft und bestaunt werden konnte.

Es folgten, nicht minder eitel herausgeputzt, die Ratsherren aus Wismar und Rostock. Sie hatten ihre Koggen auf der Trave vor Anker liegen lassen und ihre Weiterreise nach Hamburg auf Lübecker Kähnen fortgesetzt, die sie für die Fahrt über den jüngst eröffneten Elb-Trave-Kanal und die Oberelbe von Lauenburg abwärts nach Hamburg geheuert hatten.

Sobald die Köpfe der Bremer oberhalb der Kaimauer auftauchten, ernteten sie – welche Schmach für die Gastgeber! – laute Unmutsäußerungen und sogar Pfiffe. Dass sie sich vor der Jagd auf verschiedene Gruppen der Vitalienbrüder in Ostfriesland, bei Helgoland und auf der Jade sowohl in diesem als auch im vergangenen Jahr erfolgreich gedrückt hatten, wollte man denn doch nicht unkommentiert lassen.

Umso stürmischer applaudierten die Zaungäste den Vertretern der Städte Hoorn, Campen und Groningen. Sie hatten sich bei dem Unternehmen gegen Goedeke Michel, um den es heute ja ging, verdient gemacht. Jubel- und Hochrufe brandeten auf, als Gerrit Jacobssone sich zusammen mit seiner ganzen Mannschaft und dem Bürgermeister von Enghuizen zeigte. Sie hatten ihr Leben und ihr Schiff gewagt, waren Goedeke Michel mit ihrem Kraier genau vor den Bug gelaufen und hatten ihn gefangen genommen.

Inzwischen waren die erwarteten offiziellen Gäste beinahe vollständig eingetroffen. Es gehörte schon einiges dazu, sich im Gedränge vor dem Rathaus einen Platz zu erkämpfen.

Nahe dem Hauptportal traten Simon von Utrecht und Herman Nyenkerken von einem Bein aufs andere. Von sich aus brachten sie es nicht fertig, mit irgendeinem der Anwesenden ins Gespräch zu kommen. Andererseits war da gar niemand, der die Unterhaltung mit ihnen gesucht hätte, denn wer wollte sie, die Männer fürs Grobe, schon kennen!

»Der Schoke hat es mal wieder geschafft, sich vor den Hamburgern mit geladenen Gästen von auswärts aufzuspielen, hat sich zum Gerichtsherrn wählen lassen!«, zischte Simon böse.

»Der nutzt doch jede Gelegenheit, noch eine Stufe weiter nach oben zu gelangen«, pflichtete Nyenkerken ihm bei.

Simon wurde schärfer, gehässiger: »Wenn die Leute nur wüssten, wie der Schoke und der Herman Langhe sich nach Goedekes Gefangennahme an der Beute bereichert haben. Allein für die beiden Masten und die zwei Rahen aus Goedeke Michels Holk hat die Kämmerei zweiunddreißigundeinhalb Pfund Silber an die beiden ausbezahlt. Aber wir?

Wo ist unser Anteil an der Beute geblieben? Wir werden gerade mal für unseren Einsatz bei der Gefangennahme schlicht um schlicht entlohnt und bekommen auf Antrag unsere Ausgaben für die Reparatur unserer Schiffe.«

Da mahnte Herman Nyenkerken mit dem Zeigefinger auf den Lippen zur Vorsicht. Nikolaus Schoke und zwei der Bürgermeister, Christian Militis und Johan Hoyer, traten aus dem Hauptportal und passierten die beiden in diesem Augenblick. Schoke, offenkundig stark beunruhigt, schien sich bei seinen Begleitern entschuldigen zu wollen: »Wir haben doch seine Zusage erhalten, an der es nichts zu deuteln gibt. Ich verstehe gar nicht, wo er bleibt, unser Ehrengast!«

»Mein lieber Schoke«, spottete der worthaltende Bürgermeister Christian Militis, »seinetwegen haben wir für sehr viel Geld so groß eingeladen, damit sich der Rahmen für ihn angemessen ausnimmt – und nun kommt er am Ende nicht? Wie konnte dir das passieren!« Der Zweite Bürgermeister, Johan Hoyer, uralt und trotzdem recht lebendig, ergänzte boshaft mit brüchiger Stimme: »Und ich dachte schon, du wolltest mich demnächst um mein Amt beerben. So kann daraus bestimmt nichts werden, und wenn ich zehnmal sterben würde.«

Mit hochrotem Kopf stürmte Schoke über den Vorplatz zum Anleger am Ness und rang die Hände, als wolle er den vermissten hohen Gast herbeibeten. Es half nichts, der Gesuchte blieb aus.

Die Zeit lief ihnen davon. Der Scharfrichter wartete schon seit einer Stunde. Irgendetwas musste sofort geschehen, damit das kunstvolle Gebäude der gut organisierten Veranstaltung nicht ins Wanken geriet. Schoke hatte geglaubt, diesmal an alles gedacht zu haben. Für die Ehrengäste war eine ausreichende Zahl an Sitzplätzen auf der Zuschauertribüne an der Grasbrookspitze reserviert worden. Auch hatte er dafür gesorgt, dass – anders als bei der Hinrichtung Störtebekers und seiner Genossen im Vorjahre – nicht noch einmal die Namen der Vitalienbrüder durcheinandergebracht werden konnten. Nicht auszudenken, wie lächerlich man sich machte, wenn aufgrund einer neuerlichen Verwechslung noch einmal einem unschuldigen Ersatzmann des Büttels das Haupt abgeschlagen würde!

Schoke schüttelte sich bei diesem Gedanken. Aber wenn durch das verspätete Eintreffen der Ehrengäste der Zeitplan jetzt ins Rutschen käme, wären Fehler bestimmt nicht auszuschließen. Die feierliche Prozession vom Rathaus zum Hinrichtungsplatz auf dem Grasbrook würde wenigstens eine und noch eine halbe Stunde in Anspruch nehmen. Schoke musste sich etwas anderes einfallen lassen.

Er beorderte die Reitendiener zu sich. Sie sollten den Gästen der Stadt mitteilen, es sei eine Überraschung für alle Teilnehmer vorbereitet worden. Sie seien gebeten, wieder in ihren Booten Platz zu nehmen und auf dem Wasserwege die Grasbrookspitze anzulaufen. Wenn sie alle dicht hintereinander blieben, ergäbe sich ein prachtvolles Bild, gewaltiger als die schönste Wasserprozession zum Fest des heiligen Marcus in Venedig. Begeistert willigten die Delegationen ein und priesen Schokes Einfallsreichtum.

Auf allen Schiffen wurden die letzten Flaggen hervorgekramt und gesetzt, um sich bei der beginnenden Wasserprozession gegenseitig zu übertrumpfen. Warmer Sonnenschein lag auf den Wasserflächen und Straßen. Heute waren die Rudermannschaften gefragt, da der Wind nahezu eingeschlafen war. Vor der Hohen Brücke und der Ausfahrt in den Niederhafen stauten sich die Boote zu einem bunten Gedränge. Sobald sie die Brücke passiert hatten, setzten sie ihre Segel, die zwar schlaff am Mast herabhingen, aber dennoch für das beeindruckende Bild auf dem Wasser ihre Wirkung taten. Die Boote legten für kurze Zeit an dem Steg vor der Grasbrookspitze an, setzten die Würdenträger und Honoratioren ab und machten den nachfolgenden Fahrzeugen Platz. Die Mitglieder des Rates, die Bürgermeister und die beiden Domkapitel aus Bremen und Hamburg hatten sich auf gepolsterten Bänken niederlassen dürfen. So füllte sich allmählich die Zuschauertribüne, die von Arbeitern der benachbarten Werft nach Art eines griechischen Theaters und mit Blick auf die Elbe aufgezimmert worden war. Die Rudermannschaften blieben auf den Booten hocken und legten sich unweit des Ufers gegenüber der Tribüne im Halbkreis dicht bei dicht vor Anker, um von dort aus das grandiose Ereignis einer Massenhinrichtung mitzuerleben.

Von der Brooksbrücke her näherte sich dem Richtplatz eine Staubwolke. Die Fußfesseln der Vitalienbrüder, die mit Goedeke Michel gefangen genommen worden waren, schlurften durch den Straßendreck. Insgesamt waren es diesmal dreiundsiebzig, also weit mehr als im Vorjahr. Auf Helgoland hatten sie damals einunddreißig Vitalienbrüder gefangen genommen. Eine solche Massenhinrichtung hatte es noch nie gegeben. Man führte sie in einen Verschlag, einem riesigen Vogelkäfig vergleichbar, der von der Tribüne aus gut einsehbar war, damit sich das Auge des Zuschauers recht nachhaltig an dem Elend der darin eingepferchten Übeltäter weiden könne. Was es mit einem kleineren Verschlag auf sich hatte, der zunächst leer blieb, bot zu mancherlei Vermutungen Anlass.

Vom Domturm her klang ein Glockenton herüber, der den Beginn der dritten Stunde anzeigte. Jetzt musste, koste es, was es wolle, die Veranstaltung beginnen. Der Trompeter wurde über eine Seitentreppe zum höchsten Punkt der Zuschauertribüne hinaufgeschickt, holte tief Luft und setzte schon das Instrument an die Lippen. Da schlug ihm ein beherzter Zuschauer aus dem obersten Rang die Trompete vom Mund, wobei noch ein kurzes Quäken zu hören war.

»Seht Ihr denn nicht«, rief er dem Trompeter zu, »dass da vorn, just recht voraus, der letzte Ehrengast eintrifft?«

»Ist das ein Grund, mir mit dem Mundstück beinahe die Zähne auszuschlagen?«, gab der Trompeter zurück und wies auf seine aufgesprungene Unterlippe.

Der blendenden Sonne wegen hatte niemand bemerkt, dass sich im Schatten der Büsche und Bäume am südlichen Elbufer eine Schnigge genähert hatte, die nunmehr, die Elbe überquerend, in schneller Fahrt auf die Grasbrookspitze zuhielt. Sie schob sich durch den Pulk der vor Anker liegenden Boote und machte an dem eigens für sie frei gehaltenen Platz des Gästestegs fest. Das besonders prunkvoll ausgezierte Fahrzeug zeigte durch seinen Flaggenschmuck an, dass es dem Grafen Konrad von Oldenburg zugehörte.

Die Bürgermeister und der Erzbischof stemmten ihre schweren Leiber noch einmal aus den bereits eingenommenen Sesseln, die dem Richtplatz am nächsten standen, in die Höhe und eilten dem heiß ersehnten, ranghöchsten Gast des Tages entgegen: Graf Konrad von Oldenburg, schon ein vornehmer Greis, der sich den Wartenden mit gespielter Gebrechlichkeit nahte. Die Bürgermeister begrüßten ihn artig, stellten ihn triumphierend den übrigen Gästen vor und platzierten ihn auf einem Sessel in ihrer Mitte. Hochrufe wurden ausgebracht. Im gleichen Augenblick erscholl das Trompetensignal.

Inzwischen hatten der Büttel Knoker und seine Helfer sich nacheinander sechsundzwanzig der kräftigsten Vitalienbrüder, die heftigen Widerstand leisteten und dabei fluchten und schrien, aus dem großen Käfig gegriffen und ihnen die Haare am Hinterkopf abgeschnitten und den Nacken ausrasiert. Sie bildeten den harten Kern der Bruderschaft. Die Zuschauer machten sich über den Anblick der halb geschorenen Vitalienser lustig, die, für die Hinrichtung vorbereitet, in den bisher leer gebliebenen Käfig gesperrt wurden. Der Scharfrichter hatte mit seinem Schwert dann umso leichteres Spiel.

Nachdem sechsundzwanzig Köpfe gefallen waren, sollte die Hinrichtung des Hauptmannes Goedeke Michel den Höhepunkt bilden. Anschließend würden, um das Schauspiel vor allen Zuschauern zu Ende zu bringen, die übrigen sechsundvierzig Gefangenen enthauptet werden.

Jeder fieberte dem Glanzpunkt des Hinrichtungsprogramms entgegen. Es war so weit. Goedeke Michel wurde anders behandelt als seine Genossen. Ihm ersparte man die ebenso entstellende wie demütigende Hinterkopfrasur und gestattete ihm sogar ein letztes Wort. Ohne die Herren auf den Sesseln in der ersten Reihe mit einer Begrüßung zu würdigen, begann er:

»Meine Herren, Mitglieder des Rates! Es war unser Beruf, als Söldner zur See zur Kaper zu fahren. Königen und Fürsten in Ost und West, in Nord und Süd waren wir zu Diensten, sogar den Hansestädten Rostock und Wismar. Wir haben geholfen, den Herzog von Mecklenburg, zugleich König der Schweden, aus dänischer Gefangenschaft zu befreien. Als Königin Margarete von Dänemark Stockholm belagerte, haben wir den Belagerungsring durchbrochen und die Stadt mit Lebensmitteln versorgt. Manche der hier anwesenden Ehrengäste haben uns sogar mit Kaperbriefen zum Kampf gegen ihre Feinde in Dienst genommen. Und wir, die wir uns in der Vitalienbruderschaft zusammengeschlossen hatten, wussten uns stets verpflichtet, die uns in den Kaperbriefen aufgetragenen Kampfziele einzuhalten und nicht darüber hinaus zu wildern. Auf diese Weise wollten wir uns abgrenzen gegenüber so edlen Herren wie dem vormaligen Erzbischof Albert II. von Bremen, die sich nicht zu schade waren, wie üble Seeräuber auf eigene Rechnung Schiffe auszuplündern und die Besatzungen zu ermorden …«

»Alles Lüge! Aufhören! Das muss sich die Kirche nicht bieten lassen!«, schrie der anwesende Erzbischof und Nachfolger Alberts II. im Amt dazwischen. Aber der Rats- und Gerichtsherr Nikolaus Schoke, verantwortlich für den Ablauf dieser Veranstaltung, gebot, den Hauptmann ausreden zu lassen.

»Ihr findet hier so manche versammelt, die uns kennen und die uns bisher nicht feindlich gesonnen waren. Nicht wahr, Ihr Herren von Rostock und Wismar? Ich sehe sogar einen feinen Herrn vom Hochadel, der mich, den einfachen Seemann, seiner Freundschaft gewürdigt und dies vor aller Welt bekannt hat …«

Graf Konrad von Oldenburg wurde es auf seinem Sitzplatz ungemütlich. »Kannst du nicht endlich mal die Klappe halten?«, zeterte er, seinen gräflichen Stand vergessend, dazwischen. »Wieso müssen die Ehrengäste der Stadt Hamburg sich hier so beschimpfen lassen?«

Der Rats- und Gerichtsherr Nikolaus Schoke gab sich über diesen Zwischenruf merklich erstaunt und warf dem Grafen einen langen Blick zu, der zu fragen schien: Was in aller Welt hättet Ihr von der freien Rede eines zum Tode Verurteilten zu befürchten? Allein durch seine schweigend markierte Autorität brachte Schoke den Oldenburger dazu, sich zu beruhigen und wieder hinzusetzen.

Goedeke Michel fuhr ungerührt fort: »An Graf Konrads Reaktion mag jedermann erkennen, wohin eine herzliche Freundschaft führen kann. Sie führte so weit, dass wir ihm sämtliche Beuteanteile, die uns als Kaperfahrer zustanden, zur Verwahrung für spätere Zeiten anvertraut haben. Dem treuen Freund Konrad verdanke ich, dass ich hier stehen darf, denn er hat, um unseren Schatz für sich zu behalten, uns angeschwärzt, den Termin unserer Rückkehr verraten und alle Anrainer der Salzenen See zu einer regelrechten Treibjagd auf mein Schiff eingeladen.«

Der Graf war außer sich vor Wut. Erfolglos versuchte er, sich mit seiner dünnen Stimme Gehör zu verschaffen, und räsonierte, dass man die Verbreitung solcher Lügen nicht länger dulden dürfe, aber die Hamburger Bürgermeister an seiner Seite schritten keineswegs ein, sondern grienten schadenfroh. Der Graf hatte sich den Verrat, der ihm ermöglichte, sich in den Besitz des Vitalienserschatzes zu bringen, obendrein durch die Hansestädte vergolden lassen.

Goedeke schlurfte, wie es die Fußfesseln eben erlaubten, auf die Mitte des Richtplatzes zu und erhob noch einmal die Stimme: »Zum Schluss noch eine Bitte, die Ihr mir nicht versagen könnt. Es geht um ein Gelübde, das ich vor achtzehn Jahren getan habe. Es muss ein Geheimnis bleiben, wenn anders nicht Menschen zu Schaden kommen sollen.« Eilfertig erbot sich der Herr Erzbischof, den Inhalt des Gelübdes zur Kenntnis zu nehmen und in sein Beichtgeheimnis einzuschließen.

Goedeke wies ihn ironisch ab: »Damit es spätestens morgen früh ganz Bremen weiß? O nein! Ich möchte es aber gern dem Gerichts- und Ratsherrn Nikolaus Schoke anvertrauen.«

»Was bildet sich der Gefangene ein? Eine Unverschämtheit!«, empörte sich Simon von Utrecht von einem der hinteren Plätze aus.

Ohne sich durch Proteste ähnlicher Art beirren zu lassen, begab sich Schoke zum Richtblock und lieh dem Hauptmann der Vitalienser für wenige Worte sein Ohr. Sosehr die in der Nähe Sitzenden sich auch anstrengten, sie konnten kein Wort von dem, was Goedeke zu sagen hatte, verstehen. Nur den letzten Satz artikulierte Goedeke langsam und deutlich für jedermann: »Werdet Ihr das für mich tun?«

Goedeke reckte das Haupt und sah den Ratsherrn groß an. Schoke vermochte nicht, seinem Blick standzuhalten. Er wandte das Gesicht zur Seite, schaute starr über die Elbe hin, wobei sich seine Augen zu Sehschlitzen verengten. Mit einer Stimme, die nicht wie die seine klang, gab er Antwort: »Ja, ich muss es wohl! Ja, mit Gottes Hilfe!«

Zu aller Überraschung kniete Goedeke Michel unverzüglich aufrechten Hauptes nieder, betete und bot der Schärfe des Schwertes seinen Nacken dar. Der Scharfrichter war von dem ungewöhnlichen Geschehen derart beeindruckt, dass er einen Augenblick lang zögerte, seine Arbeit zu verrichten. »Nur Mut!«, rief Goedeke Michel ihm zu. »Mach ein Ende!«

Die Hinrichtung aller Gefangenen dauerte ihre Zeit. Die Zuschauer waren mit dem Spektakel zufrieden und wanderten in die Stadt zurück.

Die Reliquien

Hamburg, Grasbrook,
am gleichen Tag, Nachmittag

Die Gastschiffe legten wieder ab. Ein einziger Hamburger Bürger war in seiner Seele bedrückt. Warum nur fühlte er sich an diesem schönen Tage plötzlich nicht mehr wohl in seiner Haut? Waren es Skrupel wegen der Hinrichtung dieses ehrenhaften Kaperers, geeignet, ihm den Rest des Tages zu vergällen? Wer war das gewesen, der sich gegen seinen Willen seines Mundes bedient und ihn gezwungen hatte, die Einlösung eines Gelübdes zu versprechen, die kaum zu bewerkstelligen war!

Obwohl es schon später Nachmittag war, mochte er nicht darauf verzichten, seinem alten Nachbarn, dem Arzt Budessyn, auf dem Heimwege den seit Tagen vereinbarten Besuch abzustatten. Budessyn hatte ihn bereits erwartet und öffnete die Tür. »Gut, dass Ihr kommt, Schoke!«, begrüßte er ihn und zog ihn ins Haus. Der prächtige Vollbart, dessentwegen man ihn den *barbatus* nannte, war inzwischen ebenso weiß geworden wie das krause Haupthaar und die buschigen Augenbrauen. Die Augen aber strahlten unverändert Aufrichtigkeit und Güte aus. Den Bart trug er, weil er Jude war und sich in Treue zu seinem Glauben hielt. Kaum jemand wusste es, aber es fragte auch niemand in dieser Stadt. Hier zählte nur die Tüchtigkeit, und ein tüchtiger Chirurgus war er, weiß Gott. Die Stadt hatte ihn bis zu seinem Ausscheiden aus dem Amt ausgezeichnet honoriert, jährlich mit Dienstkleidung und außerdem mit einer ordentlichen Wohnung ausgestattet, die ihm weiterhin zur Verfügung stand.

Budessyn führte den Gast durch das aufgeräumte Haus

nach hinten in seine Studierstube, die durch ein mit Butzenscheiben verglastes Fenster, das nach Süden auf den Garten hinausging, gutes Licht erhielt. An den Wänden reichten Regale für Bücher, medizinische Gläser und andere Gerätschaften bis an die Decke. Der Arbeitstisch war frei geräumt bis auf eine Fläche, die ein schwarzes Samttuch bedeckte. Darauf lagen, akkurat aneinandergefügt, kleine und größere Knöchelchen, die zusammen eine skelettierte rechte Hand ergaben.

»Ihr seht, Schoke, ich habe die Knöchelchen alle aus ihren kupfernen Amulettkapseln herausgeholt. Die Behältnisse sind nicht weiter von Bedeutung«, erklärte Budessyn.

Schoke warf einen Blick darauf. Und fragte: »Das ist alles, was davon übrig bleibt, wenn man sie auspackt?«

»Ganz recht, aber es ist unvorstellbar wertvoll«, erwiderte der Arzt. »Ich habe alles gefunden, es fehlt nichts. Insgesamt sind es die siebenundzwanzig Knöchelchen, die zu der Hand eines Menschen gehören. Sie sind sehr alt und abgerundet, teilweise auch recht brüchig und müssen jahrhundertelang in der Erde gelegen haben. Es könnte sich demnach sehr wohl um die Reste von der Hand eines Heiligen handeln, die sorgfältig von dem übrigen Skelett abgetrennt wurde.«

»Gott im Himmel! So ist es wahr, was …« Schoke schrak zusammen und verstummte.

»Worum geht es, Schoke? Was macht Ihr so viel Aufhebens von dieser Knochenhand?«, fragte Budessyn, den die heftige Reaktion überraschte.

Schoke kam Budessyn ganz nahe und sagte leise, aber mit fester Stimme: »Als Goedeke mir vor seiner Hinrichtung sein Geheimnis verriet, da sah ich am Elbstrand unterhalb des Richtplatzes einen Menschen aus Fleisch und Blut. Nur seine rechte Hand war skelettiert. Und mit dieser Hand wies er auf mich und machte mich willenlos. Er gab mir ein Zeichen, ich müsse etwas sagen, und ich gehorchte ihm. Ich kann nicht beschreiben, was da in mir vorging.«

»Hat Goedeke erzählt, wie er an die Hand gekommen ist?«

»Dafür war die Zeit zu kurz. Ich nehme an, er hat sie geraubt.«

»Das kann ich nicht glauben«, widersprach Budessyn, »denn die Knochenhand wurde sorgfältig und sachkundig von dem übrigen Skelett getrennt. Das sieht eher nach planmäßigem Vorgehen als nach der überstürzten Ausplünderung eines Grabes aus.«

»Es kommt nur Räuberei in Frage, aber ich weiß es ...«

Schoke hielt inne. Er war blass geworden. Der Arzt bemerkte es und holte eilends Wasser aus der Küche und ein Tuch, um den starr Dasitzenden zu beleben.

Schoke erholte sich schnell, schüttelte sich ein wenig. »Ihr macht mich ja ganz nass«, wehrte er sich gegen die feuchte Tuchauflage und fragte kurz darauf wie beiläufig nach irgendwelchen anderen Knöchelchen, die man Störtebekers Genossen ein Jahr zuvor vom Halse genommen habe.

»Da kann ich Euch beruhigen!«, erklärte Budessyn. »Es handelte sich dabei um eine Sammlung willkürlich zusammengestellter Tierknochen jungen Datums, nicht einmal zur Verwendung als Amulett geeignet. Wir können sie getrost zum Abfall werfen.«

»Aber nein! Nur das nicht«, widersprach ihm Schoke. Ihm war ein Einfall gekommen, und so bestimmte er: »Wir werden zwei Ledersäckchen nähen – ein größeres und ein kleineres. In das größere geben wir die Fälschung, in das andere die Originale. So wird man die wahren Reliquien leichter versteckt halten können.«

»Mein Gott, Schoke«, lachte Budessyn, »so kenne ich Euch ja gar nicht. Da habe ich schon eine Ewigkeit, ohne es zu ahnen, freundschaftlichen Umgang mit einem für Hamburg tätigen Geheimagenten, der mit allen Wassern gewaschen ist. Geht es um einen Zauber? Da rat ich Euch lieber zur Vorsicht.«

»Wenn ich dürfte, würde ich Euch gern mehr sagen«, wehrte Schoke ab.

Budessyn insistierte. »Als Euer Arzt bin ich zur Verschwiegenheit verpflichtet. Bei mir ist Euer Geheimnis gut aufgehoben!«

Ohne sich lang zu bedenken, neigte sich Schoke zu ihm und flüsterte ihm etwas ins Ohr.

»Aha – eine Schiffsreise, und schon im nächsten Frühjahr!«, meinte Budessyn. »Welch ein Zufall, nicht wahr? Seht nur! Ich beschäftige mich gerade mit diesem Thema«, sagte Budessyn und wies auf einen aufgeschlagenen Folianten.

»Hebräisch?«, wollte Schoke wissen.

»Aber ja! Es ist die Geschichte von Jonas, den eine Schiffsmannschaft über Bord warf, um die wild gewordene See zu beruhigen.«

»Und wie ging die Geschichte aus?«, fragte Schoke spöttisch. Budessyn zögerte: »Ihr seid nicht gerade in Eurem Alten Testament, das uns miteinander verbindet, zu Hause, oder narrt Ihr mich? Also – ein großer Fisch schwimmt gerade am Schiff vorbei…«

Sich erinnernd, fiel Schoke ein: »… und schluckt Jonas herunter, ohne ihn zu verletzen. Nach drei Tagen und drei Nächten hat ihn der Fisch am Strand von Ninive wieder ausgespien.«

Beide schwiegen. Schoke ging nachdenklich zur Tür, dann wandte er sich noch einmal um: »Keine schöne Perspektive vor einer Seereise, aber wenigstens eine tröstliche! Wenn der Fisch mich am Ende wieder heil auf dem Grasbrook ausspeien würde! Dann wär das doch schon was.«

Die geheime Mission

Für alle Fälle ein Testament

Hamburg, Rathaus,
Ostersonnabend, 25. März 1402

Der strenge Geruch von feucht gewischten Fliesen und der Moder von uraltem Aktenstaub legte sich jedem auf die Seele, der zum ersten Mal diesen Raum betrat. Hier ruhte das Gedächtnis der Stadt hinter gut gesicherten Türen in einem mächtigen schwarzen Schrank, der den ganzen Raum, die Ratsthrese, bis zur Decke hinauf beherrschte. Dieses Archiv enthielt weit mehr Erinnerungen an Tote als an Lebende, verzeichnete die Taten und Geschehnisse seit langer, langer Zeit.

Johan Schoke war übel gelaunt. Einen Tag vor Ostern! Welcher Teufel mochte den Bruder geritten haben, ihn an diesem herrlichen, viel zu warmen Frühlingstag von seinem Hof auf Ochsenwärder hierher in diese Gruft zu locken! Was hätte er darum gegeben, von einer derart staubigen und zugleich schweißtreibenden Reise in die Stadt verschont geblieben zu sein. Dass der helle Tag mehr Licht, als man an diesem Ort gewohnt war, durch die Fenster dringen ließ, war immerhin tröstlich. Johan war zwar des Lesens nicht gänzlich unkundig, er meinte aber, hinter der Beschriftung der Buchrücken in den Regalen ein System magischer Zeichen zu entdecken. Die düstere Atmosphäre ließ ihn erschauern. Die hohen Stühle vor dem Tisch an der Fensterseite erschienen ihm nicht eben einladend, eher für Gestalten aus Ewigkeiten reserviert. Unruhig durchmaß er den Raum hin und her wandernd und bemerkte mit leichtem Schrecken, wie er bemüht war, den Fuß nur auf die grünen Fliesen zu setzen, die gelben ängstlich meidend.

Endlose Reihen von Büchern, darin die Namen längst begrabener Ratsherren seit Bestehen des Gemeinwesens, schienen zu fordern: »*Respice finem*! – Bedenke das Ende!« Und erst die Folianten mit den Bürgerlisten – wo mochten alle die Bewohner der Stadt zur letzten Ruhe bestattet liegen? Daneben machten sich gewichtige Prachtbände mit den ältesten Herrschaftsinstrumenten der Stadt, kaiserlichen Privilegien und Handelsverträgen breit. Aus dem obersten Regal bedrohten seit Menschengedenken Hamburgs Stadt- und Schiffsrechte alle Übeltäter und die Feinde der Republik mit Bestrafung. Kämmerer vergangener Jahrhunderte huschten durch die Regale und mahnten mit knöcherner Hand die Fortsetzung der Aufzeichnungen über Einnahmen und Ausgaben an. Dann wieder die Erbe- und Rentebücher, in denen sich Sterben und Erben widerspiegelten! Unerträglich, dieser Todeshauch!

Und trübselig, dieses Warten! Dann hörte er ein Trippeln vor der Tür. Es erschien der Ratsschreiber Tycho Olmers, ein kleiner Herr mit Spiegelglatze und einem Antlitz von aufdringlichster Bedeutsamkeit. Das Haupthaar hatte sich in Richtung der Schläfen zurückgezogen, wucherte dort umso üppiger und verdeckte die Ohren. Eine Tasche an sich pressend, hielt er, ohne Johan eines Blickes zu würdigen, auf den Tisch zu und nahm an dessen Kopfende Platz. Er zog die Augenbrauen in spitzen Bögen nach oben und schaute sich herausfordernd um. Vor diesem Blick hatte nichts und niemand Bestand. Und Johan? Den sah er gar nicht. Er begann, seine Schreibutensilien auszubreiten, Papiere, die Streusanddose und das Tintenfläschlein in die gewohnte Ordnung zu bringen und seine Gänsekiele zu spitzen.

Wieder wurde die Klinke niedergedrückt. Diesmal schauten zwei würdig gekleidete Herren herein, die Ratsleute Heyno Vorrad und Heyno von Hachede.

»Seid Ihr auch an der Sache mit unserem Ratskollegen Nikolaus Schoke beteiligt?«, sprach der Ältere von beiden Johan eher beiläufig an und ließ ihn, nicht ohne den Abstand zu ihm durch ein gewisses Maß an Herablassung zu wahren, seinen Namen, Heyno Vorrad, wissen.

Johan nickte unbeeindruckt und selbstsicher: »Er ist mein Bruder. Allerdings ahne ich nicht, worum es geht.«

»Um eine Angelegenheit im Interesse der Stadt: Nikolaus Schokes Testament. Hat er Euch nichts davon erzählt? Nein? Umso besser!«, fuhr Heyno Vorrad energisch fort. »Nun, wir werden ihn auf eine weite Reise schicken. Heute muss er sein Testament aufsetzen, um seine Familie für den Fall vorzeitigen Ablebens in der Fremde abzusichern.«

Johan wurde blass um die Nase und verlor die Beherrschung: »Wie? Was? Dafür soll ich gekommen sein? Er kann doch jetzt nicht … Das erscheint mir völlig unmöglich! Wohin denn soll überhaupt die Reise gehen?«

»Ich darf doch sehr bitten: nicht in diesem Ton!«, entgegnete Vorrad irritiert, und Heyno von Hachede fügte beschwichtigend hinzu: »Hinsichtlich des Reiseziels ist Stillschweigen vereinbart worden.«

Weniger verbindlich schloss Vorrad: »Aber er fährt, ob er dies möchte oder nicht. Er muss einfach. Ein Ratsherr hat auch unabweisliche Verpflichtungen – klar?«

»Das begreife, wer will! Ich bestehe darauf, all dies noch einmal von ihm selber zu hören.«

»Ihr könnt Euren Bruder gleich selber fragen. Da kommt er gerade zur Tür herein.« Hachede wies mit der Hand in Richtung des Einganges.

Begleitet von fünf weiteren, schlicht gekleideten Männern betrat Nikolaus Schoke, eine Spur bleicher als sonst, den Raum und ging auf seinen Bruder zu. Der Gang und seine Haltung, ernst und korrekt, immer noch elastisch, zogen die Aufmerksamkeit aller Anwesenden auf sich. So einer hätte schon jetzt das Zeug zum Bürgermeister, war man sich einig.

Die Gespräche ringsum verstummten, obwohl ihn niemand sonst verstehen konnte, als er leise auf seinen Bruder einredete:

»Johan! Ich danke dir, dass du gekommen bist. Es war gar nicht so einfach, all diese Menschen zu diesem Termin hierher zu bringen Sie werden mit dir zusammen über die Einhaltung und Vollstreckung meines Testamentes wachen, falls ich von meiner Reise nicht wiederkehren sollte.«

»Nicht so schnell, Nikolaus! Ich höre nur ›Reise‹ und ›Testament‹ und weiß von nichts. Wozu die Geheimniskrämerei? Du kannst nicht fort – gerade jetzt nicht. Was treibt dich, etwa dein Ehrgeiz? Du willst Bürgermeister werden, nicht wahr? Das ist es doch – oder?«

»Was für ein Unsinn! Willst du mich beleidigen? Eine schwere Verantwortung habe ich mir aufbürden lassen. Ich kann ihr nicht entkommen, obwohl ich es mir so sehr gewünscht habe. Mit dem höchsten Amt in unserem Staat hat es gar nichts zu tun! Ich muss auf eine große Reise gehen, Johan, und darf dir nicht einmal verraten, wohin und warum … Sie machen mit Recht Sicherheitsgründe geltend, um mich zu schützen.« Nikolaus fasste den Bruder am Arm.

»Meine liebe Frau! Ich habe sie noch nie allein gelassen. Wie soll sie ohne mich zurechtkommen? Nun ja – sie wird keine Not leiden – das ist es nicht. Ich habe bestimmt an alles gedacht – auch an Greteken, meine arme kleine Tochter! Das ist es doch, was du wissen wolltest.«

»Du sagst es. Was soll nur aus ihr werden, wenn die Krankheit ihr noch mehr zusetzt!« Johan schaute den Bruder besorgt an: »Verzeih mir! Ich habe eure Kleine nun mal in mein Herz geschlossen. Sie ist ein so, so wunderbares Geschöpf!« Die Augen glänzten ihm feucht. »Sie ist einfach zauberhaft, aber wegen ihrer Krankheit so zerbrechlich. Sie braucht dich doch. Ich könnte es nie und nimmer ertragen, sie noch mehr leiden zu sehen.«

»Und weil ich sie ebenso lieb habe, soll sie wenigstens in meinem Testament …«

»Ich möchte die Herren dringend darum ersuchen, sich nunmehr ganz dem Anliegen des heutigen Tages zu widmen. Unsere Zeit ist begrenzt. Die Ratsgeschäfte dulden keinen Aufschub«, unterbrach Heyno Vorrad mit seiner schwächlichen Stimme das Gespräch der Brüder, »also nehmt bitte Platz und hört zu, was Nikolaus Schoke unserem Ratsschreiber in die Feder zu diktieren hat.«

»In Gottes Namen, amen«, begann der Angesprochene in festem Ton, als habe er mit allem abgeschlossen und rechne schon mit seinem Ende. » … im 24. Jahr meines Lebens stehend …«, fuhr er fort, doch der Notarius winkte ab: »Das Alter an dieser Stelle zu nennen wäre ganz unüblich. Euer Einverständnis vorausgesetzt, lass ich es hier aus. Also weiter, bitte!«

»Ich, Nikolaus Schoke, Ratsherr zu Hamburg, von Gottes Gnaden gesund an meinem Leibe und im Vollbesitz meiner Sinne, habe den Willen, zu Troste und Seligkeit meiner Seele als Pilger zu wandern – habt Ihr das?« Der Ratsschreiber nickte, und Nikolaus fuhr fort, indem er seine Habe an seine Frau Abeke, seine Kinder und an kirchliche Einrichtungen verteilte. »... und gebe ich Greteken und Tydeken, meinen ersten Kindern, dreihundert Mark...«

Johan Schoke hob irritiert die Brauen. Die ganze Veranstaltung hatte etwas Gespenstisches. Die großzügige Versorgung der Ehefrau und der beiden Mädchen beruhigte ihn keineswegs. Nikolaus hatte es tatsächlich an nichts fehlen lassen, wie jemand, der ein Opfer bringen muss und sich für immer verabschiedet. Seinem Stuhlnachbarn Otto Bremer, der fragend herüberblickte, tuschelte er zu: »Um Greteken muss man sich Sorgen machen – sie ist doch erst dreizehn und schwer krank. Sie sieht Gewitterstürme im Voraus ... spricht von Dauerregen und einer bevorstehenden Hungersnot als Strafe Gottes... schreit Sachen heraus... Teufel auch!«

Während er ihm dies weiter erklärte, hatte er dem Bruder nicht mehr ganz zugehört. Umso mehr überraschte ihn der nächste Satzfetzen: »... für Lesung von Messen am Altar des heiligen Cyriacus eine Mark Geldes!« Das bedeutete die Aufbesserung eines Benefiziums, aus dem der Unterhalt eines armseligen Altaristen bestritten wurde. Der ausgerechnet am Altar des Cyriacus amtierte! War das nicht einer der Notheiligen, den man im Falle von Geisteskrankheit in der Familie anrief und auf Hilfe durch kirchliche Spezialisten hoffte? Die werden doch nicht etwa...? Das Geld hätte man besser der Familie für ihren Unterhalt belassen.

»Darüber müssen wir zwei noch einmal dringend reden!«, rief er dazwischen.

»Ich muss doch sehr bitten, jeden Zwischenruf zu unterlassen«, ermahnte ihn Ratsherr Heyno Vorrad streng, »weil anders kein gültiges Testament zustande kommen wird.«

Kaum war der Text zu Papier gebracht und mit Siegeln behängt, suchte Johan das Gespräch mit dem Bruder, um mehr zu erfahren. Ihm blieb nur ein einziger Punkt, an dem sich ein Gespräch anknüpfen ließ: »Der Gedanke mit der Stiftung an Cyriacus – der stammt doch gewiss nicht von dir! Stattdessen hättest du mehr für die Versorgung deiner Familie tun können. Deine Frau, die Abeke, steckt dahinter, nicht wahr?«

»Nicht so laut, Johan! Ich weiß, du magst sie nicht, aber sie meint es doch nur gut. Sie ist wie eine Heilige. Auch mir wird's manchmal zu viel. Ich bin, wie du weißt, nicht gerade ein ungläubiger Heide. Aber was sich da bei uns zu Hause abspielt! Für sie ist unsere Ehe ein einziger Gottesdienst. Zurzeit buchstabiert sie in ihrer christlichen Einfalt die vierzehn Notheiligen durch. Und da ist nun der heilige Cyriacus an der Reihe. Mit der Religion liegt mir die gute Abeke in den Ohren, seit wir verheiratet sind. Diesmal war sie besonders hartnäckig, weil es um unsere kranke Tochter ging. Sie hat nicht eher Ruhe gegeben, bis ich mit der Stiftung an Cyriacus einverstanden war.«

»Was verfolgt sie damit? Sie unternimmt doch sonst nichts ohne Hintergedanken. Denk nach, Nikolaus, ehe es zu spät ist!«

»Nein, Johan! Nun gehst du mit deinen Unterstellungen wirklich zu weit. Du redest von meiner teuren Frau! Sie hegt keine Hintergedanken und ist ohne Falsch. Es geht ihr wirklich um die Religion, die ihr ganzes Leben bestimmt – und mittlerweile auch das meine.«

»Ich hoffe, dass meine schlimmen Befürchtungen sich nicht bestätigen werden, Nikolaus. Aber – wenn doch! Abeke könnte während deiner Abwesenheit in ihrem religiösen Wahn grauenvolle Dinge anstellen.«

»Nun übertreibst du wieder! Du denkst allzu hässlich von ihr. Sollte sich Derartiges je ereignen, was ich für gänzlich ausgeschlossen halte, lieber Johan, so darf ich mich ganz auf dich verlassen. Du bist laut Testament sogar zur Aufsicht verpflichtet. Das müsstest du eigentlich wissen, wenn du vorhin gut zugehört hättest. Herman Lange, Johan Cleesken und dich habe ich neben anderen dazu ernannt, auf die Einhaltung der testamentarischen Bestimmungen und ihre Durchführung im Falle meines Todes zu achten. Ich möchte dich sogar bitten, häufiger mal in unserem Hause vorbeizuschauen und nach dem Rechten zu sehen.«

»Im Falle deines Todes! Wie redest du! Natürlich werde ich ein Auge darauf haben. Dessen kannst du sicher sein!«, bekräftigte Johan Schoke und fügte nach einigem Zögern hinzu: »Da fällt mir ein – ich könnte einmal mit Pater Hiob reden, der als Altarist in St. Jacobi für die Messen am Altar des heiligen Cyriacus und der heiligen Gertrud zuständig ist. Vielleicht erfahre ich von ihm, was Abeke im Schilde führt.«

»Sie führt nichts im Schilde! Und außerdem: Pater Hiob, ein Priester frei von jedem Tadel – er ist ihr Beichtvater!«

»Wie dumm! Daran habe ich nicht gedacht. Wenn die Dinge so liegen«, meinte Johan resignierend, »werd ich aus ihm kein Sterbenswort herauskriegen. Also muss ich mir etwas anderes ausdenken.«

Johan umarmte den Bruder zum Abschied und wollte ihn nicht mehr loslassen.

»Wann wirst du abreisen?«

»Ich weiß es selber noch nicht. Wohl nicht gerade morgen, am Ostersonntag. Christian Militis, der Bürgermeister, und Pater Josef Eggert, der Pfarrer von St. Jacobi, werden mich abholen und verabschieden. Es wird eine Pilgerreise sein. Ob mit einem Schiff oder zu Pferde – ich kann es dir nicht sagen.«

»Wie merkwürdig! Eine Pilgerreise ohne Angabe des Ziels? Von einer derartigen Geheimhaltung hab ich mein Lebtag noch nicht gehört! Aber wenn's über das offene Meer gehen sollte, dann seht euch ja vor! Mit den Holländern ist nicht zu spaßen, seit die Hamburger ihren Handelskonvoi bei Stade überfallen haben. Du erinnerst dich, nicht wahr? Bevor Graf Albrecht die alte Fehde gegen Hamburg beendet, will er erst einmal Geld sehen. Viel Geld! Er wird nicht davor zurückschrecken, Schiffe festzuhalten und für die Freilassung der Mannschaften Lösegeld zu erpressen.«

Schokes Abordnung

Hamburg, Anleger tom Schore,
Dienstag, 28. März 1402

Am Abend begann es aus Osten – zuerst kaum merklich – zu wehen. Schwarze Widder verdichteten sich über dem Horizont zu einem düsteren Vorhang und zogen gegen den Wind die Elbe herauf. Der Himmel verdunkelte sich. Früher als gewöhnlich schien die Nacht hereinzubrechen. Es war schwül, wie eine Last drückte es die Bürger der Stadt auf ihre Lager. Es war ein ungewöhnlich heißer Frühlingstag.

Aus dem Fenster des Betsaals Maria tom Schore fiel ein schwach flackernder Schein auf den Vorplatz. Am Anleger davor lag nur ein einziges Schiff mit aufgegeitem Segel. Nichts bewegte sich an Bord. Da öffnete sich die Tür des Betsaals, und im herausfallenden Licht zeichneten sich für kurze Zeit die Silhouetten dreier Gestalten deutlich ab, eines Geistlichen und zweier Ratsherren mit ihren kostbaren Umhängen und Hüten. Sie eilten über den Vorplatz auf die Kogge zu. Und während jetzt an Deck eine Lampe angesteckt wurde, verabschiedeten zwei Männer auf dem Vorplatz den dritten, einen der beiden Ratsherren.

Vor Betreten des Schiffes kniete er noch einmal nieder und erwartete gesenkten Kopfes, die Hände gefaltet, den Reisesegen. Der Geistliche trat an ihn heran, legte ihm die Hand aufs Haar und sprach seinen Segen. Dann fügte er noch an, während der Ratsherr sich erhob: »Was immer sich ereignen wird, mein Sohn, du bist in Gottes Hand. Der heilige Jakobus, mit dessen Namen unser Gotteshaus aufs engste verbunden ist, wird dir als einem treuen Mitglied unserer Gemeinde auf deiner Pilgerfahrt stets seinen besonderen

Schutz gewähren. Rufe ihn an in der Not, und dir wird geholfen werden. Aber vergiss das eine nicht: Sobald du am Ziel bist, wende dich an den Kaplan Monsignore Juan de Torquemada. Nur ihm darfst du den dir anvertrauten Schatz übergeben. Er wird Sorge tragen, dass er dem Eigentümer zurückgegeben wird.«

»Der Rat und auch wir, die Bürgermeister der Stadt, begleiten deine Reise mit Hoffen und Bangen«, sagte dann Christian Militis in gedämpftem Ton. »Sollte deine Mission bekannt werden und der dir übergebene Schatz in falsche Hände geraten, wären die Folgen für unser Hamburg katastrophal.«

»Ich weiß, ich weiß, Bürgermeister! Weit schwerer als alle freundlichen Ermahnungen wiegt die Bürde, die ich mir selber auferlegt habe«, kam es ganz leise zurück, und Schoke setzte mit Schwung über die Reling an Bord.

»Tut mir leid, dass dir diese Reise niemand abnehmen kann, Schoke – am wenigsten dieser furchtbare Mensch, der sich uns immer wieder angeboten hat«, erklärte Christian Militis.

»Ach der«, wehrte Schoke ab, »der würde noch seine Großmutter verkaufen, um endlich Hamburger Ratsherr zu werden.«

»Eines wollte ich nochmals betonen«, wechselte Christian Militis das Thema. »Sollten sich Möglichkeiten ergeben, zur Verbesserung der Handelsbeziehungen nach der Westsee neue Privilegien für Hamburg herauszuschlagen, wäre uns das höchst willkommen. Von dort erreichen uns laufend aufregende Meldungen über Entdeckungen und neue Handelsplätze. Ihr wisst, auch in dieser Hinsicht haben wir keinen Besseren als Euch. Ihr seid sprachbegabt, juristisch gebildet, fromm und in so guter Verfassung wie keiner sonst im Rat.

Die Stadt wird Euch ewig dankbar sein und wird den Kämmerer anweisen, diese Reise, die gewiss zum wenigsten Eure persönliche Angelegenheit bleiben wird, zu finanzieren.«

»Das wird uns schon weiterhelfen!«, entgegnete Schoke beinahe geistesabwesend und nahm ein Bündel an, das ihm der Bürgermeister über die Reling mit den Worten nachreichte: »Hier Euer Reisegeld und außerdem Euer Sondergepäck, aber öffnet es nicht, bevor Ihr wieder an Land seid und die eigentliche Wanderschaft beginnt. Lasst niemanden einen Blick hineinwerfen. Es könnte Euch schlecht bekommen. Für den ersten Abschnitt Eurer Reise haben wir das Schiff eines Mannes gewählt, der Euer Vertrauen besitzt. Wie es danach weitergehen wird, liegt in Eurer Hand. Viel Glück also!«

Bewegung kam ins Schiff. Wie von Geisterhand fiel das riesige Koggensegel aus den Geitauen und füllte sich sogleich mit dem stärker werdenden Ostenwind. Die Kogge zerrte an ihren Festmachern. Dann wurden die Leinen eingeholt, und die Kogge legte ab. Noch einige Minuten schauten die zurückgebliebenen Begleiter dem im Dunkel verschwindenden Schiff nach, ehe sie über den Platz gingen und in eine der Gassen einbogen. Die zwei – der Bürgermeister und der Priester – durften mit sich zufrieden und ganz sicher sein, dass wohl niemand von der geheimnisvollen Verabschiedung irgendetwas bemerkt haben dürfte.

Wirklich niemand? Da schaute noch eine schlanke Gestalt aus dem Dunkel neben der Kapelle dem Ablegemanöver zu. Sie stand da eingehüllt in ein weites Manteltuch, das auch den Kopf umschloss und ein leises Schluchzen dämpfte. Sie schrak zusammen. Ein unangenehmes Geräusch war an ihr Ohr gedrungen. Es klang so, als pfiffe da jemand leise durch die Zähne. Und dann sah sie ihn. Was nur mochte der Holländer dort gewollt haben? Abeke schloss das Manteltuch vor der Brust und huschte heimwärts.

Der da, an einen Pfeiler des Schaartores gelehnt, so leise gepfiffen und ebenfalls das ganze Geschehen beobachtet hatte, trat jetzt aus seinem Versteck an die Uferkante, wo wenige Minuten zuvor die Kogge verabschiedet worden war, und blieb dort eine Zeit lang nachdenklich stehen. Er hatte jedes Wort mit anhören müssen, auch, wie abschätzig sie sein Angebot erwähnt hatten, anstelle Nikolaus Schokes zu reisen. Nun ja, solange man nur ein einfacher Schiffer und kein Ratsherr war, blieb man als Konkurrent immer unterlegen. Wenn ihm in diesem Augenblick irgendetwas klar war, dann dies, dass er Nikolaus Schoke dafür hasste. Der wollte Störtebekers Richter gewesen sein, aber bloß nicht wahrhaben, dass ihm der Kerl entsprungen war! Simon von Utrecht biss die Zähne aufeinander, als er in Richtung des Binnenhafens verschwand.

Der Stahlhof

Auf der Themse,
Freitag, 31. März 1402

Nicht jeder hatte den Wetterumschwung leicht verkraftet. Erst die Frühlingshitze, dann die Gewitter und anschließend kühler Regen, der den April ankündigte. Nach den heftigen Regengüssen auf der Elbe brachte frostig kühles Rückseitenwetter wenigstens die Frühlingssonne zurück. Endlich einmal bot sich die Gelegenheit, in trockene Hemden zu steigen! Auf den Nagelbänken, der Winsch, den Luken, überall breiteten sie ihre Wäsche aus, um die Feuchtigkeit und den unter Deck in alle Fasern eingezogenen Modergeruch loszuwerden. Der kalte Ostenwind beschleunigte ihre Reise über die Nordsee und trieb ihr Schiff die Themse aufwärts. Als die Nacht hereinbrach, brachte man den Anker in einer abseits des Stroms liegenden Bucht mit ausreichender Wassertiefe aus.

Sie nahmen sich vor, gegen Mittag und etwa zwei Stunden vor Eintritt des Hochwassers London zu erreichen.

Bei Sonnenaufgang gingen sie Anker auf, obwohl über der Fahrwassermitte noch dichter Nebel lag. Sie hielten sich zunächst in Sichtweite des Ufers, um wenigstens den Schub des aufwärtsflutenden Stroms auszunutzen. Sobald die Tide kippen und der Ebbstrom wieder einsetzen würde, wäre ohnehin an eine Weiterfahrt nicht mehr zu denken.

Sie segelten die weiten Schleifen der Themse vor stetigem Ostenwind hinauf. Durch das Flusstal immer umgelenkt, folgte er ihnen auf dem windungsreichen Weg Richtung London und ließ sie nicht ein einziges Mal im Stich. Herman Langhe hatte das Segel mit Hilfe der Rah am Mast so hoch wie möglich gesetzt, um auch noch den letzten Windhauch, der über die gelegentlich höher aufstrebenden Uferkanten hinüberwehte, einzufangen und in den Vortrieb des Schiffes umzumünzen.

Schoke war auf das Bugkastell geklettert. Er wollte für sich sein. So aus der Höhe ließ sich die letzte Wegstrecke nach London hinein am besten überblicken. Aber er sah nicht einmal hin. Mit jeder Meile wuchs die Bedrängnis durch die Aufgabe, zu der er sich verpflichtet hatte. Er hätte dieses Ansinnen ablehnen müssen. Was nur hatten sich die Hamburger Ratsherren dabei gedacht! Wie sollte er ohne jede Hilfe diesen Auftrag erledigen, wie und wo die ihm gestellte Aufgabe anpacken? Er konnte niemand ins Vertrauen ziehen, ohne um Leib und Leben fürchten zu müssen. Angestrengt überlegte er, wie er, ganz auf sich gestellt, seine Mission erfüllen könne. Dazu fiel ihm nichts ein.

Nikolaus Schoke konnte sich nicht entsinnen, je so ratlos und unvorbereitet einer vollkommen ungewissen Zukunft ausgeliefert gewesen zu sein. Auch erschien ihm der Gedanke wenig tröstlich, einzig auf Gott zu vertrauen, der es schon zum Besten wenden werde.

Der Tidenstrom, der die Themse für sechs Stunden bergauf zu fließen zwang, verlangsamte sich allmählich. Im Sonnenlicht wirkten die vom Schlick milchig grau gefärbten Wellen wie schimmerndes, geschliffenes Gestein. Herman Langhe war gekommen und holte Schoke aus seinen Betrachtungen:

»Wir sind bald am Ziel. Bist du dir sicher, dass du in London bleiben willst? Oder soll ich nicht doch nach einem Schiff für dich fragen, falls du in irgendeine andere Richtung weiterreisen möchtest?«

»Zu gütig, mein Freund! Kümmere dich nicht um mich!

Ich weiß ja selbst noch nicht, wie lange ich bleiben werde. Das wird von einigen Gesprächen abhängen, die ich mit den Engländern zu führen hoffe.«

Langhe merkte, hier durfte er nicht weiter nachfragen, ohne Schoke in Verlegenheit zu bringen. »Ich geh dann mal wieder ans Ruder«, sagte er und wandte sich in Richtung des Achterschiffes.

Ein letztes Mal ging das Ruder nach Backbord über, und das Schiff nahm mit hoher Fahrt die Außenkurve. Jetzt wurde der Blick auf ein neues Stück des Flussufers frei. Ein Mastenwald dicht beieinanderliegender Koggen, Holken und Schniggen drängte sich dort am Gestade des Stahlhofes.

Wieder einmal hier, dachte Schoke. Welch ein Anblick! Eine kleine Stadt für sich, dieses fest ummauerte Kontor der Deutschen. Auf dem leicht ansteigenden Gelände reihten sich bis zur Kaimauer hinunter Werkstätten und Speicher, über denen Rauch und Qualm lagen. Auf der Höhe im Hintergrund erhob sich die Guildhall mit dem Verwaltungszentrum und den Versammlungsräumen, rechts davon die Seemannskirche All Hallows The Great – Allerheiligen. Welcher Englandfahrer wollte sich da nicht zu Hause fühlen! Wenn einem doch nur diese Last auf den Schultern erspart bliebe!

Der Rudergänger stimmte, wie immer bei Ankunft auf der Themse, ein altes Arbeitslied an. Dann sang er laut die Kommandos, die vom Chor der Decksmannschaft etwas misstönend beantwortet wurden. Sie begannen, die Geitaue dichtzuholen, um das Rahsegel allmählich zu verkleinern. Das Schiff verlor dabei an Fahrt und schwoite sachte an den Außenlieger mehrerer miteinander vertäuter Fahrzeuge heran, die genau unter dem Schwenkarm des Landkrans lagen. Die Springs, Vor- und Achterleinen wurden hinübergegeben und festgemacht. Vom Land tönte Baulärm herüber – Hämmern, Sägen, das Rollen und Kollern vom Abladen des Bauholzes. Sie verstanden nur mit Mühe, was der Kapitän des Nachbarschiffs, an dem sie festgemacht hatten, ihnen zurief: »Hezzlisch willkumme, leven Fründe!« Zugleich reichte er für die Crew zur Erfrischung eine Bütte kölsches Leckbier herüber. Nach diesem unverhofften Erfrischungstrunk und den üblichen Aufräumarbeiten an Deck kletterten zunächst die Mannschaften über alle Nebenlieger hinweg an Land, um einmal wieder festen Boden unter den Füßen zu spüren.

»Passt ja auf bei dem Durcheinander da drüben! Richtet euch nach dem Kran, wenn ihr wieder zurückkommt!«, rief Langhe ihnen nach.

Schoke hatte inzwischen sein unansehnliches, fest verschnürtes Bündel samt den für den täglichen Bedarf erforderlichen Utensilien ergriffen und schaffte all dies gerade an Deck, als er Herman Langhe in die Arme lief.

»Nun, wo willst du denn hin, Schoke? Soll ich dich nicht an Land begleiten? Ich muss unsere Ankunft ohnehin bei einem der Älterleute des Kontors anmelden«, drängte Herman Langhe den Freund.

Schoke zögerte: »Ich kenne sie beide, so einen Dicken mit Vollglatze, ein gemütlicher Mensch, kommt aus Köln, und seinen Kollegen, klein und drahtig, eher eine asketische Natur, trinkt keinen Wein und kein Bier. Er ist von der Stadt London in das Amt des zweiten Ältermanns gehievt worden.«

»Wenn wir ausgerechnet ihm in die Hände fielen«, meinte Langhe, »wäre ich völlig aufgeschmissen – ich spreche kein Wort Englisch.«

»Nur keine Angst – ich bin ja noch da. Außerdem hab ich einige Fragen an die Älterleute. Ich weiß bis jetzt nicht, wo ich übernachten werde«, erklärte ihm Schoke. »Was das Englische betrifft«, fuhr er fort, »habe ich mir auf meinen Reisen manches angeeignet. Es fliegt mir zu, wie man so sagt.«

Vorsichtig stiegen Langhe und Schoke über die Nachbarschiffe, liefen dann am Kran vorbei und suchten sich ihren Weg zwischen Bauholzwagen, Pferdegespannen, Ziegelstapeln und Mörtelbaljen hindurch und die Windgoose Lane hinauf. Staubwolken erhoben sich, wo Mauern niedergelegt wurden. Zimmerleute sperrten mit Langhölzern auf den Schultern den Durchgang. Hilfsarbeiter balancierten, mit Ziegeln beladen, über Baugerüste.

»Was geschieht hier eigentlich?«, staunte Langhe. »Reißen die den ganzen Stahlhof ab und bauen ihn neu auf?«

»Kann ich dir nicht sagen, ich bin ebenso überrascht. Wir werden die Älterleute …« Schoke hielt inne. Unvermittelt schlug er Langhe vor: »Du kannst dich hier ruhig ein bisschen umschauen. Ich gehe rasch zur Seemannskirche hinüber. Ich habe noch die Freundespflicht zu erfüllen, den Pfarrer Gilbert von All Hallows The Great zu begrüßen.«

Er ließ den Ratskollegen nicht lange warten, und als er wieder neben ihm auftauchte, war er das Bündel losgeworden, wie Herman Langhe bemerkte.

Dann blieben nur noch wenige Schritte, und sie standen vor der Guildhall der Deutschen.

»Mit diesem Bauwerk können wir deutschen Hansekaufleute uns aber sehen lassen, nicht wahr? Sag doch mal was, Herman!«

»Na ja – du nun wieder mit der Geschichte ›van de dudesche Hanse‹! Ich schätze, hundert Fuß lang und dreißig breit – sehr repräsentativ.«

Das offene Erdgeschoss, das von Säulen eingefasst war, wimmelte von Menschen: ein Markt, auf dem alles zu haben war. Sie drängten sich an den umlagerten Ständen vorbei und erreichten endlich die Treppe zum Obergeschoss. Auf der obersten Stufe angekommen, wurden sie bereits freundlich empfangen.

Der Londoner Ältermann war es, der sie mit erkennbar spöttischem Unterton begrüßte: »*Heartly wellcome at the steelyard! We saw your ship when coming into our harbour.*« Schoke erklärte, es sei das Schiff seines Freundes, und präsentierte ihm Herman Langhe, den Eigner. Der Ältermann blieb ironisch. Es sei schon erstaunlich, endlich einmal wieder ein Fahrzeug aus Hamburg begrüßen zu dürfen, nachdem in letzter Zeit beinahe ausschließlich Kölner Kauffahrer den Weg hierher gefunden hätten. Schoke machte ihm klar, die Hamburger hätten erst einmal die Verbrecherbande der Vitalienbrüder, die ihnen der Graf von Holland auf den Leib gehetzt habe, vernichten müssen, bevor sie sich mit ihren Schiffen wieder in die See hätten wagen dürfen.

Gemeinsam betraten sie einen großen Saal mit niedriger Balkendecke, der das ganze Obergeschoss der Guildhall einnahm. Durch Ständerwerk zur Rechten und zur Linken war er dreischiffig gegliedert. Sofort zog es sie zu der Fensterreihe an der Südseite des Raumes. Von dort aus hatte man den schönsten Blick über den ganzen Stahlhof, die Kaianlagen mit den Schiffen und den Fluss bis hinüber nach Southwark auf dem gegenüberliegenden Themseufer. Drüben ragte die Kathedrale St. Saviour and St. Mary Overy auf.

Der Engländer wies auf die von Schiffen dicht besetzte Kaianlage. Von der Ironie wechselte er zu einem Klageton über und seufzte, es kämen in jedem Jahr mehr Schiffe aus dem Westen, aus dem Rheinland, Friesland und Holland. Und alle fünf Jahre müsse man die hölzerne Spundwand am Ufer erneuern, weil so mancher Schiffer sein Fahrzeug beim

Anlegen gegen die Spundwand krachen ließe, dass die Holzsplitter nur so durch die Luft flögen. Dabei täten sich zum Kummer seines deutschen Amtskollegen gerade die Kölner hervor, die hier langsam überhandnähmen. Die Schiffer aus der Ostsee, die Osterlinge, ließen sich dagegen immer seltener sehen. Es sei ja offensichtlich, dass dieses Verhalten auf die ganz und gar unbegreifliche Abneigung der Lübecker gegen England zurückzuführen sei. Und die Lübecker hätten nun einmal den größten Einfluss auf die Hansestädte an der Ostseeküste.

Dies alles seinem Freund gut und schnell zu verdolmetschen fiel Schoke nicht leicht. Doch so viel hatte Langhe begriffen, dass man schleunigst das Thema wechseln müsse.

»Was bringen Euch denn die Leute aus Köln ein? Sind sie für den Handel mit dem Stahlhof wichtig?«, fragte er.

»Sie liefern uns fuderweise Wein«, erklärte der Ältermann. Der Wein aus dem Rheinland würde bei Hofe in Westminster inzwischen das hamburgische Bier an Beliebtheit übertreffen. Der Steelyard gäbe sich alle Mühe, den Kölnern jede Menge englischen Tuchs anzubieten, damit die sich für die Rückfracht ausreichend eindecken könnten. So gewaltig sei inzwischen ihr Bedarf, dass man viele kleine Werkstätten habe schließen müssen. Man brauche den Platz. Hier sollten geeignete Weinlager entstehen und Magazine zur Prüfung und Einlagerung der angelieferten Tuche.

»Mr. Schoke?«, fragte plötzlich eine helle, scharfe Stimme hinter ihnen aus der Tiefe des Raumes. Erschrocken schauten sich die Hamburger um. Beinahe lautlos waren zwei Herren die Treppe heraufgekommen, die jetzt auf sie zukamen. Beide trugen, in allen Einzelheiten übereinstimmend, die Kleidung königlicher Bediensteter: feine, tief mit dem Dupsing gegürtete Obergewänder aus blauem Samt, geziert auf der Brust mit dem Wappen des Königs, außerdem lange, eng anliegende Hosen von gleicher Farbe.

Der mit der hellen Stimme nahm wieder das Wort: »Seine Lordschaft, der ehrenwerte William Lord de Ross und Hohe Schatzkanzler von England, entbietet Euch seinen Gruß durch uns und unsere Wache.« Hier unterbrach er sich und wies mit der Rechten auf eine Gruppe von zwanzig kräftigen Gestalten, die nach ihm die Treppe heraufgekommen waren. Er fuhr fort: »Da Seine Lordschaft von Eurer Ankunft, immerhin der eines Ratsmannes der Stadt Hamburg, erfahren hat und einen so hochgestellten Gast unmöglich dem Londoner Herbergswesen überlassen möchte, lässt er es sich angelegen sein, Euch seine Gastfreundschaft anzubefehlen. Er fordert Euch hiermit auf, uns ohne Verzug nach Westminster zu begleiten. Alles Weitere wird Seine Lordschaft Euch in seiner Kanzlei im Jewel Tower vortragen.«

Schoke war versucht, durch die Zähne zu pfeifen. Teufel auch! Das könnte mich der Verwirklichung meiner Pläne ein ganzes Stück näher bringen, überlegte er.

»Seine Lordschaft hat uns beauftragt, Euer Ehren auf unserem Boot – Ihr seht es da unten an der Landungsbrücke liegen – zu ihm zu bringen. Überdies lässt er Euch wissen, dass Ihr unter seinem besonderen Schutz steht und nach Beendigung Eures Aufenthaltes in Westminster heil in den Steelyard zurückgeleitet werdet. Ich darf jetzt bitten!«

Die beiden Abgesandten des königlichen Schatzkanzlers nahmen ihn, der viel zu sehr überrascht war, als dass er hätte widersprechen können, ohne Umschweife in ihre Mitte, packten ihn an den Ellenbogen und führten ihn aus dem Saal. Herman Langhe wollte protestieren. Er rief auf gut Hamburgisch hinter der Gruppe her: »Verrat! Eine Entführung aus dem exterritorialen Gelände eines Hansekontors! Unerhört!«

Schoke blickte noch einmal zurück und bedeutete ihm, sich ruhig zu verhalten. Langhe hätte den Ältermann nur zu gern aufgefordert, die Entführung zu verhindern. Er hätte sich auch nicht gescheut, persönlich beim König wegen Verletzung der Sonderrechte des Stahlhofes Protest einzulegen, wäre er der Sprache nur annähernd mächtig gewesen.

Ein Ausflug wider Willen

Kurs Westminster,
Sonnabend, 1. April 1402

Eine komfortablere Entführung hätte sich Schoke kaum träumen lassen. Er saß in einer mit Goldmalerei und dem Wappen des Hohen Schatzkanzlers geschmückten Kajüte an Bord einer Schnigge. Die erste Überraschung hatte er schnell verkraftet. Er war neugierig geworden. Was hatten sie mit ihm vor? Ihm gegenüber hatten mittlerweile die Abgesandten Seiner Lordschaft Platz genommen. Die zwanzigköpfige Wache entpuppte sich als die Rudermannschaft. Das schmucke Boot legte ab, und zwanzig Riemen, zehn an jeder Seite, tauchten ins Wasser und trieben das Schiff die Themse flussaufwärts in Richtung Westminster. Das Rahsegel hatte man gestrichen, weil der Wind zum Vortrieb des Fahrzeugs nichts mehr beitragen konnte. Obwohl seit dem Tidenwechsel bereits eine Stunde vergangen war und ihnen der Ebbstrom heftig entgegenlief, kamen sie gut voran.

Was mochte der Hohe Schatzkanzler im Schilde führen? Wieso kannte man bei Hofe den genauen Zeitpunkt seiner Ankunft in London? In Gedanken spielte er alle erdenklichen Möglichkeiten durch. Er bemühte sich, seine Entführer in ein Gespräch zu ziehen. Die aber thronten stocksteif auf ihrer Bank und verzogen keine Miene.

An Flucht durfte er nicht einmal denken. Aber er versuchte, sich den Fahrtweg genau zu merken. Nikolaus Schoke waren nicht allein das Gelände und die Lage des Steelyard geläufig. Oft genug hatte er mit Freunden zu Fuß kleine Ausflüge in die Stadt unternommen. Heute aber gelangte er erstmals über die westliche Stadtgrenze hinaus in eine ihm fremde Region. Noch einmal sah er zurück und merkte sich an Steuerbordseite einen verfallenen Anlegesteg als einen Punkt, über den hinweg der mächtige Turm der St.-Pauls-Kathedrale über der Uferkante gerade noch zu sehen war.

Dann aber nahm seine ganze Aufmerksamkeit in Anspruch, was er auf einem Hügel am Horizont auftauchen sah: den weißen Giebel eines großen Schlosses. Dort oben also, hinter den hohen Spitzbogenfenstern, pflegt der König den Kronrat zu versammeln, dem die Mächtigsten im Reich angehören!

»Warum glänzt das Mauerwerk so hell in der Nachmittagssonne?«, fragte er seine Begleiter, obwohl er eine Antwort nicht erwartete. Aber sie begannen beinahe gleichzeitig, begeistert und sachverständig von den seit 1399 durchgeführten Restaurierungsarbeiten zu erzählen. Dafür habe man den *anstone* verwendet, einen weichen Kalkstein, den man in Ziegelformat aufgeschnitten und aufgemauert habe. Von ihm rühre dieser helle Glanz her, der mittlerweile für ganz Westminster so charakteristisch sei. Sie beide – John und Alfred hießen sie – seien ganz nahe bei dem Steinbruch von Rotherham in der Nähe von York aufgewachsen, hätten zunächst Steintransporte den Humber abwärts und über die Salzene See und Themse nach Westminster begleitet. Nach dem Regierungsantritt von König Henry IV. habe der neue Hohe Schatzkanzler des Reiches ein Auge auf sie gehabt. Mit merklichem Wohlwollen habe der hochmächtige Schatzkanzler ihre pünktlichen Lieferungen sowie die saubere Arbeit bei der Anlandung des Baumaterials registriert. Wohl schon damals habe er mit dem Gedanken gespielt, sie zusammen mit der ganzen Crew für sein Bereisungsschiff zu engagieren und sie außerdem für den Dienst in seiner Leibwache ausbilden zu lassen. Dass Seine Lordschaft ausgerechnet sie, die Provinzler, den Sprösslingen der höfischen Bediensteten vorgezogen habe, erfülle sie noch heute mit Stolz. Es sei schon ein erhabenes Gefühl, von diesem großen und verehrungswürdigen Herrn für besondere Dienste auserwählt zu sein.

Um die Mitteilsamkeit der beiden Abgesandten weiter zu schüren, gab sich Schoke sehr wissbegierig. Ob denn der berühmte Baumeister Henry Yevele noch die Restaurierung von Westminster Hall geleitet habe.

»John – hast du's gehört? Er kennt unsern großen Yevele!«

»Ja, erstaunlich, Alfred! Allein – was Eure Frage betrifft, Ratsherr Schoke, müsst Ihr wissen, dass Henry Yevele schon zu alt gewesen war, um auf die Restaurierungsarbeiten noch einzuwirken. Im August des Jahres 1400 ist er zum Herrn eingegangen. Gott sei seiner Seele gnädig!«

»Von hier sieht es so aus«, legte Schoke nach, »als stünden alle Gebäude – der Palast mit Westminster Hall und die Abtei – auf einem Hügel im Wasser.«

»Den Hügel hat man aufgeworfen, um ein hochwasserfreies Gelände für die Bauten zu schaffen«, erläuterte John. »Der Hügel erhebt sich auf einer Insel am Westufer der Themse. Sie wird umströmt von zwei Armen des Tyburn River, der hier mit einem Delta in die Themse mündet. Es gibt auch eine Furt…«

»Schluss jetzt, John!«, fuhr ihm Alfred in die Parade. »Das muss der fremde Herr nicht wissen.«

Schoke hatte genug gehört, und weil inzwischen das Wasser mit der Ebbe weit abgelaufen war, entdeckte er tatsächlich, als sie den ersten Flussarm des Tyburn passierten, eine besonders flache Stelle, die vermutlich bei Niedrigwasser trockenen Fußes überquert werden konnte. Er gab sich aber so, als habe er nichts gesehen.

Nach kurzer Zeit stoppte die Rudermannschaft das Boot und manövrierte es nach Backbord durch ein offen stehendes Deichschleusentor und von dort in einen schmalen Stichkanal hinein, der nach dem Schloss Westminster und recht voraus auf den Juwelenturm an der Südostecke des königlichen Palasts zuführte.

Die Gastnahme

Westminster, Jewel Tower,
am gleichen Tag, Abend

Kaum war er ein wenig mit ihnen ins Gespräch gekommen, hieß es zu Schokes Bedauern, von den freundlichen Entführern wieder Abschied zu nehmen. Als könne es gar nicht anders sein, setzte das Ave-Maria-Läuten von Westminster Abbey ein, mit dem das Ende der Arbeitszeit angekündigt wurde. John und Alfred waren noch beim Aussteigen behilflich und geleiteten Schoke durch die Menge heimwärts strebender Menschen. Sie eskortierten ihn bis vor den Jewel Tower und übergaben ihn dort mit formvollendetem Begrüßungszeremoniell der Palastwache.

Als Nikolaus Schoke das Tor durchschritt, fühlte er sich alleingelassen und unsicher. Das schlichte und gefällige Äußere des Juwelenturmes stand in krassem Widerspruch zu dem, was ihn im Inneren erwartete: paradierende, schwer bewaffnete Wachen, das Echo mit Wucht zufallender Eisentüren, schmale Gänge, ein verwinkeltes Treppauf und Treppab, Fallgitter und der Widerhall laut gebrüllter Kommandos.

Unversehens erhellte ein wenig Tageslicht den dunklen Flur. Vor der halb offen stehenden Tür einer größeren Studierstube machte seine Begleitung halt und bedeutete ihm einzutreten.

Ihm bot sich ein beeindruckender Anblick: Vor ihm stand ein Riese, in ein geistliches Gewand gekleidet, mit einem breiten, liebenswürdigen Gesicht und großen, wasserblauen Augen. Das Auffälligste an ihm war der sorgfältig gebändigte Wuchs der kupferroten, rechts gescheitelten Mähne, die einen Teil der Stirn verdeckte. Der Riese trat auf ihn zu.

Er warf den Kopf in den Nacken und blickte ihn von oben herab durch die halb geschlossenen Lider an. Er begrüßte Schoke mit weicher Bassstimme und bat ihn herein: »Westminster heißt Euch durch mich, den Schatzkanzler unseres mächtigsten Prinzen und Herrn, König Henry IV., von Gottes Gnaden König von England und Frankreich sowie Lord von Irland, durchaus willkommen, Mr. Schoke!«

Schoke verbeugte sich stumm. Gott im Himmel! So sah er also aus, von dem ihm Alfred und John vorgeschwärmt hatten, Seine Lordschaft, der Schatzkanzler William Lord de Ross. Wie der das herunterschnurrte! Und wie der einen, immer freundlich lächelnd, aus nahezu geschlossenen Lidern anblinzelte! Wie ein Arzt, der bei erster Begegnung mit einem Kranken durch einen Blick in die Tiefe den Ursachen eines Leidens auf die Spur kommen möchte.

Bevor Nikolaus Schoke sich sammeln konnte, tönte ihm der Bass ein zweites Mal in fließendem, mit angelsächsischen Sprachbrocken gewürztem Deutsch entgegen: »Ihr wirkt verschreckt, *my dear*!«

Schoke fühlte, dass er verhöhnt wurde, und fragte mit fester Stimme: »Sollte ich nicht?«

»Nach allem, was Ihr heute erlebt habt, kann ich Eurer Befremden gut verstehen«, beschwichtigte Lord de Ross seinen Gast. »Aber seid unbesorgt! Wir führen nichts Böses im Schilde – setzen wir uns!«

Er ließ Schoke am seitlichen Ende eines langen Tisches Platz nehmen und setzte sich in einen seinen Körpermaßen angepassten Sessel an der Schmalseite.

»Zunächst möchten wir wegen der widrigen Umstände Eurer unfreiwilligen Reise nach Westminster um Nachsicht bitten. Mit Recht dürft Ihr eine Erklärung erwarten!«

Schoke glaubte, nicht recht gehört zu haben. Man entschuldigte sich sogar! »Ich bitte darum«, erlaubte er sich zu bemerken, »ich habe bisher nicht erfasst, womit ich Euch dienen kann.«

»Wir möchten Euch bitten, uns als Zeuge in einem langwierigen Prozess zur Verfügung zu stehen, den ich im Auftrage des Königs vorbereite – einen Prozess gegen die Hansestädte, um deren Mitschuld an Überfällen der Vitalienbrüder auf englische Schiffe in den Jahren von 1394 bis 1399 zu klären.«

Schoke konnte nicht umhin zu erwidern: »Es geht nicht an, den Hansestädten die Verbrechen der Vitalienbrüder in die Schuhe zu schieben!«

»Ihr werdet das anders sehen, wenn Ihr Einblick in unsere Klageakten genommen habt. Die Beweise sind erdrückend, wonach die Hansestädte zwar in ihrer Propaganda nach außen die Vitalienbrüder als gemeine Verbrecher verteufelt haben, aber im Geheimen sich doch häufig genug ihrer Unterstützung bedient und sogar den Verkauf der zur See geraubten Güter auf ihren Märkten zugelassen haben – in Bremen und auch in Hamburg. Das dürfte Euch doch nicht entgangen sein!«

Schoke schwieg betreten. Es war ihm anzumerken, dass er über diese peinlichen Vorfälle sehr wohl im Bilde war.

»Ihr seht schon, mein bester Schoke: Es gibt da viele Fragen, bei deren Klärung Ihr uns in Vorbereitung dieses Prozesses behilflich sein könntet. Heute Abend wird es nur darum gehen, Grundsatzfragen zu erörtern. Beginnen wir mit den erfreulicheren Dingen: Es ist uns eine besonders angenehme Pflicht, Euch den Dank unseres mächtigsten Prinzen und Herrn, König Henry IV., von Gottes Gnaden König von England und Frankreich sowie Lord von Irland, zu übermitteln.«

Schoke konnte seine Überraschung nicht ganz verbergen: Wozu diese Schmeicheleien, wenn es doch in der Hauptsache darum ging, die Hansestädte zu beschuldigen? All das machte ihn nur noch skeptischer: »Wie darf ich das verstehen?«

Lord de Ross lächelte: »Nicht so bescheiden, *my friend*! Wir wissen von der offiziellen Aktion der vereinigten Flottenverbände Lübecks und Hamburgs gegen die Vitalienbrüder in Ostfriesland im Frühjahr 1400. Unter uns gesagt«, seine Stimme sank zeitweilig zu einem ironischen Flüstern ab, »ein einziges Desaster! Die wichtigsten Anführer, nämlich Johan Störtebeker und Goedeke Michel, ließ man entkommen, den einen nach Holland und den anderen nach Norwegen.«

»Mir so etwas vorzuhalten finde ich nicht besonders fair …«

»Wir haben natürlich mit einigem Wohlwollen zur Kenntnis genommen, dass die Hamburger Englandfahrer unter Eurer Führung im Herbst des gleichen Jahres die Scharte wieder auswetzen wollten, indem sie Johan Störtebeker und dessen Leute auf Helgoland überlisteten, einfingen und zu Eurem Hinrichtungsplatz auf dem Hamburger Grasbrook schleppten.«

»Und? Ist das etwa nichts?«

»Ja – aber das Entscheidende fehlt: Störtebekers Beseitigung – seine Beförderung vom Leben zum Tode! Das war wieder einmal ein Schlag ins Wasser, denn er ist Euch im letzten Augenblick durch die Lappen gegangen und demnach ein zweites Mal entkommen. Wir wissen inzwischen auch, warum: Ihr seid dem Falschen hinterhergerannt, einem Claus Störtebeker, und habt den Kaperfahrer, Johan Störtebeker, laufen lassen.«

»Keineswegs!«, widersprach Schoke mit verhaltenem Zorn. »Ihr werft alles durcheinander, um nur recht zu behalten.«

Mit erhobenem Zeigefinger belehrte er Seine Lordschaft: »Es gab nur einen Störtebeker, der in Wismar geboren wurde. Er nannte sich mit bürgerlichem Vornamen Claus. Er hat nicht nur seinen Nachnamen immer wieder verändert – alias Sterbiker, Stobiker, Strotebeker und so fort –, sondern auch seinen Vornamen und damit alle Welt zum Narren gehalten. So hatte er sich gerade dem Grafen von Holland unter dem Namen Johan Störtebeker als Kaperfahrer angedient, als wir ihn auf Helgoland festnehmen konnten. Wie auch immer: dieser Mann – Claus alias Johan Störtebeker – wurde am 21. Oktober im Jahre des Herrn 1400 von uns hingerichtet. Daran ist nicht zu zweifeln.«

»Und ob!« William de Ross wurde laut. »Unsere Kundschafter haben da ganz andere Erkenntnisse.« Und überdeutlich setzte er hinzu: »Ich sage nur: Gott sei Lob und Dank!«

»Gott loben und ihm danken, wenn er noch lebte, dieser Malefiz? Das grenzt an Gotteslästerung!«, fuhr Schoke auf und beharrte trotzig auf seiner Sicht der Dinge. »Nur gut, dass er tot ist.«

Schoke wurde es langsam ungemütlich. Er schaute sich suchend um. Da fiel sein Blick auf einen Glaskasten nahe dem Fenster. Er enthielt einen senkrecht stehenden, auf einen Sockel montierten Unterarm aus purem Gold, geschmückt mit zahlreichen Edelsteinen. Was hatte das zu bedeuten? Er nahm sich vor, de Ross später danach zu fragen.

Der Schatzkanzler bemerkte, dass Schoke ein wenig abgelenkt war, und versuchte, seine Aufmerksamkeit wiederzugewinnen: »Beruhigt Euch! Ihr werdet mich bald verstehen. Bald nach der angeblichen Hinrichtung haben unsere Verbindungsmänner einen Hamburger Bierkeller aufgesucht und uns berichtet, dort den ehemaligen Schiffbaumeister Johannes Zeelander angetroffen zu haben. Und der habe jedem im Lokal treuherzig versichert, Störtebeker sei nie hingerichtet worden.«

»Für 'ne Kanne Bier erzählt der doch jedem, was er hören will, der alte Saufkopp«, schnaubte Schoke. »Ich war schließlich dabei und habe mit eigenen Ohren gehört, wie der Henker ihn aufrief, und mit eigenen Augen gesehen, wie sein Kopf fiel.«

»Mein bester Schoke! Kanntet ihr ihn so gut? War das wirklich sein Kopf? Man redet in Hamburg von einer Verwechslung. Jemand anderes sei im letzten Augenblick dem Schwert des Scharfrichters untergeschoben worden. Ich verstehe, dass Euch, dem damals zuständigen Gerichtsherrn, der Gedanke an ein derartiges Versagen außerordentlich peinlich sein muss. Aber warum sollte ausgerechnet unsere Regierung versuchen, Euch ein Märchen aufzutischen? Wir haben sogar noch weiter reichende Erkenntnisse. Freilich – ich bitte um Entschuldigung –, die sind für Euch gewiss völlig belanglos, da Ihr ihn unbedingt für tot halten wollt.«

Widerwillig musste sich der Hamburger Ratsherr eingestehen, dass sie alle – er und seine Hamburger Kollegen – sich nie die Mühe gemacht hatten, noch einmal alle Fakten zu überprüfen, als die ersten Gerüchte aufkamen. Jetzt musste er höllisch aufpassen. Sich ja nicht verwirren zu lassen, nahm er sich vor, und dass er bei seinem Standpunkt bleiben müsse. Er hätte allerdings nur zu gern gewusst, wer wohl das größte Interesse an der Verbreitung solcher Falschmeldungen habe. Diplomatisch wich er aus: »Wenn wir uns auch in diesem Punkt nicht einig werden, so wenigstens bei dem anderen

Fall: dass wir Goedeke Michel durch eine Treibjagd, wie es sie noch nie gegeben hat, im Jahr 1401 zur Strecke gebracht und … geköpft haben, das glaubt Ihr doch wenigstens, oder?«

»Wenigstens wird das behauptet. Aus Eurer Sicht sogar ein kleiner Erfolg, gerade noch zur rechten Zeit, denkt Ihr. Wir mussten nämlich annehmen, Ihr, die Hamburger und die Bremer, Ihr würdet lieber Eure kleinen Geschäfte mit den Vitalienbrüdern fortsetzen, als sie zu verfolgen«, fuhr Seine Lordschaft fort. Dabei langte er nach einem Schriftstück auf dem Nachbartisch: »Noch bevor Ihr Euch endlich bequemtet, gegenüber diesen Ratten Flagge zu zeigen, hatte unser mächtigster Prinz und Herr, König Henry IV., der Hanse ein dickes Paket an Forderungen zustellen lassen – ich habe da gerade eine Abschrift seines Schreibens vom 24. Oktober 1399 –, wonach die Ostseestädte gebeten seien, sich für die Überfälle der von ihnen unterstützten Vitalienbrüder zu verantworten.«

»Warum sollten sie eine solche Beschuldigung annehmen und sich einer solchen Drohung fügen?«

»Ihr habt schon verstanden: Einer ähnlich lautenden Aufforderung an Hamburg sind Eure Englandfahrer gerade noch mit der Gefangennahme und Enthauptung Goedeke Michels zuvorgekommen. Und alle Welt hat Euch Beifall gezollt.«

»Enthauptung … richtig«, warf Schoke ein, »wie Ihr dieses Wort so ungerührt aussprechen könnt!«

Der Engländer stutzte: »Bei dem Verbrecher Goedeke Michel? Hatte er diese Strafe nicht verdient? Ich merke schon – Ihr seid kein Politiker. Viel zu weich! Aber bleiben wir doch beim Thema: Fest steht, dass die Hansestädte Wismar und Rostock die Vitalienbrüder auf den Plan gerufen haben. Sie sollten die Schifffahrt nach den Reichen der Königin Margarete, Norwegen und Dänemark, behindern. Dass dabei zahlreiche englische Schiffe festgehalten und ausgeplündert wurden, erfordert die Wiedergutmachung durch die Auftraggeber der Vitalienbrüder. Die Vitalienser haben nur getan, was von ihnen verlangt wurde, und zwar gründlich. Der Sund war für uns nahezu unpassierbar geworden.

Die Hansestädte haben im Hintergrund die Fäden gesponnen. Es ging ihnen nur darum, ihren erbärmlichen Herzog – hätten sie's nur bleiben lassen! – aus dänischer Gefangenschaft freizupressen.«

»Musste ihnen nicht jedes Mittel recht sein?«, wagte Schoke einzuwenden. »War doch ihr dummer Herzog, wie Euer Lordschaft ihn zu bezeichnen beliebten, zugleich König von Schweden.«

Es klopfte.

»Gewiss doch, Schoke! … Ja, was gibt es? Ich wollte ungestört bleiben!«

Die Tür öffnete sich nur einen Spaltbreit, durch den sich eine Hand mit einem Schreibtäfelchen schob. Der Schatzkanzler nahm es und warf einen Blick darauf. Dann fuhr er fort: »Wo waren wir? Ach ja – war es unbedingt nötig, diesen Kaperfahrern so viel Ehre angedeihen zu lassen? Die sind inzwischen derart übermütig geworden, dass sie längst über alle Stränge schlagen und es für unter ihrer Würde halten, in den ihnen ausgehändigten Kaperbriefen einmal nachzulesen, was sie tun dürfen und was nicht. Man muss sie im Zaum halten, wenn man sich ihrer bedient. Wer das nicht schafft, muss dafür einstehen, wenn eine von ihm veranlasste Kaperfahrt trotz strenger Vorgaben aus dem Ruder läuft.«

»Und Euer König hofft nun, dass die Hansestädte für sämtliche von den Vitalienbrüdern verursachten Schäden aufkommen?«

»Genau so verhält es sich, Nikolaus Schoke! Ich will jetzt

noch nicht allzu viel dazu ausführen. Morgen ist auch noch ein Tag.«

»Und damit wollen Eure Lordschaft mich zur Nachtruhe ins Bett schicken!«

»Wohin denn sonst, mein Lieber?«, scherzte Lord William de Ross und fügte eisig lächelnd hinzu: »Ach, verzeiht! Ich wollte Euch wirklich nicht drohen.«

Es war sehr spät geworden. Trotzdem rief Schoke sich ins Bewusstsein, dass er das Heft in der Hand behalten müsse. Bevor ihm noch sein Gastgeber die unangenehme Mitteilung über eine unvorhergesehene Verlängerung seines Aufenthaltes hätte eröffnen können, ergriff Schoke selbst die Initiative: »Verzeiht, dass ich wegen Übermüdung unserem Gespräch nicht mehr recht folgen kann. Der Tag war allzu lang. Für weitere Verhandlungen braucht es einen frischen Kopf. Erlaubt also, dass ich von dem gütigen Angebot einer Übernachtung in Eurem Hause ausgehe und hiervon Gebrauch mache!«

»Ich hatte es mir schon gedacht und darum noch einmal nach dem Steelyard geschickt, um Euer Gepäck abholen zu lassen«, erwiderte seine Lordschaft. »Nun erfuhr ich gerade, dass man es dort nicht hat finden können. Wenn Ihr uns sagt, wo es ist, wird es sofort gebracht werden. Es muss Euch doch fehlen.«

Schoke begriff sofort. Er tat wie entgeistert, schlug sich mit der Hand vor die Stirn und stöhnte: »Ich Esel! Ich hab es auf dem Schiff gelassen. Und Schiffer Langhe ist wieder fort und längst auf See. Ich muss Euer Lordschaft bitten, mir mit dem Nötigsten auszuhelfen.«

Schoke meinte, einen Anflug von Verärgerung bemerkt zu haben, und war nun ganz sicher zu wissen, warum der Lord so sehr um sein Gepäck besorgt war.

Der Schatzkanzler hatte sich schnell gefasst. Er beruhigte sich bei dem Gedanken, dass dieser Schoke offenbar von sich aus und ganz freiwillig mit weiteren Tagen in Westminster rechnete. Er lächelte schon wieder, ergriff Schoke bei den Händen und schüttelte sie: »Wir werden es an nichts fehlen lassen, mein bester Schoke! Ihr müsst die Gastfreundschaft der Krone auf Westminster unbedingt so lange genießen, bis unsere Konsultationen abgeschlossen sein werden. Wir sind uns ganz sicher, dass wir am Ende auf Euch zählen dürfen. Es wird Eurer Entscheidung gewiss nicht abträglich sein, dass unser Leibkoch sich Eures persönlichen Wohles annehmen wird, damit Ihr nicht hungrig ins Bett fallt.« Freundlich nickend entließ Seine Lordschaft den Hamburger.

Schoke fühlte sich besser, als er den Vorraum zu seinem Schlafgemach betrat und ihm dort allerlei Köstlichkeiten aufgetischt waren. Er nahm an dem kleinen Tisch mitten im Raum Platz. Welch eine Chance, sich vielleicht doch noch auf die Gespräche am nächsten Tag vorzubereiten!

Die Müdigkeit war nach dem langen Tag mit seinen Überraschungen und Aufregungen stärker. Achtlos warf er seine Kleider von sich, stieg ins Bett und schlief sofort fest ein. Im Einschlafen zog manches von dem, was ihm aufgefallen war, noch einmal an ihm vorüber, besonders die letzten Eindrücke: Schrecklich, dieses düstere Arbeitszimmer! Und dann war da noch dieser merkwürdige Glaskasten gewesen…

Anklage und Verhör

Westminster, Jewel Tower,
Sonntag, 2. April 1402

Am Morgen verging einige Zeit, bevor die Geräusche von der Tür her an sein Ohr drangen: erst zartes Klopfen, dann hartes Trommeln. Er stand auf, stolperte halb schlaftrunken hin zur Tür, öffnete sie ein wenig und blinzelte durch den Türspalt. Es waren John und Alfred, die freundlichen Abgesandten des Hohen Schatzkanzlers, die ihn tags zuvor vom Stahlhof nach Westminster zum mächtigsten Mann des Reiches begleitet hatten. Längst hatte er beschlossen, sie als »Götterboten« in Erinnerung zu behalten. Seine Lordschaft, so ließen sie ihn wissen, hielte nach der Morgenmesse in der Hauskapelle ein kleines Morgenmahl bereit und ersuche ihn dringend, es mit ihm zu teilen. Schoke brummte zustimmend und suchte erst einmal wieder sein Bett auf. Er setzte sich und rieb sich den Schlaf aus den Augen.

Etwas hatte sich im Raum verändert – seine Kleider! Sie lagen jetzt wohlgeordnet zum Anziehen bereit, daneben fanden sich allerlei Utensilien aufgereiht, die den Taschen entnommen waren. Man hatte, während er schlief, seine Kleider gründlich durchsucht und dies keineswegs verbergen wollen. Kein gutes Zeichen! Er trat ans Fenster. Draußen herrschte dichter Nebel, den er ebenso wenig wie seine gegenwärtige Lage zu durchschauen vermochte. Würde er dieses Gemäuer je wieder als freier Mann verlassen? Die beiden Dioskuren erwarteten ihn vor der Tür mit undurchschaubaren Mienen. Wussten sie mehr?

Allein hätte er nie seinen Weg durch das Gewirr düsterer

Gänge und Treppen gefunden. Er hörte hinter sich den Hall der Schritte nachklingen. Vor der Tür zur Hauskapelle des Hohen Schatzkanzlers angelangt, tat Schoke etwas gänzlich Unerhörtes. Ihm war es, als gelte es, einen Abschied für immer zu nehmen. Er gab seinen Begleitern, die gar nicht wussten, wie ihnen geschah, die Hand, zog sie an sich und umarmte sie. Sie flüsterten immerhin ein tröstendes »*Good luck!*«. Nur einen Augenblick später öffnete sich die Kapellentür und noch von Weihrauchduft umgeben, trat Seine Lordschaft auf sie zu.

Bald standen sie wieder vor dem langen Tisch, an dem sie tags zuvor gesessen hatten. Frisches Brot, Butter, Käse und Schinken lockten, aber niemand aß. Und da Schoke mit allem rechnete, überraschte es ihn wenig, dass außer dem Hohen Schatzkanzler, William Lord de Ross, auch noch ein Notar zu seiner Unterstützung, ein Schreiber und weitere, ihm unbekannte Herren an diesem Treffen teilnahmen. De Ross überließ es dem Notar, die Anwesenden einander vorzustellen. Und der präsentierte zunächst den Gast. Er schilderte ihn als Hamburger Kaufmann und Ratsherrn, der sich besondere Verdienste um die Bekämpfung des Piratenunwesens auf der Nordsee zurechnen lassen dürfe.

Danach stellte er die anderen Herren vor: »Der ehrenwerte Henry Puys, Schiffsführer aus Elbing, ferner die Frachtherren Henry Wyman, John Topcliffe und Henry Lakenswither sind gebeten, über ihre gemeinsam durchgeführte Reise von Elbing in Preußen nach Scarborough in unserer Grafschaft Yorkshire zu berichten.«

Henry Puys begann: »Im Jahre des Herrn 1394 haben ein gewisser Goddekin Mighel, Claus Sheld, Storbiker und verschiedene andere aus Wismar und Rostock und von der Hanse willkürlich und ohne jedes Recht aus dem Schiff, das ich führte, Werg zur Abdichtung von Schiffen, Wachs, Eisen und Schiffbauholz im Wert von 1060 Goldnobeln – um es genauer zu benennen – herausgenommen und konfisziert.«

»Woher kennt Ihr die Namen der an dem Überfall beteiligten Übeltäter?«, unterbrach ihn der Notar.

»Das ist ja das Unglaubliche. Sie haben selbst ihre Namen genannt und uns aufgefordert, diese nach unserer Rückkehr in unserem Heimathafen bekannt zu geben.«

Schoke war kaum zu einer Entgegnung in der Lage, als Lord William ihn fragte: »Nun – was haltet Ihr von unseren Zeugen? Lasst Euch Zeit mit einer Bewertung, bis Ihr die anderen Fälle kennengelernt habt. Die Nächsten bitte!«

Die Saaltür öffnete sich, die Zeugen verließen den Raum, und ein einzelner Seemann trat ein. Unverzüglich begann der Notar: »Vor uns erscheint der ehrenwerte John Tutteburry, Schiffseigner und Schiffsführer in einer Person. Was ist Euch widerfahren?«

»Auf See und nahe der norwegischen Küste sind im Jahre des Herrn 1395 Godekin Mighel, Claus Sheld und andere ihrer Komplizen von der Hanse über mein Schiff hergefallen und haben fünf Einheiten Wachs, vierhundert Päckchen Werg und eine halbe Last Eisen im Wert von 476 Goldnobeln gestohlen.«

Kaum hatte er geendet, wurde die nächste Gruppe begrüßt: »Wir heißen John Prest in unserem Kreis willkommen, den Kapitän des Schiffes NICHOLAS der beiden ebenfalls anwesenden Kaufleute Nicholas Steyhard und John Letis aus Cley, und bitten um Euren Bericht.«

John Prest ließ sich nicht lange bitten: »Es war im Jahre 1395 in den Tagen um das Fest der Geburt Johannes des Täufers. Godekin und Stertebeker zwangen uns mit Waffengewalt, ihnen in den Hafen von Marstrand nördlich von Göteborg zu folgen. Dort stahlen sie aus unserem Schiff verschiedene Ausrüstungsgegenstände, ferner Schusswaffen und Salzfisch zum Preis von 320 Nobeln.«

Eine schier endlose Kette von Kapitänen, Schiffseignern und Frachtherren traten vor ihnen auf, die Klage wider die Vitalienbrüder führten, aber nie vergaßen, die Namen der jeweiligen Kaperfahrer zu nennen. Immer und immer wieder dieser Goedeke, der Sheld und der Störtebeker, die zusammen mit Leuten aus Wismar und Rostock und *other complices of the Hanse* erwähnt wurden!

»Geht das denn ewig so weiter?«, wollte Schoke wissen und wies darauf hin, dass schon wieder ein Tag vorüber sei.

»Mir liegt daran«, begründete der Lord seine Vorgehensweise, »dass wenigstens einer der hansestädtischen Ratsherren genau weiß, was gespielt wurde. Wir wollen uns doch auf Euch berufen dürfen, sobald wir in nicht allzu ferner Zukunft den Bund der Hansestädte um vollständige Erstattung der uns entstandenen Schäden zur Kasse bitten werden.«

War dies schon alles, was man von ihm wollte? Schoke brauchte nicht lange zu warten, bis seine Befürchtungen sich begründeten. Nachdem die Verhöre ein Ende gefunden hatten, nahm der Lord ihn beiseite. »Geht es Euch nicht auch so wie mir, verehrter Schoke, dass nach Anhörung dieser Klagen in all ihrer Ausführlichkeit immer noch Fragen offenbleiben, die man nicht beantworten kann?«

Schoke musste zugeben: »Ja, doch! Es ist mir völlig unerklärlich, wie es gelingen konnte, mit so wenigen Leuten über sieben Jahre hin die Kaufleute eines mächtigen Königreichs aus der Ostsee auszusperren.«

»Ihr sagt es. Ich bin sogar voller Bewunderung für Störtebeker und Goedeke Michel. Ich gäbe viel darum, wenn sie noch lebten und man sie für unsere Sache, die Sache des Königreichs, gewinnen könnte.«

Schoke war ehrlich verblüfft: »Würdet Ihr Euch mit dem Teufel verbünden?«

Der Engländer blieb gelassen: »Mit dem nicht – aber mit Goedeke Michel, der sogar ein frommer Mann war. Wir wissen das genau, denn er stand schon einmal in unseren Diensten – als Kaperfahrer! Habt Ihr das gewusst, Schoke?«

Der schüttelte nur mit dem Kopf.

»Er focht im Jahre 1384 auf unserer Seite für Portugals Freiheit. Später wollte er mit dem Geld, das er als Söldner zur See verdient hatte, eine Kirche bauen. Wisst Ihr, wo?«

Schoke sah ihn ungläubig an.

»In Lissabon!«

Der Schatzkanzler beobachtete Schoke genau, um die Wirkung seiner Worte einzuschätzen. Schoke wurde leichenblass.

»Entschuldigt«, sagte er. »Sagt, was ist mit Euch, Schoke? Ihr seht ja ganz elend aus. Soll ich einen Arzt rufen?«

»Bitte nicht! Nur eine vorübergehende Schwäche«, wehrte Schoke ab, der bei der Beschreibung Goedeke Michels als ein frommer Mann befürchten musste, seine Reisepläne und Vorhaben seien inzwischen bei weiteren Nachforschungen in Hamburg und auf dem Stahlhof entdeckt worden. Er tat ganz unwissend: »Mir wird einfach schlecht, wenn ich mir derartige Ammenmärchen anhören muss. Goedeke Michel mag ein frommer Mann gewesen sein, aber er war doch nur ein Seeräuber und nie und nimmer ein Kirchengründer!«

»Wisst Ihr, worauf ich Euer Erblassen zurückführe?«, fragte der Hohe Schatzmeister mit einem bedrohlichen Unterton in der Stimme, der keinen Widerspruch duldete.

»Weil ich zwei Namen erwähnt hatte, den des Goedeke Michel und den der Stadt Lissabon. Goedeke Michel könnte bestimmte Gegenstände aus Portugal mitgebracht haben, die unserer Krone zustehen. Er hätte wenigstens alle erbeuteten Gegenstände an uns abliefern müssen, weil er damals bei uns als Kaperfahrer angestellt war.«

»Darüber weiß ich nichts!«, log Schoke.

Der Schatzkanzler insistierte: »Die müssen wir unbedingt zurückhaben.« Der Schatzkanzler hielt inne und sah ihn durchdringend an.

»Lasst eine Nacht darüber hingehen. Erholt Euch! Morgen früh ist der Tag der Wahrheit für Euch. Aber jetzt genießt die …«

Noch während seiner letzten Worte entwickelte sich an der Tür ein höchst erfreuliches Getümmel von Schaffnerinnen und ihnen behilflichen Händen der Leibwache. Die Tische wurden gedeckt und Speisen aufgefahren. Trinkgefäße wurden bereitgestellt: die hölzernen Bütten für die Biertrinker und schmale, hohe, weißtonige Steinkrüge mit Zinndeckeln, die sogenannten Schnellen aus Siegburg, aus denen man den großzügig ausgeschenkten Rheinwein trank.

Der Schatzkanzler erhob seine Schnelle und wandte sich leutselig an Schoke: »Ein kleines Diner zu Euren Ehren, lieber Schoke. Greift nur zu! Ihr werdet jetzt Hunger und Durst haben. Lasst es Euch schmecken und vergesst für einen Augenblick unsere harten Geschäfte!«

Schoke prostete ihm zu. Die heitere Stimmung der kleinen Gesellschaft täuschte Schoke nicht über die Gewissheit hinweg, dass es mit der Geduld, die der Hohe Schatzkanzler bisher an den Tag gelegt hatte, schon am nächsten Tag vorbei sein werde. Der wusste mehr über ihn, als er bisher angedeutet hatte. Wie unzufrieden de Ross mit ihm sein musste, hatte er dem wechselnden Mienenspiel und feinen Andeutungen entnehmen können.

Scheinbar dem Wein hingegeben, lauschte er mit äußerster Konzentration in den Raum hinein. Seine Aufmerksamkeit zahlte sich aus, weil er schon bald einen Gesprächsfetzen festhalten konnte, der ihn alarmierte. Der Hausherr und ein lärmender vierschrötiger Kerl, der überhaupt nicht in diese Gesellschaft passte, steckten die Köpfe zusammen. »Wohin ...?«, hörte er den ungehobelten Burschen etwas lauter zurückfragen, der ihn unvermittelt anstarrte. Über seine Zukunft in diesen Gemäuern konnte man nur die allergrößten Befürchtungen hegen. Schoke war klar, dass er noch in dieser Nacht fliehen musste. Nur wie? Wie könnte er – ortsunkundig – aus dieser Festung entfliehen? Er hatte noch keinen Plan.

Die Flucht

Westminster, Jewel Tower,
am gleichen Tag, Abend

Schoke war vor Angst wie von Sinnen. Obwohl er fast nichts getrunken hatte, schwankte er, als er die Türklinke zu seinem Schlafgemach herunterdrückte. Auf dem Tisch in der Mitte des Raumes brannte eine Kerze. Er tat noch einen Schritt, da fühlte er sich von rückwärts gepackt. Zugleich wurde ihm mit einem Tuch der Mund zugehalten, und jemand flüsterte ihm ins Ohr: »Keinen Laut! Und schaut Euch nicht um, denn Ihr dürft mich nicht kennen und Euch niemals mehr an mich erinnern. Ihr wisst, dass Ihr fliehen müsst, noch in dieser Nacht. Ich will Euch helfen, fragt nicht, warum. Es kann nur gelingen, wenn Ihr meine Anweisungen genau befolgt. Ihr sollt Euch jetzt ausziehen und für etwa eine halbe Stunde zu Bett gehen und dann, ohne Licht zu machen, wieder aufstehen. Der Hauswache ist erlaubt worden, die Reste auszutrinken. Seht Euch jetzt noch einmal genau um. Ihr werdet Euch im Dunkeln zurechtfinden müssen. Die Türen werden sich vor Euch öffnen, auch die der kleinen Kanalpforte an der Rückseite des Turmes. Seid auf der Hut! Rund um den Turm sind weitere Wachen aufgestellt, ebenso auf der Kanalschleuse. Wenn sie Euch fassten, würden sie nicht lange fackeln. Denkt daran!« Dann schwieg der Eindringling, seine Hand löste sich, und er verschwand so leise, wie er gekommen war.

Schoke tat, was der Unbekannte ihm geraten hatte. Er legte sogar seine Kleider ab, nur zur Vorsicht für den Fall, dass er beobachtet würde, denn noch liefen die Mägde auf den Fluren auf und ab. Er löschte das Licht, legte sich eine

Weile hin und zog dann die Unterhose, die Beinlinge und ein Hemd wieder an. Den Überrock steckte er halb unter die Bettdecke, so dass man einen Schlafenden darinnen vermuten konnte. Vorsichtig bewegte er die Türklinke. Dem Himmel sei Dank! Die Tür ließ sich öffnen. Auf den unbekannten Helfer war Verlass.

Am schwierigsten war es, sich bei Dunkelheit im Gang zur Hintertür durchzufinden. Als es geschafft war, schlich er die Böschung hinunter zum Kanal, an dem ein schmaler Steig entlang- und auf den Einschnitt im Deich an der Themse zuführte. Das Schleusentor hatte sich mit Beginn des ablaufenden Wassers zur Themse hin geöffnet. Gebückt bewegte er sich zur Schleuse hin. Oben auf dem Deich sah er Wachsoldaten den Fahrweg auf und ab schreiten. Die Nacht war mondlos, aber sternenklar. Um durch das Schleusentor ins Freie zu gelangen, musste er, ohne ein Geräusch zu verursachen, ins Wasser steigen und sich mit dem Ebbstrom hinaus ins Vorland treiben lassen. Auch das gelang.

Dann kroch er wieder auf den Strand und schlich im Schutze von Sträuchern und Büschen unterhalb der Abbruchkante des Ufers weiter, bis er zu einem Geländevorsprung gelangte, den Themse und Tyburn River hier miteinander bildeten. Dann wandte er sich nach Osten und lief etwa dreihundert Yards an der Nordseite der Westminster-Insel entlang, bis er an der mit einer Pfahlreihe deutlich markierten Furt stand, die er schon auf der Hinfahrt gesehen hatte.

Er versuchte, das gegenüberliegende unbedeichte Ufer auszumachen. Vergeblich – die Nacht war pechschwarz. Aber es musste sein.

Mit dem Mut der Verzweiflung querte er das noch trockene Flussbett des Tyburn nach Norden, der Pfahlreihe folgend. Wo der Sand aufhörte und der Schlickgrund folgte, war die Pfahlreihe plötzlich zu Ende. Knietief einsinkend, watete er durch den klebrigen Grund in Richtung des gegenüber vermuteten Ufers. Bei jedem Schritt musste er das eingesunkene Bein erst wieder herausziehen und verlor dabei sein Schuhwerk. Das war ein zeitraubender Kampf.

Wenn nur die Zeit reichte! Er sah das Wasser kaum – er hörte nur das leise Zischen der über dem Watt aufspringenden Bläschen und das Gluckern der zurückkehrenden Flut. Schon schwappte ihm das Wasser über die Füße und stieg weiter. Immer schwerer kam er voran, je tiefer er einsank.

Bald stand ihm das Wasser bis zur Brust, als der von der Themse hereindrückende Flutstrom immer stärker wurde und ihn schließlich den Tyburn hinauf nach Osten mit sich fortriss und damit aus der Richtung brachte. Er strampelte und schlug wild um sich auf das Wasser ein, war bald mit dem Kopf unter Wasser, bald darüber, hustete, spuckte und verlor die Orientierung. Er merkte gerade noch, dass er in dem ruhigeren Wasser einer Bucht in der Nähe einiger an Pfählen liegenden Fischerboote wieder Land unter die Füße bekam. Mit letzter Kraft schaffte er es den Strand hinauf und blieb dort erschöpft liegen.

Als der Morgen dämmerte, wurde er wach und fand sich durch eine Gruppe von Männern unterschiedlichen Alters umringt, die verschlissene, ärmellose Hemdkittel von undefinierbarer Farbe und Kapuzen aus gleichem Material trugen.

»Er ist wieder wach – wir müssen's ihm sagen! Ist ja viel zu gefährlich«, hörte er einen von ihnen in einem für Londoner Vororte charakteristischen Dialekt flüstern. Sie brauchten es ihm nicht zu erklären.

Er sah es sofort, und das Grauen kroch ihm über den Rücken. Der Sprecher gestikulierte mit einem Arm, der handlos in einem Stumpf ausging. Dem Nächsten fehlte ein Fuß, dem Dritten waren von den Ohren und der Nase nur die schorfgeränderten Öffnungen im Kopf geblieben. Schoke begriff, dass es ihn auf die berüchtigte Leprosen-Insel mit dem St. James Hospital verschlagen hatte. Wie erstarrt blieb er liegen und rührte sich nicht vom Fleck. Dennoch spürte er, dass er den todgeweihten Kranken noch am ehesten trauen dürfe. Sie holten Tücher, damit er sich abtrockne, und als Ersatz für seine nassen Kleider einen ihrer Kittel. »Nur geliehen!«, hüstelte jemand.

»Du kannst hier nicht bleiben!«, begann der mit dem Armstumpf und fuhr fort: »Nimm dir eines unserer Boote! Wir holen es uns schon wieder.«

»Das – das geht nicht. Man … man wird mich erkennen«, erklärte er ihnen und sah stumm nach Westminster hinüber.

Mehr wollten die kranken Männer nicht wissen. »Ich werde dich nach dem Steelyard rudern«, erwiderte der, dem Nase und Ohren fehlten, und bedeutete ihm, das nächstliegende Boot zu besteigen. Schoke legte sich unter die breiten Ruderbänke, und der Kranke deckte ihn mit Aalreusen zu, bis er nichts mehr sehen konnte und auch von außen nicht mehr zu sehen war.

Sie wollten schon ablegen, als jemand rief: »Halt! Wartet noch einen Augenblick! Der Jean muss noch mit.« Das Boot schwankte kräftig, als der Unbekannte einstieg und auf einer der Duchten Platz nahm. Die an Land bleibenden Kranken verabschiedeten ihn besonders herzlich: »Hab Dank, Jean, für das viele Geld und die guten Nahrungsmittel.«

»Hab's gern getan, aber verratet mich nicht!«, erwiderte der in einem leicht französisch gefärbten Englisch und mit einer Stimme, die etwas von dem knarrenden Geräusch einer Feuerratsche hatte.

Einen besseren Schutz hätte Schoke sich kaum träumen lassen. Vor Angst und Schrecken dem Tode oft nahe, bekam er sehr wohl mit, dass verschiedene Kontrollfahrzeuge das Boot wieder und wieder aufhielten, um nach einem deutschen Kaufmann zu fragen. Sobald sie aber dem Flussfischer in die Kapuze geschaut hatten, drehten sie sofort bei und suchten das Weite. Der Leprakranke wählte für seine Landung am Kai des Stahlhofes eine unübersichtliche Ecke, wo Bauarbeiten in vollem Gange waren. Der Mitreisende, den sie Jean genannt hatten, verließ sofort das Boot.

Der Fischer selbst blieb den ganzen Tag über mit seinem Boot hier liegen und beschäftigte sich mit der Reparatur der Netze. Erst als die Abenddämmerung fortgeschritten war, gab er Schoke ein Zeichen. Der kletterte ans Ufer, zog seine halbwegs getrockneten Kleider wieder an, gab den Kittel zurück und ging mit einem herzlichen Dankesgruß davon.

Auf Nebenwegen gelangte er schnell an sein Ziel, All Hallows The Great. Trotz der Dunkelheit fand er sich in der großen Kirche gut zurecht und schlich sich in die mit einer Kienfackel spärlich beleuchtete Sakristei. Erleichtert atmete er auf, als er hinter dem Betpult sein Eigentum wohlverpackt wiederfand. Außerdem war dort – die Gottesmutter sei gepriesen! – ein großes, gefülltes Handwaschbecken. Er entkleidete sich vollkommen und reinigte sich gründlich, bevor er zum ersten Mal das ihm anvertraute Reisebündel aufschnürte. Er staunte nicht schlecht, als er darin das völlig neu geschneiderte Gewand eines Santiago-Pilgers fand. Auch an den dazu passenden Gürtel, einen Hut und geeignete Wanderschuhe hatte man gedacht. Und dann war da noch das Wichtigste: der kleine Lederbeutel mit den Handknöchelchen des Heiligen. Ganz versunken in die Betrachtung der

Reiseutensilien, merkte er auf einmal, dass jemand hinter ihm stand. Er meinte die Worte im Nacken zu fühlen. Der Hauch wurde zur Sprache: »Ich habe nicht geahnt, wie unvorsichtig du bist, alter Freund.«

Schoke drehte sich nach der vertrauten Stimme um und begrüßte freudig Pater Gilbert, den Pfarrer der Seemannskirche.

»Ich hatte von unserem Kirchturm aus gesehen, wie du gleich am Tag deiner Ankunft von der Leibgarde des Hohen Schatzkanzlers abgeführt wurdest«, erklärte Pater Gilbert. »Von da oben lässt sich der Steelyard beinahe vollständig überblicken.« Besorgt fuhr er fort: »Heute waren wieder einige Herren aus Westminster hier. Sie haben den ganzen Tag über hektisch nach dir gesucht, ohne auf die Sonderrechte des Stahlhofes Rücksicht zu nehmen. Sogar hier in der Kirche sind sie gewesen. Spätestens da wusste ich sicher, was ich nur hatte hoffen können, dass du deinen ›Gastgebern‹ entkommen warst. Also hab ich nach dir Ausschau gehalten, den ganzen Tag, wollte dich warnen, damit du den Häschern nicht gleich wieder in die Arme läufst. Du darfst auf keinen Fall hierbleiben. Spätestens morgen werden sie dich fassen, wenn du nicht sofort wieder verschwindest.«

Sogar bei dem trüben Schein des Kerzenlichtes fiel auf, wie Schoke erblasste: »Ja, aber – wo soll ich denn hin?«

Pater Gilbert beruhigte ihn: »Ich habe vorgesorgt, damit aus deiner Mission, von der du mir berichtet hattest, überhaupt noch etwas werden kann. Das schöne Pilgergewand darfst du getrost wieder einpacken. Du wirst es jetzt nicht brauchen können. Zieh das verdreckte Hemd, das du auf der Flucht hierher getragen hast, wieder an! Je dreckiger und zerfetzter, umso besser.«

»Warum das?«

»Es gibt ein Seeschiff, MARIA heißt es, das nicht weit von hier in einem hinter Bäumen verborgenen Stichkanal auf dich wartet. Die haben zu wenige Leute und brauchen noch ein paar Hände mehr an Bord. Das schaffst du doch! Oder?«

»Die Seemannschaft habe ich von der Pike auf gelernt – dem Himmel sei Dank! Und zupacken kann ich, weiß Gott!«

»Das wird den Admiratus freuen.«

»Der Admiratus – wer bitte ist das?«, fragte Schoke.

»Oh, verzeih die altertümliche Wendung! Heute sagt man ›Admiral‹. Gemeint ist damit der Oberkommandierende. Doch hüte dich, ihn so zu begrüßen. Er hasst unterwürfiges Getue. Nenn ihn einfach Master. Ich kenne ihn nicht näher, kann mich aber für seine Aufrichtigkeit verbürgen. Ich versorge ihn häufiger mit armen Flüchtlingen, wenn er zusätzliche Mannschaften braucht. Er hat noch nie gefragt und sich nicht ein Mal beschwert. Er trägt übrigens das Gewand eines Geistlichen und soll in der Normandie zu Hause sein.«

Eine Reise ins Ungewisse

Die schwarze Riesenholk

London, altes Hafengelände,
Montag, 3. April 1402

Er hatte zwar von diesen Schiffen gehört, aber noch nie solch eine Riesenholk betreten. Die Planken waren innen und außen mit mehreren Schichten dickflüssigen Holzteers schwarzbraun gestrichen, auch der Mast, die Spieren, die Wantrüsten und sogar die Trossen der Wanten, das ganze stehende Gut. Aber auf dieser Holk gab es etwas, das er noch nie gesehen hatte. Er wusste von Schiffen mit nur einem Mast, den Koggen, und von Schiffen mit zwei Masten, den Holken. Nun aber ein Schiff mit drei Masten – unfasslich! Ob er hier richtig war? Das Schiff lag in einer Entfernung von zwei oder drei Schritt vor einer verfallenen Kaimauer. Mit einem Satz sprang er die mittschiffs von der Schanz herabhängende Jakobsleiter an, zog sich an Deck und mischte sich unter das Schiffsvolk. An wen sollte er sich wenden? Er wartete ab. Niemand schien sich für ihn zu interessieren. Die Gelegenheit war günstig, sich genauer umzuschauen.

Das Beste wäre es, das Bugkastell zu erklimmen, um aus der Höhe einen Überblick zu gewinnen und den nach vorn geneigten, aus dem Bug emporwachsenden Vormast, dazu die Spiere für ein Lateinersegel, eingehender zu studieren. Aber da oben lungerten bereits an die zehn Armbrustschützen herum, die gelangweilt an ihren Waffen hantierten und ihn eher als Störenfried betrachteten und eine drohende Haltung einnahmen. Da auf dem Heckkastell dem Augenschein nach ähnliche Verhältnisse herrschten, sah er von einem Besuch dort ab.

So war er wieder auf die Gesellschaft der Leute an Deck angewiesen, die er bald genauer zu unterscheiden vermochte. Sie bestand aus zwei Gruppen. Da waren an die achtzig Landkrieger, die sich gegenüber den zwölf mit Arbeiten an Bord befassten Seeleuten wie wahre Galgenvögel ausnahmen.

Man war dabei abzulegen. Schoke beugte sich in den Niedergang, denn unter Deck musste es irgendwo einen Schlafplatz für ihn geben, wo er auch seine Habseligkeiten verstauen konnte. Aber dort war das Gedränge noch weit schlimmer, und es verquirlten sich die Teerausdünstungen mit Gerüchen aus der Küche, aber auch mit dem Dunst von durchgeschwitzter Wäsche zu einem Gestank, der ihn an Fäkalien erinnerte. Ihm wurde speiübel, und nach den ersten Schritten abwärts krampfte sich sein Magen zusammen, und er erbrach sich. Es kleckerte von Stufe zu Stufe. Er konnte nichts anderes mehr denken und wünschen, als sofort kehrtzumachen und wieder an die frische Luft zu gelangen. Aber er musste, bewaffnet mit Feudel und Eimer, noch einmal hinunter, um die Treppe von seinem Schmutz zu befreien. Auch das zerschlissene Hemd hatte einige Spritzer abbekommen und musste sofort davon gereinigt werden.

Übertriebenes Mitleid, Schadenfreude oder auch Verachtung spiegelten sich in den Gesichtern der sofort zum Spalier vereinigten Gaffer. Sie spotteten: »Kannst du das Geschaukel nicht vertragen? Warst wohl noch nie auf See! Hab ich recht?«

Er hielt mit Grobheiten dagegen: »Bei dem grauenvollen Mief, den ihr durch eure Furzerei unter Deck erzeugt, muss ja jedem ehrbaren Seemann das wertvollste Essen wieder aus dem Maul fallen.«

Die Leute grinsten und ließen ihn zufrieden.

Aber Schoke zog es vor, die Nacht an Deck in einem Korb, der gefüllt war mit altem Tauwerk, in abenteuerlich verrenkten Stellungen zu verbringen. Er verabscheute die nächtlichen Geräusche und das Keuchen, wenn die älteren Seeleute die jungen zwangen, ihnen zu Willen zu sein, weil sie sich Frauen nicht leisten konnten. Welch ein schauerlicher Gedanke, in dieser in Armut und Schmutz gefangenen Männerwelt zu versinken!

Der Fluss wurde breiter, und man spürte bereits die frische Seeluft. Am frühen Morgen passierten sie an Steuerbordseite den Medway-Strom und zuletzt die hinter Nebelfetzen aufscheinende Insel Sheppy. So viel bemerkte Schoke denn doch nach Stunden unruhigen Halbschlafs, dass sich aus den grau dunstenden Ufern von Sheppy zwei weitere Holken lösten, auf sie zuhielten und sich wie selbstverständlich hinter ihnen im Kielwasser einreihten, wiederum riesige Dreimaster und bis zu den Mastspitzen schwarz geteert.

Allmählich traten die Ufer zurück, und sie segelten auf das offene Meer hinaus. Nie zuvor war Nikolaus Schoke so klar bewusst geworden, was einem die Freiheit der Meere zu bedeuten vermochte! Die Erinnerung an die Gefangenschaft auf Westminster, die Flucht, die Verfolgung und die Furcht vor den königlichen Häschern, all die Angst fiel langsam von ihm ab.

Irgendwie musste er es bewerkstelligen, sich bei dem Schiffer zu melden. Er müsste sich vorstellen und sagen, dass Pater Gilbert ihn geschickt hatte. Und nach dem Reiseziel müsste er ihn fragen. Er traf den Alten in der Nähe des Rudergängers, auf einer Bank hockend. Er sah nur von hinten den kahlen Schädel und den gekrümmten Rücken einer geistlich gekleideten dürren Gestalt, die ihn kaum zu bemerken schien. Schoke fasste sich ein Herz, er räusperte sich.

Sehr langsam drehte sich der sonderbare Mann nach ihm um und wandte ihm sein kreideweißes Gesicht zu: der ausgemergelte Mund, die hohlen Wangen, die tief liegenden, brennenden Augen! Diese Augen musterten ihn ausgiebig von oben bis unten. Lautlos öffnete sich sein Mund und formte ein Wort der Begrüßung, das erst danach, wie verspätet, mit einem schnarrenden Klang zu hören war. Man sah auf gelbe, vorstehende Zähne. »Wen habt ihr mir denn da angeschleppt?«, fragte der Alte, ohne jemanden genauer anzusehen. »Der sieht ja furchtbar aus. Wo kommst du her, und was willst du bei uns?«

Schoke war vorsichtig und beließ es bei der halben Wahrheit: »Ihr wisst, Pater Gilbert schickt mich. Ich bin Seemann. Ich werde an Land gesucht – einer Schlägerei wegen.«

»Das sieht man!«, lachte der Totenkopf. »Solche Schrammen bringt man sich nicht selber bei. Aber Seemann willst du sein? Colin, reich mir mal die schwarze Trosse! Nein, nicht die kurze! Die lange, die du gestern so schön aufgeschossen hast.«

Der Angesprochene wusste sofort, worauf der Alte hinauswollte.

»Wollt Ihr ihn auf die Probe stellen, Master? Wir werden es lieben«, lachte er und wischte sich die schwarzbraune Haartolle aus der Stirn. Darunter kam sein frisches, jungenhaftes Gesicht zum Vorschein.

Colin, Engländer und Steuermann auf der Maria, tat wie ihm befohlen, und kam mit einer sorgfältig aufgerollten, etwa eineinhalb Zoll dicken Leine zurück, die mit dunklem Holzteer konserviert worden war. Der Alte legte sie dem Prüfling vor die Füße und nahm das am oberen Ende eingespleißte Auge in die Hand.

»Wir üben jetzt mal Trossen-Weitwurf, mein Lieber!«, schnarrte er spöttisch. »Wenn du es schaffst, das Auge von hier aus bis zum Bugpoller zu werfen, bist du angenommen. Wenn nicht, darfst du schwimmen, wohin du willst.«

Schoke ahnte, dass dies keine leere Drohung bleiben würde, und nahm die Trosse auf, so dass sie in langen, gleichmäßigen Buchten von seinem linken Unterarm herabhing. Dann ergriff er mit der Rechten das Trossenende eben unterhalb des Auges, holte zu einem kräftigen Wurf aus und ließ das Ende durch die Luft fliegen. Das Auge fuhr wie der Kopf einer Schlange unter dem Großsegel durch, am Mast vorbei zum Bug und legte sich weit vorn an Steuerbordseite über den letzten Bugpoller auf der Schanz. Colin nahm Schoke den Rest der Trosse vom Arm und zog sie stramm.

»Fest! Genau getroffen! Das Auge hängt fest auf dem Bugpoller«, rief er. »Das macht ihm so schnell keiner nach!«

»Seit wann spielt mein Steuermann hier an Bord den Schiedsrichter?«, knurrte ihn der Alte an. »Halt dich gefälligst zurück, Colin! Ein Urteil steht nur dem *master of the ship* zu. Und das bin nun mal ich!«

Dann wandte er sich an Schoke: »Was deinen Wurf betrifft – nicht ganz schlecht. Aber – kannst bleiben, als Decksmann. Erst mal auf Probe.«

Der Hamburger nahm es als Anerkennung. Er wollte wissen, wie weit er gehen könnte. So blieb er wie angewurzelt stehen.

Der Alte, immer noch auf der Bank hockend, hob den Kopf: »Was ist noch, Seemann? Spuck es aus oder troll dich!«

Schoke fragte ohne Umschweife: »Wohin geht die Reise, Master?«

Der Alte kaute auf dem Ende eines Strohhalmes und schien ihn nicht gehört zu haben. Endlich bequemte er sich zu einer vagen Auskunft: »Vorm Wind nach Osten – Richtung Flandern!«

»Also nach Sluis? Und dann den Zwijn aufwärts nach Damme oder Brügge?«

Der Alte brummte, mit den Achseln zuckend: »Wart's ab!«

Aber Schoke gab nicht nach: »Ihr müsst doch einen Zielhafen anlaufen, Master.« Als er den Schipper unwillig werden sah, schob er schnell nach: »Ich meine nur, wegen der Ladung.«

»Ladung? Führen wir keine! Also erübrigt sich auch die Frage nach dem Zielhafen. Noch was?«

Schoke ließ sich nicht abschrecken: »Drei Schiffe hintereinander – ohne Ladung und ohne Ziel? Das soll ich glauben!«

»Von wegen, kein Ziel!«, lachte der Alte höhnisch. »Unsere Ziele sind mal fest, mal beweglich. Wir müssen uns wie die Fischer in Geduld üben. Dann kommt der Segen der Meere von ganz allein auf uns zu. Und nu lass mich in Ruh! Du hast genug gefragt.«

Die Stimme – die hatte er doch schon einmal früher gehört. Wo aber nur? Dem frisch ernannten Decksmann wurde es ungemütlich. So langsam begriff er, was der Alte mit »beweglichen Zielen« gemeint haben mochte.

So vergingen zwei Tage, bis sie in Fahrtrichtung einen flachen Küstenstrich ausmachen konnten. Der Wind blies stetig aus West, die Sonne schien unentwegt, und kurze Wellen klopften an den Rumpf. Der Alte zog Colin auf seine

Bank und redete unentwegt auf ihn ein. Schoke bekam gerade so viel mit, dass es um andere Schiffe ging, die man auf See treffen wollte. Ihr Gespräch wurde unterbrochen, als der Ausguck, der seinen Mastkorb verlassen hatte und den Mast herabgerutscht war, zu ihnen trat. Hinter vorgehaltener Hand schien er Meldung zu machen. Der Alte und Colin blickten einander recht erfreut an, wie es schien. Dann sprang der Steuermann auf und war mit einem Satz an der Reling. Er instruierte zwei Decksleute, ihn in einem Beiboot auszusetzen und an einer langen Leine zu dem dicht aufschließenden nächsten Schiff mit dem eigentümlichen Namen Tranchemar zurückfallen zu lassen. Schoke beobachtete, dass Colin, sobald er auf die Tranchemar geklettert war, sich an den Schiffsführer wandte und offenkundig lange Erklärungen abgab. Später sollte er erfahren, dass es sich bei diesem um Colins älteren Bruder, Robin Brument, handelte. Der Alte hatte Robin, Steuermann wie sein Bruder, eine Kämpfernatur und tüchtig in der Navigation, zum Schiffsführer der zweiten Holk bestellt.

Als Colin die Anweisungen übermittelt hatte, bestieg er wieder das Beiboot und gab dem Decksmann auf der vorauslaufenden Maria ein Zeichen, ihn mit der Leine wieder zurückzuholen. Gleichzeitig löste sich ein Beiboot von der Tranchemar, das auf die dritte Holk, die Morelle, zurückfiel, um auch deren Schiffsführer von bestimmten Plänen zu unterrichten.

Kaum war Colin zurück, kletterte er zu den Kastellen über Heck und Bug hinauf, wo sich die kämpfende Truppe aufhielt, um den dort wartenden Bogenschützen die Befehle der Schiffsführung weiterzugeben. Wieder an Deck, rief er alle übrigen Kriegsleute zusammen, immerhin etwa achtzig, offenbar um ihnen bestimmte Aufgaben zuzuweisen. Zwanzig von ihnen nahm er mit sich unter Deck. Schoke war einer von ihnen. Am Fuß des Niedergangs wandte Colin sich zur Seite und turnte über einige leere Tonnen hinweg zu den Außenspanten. Dort hingen an einer zwischen zwei Spanten eingezogenen Stange eine Menge Draggen, die wie kleine vierflunkige Anker aussahen. Von jedem dieser Draggen hing eine sorgfältig in Buchten aufgeschossene Leine herunter. Colin nahm die Draggen von der Stange, händigte sie den Männern aus und befahl ihnen, wieder an Deck zu gehen. »Wenn ihr oben seid, verteilt euch gleich an Steuerbordseite!«, rief Colin ihnen nach. Schoke erschrak. Er begriff sofort, wozu ihm sein Draggen dienen sollte.

Unter Seeräubern

Auf See,
Donnerstag, 6. April 1402

Die drei Holken hatten ihren Kurs auf Nordwest geändert und folgten parallel zur Küste zwei mittelgroßen Koggen und einigen um sie versammelten Schiffen geringerer Größe.

»Setzt die Großsegel und refft sie aus!«, krächzte der Alte, und die Seeleute machten sich daran, das große Rahsegel am Mast ein wenig höher zu ziehen und drei breite Tuchstreifen darunter zu bändseln, um die Segelfläche zu vergrößern. Ähnliche Manöver wurden auf den beiden nachfolgenden Schiffen durchgeführt. Die schwarzen Holken wurden schneller, so dass sich der Abstand zu der vorauslaufenden Fahrzeuggruppe zusehends verringerte. Als sie weiter herangekommen waren, luvten sie noch ein wenig an, um den ganzen Verband, wie es den Anschein hatte, in Luv zu überholen. Kaum lagen sie in Luv der Gruppe, verringerten sie ihre Geschwindigkeit, um mit ihren riesigen Segelflächen den Kauffahrteischiffen den Segelwind zu nehmen. Dadurch würden sie kaum noch zu manövrieren sein. Dann schoben sich die drei Holken nach Lee auf den immer langsamer werdenden Verband zu. Zwei der schwarzen Riesenfahrzeuge schwoiten mit ihrer Steuerbordseite an die wesentlich kleineren Kauffahrer heran, während das dritte, die MORELLE, sich an die Verfolgung der kleineren Fahrzeuge machte.

Auf der MARIA, dem Flaggschiff der kleinen Flotte, schnarrte der Alte, ihr unumstrittener Admiral, seine Befehle und hob die behandschuhte Rechte: »Die Bogenschützen!« Ein dichter Hagel von Pfeilen ging über den Dickschiffen nieder, die nur mit Seeleuten bemannt waren und keine zusätzlichen Söldner, dafür aber umso mehr Gäste an Bord hatten.

»Die Enterdraggen!«, rief der Alte, und schon sausten die kleinen Anker an langen Leinen durch die Luft und verhakten sich hoch oben in der Takelage der Kogge. An den Leinen schwangen sich die Kämpfer hinüber und überwältigten bald die Mannschaften. Weil aber auch alle Seeleute von der Holk mit in den Kampf eingriffen, erkannte Schoke, dass es ihm kaum gelingen würde, sich aus allem herauszuhalten. An dem unteren Ende einer Draggenleine befestigte er einen Bootsmannsstuhl, warf seinen Draggen wie die anderen den gegnerischen Schiffen ins Rigg und schwang sich hinüber, um sich der Verwundeten anzunehmen. Er versorgte und verband die meisten so gut, dass sie wieder kämpfen konnten. Den schwerer Verletzten half er, aus dem Schussfeld zu kommen. Die dankbaren Blicke taten ihm wohl. Es dauerte kaum zwei Stunden, da waren alle Schiffe in ihrer Hand. Was dann geschah, ließ Schoke schaudern.

Die Überwältigten – Seeleute, Kaufleute und andere Mitreisende, soweit sie unverletzt geblieben waren – wurden mit Schlägen und Tritten gezwungen, die Frachten ihrer Schiffe restlos auf die schwarzen Holken umzuladen und unter Deck zu verstauen. Nachdem es nichts mehr zu plündern gab, wurde der Verband der Kauffahrer in Brand geschossen, obwohl man dort hilflose Verwundete an Deck wusste, die mit den Schiffen verbrennen und untergehen würden. Die zuvor zum Umladen gezwungenen Menschen wurden bestialisch zu Boden geprügelt und zusammengetreten. Die Toten wurden über die Kante geschoben, nicht ohne ihnen zuvor sämtliche Kleider vom Leibe zu reißen. Einige von diesen trugen noch Jakobsmuscheln am Hals – Pilgerfahrer aus Santiago de Compostela.

Schoke war es, als bewege er sich in einem bösen Traum. Er, der Hamburger Ratsherr, Nikolaus Schoke, Gerichtsherr seiner Stadt und oberster Piratenjäger! Ausgerechnet er war auf ein Schiff normannischer Seeräuber geraten und dann auch noch an einem grauenhaften Überfall auf deutlich beflaggte Kauffahrer aus Elbing beteiligt! Worin eigentlich unterschied sich das Handeln dieser Piraten von jenem der hansestädtischen Kopfgeldjäger, wenn die mordend und plündernd über ihre Gegner herfielen? Waren die einen die Verbrecher und die anderen die gerechtfertigten Krieger? Was hatten Herman Nyenkerken und Simon von Utrecht dem Normannen voraus, der sich Jean nannte? Dieser Jean – er hatte ihn längst an der Stimme erkannt – war doch der Gleiche, der sich zu den Leprakranken von St. James gewagt hatte, um ihnen Nahrungsmittel zu bringen. Am Ende hatte er sich selber angesteckt. Wer würde vor Gottes Thron eher bestehen – Simon von Utrecht oder der normannische Admiral?

Schoke stand auf dem Bug der MARIA. Es wollte ihm nicht gelingen, seine Gedanken zu ordnen. Das Grölen der trunkenen Seeräuber drang an sein Ohr, aber auch die Schmerzensschreie der Verbrennenden. Er sah die Gruppe der Kauffahrteischiffe in Flammen lodern und eines nach dem anderen in der spiegelglatten See versinken. Überlebende? Die gab es nicht.

Wie war er eigentlich hierher gekommen; was sollte aus seinen hochfahrenden Plänen werden? Wie er sich auch verhielt, nichts brachte ihn seinem Ziel näher. War er gerade dabei, die Zeit, die er dem Wohl seiner Vaterstadt und der Mehrung ihres Handels über See hatte widmen wollen, bei zufälligen Auseinandersetzungen in einem ewig hin- und herwogenden Seekrieg weit weg von Hamburg zu vertun?

So sehr war er in Gedanken, dass er den Alten, der neben

ihn getreten war, gar nicht bemerkt hatte: »Du feierst gar nicht mit? Ich hab mich auch dünngemacht. Ist nichts für mich, mit denen da um die Wette zu saufen«, drängte sich der Alte in seine Überlegungen. »Da ist keiner, mit dem man sich unterhalten könnte.«

Schoke überlief es kalt. Was wollte der Alte von ihm?

»Widerlicher Haufen – nicht?«, fuhr der jetzt fort. »Aber todesmutig und erfolgreich im Beutemachen! Und wir brauchen das Geld. Wovon sollen meine Leute leben? Missfällt dir wohl, wie? Meinst du, ich merke das nicht? Bist wohl was Besseres! Glaubst du, es würde mir Spaß machen, hundert Seeleuten und achtundzwanzig Kaufleuten schon vorzeitig den Weg in die Seligkeit zu ebnen?«

Schoke blieb stumm. Der Alte fuhr fort und suchte nach einem günstigen Abgang: »Was heute geschehen ist ...! Na ja – eines tröstet mich: Herzog Philipp der Kühne wird völlig irritiert den ganzen Überfall den Engländern als absichtliche Störung der Schifffahrt auf seinen Hafen Sluis anhängen und als Brüskierung verstehen. Dabei war Philipps Politik darauf gerichtet, den König von England für sich zu gewinnen. Andere wieder werden behaupten, König Henry IV. wolle durch das Kapern von Schiffen der preußischen Städte den Hochmeister des Deutschen Ordens zu Verhandlungen zwingen, denn der wird sich um seine Leute aus Elbing kümmern müssen. Und wir? Wir werden von den Verwirrungen, die wir selber gestiftet haben, den meisten Nutzen haben. In dem Krieg, der daraus entsteht, wird man uns wieder brauchen. Nur so viel, mein Lieber, über unseren wertvollen Beitrag zur großen Politik!«

Schoke rang sich mühsam die Anerkennung ab, die von ihm erwartet wurde: »Ziemlich raffiniert, muss ich schon sagen.«

Der Alte lächelte gequält: »Ist aber nicht von mir. Hab ich von Claus Störtebeker, meinem größten Konkurrenten an der Küste. Der hört das Gras schon wachsen, bevor die politischen Spieler ihre Schachzüge vorbereiten.«

»Ich hab von ihm gehört«, untertrieb der verkappte Hamburger, »der war aber als Kaperfahrer doch nur in der Nordsee, im Skagerrak, im Kattegat und im Sund unterwegs.«

»*War* unterwegs? Er *ist* unterwegs! Und zwar auf allen Meeren«, unterbrach ihn Jean und dehnte dabei jedes Wort.

Schoke kniff die Lippen zusammen. Wie stand es eigentlich um ihn, wenn er an Claus Störtebeker dachte? Was der Alte da behauptete, empfand er als Bedrohung seines Lebens – doch warum nur? Er überspielte dieses Gefühl, indem er scheinheilig fragte: »Ja – lebt er denn noch?«

»Und ob! Den fassen sie nie.«

»Ich habe gehört, er sei mit seinen Vitalienbrüdern im Jahre des Herrn 1400 hingerichtet worden, und alle Hamburger, heißt es, haben es gesehen.«

»Sollen sie es glauben. Ich weiß es besser.«

Schoke fühlte sich nach dem, was der Alte behauptete, noch elender. Zwar hoffte er, dass alle diese Gerüchte in sich zusammenfallen würden und er nicht die Rache eines Mannes fürchten müsse, den es nicht mehr gab. Umso mehr quälte er sich aber mit der Frage, was Jean denn wirklich gesehen haben wollte. Irgendetwas schon, so viel war sicher. War es etwas Unvorstellbares? Schließlich war er nicht mehr in der Lage, seine Unruhe zu verbergen. Jean schien es zu bemerken.

Er sagte: »Irgendetwas stimmt nicht mit dir. Bist schon ein merkwürdiger Vogel, aber wenigstens ein brauchbarer Seemann. Und das war es, was ich dir eigentlich sagen wollte. Wenn du willst, kannst du bei uns bleiben! Du wirst es nicht bereuen. Die Beutefahrten? Die Sorge kann ich dir nehmen – damit ist Schluss. In Zukunft werden wir uns höheren Zielen widmen.«

Schoke blieb stumm und schaute zur Küste hinüber. »Da drüben, da, die Einfahrt – ist das der Zwijn, der Wasserweg nach Damme und Brügge hinein?«

»Ja schon – warum fragst du?«

»Dann müssten wir schleunigst auf neuen Kurs gehen und dort drüben hineinfahren.«

»Wir werden den Kurs zwar ändern, aber nicht, um in den Zwijn einzufahren. Die machen kurzen Prozess mit uns, wenn wir ihnen in die Hände fallen. Meinst du, dass der Überfall nicht von Land aus beobachtet worden wäre? Das spricht sich schneller am Deich herum, als wir bis Damme brauchen würden.«

»Ja, aber …«, wandte Schoke ein, »wir können doch mit so vielen Leuten an Bord unmöglich dauernd auf dem Meer bleiben. Unser Trinkwasser geht zur Neige, hat Colin gesagt.«

Schoke merkte, wie dem Alten bei seinen letzten Bemerkungen der Hals schwoll.

»Glaubst du, dass ich das nicht wüsste? Ich, verantwortlich als euer Master und Admiral – ich lasse doch meine Leute nicht verdursten!«

Der Alte drehte sich abrupt um, ohne noch ein Wort an Schoke zu richten, und besprach sich mit Colin. Der Steuermann drehte sich zu dem Mann am Ruder um, fuhr mit seiner ausgestreckten Rechten einmal waagerecht durch die Luft und schlug sich auf die linke Schulter. Der Rudergänger nickte und drückte die Ruderpinne sanft herum, und das Schiff ging gemächlich über Backbord durch den Wind. Die eingespielte Decksmannschaft wusste, was zu tun war. Sie führte das große Rahsegel an Brassen und Schoten mit durch die Wende, bis der Wind wieder auf dem neuen Kurs ins Segel griff. Die beiden anderen Holken folgten im Kielwasser. So segelte die Formation nun an der Küste entlang nach Südwesten. Schoke biss die Zähne aufeinander. Er hatte auf eine Anlegemöglichkeit im Zwijn gehofft – wenn schon nicht in Damme oder Brügge, so doch wenigstens irgendwo auf freier Strecke – um endlich von dem Seeräuberschiff abspringen zu können und seinem Auftrag nachzukommen.

Er starrte in den Abend. Unter ihm durchschnitt der Bug die Wellen und warf sie zu einem rauschenden Schnauzbart auf. Er musste an Hamburg denken, an seine Frau, die gute Abeke, wie sie ihm damals so engelsgleich vorgekommen war! So etwas wie sie vermeinte er nur noch einmal auf dem großen Altar, den Meister Bertram in der Petri-Kirche aufgestellt hatte, gesehen zu haben: Eva nach der Vertreibung aus dem Paradies an einem Spinnrocken sitzend, aus dem sie mit der Linken die Wolle zupfte und mit der Rechten die Spindel in schwungvolle Bewegung setzte. Welch eine Vorstellung! Wie sie da saß, so züchtig und verständig beim Tagewerk, eine Hausfrau von nebenan im roten Kleid! Zum Niederknien! War sie ihm noch die Gleiche? Anbetungswürdig... Bis dass der Tod uns ...? Über die Zeiten hin hatte man gelernt, den Alltag miteinander zu bewältigen. Den Tagen der Leidenschaft waren die Jahre eines innigen Einverständnisses gefolgt.

Nun war sie so weit von ihm entfernt! Er entbehrte die Familie.

Und er dachte an Greteken, seine Kleine, die so krank war. War er, der Vater, an ihrem Elend schuld? Hatte sie es von ihm, dass sie vorhersehen konnte, was sich in Zukunft ereignen würde? In letzter Zeit hatte sich manches ereignet, was in ihm den Verdacht nährte, dass auch er dieses Zweite Gesicht besaß. Was würden sie während seiner Abwesenheit mit Greteken anstellen? Würde Abeke sie dem Exorzisten ausliefern? Nur das nicht! Er hatte mit Pater Hiob gesprochen, aber der hatte abgewinkt und gesagt, was der Kleinen fehle, sei Lebensfreude, nicht eine Teufelsaustreibung. Dann hatte Hiob noch wissen wollen, was sich das Mädchen am meisten wünsche. Diese Frage aber hatte er erst nicht beantworten mögen, schließlich sich aber doch ein Herz gefasst und gesagt: Lesen und Schreiben lernen, das hatte sie für ihr Leben gern wollen. Was hatte Pater Hiob darauf geantwortet? »Wenn's weiter nichts ist!« Nein, mehr hatte er nicht gesagt.

Schoke war aufgewühlt. Hätte er nicht zuerst an die Familie denken und daheim bleiben müssen? Gott allein weiß, was in der Zwischenzeit passieren könnte. Aber zu bleiben wäre einer Todsünde gleichgekommen! Das Gelübde musste erfüllt werden – nur wie sollte er das anstellen, solange er hier mit diesen Seeräubern segelte? Jetzt konnte er nicht beten. Nicht zu diesem unbegreiflichen Gott!

Er fühlte eine Hand auf seiner Schulter. Colin, der Bootsmann, war es. Mit der Linken hatte er zwei Bütten Bier gefasst, das zur Belohnung der Söldner und Mannschaften, die es gerade erbeutet hatten, gedacht war. Schweigend reichte er Nikolaus eine volle Holztasse. Der nahm sie, ohne zu trinken, und schaute darüber hinweg ins Leere.

»Was ist mit dir?«, drängte Colin ihn.

»Was soll schon sein? Ich dachte, wir gehen im Zwijn irgendwo an Land. Aber nein! Wir fahren wieder zurück. Fehlt nur noch, dass der Kurs genau nach Westen geändert wird und wir wieder in die Themse laufen.«

»Wo denkst du hin! Warum sollten wir das wollen?«,

sagte Colin und fuhr fort: »Sicher wäre es König Henry durchaus recht, wenn wir Schiffe der Ostseestädte überfielen. Aber kämen wir jetzt nach London oder in einen anderen englischen Hafen, würde er offiziell von uns verlangen, unsere Beute wieder an die preußischen Städte zurückzugeben. Das nennt man Politik, mein Lieber.«

»Erkläre mir doch bitte einmal, Colin, wem unsere Schiffe eigentlich gehören, wie die Schiffsführer heißen und wer all die bewaffneten Galgenvögel kommandiert, die nur bei den Überfällen mittun, aber im Übrigen von der Seefahrt nicht die mindeste Ahnung haben.«

»Den Admiral kennst du inzwischen«, begann Colin. »Ihm gehört die MARIA. Die TRANCHEMAR und die MORELLE gehören einem normannischen Adligen, der erst später zu uns stoßen soll. Dieser Herr wird noch einen dritten Adligen mitbringen. Der einzige Befehlshaber über alle Menschen an Bord, Seeleute, Armbrustschützen und Landkrieger, ist unser Admiral. Dass er bei uns an Bord auch noch der Master ist, kränkt mich nicht. Er ist der Schiffseigner – er hat das Sagen. Der Schiffer der TRANCHEMAR ist Robin, mein Bruder. Die MORELLE wird von einem gewissen Francisco Calvo geführt. Wenn dir die vielen neuen Namen ein bisschen durcheinandergehen, macht das nichts. Ich habe selber Schwierigkeiten, sie alle zu behalten.«

»Danke, dass du so offen sprichst«, entgegnete Schoke. »Eine edle Gesellschaft! Eines hätte ich aber gern genauer gewusst: Der Alte – heißt er vielleicht Jean?«

Colin fuhr zusammen und flüsterte: »Woher kennst du seinen Namen? Den weiß außer mir sonst niemand hier an Bord!«

»Warum nicht? Und was ist mit seiner schweren Krankheit?«

»Was weißt du über seine Krankheit?«

»Seine rechte Hand, immer im Handschuh…«

»Schluss jetzt! Wenn der Alte erfährt, dass du darüber spekulierst…«, zischte Colin. »Du redest dich noch um Kopf und Kragen. Also kein Wort mehr darüber.«

Schoke wusste, dass Colin nicht zum Alten gehen würde. Aber er lenkte ein: »Hast ja recht. Doch sag mir wenigstens, wohin wir fahren, wenn schon nicht nach Brügge, Damme oder England.«

»Wahrscheinlich so wie immer. Erst einmal hier an der Küste entlang nach Südwesten, um eine der französischen Küstenstädte zu erreichen, die alle in der Hand englischer Piraten sind. Da können wir unsere Beute am leichtesten absetzen, ob in Calais, La Rochelle oder auf der Île d'Oléron.

Abschied

Auf See,
Freitag, 7. April 1402

Schoke hatte sich mit seiner Lage abfinden müssen. Zwei kleine namenlose Hafenplätze hatten sie aufgesucht, um Wasser und Lebensmittel zu übernehmen. Bald zehn Tage lang trieben sie sich in der See herum, bis endlich die Silhouette der Stadt auf dem kleinen Felsen, nach dem La Rochelle hieß, mit den beiden Türmen vor der Hafeneinfahrt in Sicht kam. Aber da stand noch ein dritter mit Zinnen bewehrter Turm, aus dessen Mitte sich ein weiterer schlanker Turm erhob.

Sie waren kaum mehr als zwei Meilen vom Hafen entfernt, als der Admiral sich zu ihm an die Reling stellte. Bevor der etwas sagen konnte, wollte Schoke seine Neugier wegen des merkwürdigen Turmes befriedigen. Der Alte erklärte bereitwillig: »Sobald wir ihn querab passieren, wirst du es ohne meine Hilfe erkennen. Ja – jetzt schau hin! Siehst du, was ich meine?«

Schoke staunte: »An dem schlanken Turm ist unter Dachhöhe in Richtung See noch ein kleines Türmchen angesetzt. Sieht mit den hohen Fensteröffnungen aus wie eine große Laterne.«

»Ist auch eine!«, nickte der Alte bejahend. »Die Laterne des schönsten Leuchtturmes an der ganzen Küste.«

»Eine großartige Lösung – das gefällt mir!«, gab Schoke seiner Bewunderung Ausdruck. »Ich war noch nie hier, wie Ihr Euch denken könnt. Was ich hier sehe, beeindruckt mich, eine Stadt, in die ich mich verlieben könnte.«

»Darüber wollte ich eigentlich mit dir reden, Schoke.

Sobald wir anlegen, bist du frei, zu tun und zu lassen, was dir beliebt. Du bist zwar nicht mehr der Jüngste, aber ein tüchtiger Seemann – so viel ist sicher. Dass du im Seekampf, so Mann gegen Mann, nichts taugst, weiß ich. Dennoch bekommst du heute, wie bei anständigen Likedeelern üblich, den Anteil ausbezahlt, wie er allen anderen hier an Bord zusteht.« Der Alte nahm einen Geldbeutel und hielt ihn Schoke hin. Der wehrte ab: »Ich hab es doch nicht verdient, wie Ihr schon sagtet. Ich möchte gar nicht…« Er malte sich aus, was die Hamburger dazu sagen würden: Blutgeld! Das er angenommen hatte!

»Du möchtest darauf verzichten? Ich rate dir, lass das die anderen Likedeeler nicht spüren, dass du einen Mörderlohn darin siehst. Es wäre dein Todesurteil.«

Zögernd griff Nikolaus nach dem Beutel.

»Ist übrigens das letzte Mal, dass es hier Beute zu verteilen gibt«, fuhr der Admiral fort. »Alle Leute, die bisher mit uns gefahren sind, werden abmustern und nur wenige an Bord zurückkehren.«

Ohne sich darum zu scheren, ob Schoke überhaupt zuhörte, plauderte er noch eine Weile über seine Pläne. Die Zeit der Freibeuterei sei ein für alle Mal vorbei. Von nun an gelte es, sich höheren, besonders ehrenvollen Aufgaben zuzuwenden, die man allein ihm anvertrauen wolle.

Schoke war unsicher. Sollte er das dem Alten glauben?

»Ich darf eigentlich noch nicht darüber reden«, fuhr der Alte fort. »Es handelt sich um eine große Seereise.«

»Ach wirklich?«, meinte Schoke zurückhaltend.

»Aus diesem Grund werden unsere drei Schiffe genau vierzehn Tage im Hafen bleiben. Sie müssen vorher überholt und neu ausgerüstet werden«, erläuterte der Alte.

»Ja und?«, fragte Schoke ohne jede Bewegung.

Der Alte verlor allmählich die Geduld: »Begreifst du nicht, oder willst du mich nicht verstehen? Solltest du es dir noch einmal überlegen und dich entschließen, wieder an Bord zu kommen, hast du Bedenkzeit bis zum ersten Mai. Am Zweiten laufen wir in aller Frühe aus.«

Schoke lehnte ab: »Ich möchte nicht undankbar erscheinen, doch kann ich Euer freundliches Angebot nicht annehmen. Ich will nicht ewig Seemann bleiben. Ich habe andere Pläne.«

Der Alte hatte sich wieder gefasst: »Gewiss doch, alles richtig! Nur – wer weiß schon, was der morgige Tag uns bringt. Glaubst du etwa, dass mein Leben immer nach Plan verlaufen ist? Mein Name ist Jean de Béthencourt. Wir sehen uns wieder.« Er wandte sich Schoke zu und gab ihm die Linke.

Schoke sah den Alten schweigend an. Der aber lächelte freundlich und ließ ihn wieder allein.

Grüße aus dem Jenseits

La Rochelle, Hafen,
Montag, 17. April 1402

Die Springtide hatte das Wasser an diesem Tag so hoch auflaufen lassen, dass es beinahe über die Kaimauern im Hafen schwappte. Es war ein beeindruckender Anblick, als die drei großen schwarzen Holken unter gerefften Segeln hintereinander hereinkamen, mit einem Aufschießer gegen den Wind über Backbord wendeten und damit die letzte Fahrt herausnahmen. Langsam schwoiten sie auf ihre Liegeplätze zu. Mit dem Bug in Richtung der Hafeneinfahrt machten sie hintereinander zuseiten des Nikolausturmes fest.

Nikolaus Schoke hatte sein Bündel längst geschnürt, verabschiedete sich von der Mannschaft, vom Alten und besonders herzlich von Colin Brument. Einen letzten Blick warf er auf die MARIA zurück, auf der er dem Jewel Tower entkommen war. Dann überquerte er entschlossen den Schiffslandeplatz in Richtung auf das Hafentor. Bevor er es durchschritt, schaute er hinauf zur Sonnenuhr, die genau anzeigte, was auch sein Magen empfand: Es war Zeit fürs Abendessen.

Innerhalb des Tores nahm ihn das Gewimmel der südlichen Hafenstadt laut und lebendig in Empfang. Hatte er zuerst ein wenig Sorgen gehabt, ob er sich würde verständigen können, war er bald erleichtert, weil alle hier in einem englisch-französischen Sprachgemisch durcheinanderredeten. La Rochelle war eben zum wichtigsten Treffpunkt der von der Krone Englands geduldeten Freibeuter geworden.

Zunächst schlenderte er unter den Arkaden der breiten Hauptstraße auf das Zentrum zu. Als er die Kathedrale erreicht hatte, wandte er sich nach rechts und befand sich alsbald auf dem Markt. Das klar gegliederte Straßensystem war leicht zu durchschauen. Vom Markt aus wollte er parallel zur Hauptstraße wieder zum Hafen zurückwandern und geriet in die enge, von Menschenmassen belebte Kaufmannsgasse. Wie gut, dass er seine zusammengewürfelte Seemannskleidung anbehalten hatte, zu deren Erneuerung ein inzwischen zu seinem Schöpfer eingegangener preußischer Fahrensmann mit Hemd, Hose und Mütze hatte beitragen dürfen. Taschendiebe würden sich nicht erst angeregt fühlen, ihn als lohnendes Opfer ins Auge zu fassen.

Das Gedränge in der Kaufmannsgasse riss ihn mit, bis er mit einem Mal ein vertrauenerweckendes Wirtshaus vor sich sah. Mit vorgeschobener Schulter und mit beiden Armen rudernd entkam er dem Menschenstrom auf der Straße.

Ein wunderbarer Duft von gebratenem Fisch schlug ihm entgegen, als er in die Tür trat. Dass alle Bänke und Tische besetzt waren, schien für die Qualität des Essens zu sprechen. Der Wirt hatte seine ganze Familie eingespannt, die gewünschten Mahlzeiten an die Tische zu bringen. Brassen und Zander, gebackener Aal und Fischsuppen wurden durch die Reihen balanciert. Besonders gefragt waren Muscheln mit Zwiebeln in Weißwein. Schoke quetschte sich aufs Geratewohl zwischen den Rücken an Rücken hockenden Schiffern, Hafenarbeitern und Fischern hindurch, bis ihm die vollbusige Wirtin mit ihrer Essensfracht entgegenkam und ihm den Weg versperrte. Freundlich zog ihn ein angeheiterter Spanier auf seine Bank und machte dadurch den Weg für die mit zwei Schüsseln voller Muscheln hantierende Schöne frei. »Für euch!«, sagte die Wirtin mit einer Stimme, die keinen Widerspruch duldete, und schob Schoke und dem Spanier die dampfenden Schüsseln hin. Schoke machte sich sofort über die Muscheln her, so groß war sein Hunger.

Schoke, seit langem nichts Besseres gewohnt, fühlte sich in dieser schlichten Umgebung sehr wohl. Schon bald fand er Gelegenheit, nach einer preiswerten Gemeinschaftsunterkunft zu fragen. Er war dann sehr froh, in einer Kammer mit sechs Schlafplätzen gerade den letzten zu ergattern.

Schoke gefiel das Leben an Land. Er, der Ratsmann, interessierte sich für das Schicksal der französischen Stadt, die in der Abwehr des äußeren Feindes, des Engländers, genauso erfolglos war wie in der Durchsetzung der Rechtspflege gegenüber Piraten und Kaperfahrern.

La Rochelle faszinierte ihn, und er hätte sich wohl gern für einige Wochen dort einquartiert. Doch die Stadt barg auch Unheimliches.

Es kam ihm so vor, als ob er beobachtet werde. Wo immer er sich in der Stadt herumtrieb, glaubte er sich von einem Schatten verfolgt. Der aber blieb gestaltlos, hatte kein Gesicht und keinen Körper. Trotzdem spürte er ihn im Nacken, hörte jemanden in seiner Nähe schwer atmen oder eine Tür knarrend schließen. Wer konnte ein Interesse daran haben, einen abgerissenen Seemann, der sich in keiner Weise von den vielen anderen hier herumlungernden Burschen unterschied, auszuspähen? Oder entwickelte er langsam Wahnvorstellungen?

Die Tage vergingen. Ein Tag lief wie der andere ab. Nachdem er einen Bummel über den Markt gemacht und einige Lebensmittel eingekauft hatte, setzte Schoke sich schon am Nachmittag in ein Wirtshaus am Hafen zu einem Glas Rotwein, packte seinen Käse und das Brot aus und schnitt sich einen Kanten ab. Fast jeden Tag saß er dort, fühlte sich im Lärm und Gedränge der Kneipe sicher.

Abend für Abend füllte sich das Lokal mit Seeleuten aus aller Herren Länder. Er suche Arbeit auf einem Schiff mit dem Reiseziel La Coruña, hatte er die Leute wissen lassen. Hier erführe man es zuerst, wenn ein Pilgerschiff hereinkäme, hatte er sagen hören. Aber nichts tat sich. Er fürchtete schon, am Ende würde er hier hängen bleiben oder zu Fuß laufen müssen – er, ein Seemann! Laufen von La Rochelle nach Santiago de Compostela? Er doch nicht! Das Wandern wollte er lieber anderen überlassen, die ein Gott wohlgefälliges Werk darin erblicken mochten, sich die Füße wund zu laufen.

So stierte er wieder auf seinen Rotwein. Als er aufblickte, sah er plötzlich Colin vor sich stehen. »Na, endlich machst du mal die Augen auf«, sagte der. »Ich steh hier schon seit einer Weile, ohne dass du es bemerkst. Wollte mich nur noch mal von dir verabschieden und dich daran erinnern, dass wir übermorgen auslaufen. Dem Alten wärst du noch immer willkommen, hat er mir zu verstehen gegeben, als ich an Land ging. Hat sich wohl gedacht, dass ich dich noch mal aufsuchen würde. Nebenher sagte er, wir müssten, anders als geplant, den Hafen von La Coruña anlaufen, um unsere Ausrüstung zu ergänzen.«

Kam das nicht wie gerufen? Schoke überlegte. Aber er hatte sich doch beim Alten mit der Bemerkung verabschiedet, Seemann wolle er nicht sein und bleiben, er habe anderes vor. Also gab er Colin seinen Entschluss mit auf den Weg, in La Rochelle zu bleiben.

Da kannte er allerdings seinen jungen Freund noch nicht richtig, als er nun im Glauben, der sei mit seiner Antwort zufrieden, in der Kneipe hocken blieb. Colin hatte Schoke sehr genau beobachtet und bemerkt, wie es hinter seiner Stirn arbeitete. Er folgerte, dass der Entschluss, in La Rochelle zu bleiben, nicht wirklich feststand und sich noch vor ihrer Abreise ändern könnte. Also zog er sich erst einmal zurück, blieb aber in der Nähe der Kneipen, um Schoke im Auge zu behalten.

Schoke trank etwas mehr als sonst, doch der Wein vertrieb ihm die Grübeleien nicht. Mit einer heftigen Armbewegung wollte er die quälenden Gedanken vom Tisch wischen und traf dabei den Krug seines Nachbarn. Der rote Inhalt ergoss sich auf die Beinkleider des Seemanns zur Rechten. Der nahm es gutmütig hin, dass ein Flecken mehr seine Hose zierte. Er »bestrafte« den schuldbewussten Fremden sogar noch mit der Einladung zu einem weiteren Krug vom Roten, so dass Schoke schließlich stark schwankend zu seinem Schlafplatz aufbrach. Er warf sich in Kleidern auf sein Bett und war sofort eingeschlafen. Im Traum zog er noch einmal in Richtung Hafen.

Ihn trieb eine unbestimmte Neugier, nach Béthencourts Flotte zu sehen. Außerdem wollte er das jeden Abend sich wiederholende Schauspiel nicht verpassen, wie die schwergliedrige Kette vom Tour de la Chaine über die Hafeneinfahrt geschleppt und am Nikolausturm festgemacht wurde. Gemütlich schlendernd langte er im Hafen an, aber – wo waren all die Schiffe geblieben? Es war Ebbe, man sah gerade noch die Mastspitzen. Als er näher an die Kaimauer herantrat, sah er alle Schiffe tief unter sich auf dem Schlick liegen. Berge von Kisten und Tonnen standen an Deck der drei schwarzen Holken herum, die nach und nach verstaut sein wollten. In sechs Stunden würden die Schiffe wieder zur Höhe des Landeplatzes aufschwimmen. Er stand eine Weile nachdenklich hoch über den Schiffen auf der Kaimauerkante und bemerkte zu spät, dass in schneller Fahrt ein zweispänniger Leiterwagen am Hafen entlangrollte, der, je näher er kam, immer dichter an die Mauer-

kante heranfuhr und genau auf ihn zuhielt. Er konnte gerade noch den Pferdehufen ausweichen, da erfassten ihn das erste Wagenrad und die Runge an der Vorderachse des Wagens und schleuderten ihn in das trockengefallene Hafenbecken. Es kam ihm vor, als dauere dieser Sturz unendlich lange bis zum Aufschlag. Dann wurde es dunkel um ihn.

Mit einem Ruck richtete Nikolaus Schoke sich auf. Er fand sich auf seiner Bettstatt wieder, bei hellem Tag.

Später machte er sich zum Hafen auf und fand alles genauso vor, wie es ihm im Schlaf erschienen war. Und auch das zweispännige Pferdefuhrwerk kam jetzt auf ihn zugerollt. Anders als im Traum konnte er jedoch rechtzeitig beiseitespringen und dem Sturz ins Hafenbecken entgehen. Er hob die geballte Faust und brüllte hinterher. Nur – er rief ins Leere! Da saß überhaupt niemand auf dem Bock, der die Zügel geführt und das Gefährt auf ihn zugelenkt hatte – nicht eine Menschenseele!

Auf dem Leiterwagen lag ein langer schwarzer Kasten – sonst nichts. Schoke wurde es unheimlich. Was war mit diesem Kasten, was mit dem Leiterwagen und dem Anschlag? Galt er wirklich ihm, dem Hamburger Ratsherrn Nikolaus Schoke? Er musste es herausfinden. Also lief er dem Wagen nach, der schnell in einer der Gassen verschwunden war.

Nach einigem Suchen fand er den Leiterwagen vor einer Tischlerei stehen. Die beiden Pferde fraßen aus Hafersäcken – die musste ihnen eben jemand umgehängt haben. Er sah sich um. Nur ein paar Schritte noch, und er stand neben dem Wagen. Er nahm den Kasten genauer in Augenschein und fand, es könne eine Bank mit Deckel sein, wie sie zu einem Chorgestühl in der Kirche gehört. Er klappte sie hoch und erschrak unwillkürlich. In der Kastenbank lag das, was die Schiffszimmerer einen zweischeibigen Fidel-Block nennen – ein uraltes Teil, das im Wasser gelegen haben mochte, und, ähnlich einem Stein in einem Flussbett, ständig durch Wellenschlag und Abrieb im Sand seine rundliche Form angenommen hatte. Das der Fidel oder dem Leib einer Frau ähnliche Gehäuse beherbergte in seinem Inneren ein großes und ein kleines Holzrad. Über diese wurden Leinen geführt und Zugkräfte umgelenkt, um die Segelstellung zu verändern. Schoke erschauerte. Irgendwo, irgendwann – es mochte Jahre zurückliegen – hatte er so etwas schon einmal in einem merkwürdigen Zusammenhang gesehen.

War es nicht genau der gleiche Fidel-Block gewesen, den man im leeren Grab eines jungen Selbstmörders auf dem Hamburger Grasbrook gefunden und anschließend in Zeelanders Schiffbauwerkstatt untersucht hatte? Man hatte damals Claus Störtebeker verdächtigt, den Leichnam des jungen Zeelander entführt und ebendiesen Fidel-Block in dem Grab als ein Zeichen hinterlassen zu haben. Vater Zeelander hatte damals abgestritten, den Block je zuvor gesehen zu haben oder gar in ihm ein bedrohliches Zeichen zu erkennen. Gab es jemanden, der ihn, Nikolaus Schoke, an dieses Ereignis und Claus Störtebeker erinnern wollte?

Oder verfolgte ihn dieser selbst, von dem er nur wusste, dass er längst hingerichtet war? Die Angst ließ sein Herz bis zum Halse schlagen und trieb ihm die Augen schier aus dem Kopf. Er fürchtete, den Verstand zu verlieren. Trotzdem brachte er es über sich, nach dem Fidel-Block zu greifen, um ihn an sich zu nehmen. In diesem Augenblick wurde von der anderen Seite des Wagens der offen stehende Deckel zugeknallt, und dieser traf seinen Kopf mit voller Wucht. Schoke taumelte rückwärts gegen einen Holzstapel und sackte bewusstlos zusammen.

Durch das Geräusch alarmiert, kam der Fuhrmann um den Wagen herum und entdeckte Schoke auf dem Holzstapel. Er lag da wie tot und umklammerte den Fidel-Block mit beiden Händen. Der Fuhrmann erschrak, sprang auf den Kutschbock und verließ mit Peitschenknall den Hof.

Colin hatte sich inzwischen Hilfe geholt und folgte nunmehr zusammen mit Padre Jean, Béthencourts Kapelan, Schokes Spuren. Sie fanden ihn irgendwo am Straßenrand liegen und bemerkten, dass er noch atmete. Wie freuten sich die beiden, ihren längst bewährten Decksmann Nikolaus wiederzufinden und aus so gefährlicher Lage zu befreien! Mit kleinen Schlägen ins Gesicht versuchte Colin, ihn zu beleben, und nach einigen Augenblicken kam Schoke wieder zu sich.

»Alter Junge, dich kann man auch nie allein lassen«, versuchte Colin zu scherzen. »Sollen wir dich wieder bei deinem Gastwirt abliefern? Oder willst du doch anheuern? In fünf Stunden legen wir ab.«

Schoke war noch völlig benommen und gar nicht in der Lage zu antworten. Ebenso wenig verstand er, was Colin ihm ankündigte: »Wir segeln zwar nach den Inseln der Glückseligen, aber erst einmal nach La Coruña.«

Padre Jean und Colin bemühten sich rührend um ihn und stützten ihn auf dem Wege zum Schiff. Ob er dahin wollte oder nicht, war für die Freunde schon gar nicht mehr die Frage. Schoke war hilflos und ganz auf ihre Fürsorge angewiesen, zumal der nachmittägliche Anschlag auf sein Leben denn doch nicht ganz spurlos an ihm vorübergegangen war. Eine Rippe sei vielleicht angebrochen und ein Fuß verstaucht, vermutete Padre Jean. Die Rettung geriet zur Strapaze, da Schoke die Füße nicht aufsetzen konnte. Jeder Schritt wurde ihm zur Qual. Je näher sie dem Hafen kamen, umso dringlicher stellte sich die Frage: »Wie kriegen wir ihn an Bord?« Sie sahen es schon von weitem. Die Schiffe waren wenigstens zehn Fuß tief an der Kaimauer herabgerutscht.

Colin wusste Rat. Er rief den Decksleuten auf der MARIA zu, sie sollten an einem Ende der Großrah eine Talje – so nennen die Seeleute den Flaschenzug – anschlagen und darunter den Bootsmannsstuhl hängen, ein schlichtes Brett, so breit und lang wie das einer Kinderschaukel. Nachdem dies geschehen war, wurde die Rah mit dem Bootsmannsstuhl zur Kaimauer hinübergeschwenkt. Colin und der Padre setzten Schoke auf das Brett und banden ihn fest. Dann wurde der lädierte Mann an der Rah hinübergehoben und an Deck abgelassen.

Als sie ihn endlich wieder an Bord hatten, bat Schoke darum, ihn zum Alten zu bringen, doch Jean de Béthencourt hatte in diesem Augenblick keine Zeit für ihn. Er ging hinüber zum Fallreep, um andere Neuankömmlinge willkommen zu heißen, die gerade das Schiff betraten. Ob sie zu der neuen Mannschaft gehörten, von der der Alte zu ihm gesprochen hatte? Die wollte er sich ansehen. Das Verstauen seiner Habseligkeiten mochte ruhig noch einige Augenblicke warten. Wo waren die eigentlich? Colin hatte versprochen, jemanden in die Herberge zu schicken und seine Sachen holen zu lassen.

Neugierig betrachtete Schoke die Ankömmlinge, die sich jetzt da oben auf der Hafenmauer drängten. Einzeln kamen sie die Hafenleiter herunter. An ihrer Kleidung erkannte er sie als Bauern mit ihren Frauen, Handwerker, vor allem Maurer und Tischler. Junge Leute bildeten die Mehrheit, dazwischen einige Kahlköpfe mit Musikinstrumenten, die wohl zu den Spielleuten gehörten. Die hatten bestimmt keine Heuer zu erwarten. Schoke wusste, dass man solche Spaßvögel nur mitfahren ließ, wenn sie keine Kosten verursachten und für ihre Nahrung selbst aufkamen. Außer diesen stiegen noch an die zweihundert Söldner, Armbrustschützen eingerechnet, an Bord.

Eine bunte Mischung, ohne Zweifel! Ob das wohl gut ging?

Es waren auch einige Herren von Adel dabei. Unter den Neuen, die sich jetzt an Deck drängten, fiel Schoke eine Gestalt besonders auf, ein hochgewachsener Herr mit vollem weißem Haar, das in merkwürdigem Gegensatz zu den buschigen schwarzen Augenbrauen stand. Er hatte vermutlich die fünfzig längst überschritten.

Jean ging auf ihn zu: »Gadifer, mein Freund!«, begrüßte er ihn. »Nun fehlt es mir an nichts mehr. Endlich! Unser lang gehegter Traum – jetzt wird er wahr! Wir können sofort ablegen und nach den Inseln der Glückseligen segeln.«

Jean drehte sich zu seiner Mannschaft um: »Darf ich euch meinen Mitstreiter vorstellen: Gadifer de La Salle! Wir beiden haben seit Jahren diese Reise geplant, und endlich sind alle Wege beim Papst in Avignon und den Königen von Spanien und Frankreich geebnet.«

Die Vorstellung wurde durch Unruhe an der Hafenleiter gestört. Ein sehniger Südländer mit blauschwarzem Haar und knochigem Gesicht und zwölf abenteuerliche Gestalten sprangen an Deck. Schüchtern folgte ihnen ein junges Paar – er kaum älter als fünfundzwanzig Jahre, sie noch keine zwanzig. Schoke sagte sich, selten ein so anziehendes Geschöpf erblickt zu haben, eine zarte Gestalt, graziös und vollkommen natürlich in ihren Bewegungen, noch beinahe ein Kind. Indessen schob sich, mit der linken Schulter vorweg und einen verächtlichen Blick darüber hin werfend, der Südländer in den Vordergrund, bis er Jean de Béthencourt gegenüberstand:

»Halten zu Gnaden – wir wurden wohl schon erwartet. Es erscheint vor Euch Bertin de Berneval, ein erprobter Söldnerführer«, stellte er sich selbst vor. »Baron Gadifer hat mich und meine Leute zu dieser Reise eingeladen«, erläuterte er und wies mit weit ausholender Bewegung auf seine Begleitung. Der ganze Kerl war ihm unangenehm. Béthencourt ließ ihn deutlich merken, wie wenig er die Störung seines Wiedersehens mit Gadifer schätzte. Er winkte Colin heran und wies ihn an, die Neuankömmlinge auf die MORELLE, das letzte der drei Schiffe, hinüberzubringen und mit den Regeln und Befehlen auf den Schiffen der Flotte vertraut zu machen.

Schoke fragte sich, warum ihn ein so unerklärliches Misstrauen beschlich und weshalb er eine Abneigung gegenüber dem forschen Söldnerführer empfand. Wie gut, dass er mit diesem Herrn nichts mehr zu schaffen haben würde!

Die Erscheinung der kindlichen Frau in Bertins Gefolge hatte Eindruck auf ihn gemacht. Nach seinem Dafürhalten passte sie nicht recht auf das Schiff und schon gar nicht in diese grobe Männergesellschaft. Er legte es sich so zurecht, als sähe er in ihr die eigene heranwachsende Tochter, die es zu schützen gelte. Das Blut schoss ihm zu Kopf, als er sich eingestehen musste, dass diese Deutung seiner Empfindungen nicht ganz zutraf. Dem Anschein nach war sie an den jungen Laffen vergeben, der nie von ihrer Seite wich. Ob der wohl der Rechte sei, sie gegen die Zumutungen der zweifelhaften Gesellen in ihrer Umgebung zu verteidigen?

Das Sakrileg

La Rochelle,
Montag, 1. Mai 1402

An Bord herrschte große Geschäftigkeit. Segeltuch für ein neues Großsegel und etliche Rollen neues Tauwerk waren zu verstauen. Lebensmittel für Wochen standen noch an Deck herum. Die neu angeheuerten Mannschaften waren immer noch dabei, überflüssiges Gepäck auszusortieren. Andere wieder hatten, um die jedem mitreisenden Seemann zustehende Führung auszunutzen, in Vierteltonnen verpackte Handelswaren mitgebracht, die sie in den nächsten Häfen wieder zu verkaufen hofften. Allerdings – so viel Raum stand unter Deck gar nicht mehr zur Verfügung, um all die Packen und Fässchen unterzubringen, die jeder glaubte mitführen zu dürfen.

Die Dunkelheit brach bereits herein, als die gesamte Ladung im Schiff verstaut und das Deck wieder aufgeklart war. Schoke war froh, wieder an Bord zu sein, und schlief in der folgenden Nacht fest und traumlos.

Als es wieder hell wurde, kletterte der Schiffstrompeter auf das Bugkastell und schickte ein helles Signal in den Himmel, das von den Hafenmauern und den Gebäuden ringsum zurückgeworfen wurde. Padre Jean Le Verrier und Bruder Pierre Boutier, ein Benediktiner aus Gadifers Begleitung, waren dem Trompeter auf das Bugkastell gefolgt und intonierten nach seinem Signal feierlich und im Wechsel mit der Mannschaft: *»In nomine domini navigamus.«*

»In Gottes Namen fahren wir«, wiederholte Schoke für sich. So kannte er es von den Schiffen, die den Hamburger

Hafen verließen. Und er kramte in seinem Kopf die Zeilen der zweiten Strophe aus:

»... sie stießen an und fuhren dann,
mit hoher Stimme huben sie an,
und sungen eines und drehten hier.
In Gottes Namen fahren wir.«

Sie segelten in den Morgen hinein. Colin traf Nikolaus Schoke an, wie dieser sich, schon einigermaßen wiederhergestellt, beim Reparieren der gerade eingeholten Festmacherleinen nützlich machte. Das war eine Tätigkeit, die man im Sitzen erledigen konnte.

Colin fragte ihn rundheraus: »Wer – um alles in der Welt – hat einen solchen Narren an dir gefressen, dass er dich tot oder lebendig in die Finger kriegen wollte?«

Nikolaus schwieg. Er wirkte fahrig, zuckte mit den Achseln, als er endlich antwortete: »Was weiß ich! Erst einmal bin ich froh und dankbar, dass ihr mich gerettet habt! Aber was soll die Frage? Bist du gekommen, mich auszuhorchen?«

Colin zog sich schnell zurück, um das Ruder wieder zu übernehmen.

Die anfängliche Freude Schokes über seine Rettung sollte sich bald in ihr Gegenteil verkehren. Padre Jean, Jean Béthencourts Hofkaplan, hatte den Benediktinermönch Pierre Boutier in die Stadt gesandt, Schokes Habseligkeiten aus der Herberge abzuholen. Der Mönch hatte das unter dem Strohsack ziemlich sicher versteckte, sorgfältig geschnürte Bündel gefunden und es aus der Lagerstatt herausgezerrt. Das Bündel hatte sich plötzlich aufgetan, und der ganze Inhalt war ihm entgegengefallen: der braune Filzhut, der weite Mantel von gleicher Farbe, dazu ein schmaler Ledergürtel eines Santiago-Pilgers, besetzt mit kleinen Muscheln aus Goldblech – und alles so gut wie neu! Dann kam noch ein kleiner, gut verschlossener Lederbeutel zum Vorschein, der sich nicht ohne weiteres öffnen ließ. Er hob ihn an sein Ohr, schüttelte ihn ein wenig. Doch anders als erhofft klang es darinnen eigentlich nicht nach Münzen. Er vernahm nur ein trockenes Geklicker, als ob ein paar kleine Kieselsteine aneinanderstießen.

Aber allein der Wert der Kleider! Reiche Beutestücke waren das, die der gute Schoke sich unter den Nagel gerissen hatte.

Was für ein Schelm! Bruder Pierre kicherte in sich hinein. Hätte man nie von dem gedacht, dass der so zugreifen mochte, wo er sich doch beim Angriff auf die preußischen Kauffahrer nach außen hin eher zurückhaltend gezeigt hatte! Ausgerechnet den Santiago-Pilgern ihre Kleider abzunehmen! Hätt er alles abgeben müssen, weil es doch zur gemeinsamen Beute gehörte!

Pierre Boutier lieferte die Gepäckstücke bei Padre Jean ab, als dieser sich gerade mit Jean de Béthencourt besprach. Den beiden gingen die Augen über.

»Die aufwendigste Pilgerausstattung, die ich je gesehen habe!«, wunderte sich Béthencourt, und beinahe schuldbewusst fügte er noch hinzu: »Wirklich fromme Leute, die wir da umgebracht haben. Doch muss man sich fragen, warum ein so einfacher Seemann wie der Schoke die Pilgerwäsche für sich behielt. Wollte er die Sachen verkaufen? Unmöglich – welch ein freventlicher Gedanke! Und dann auch noch dieser Geldbeutel – da hört doch alles auf! Wie auch immer – alle diese Wertsachen hatten bei der Beuteteilung nicht auf dem Tisch gelegen. Das ist Betrug! Betrug an den Likedeelern und dem Rest der Mannschaft, die das Schiff bereits verlassen hat.« Nun begreife er langsam, warum Schoke sich anfänglich geweigert hatte, den ihm zustehenden Beuteanteil obendrein anzunehmen.

Als geschähe dies eher beiläufig, ging der Alte in Begleitung zweier kräftiger Decksleute zu den Nagelbänken hinüber. Er fand Schoke, der sich hier niedergelassen hatte, um die wie Pinsel ausgefransten Enden einiger Leinen zu spleißen und so gegen weiteren Zerfall zu sichern. Béthencourt begrüßte ihn frostig: »Nun – hast du's dir doch noch einmal anders überlegt?«

»Da gab's nicht viel zu überlegen, Master«, entgegnete Schoke und fuhr in seiner Arbeit fort.

Der Baron sah ihn scharf an: »Lass die Leinen, wie sie sind! Du brauchst nicht mehr für uns zu arbeiten. – Verstehen kann ich es nicht, dass du überhaupt zurückgekommen bist. Ziemlich dreist – das muss der Respekt dir lassen. Aber an Land hätten die anderen dich ja auch fertiggemacht, sobald sie den Betrug bemerkt hätten.« Ohne eine Antwort des überraschten Schoke abzuwarten, wandte er sich an seine Begleiter: »Greift ihn und schleppt ihn nach achtern! Mal sehen, ob er wieder laufen kann!«

Schoke brachte kein Wort heraus, weil er sich nicht im Mindesten vorzustellen vermochte, wessen man ihn beschuldigte. Erst als sie ihn packten, brüllte er: »Seht ihr nicht, dass ich verwundet bin? Was habt ihr mit mir vor?«

Niemand achtete auf ihn. Ein dritter Decksmann schulterte zwei schwere, in Buchten aufgeschossene Landleinen, die längsten an Bord. Vor dem Mast warfen sie Schoke auf den Rücken, fesselten seine Hände und bändselten ihm das Ende einer Landleine um die Handgelenke. Ebenso verfuhren sie mit den Füßen, befestigten daran die zweite der Landleinen und hoben ihn auf die Schanz am Heck.

Schoke wand sich und schrie, weil er jetzt genau wusste,

was der Alte ihm zugedacht hatte. Das würde er nicht überleben, wenn er nur an die scharfkantigen Muscheln dachte, die das ganze Unterwasserschiff überwucherten!

Colin, der weiter auf Ruderwache war, hatte bis dahin nicht die mindeste Ahnung von dem, was sich da gegen seinen Freund zusammenbraute. Als die zwei Decksleute mit Schoke im Würgegriff in Richtung Heck auf ihn zukamen, rief Schoke Colin zu: »Hol den Lederbeutel, der auf dem Tisch in der Kapitänskajüte liegt! Beeil dich!«

Es ging dann alles sehr schnell.

»Fertig zum Kielholen!«, schrie der Alte. Zwei Leute ergriffen das freie Ende der um die Füße gelegten Leine und liefen damit zum Bug. An der Längsseite warfen sie das lange Mittelstück der Landleine über Bord. Am Bug angekommen, holten sie die Leine steif, so dass sie genau unter dem Kiel zu liegen kam. Dann schrie der Alte noch einmal: »Kielholen!«

»Hört auf, Master, wenn Ihr Euch nicht versündigen wollt! Hättet Ihr nur genauer angesehen, was auf Eurem Tisch lag!«, schrie Colin dazwischen.

»Wie kommst du überhaupt dazu …«, fuhr der Alte ihn an.

»Da, seht doch selbst!«, konterte Colin und hielt dem Alten den geöffneten Beutel vor die Nase.

Der Alte, zornig und irritiert, fluchte: »Was wird der schon enthalten – natürlich das Geld, das er unterschlagen hat« und griff in den Beutel.

»Doch keine Münzen. Was denn für Klunker …«

Er verstummte, als er mit seiner Hand ein paar Knöchelchen zutage förderte. Und dann war da noch ein Zettel. Er reichte ihn an Padre Jean weiter, und der las ihn vor: »Allein Gott die Ehre! Die vor Jahren aus dem Grabmal des heiligen Vincentius zu Lissabon geraubten und hier beigeschlossenen Knöchelchen, welche nach Gottes Willen der Hansestadt

Hamburg zugefallen waren, lässt der Rat unserer guten Stadt dem Eigentümer zurückerstatten. Zur Übergabe ist einzig legitimiert der Hamburger Ratsherr Nikolaus Schoke, dem auferlegt ist, sie unserem Gewährsmann in der für das Suffraganbistum Lissabon zuständigen Metropole Santiago de Compostela zu übergeben. Hamburg, gegeben Anno Domini 1402, im März.«

Jean de Béthencourt wurde weiß wie die Wand. Er hatte verstanden. Er bekreuzigte sich unaufhörlich und stieß hervor: »Reliquien – die Gebeine eines Heiligen! Der Mann steht unter dem Schutz, den der Heilige Jacobus allen Santiago-Pilgern gewährt. Nehmt ihm die Leinen ab, nun macht schon!«

Béthencourt verschwand in Richtung seiner Kajüte. Jeder sah, wie betroffen er war. Padre Jean folgte ihm, wohl wissend, dass der Alte nach Einleitung eines solchen Sakrilegs, der Kielholung eines Santiago-Pilgers, der Verzweiflung nahe sein würde.

Colin überließ den Alten der Fürsorge des Priesters und kümmerte sich um Schoke. Er versuchte, den halb Bewusstlosen wieder aufzurichten. Erst der Überfall – und dann dies! Die heiße Stirn… ob er fieberte? Colin verschaffte dem angeschlagenen Freund mit kalten Umschlägen ein wenig Linderung.

Colin fragte sich: Was mochte diesen Nikolaus Schoke nur bewogen haben, für sich zu behalten, wer er wirklich war, und sich nicht einmal seinen besten Freunden anzuvertrauen? Mit welchen Feinden rechnete er, die ihm nach dem Leben trachteten? Durfte er ihretwegen niemandem trauen? Oder galt am Ende die Freundschaft nicht mehr dort, wo der Seemann Nikolaus aufhörte und der Ratsherr Schoke anfing?

Nikolaus stöhnte im Schlaf vor Schmerzen und war für Stunden nicht ansprechbar.

Endlich sagte er wieder etwas, verlangte nach Wasser. Colin brachte es ihm. Schoke dämmerte vor sich hin, trotzdem berichtete Colin von der Reaktion des Alten. Der werde sicher bald vorbeikommen.

Später flüsterte Schoke: »Colin! Siehst du mich? Ich lebe und war doch tot!«

Nach einer guten Weile regte er sich wieder und klagte leise: »Ich komme gar nicht hoch … kann nicht einmal mehr einen Blick über die Schanz werfen! Sehe nur die Sonne … Die sagt mir … wir segeln nach Nordwesten. Warum eigentlich? Ich denke … Cabo Finisterre liegt südwestlich von La Rochelle.«

»Darf ich Euch, verehrter Ratsherr, erklären, warum das so sein muss?«, begann Colin umständlich. »Könntet Ihr Euch aufrichten und über die Schanz blicken, Ihr würdet es sofort erkennen: Bis zum Horizont lässt sich kein einziges Schiff entdecken, das einen anderen Kurs fährt.« Schoke hatte die Augen geschlossen. Colin redete weiter:

»In dieser Region herrscht während der Morgenstunden Westenwind vor, nur manchmal bläst es – so wie heute – aus Südwest zu Süd. Dann besteht gar keine Möglichkeit, von hier aus auf direktem Weg das Cabo Finisterre zu umrunden. Also nutzt jeder, der dorthin möchte, diesen Wind aus, um von La Rochelle aus erst einmal nach Nordwesten bis zur Belle-Île hinauf- und so weit wie nötig aus der Biscaya hinauszusegeln. Da draußen dreht in den Mittagsstunden der Wind über Westen nach Nordwesten zurück und behält seine Richtung bei. Wenn es so weit ist, gehen alle Schiffe in die Wende und segeln in einem einzigen Schlag Tag und Nacht Richtung Südwesten am Cabo Finisterre vorbei.

Segler, die zu früh in die Wende gehen, verpassen diesen Schlag.«

»Colin! … Hab gar nicht zugehört. In meinem Kopf geht es immer noch drunter und drüber – aber sag … du redest plötzlich mit mir … wie mit einem Fremden!«

Colin erklärte ihm, der im Beutel eingeschlossene Zettel habe nicht nur über die Mission, sondern auch über Rang und Stand des Gefesselten, dem der Tod bevorstand, Aufschluss gegeben. Schoke war zu schwach, um zu protestieren. Er griff einfach nach Colins Hand und hielt sie fest.

Das kurze Gespräch hatte Nikolaus ermüdet. Der Schlaf übermannte ihn.

Wieder vergingen Stunden. Die Fahrt verlief nach Plan. Noch bevor sie die Belle-Île erreichten, ging der Wind tatsächlich in die Nord, was sie dazu brachte, sofort die Wende zu fahren – entschieden zu früh, wie sich bald herausstellen sollte. Sie lagen schon seit vier Stunden auf Südwestkurs, als der Wind langsam rückdrehte und immer vorlicher einfiel. Der Rudergänger sah sich gezwungen, den Südwestkurs aufzugeben und nach Süden abzufallen. Bald konnten sie sich aus dem Kopf schlagen, Cabo Finisterre auf geradem Kurs zu runden. Und schon war vorherzusehen, dass sie nicht einmal einen Kurs auf den Hafen von La Coruña würden halten können. Die Mannschaften begannen zu murren.

Unmut machte sich breit. Vor allem einige Seeleute des dritten Schiffes, der Morelle, beschwerten sich, dass, entgegen dem Schiffsrecht, die Mannschaft vor Verlassen von La Rochelle nicht einmal aufgefordert worden sei, darüber abzustimmen, ob sie mit dem Kurs auch einverstanden sei oder nicht.

Anders als von Colin vorhergesagt, ließ sich der Alte an Schokes Krankenbett nicht ein einziges Mal sehen.

Viveiro – Die Westwindfalle

Vor der galicischen Küste,
Donnerstag, 4. Mai 1402

Gegen Mittag tauchte vor ihnen im Gegenlicht die Nordküste Galiciens auf. Buchten und Häfen lagen im Schatten hoher Bergketten. Am späten Nachmittag war die Sonne weiter herumgewandert und leuchtete mit seitlich einfallendem Licht die Bergketten aus. Der Wind meinte es wenigstens gegen Ende der Tagesreise noch gut mit den drei Schiffen und schob sie mit einer sanften Brise ihrem abendlichen Ziel entgegen, hinein in die von Felsen gesäumte Mündung des Río Landro. Vor dem Massiv des Xistral, auf das sie zuhielten, verengte sich die Bucht. An ihrem Ende ragte die Spitze des Monte de San Roque auf, an dessen Fuß sich das Fischerdorf Viveiro breitete.

»Holt das Groß ein, sonst nimmt es dem Vorsegel den letzten Rest Wind, und wir können nicht manövrieren! Mit dem Treibersegel achtern machen wir genug Fahrt!«, gellte von achtern die Stimme des Rudergängers übers Deck.

Auf den beiden anderen Schiffen waren ähnliche Manöver zu beobachten.

»Zwei Mann an das Vorsegel! Jetzt das Vorsegel nach Backbord legen!«

So geschah es, und das Schiff folgte dem Segel nach Backbord, um einem Felsvorsprung an Steuerbordseite auszuweichen.

»Jetzt das Vorsegel nach Steuerbord hinüber und so stehen lassen!«

Wieder zog das große Schiff beinahe mühelos nach Steuerbord hinüber und hielt auf eine Gasse zu, die zwei

Reihen mitten in der Bucht ankernder Schiffe miteinander bildeten.

Wieder kamen, jetzt in schneller Folge, mehrere Kommandos, das Vorsegel bald auf die eine und dann wieder auf die andere Seite zu nehmen, um den Weg durch die Gasse so vorsichtig auszusteuern, dass keiner der Ankerlieger berührt würde.

Schoke, der bisher nur ein- oder zweimastige Schiffe gekannt hatte, war begeistert, wie günstig sich ein zusätzlicher Vormast und eine geschickte Handhabung des dreieckig geschnittenen Vorsegels auf die Steuerfähigkeit der plumpen Schiffskörper auswirkten. Die anderen Fahrzeuge folgten. Schon ließen alle drei erst den Heck- und dann den Hauptanker fallen.

Das Meer glühte an diesem Abend dunkelrot.

Nikolaus Schoke ging es besser. Er fühlte sich nach seiner Rettung durch die Knochen des Heiligen an Bord wieder wohlgelitten und geborgen. Anders als die Mannschaften, verließ er das Schiff zunächst nicht. Es war ihm sehr recht, dass da nun niemand mehr war, dem er irgendwelche Erklärungen schuldete. Insgeheim aber fürchtete er weitere Überfälle auf seine Person und wollte dazu keine weitere Gelegenheit bieten. Wie gern hätte er den Monte de San Roque bestiegen! Von da oben hätte man sicher die schönste Aussicht über die Bucht und das malerische Dorf, dessen Häuschen sich um die Santa Maria del Campo, die alte Fischerkirche, drängten.

So aber begnügte er sich mit dem Blick auf das Leben und Treiben am Wasser, die auf den Strand gezogenen Boote, die mit dem Ordnen ihrer Netze beschäftigten Männer und die mit ihren Körben hin und her laufenden Hausfrauen. Ihm würden allerdings auch die deftigen Speisen und der rote

Landwein in der Hafentaverne entgehen. Der Gedanke daran ließ ihm das Wasser im Mund zusammenlaufen. Nicht allzu lange zögerte er; dann nahm er das letzte Beiboot und ruderte zum Wirtshaus hinüber.

Es empfing ihn ein köstlicher Duft von gebratenem Tintenfisch mit Zwiebeln, Knoblauch und viel Rosmarin, als er das Lokal betrat. Sofort schallten ihm Zurufe und derbe Sprüche entgegen. Am liebsten hätte Schoke auf dem Absatz kehrtgemacht, denn die Leute von den drei Schiffen der béthencourtschen Flotte führten hier das große Wort. Sie zerrten ihn gleich in ihre Mitte. Jetzt redeten alle auf ihn ein. Jean de Béthencourt und Gadifer de La Salle seien die Hauptschuldigen, ihnen sei es zuzuschreiben, wenn die Reise nach den Kanaren noch scheitern würde, bevor sie richtig begonnen hätte. Schoke bestellte eine Schüssel vom Hauptgericht und stopfte sich den Mund voll, damit er nichts zu dem Gerede sagen musste.

Als der Teller endlich leer war, forderte ihn Bertin de Berneval unverhohlen auf, er solle sich einem Aufruhr gegen die Flottenführung anschließen, wo er doch um ein Haar vom Alten ermordet worden wäre. Bertin ließ nicht ab und kam immer wieder auf die Kielholung zu sprechen, obwohl ihm Schoke mehrfach erklärte, dass ihn, Bertin, dies gar nichts anginge.

Bertins Agitation wurde erst durch Musik beendet. Sie drang von außen zur Tür herein. Es hieß, Spielleute seien in die Stadt gekommen. Sie machten die Gäste durch virtuose Proben ihres Könnens neugierig. Mehr hören könne man allerdings nur an einem anderen Platz in Viveiro. Zur Enttäuschung der Wirtsleute erhoben sich die Männer von ihren Bänken und folgten den Klängen ins Freie. Sogar Padre Jean, dem Beichtiger und Hofkapelan Béthencourts, und

Gadifers Benediktinermönch Pierre Boutier zuckte es in den Beinen. Schoke humpelte als Letzter hinterdrein, von Colin unterstützt.

Die vier Spielleute, gar lustig anzuschauen mit ihren Kahlköpfen und ordinär aufreizenden Hosen, erwiesen sich als auf den béthencourtschen Schiffen mitgereiste Gäste, die ihre Nahrung aus eigenen Kräften bestreiten mussten und hier auf die Möglichkeit einer Aufbesserung ihrer Mittel hofften. Sie tanzten vorweg und führten, mit Fidel, Schalmei, Flöte und Trummscheit, die angetrunkenen Seeleute geradewegs vor die Kirche. Auch stieß ein einheimischer Spielmann dazu, der eine verstimmte Drehleier spielte.

Der Pfarrer empfing sie alle mit ausgebreiteten Armen und lud sie in seine Kirche Santa Maria del Campo ein. So auch die bretonischen Kauffahrer, die häufig genug von der gegenüberliegenden Küste herüberkamen. Sie hatten sich bereits zu einem früheren Zeitpunkt eingefunden und auf die mitreisenden Spielweiber gewartet, die jetzt erschienen und mit lauten Zurufen begrüßt wurden. Dass auch solche Frauen sich im Tross der béthencourtschen Unternehmung fanden, wäre Schoke nicht im Traum eingefallen. An was die Herren Organisatoren alles gedacht hatten!

Als Padre Jean und Frater Pierre Boutier das Portal passierten, erklärte ihnen der freundliche Kirchenmann mit einem strahlenden Lachen: »Wundert Euch nicht! Was die französischen Pfarrer von der Somme sich erlauben, darf uns in Viveiro schon lange recht sein. Sobald die Spielleute in der Kirche loslegen, werdet Ihr die Engel im Himmel singen hören. Unsere bretonischen Gäste wären enttäuscht, wenn wir ihnen in der Kirche nichts böten. Also gebe ich hier den Gerichtsherrn der Spielleute und unterstütze sie bei allen ihren Unternehmungen. Ihr müsstet mal im August kommen, wenn wir oben am Berg in der Capella San Roque das Patronatsfest feiern. Da ist was gefällig!«

»Aber nicht gerade gottgefällig – oder?«, hüstelte der Benediktiner Pierre.

Der Pfarrer hatte nicht zu viel versprochen. Das einfach gehaltene Kircheninnere stand im Einklang mit den herben Eingangsakkorden der Ritter-Kanzonen. Auch wenn sie mit rauer Kehle vorgetragen wurden, stimmten sie doch die Anwesenden nachdenklich.

Die kurze Pause danach nutzte der eifrige Gastwirt, der den Kampf um seine Gäste keineswegs verloren gegeben hatte, um zusammen mit seinen Hilfskräften eilends Holzbecher zu verteilen und aus den mitgeführten Kannen Tinto, vom Besten, auszuschenken. Die Stimmung wurde bald lockerer, und wer bis dahin Bedenken wegen der Würde des Raumes empfunden haben mochte, warf diese schnell über Bord. In einem zweiten Teil folgten Reigentänze, die den Mangel an Frauen unübersehbar machten. Umso größerer Aufmerksamkeit erfreuten sich die Spielweiber und die Ehefrauen der Bauern von den Schiffen. Zu noch mehr Bewegung forderten die Kreistänze im dritten Teil heraus. Männer und Frauen bildeten einen Kreis, fassten sich bei den Händen, stürmten, immer dem antreibenden Rhythmus der Musik folgend, zur Mitte, wichen wieder auseinander – stürmten und wichen, stürmten und wichen – bis zur Erschöpfung. Gern nahm sich der Gastwirt der durstigen Seelen an. Am Rande des Geschehens sah man Colin, wie er dem humpelnden Schoke Beine zu machen suchte.

Die Hitze und der Weindunst in der Kirche trieb manche vor die Tür. Auch hier war der Wirt mit seinen Getränken allgegenwärtig. Das Gekreisch der Weiber und die Streitereien der um sie bemühten Seeleute wollten ganz und gar nicht zur gängigen Vorstellung von einer ewigen Ruhe der hier Begrabenen passen! Und wieder war es Bertin de Berneval, der durch sein Verhalten besonders unangenehm auffiel. Die Weiber stießen ihn zurück, da er sich, kaum hatte das Fest begonnen, gar zu heftig betrunken hatte und seine Zunge zu schwer geworden war, um noch irgendein Wort unbehindert auf den Weg zu bringen.

Schoke und Colin suchten rechtzeitig das Weite. So blieb ihnen der Anblick der heftigsten Ausschweifungen erspart.

Ostenwind

Viveiro,
Dienstag, 9. Mai 1402

Am fünften Tag nach ihrer Ankunft drehte der Wind endlich in die Ost und bot damit die Möglichkeit, die Reise bis La Coruña fortzusetzen.

Die Sicht ließ zu wünschen übrig, doch blieb ihnen der Windhauch aus Osten wenigstens treu. Die drei Schiffe segelten langsam in Sichtweite der Küste aus der Bucht und machten weiter draußen etwas mehr Fahrt, als sie vor den Wind gingen. Die See war glatt, und die Sonne löste die letzten Nebelschwaden auf. Gegen Mittag drehten sie, immer parallel zur Küste, auf Südwestkurs und passierten bald die enge Einfahrt der Bucht von Cedeira, in der sie zwei englisch beflaggte Kauffahrteischiffe ankern sahen. Zum Entsetzen Béthencourts und Gadifers scherte das letzte Fahrzeug ihrer Flotte, die MORELLE, auf der Bertin de Berneval das Sagen hatte, aus der Kiellinie und hielt auf die Ankerlieger zu, ohne sich der Unterstützung der beiden anderen Schiffe zu versichern.

»So ein Unsinn!«, fauchte Béthencourt und befahl, auf Kurs zu bleiben. »Soll er sich doch eine blutige Nase holen, dieser Heißsporn! Wir müssen weiter, wenn wir noch im Laufe der Nacht in La Coruña sein wollen.« Zu ihrer Erleichterung sahen sie, dass ihnen das zweite Schiff, die TRANCHEMAR, unbeirrt folgte.

Schon am frühen Nachmittag hatte der Alte einmal selbst das Ruder übernommen und Colin in die Koje geschickt, damit er sich für eine Nachtfahrt ausruhte.

Die Sonne brannte, und ihr blendendes Licht machte den

Rudergänger schnell müde. Die Erfahreneren unter den Decksleuten wechselten sich ab. So kam auch Schoke an die Reihe.

Als die Sonnenglut im Meer verlosch, verschwand vor ihnen der Horizont im Abenddunst. – Sie querten gerade die Bucht von Betanzos in südwestlicher Richtung und verloren die Küste an Backbordseite aus den Augen. Mit sanfter Brise fuhren sie in die Nacht hinaus und auf die offene See.

Wie, wenn sie La Coruña verfehlten und auch das Cabo Finisterre – *finis terrae*, wie der Lateiner sagt: das Ende der Welt? Darüber hinauszufahren wäre gleichbedeutend mit einem Absturz in schauriges Dunkel. In ewige Verdammnis, hatte man früher einmal den Seeleuten weismachen wollen. Heutzutage ließ sich niemand mehr von solchen Ammenmärchen abschrecken – oder?

Das leise, unaufhörliche Glucksen der vom Bug geteilten Wellen konnte die Vorstellung aufkommen lassen, der sagenhafte Fährmann Charon führe das Schiff auf einer Reise ins Reich der Toten. Nikolaus Schoke war es ungemütlich.

Aber dann entdeckten sie recht voraus einen deutlich begrenzten Feuerschein. Wie tröstlich!

»Weckt den Colin! Er soll die letzte Wache übernehmen«, schnarrte der Alte.

Nikolaus übergab ihm das Ruder, blieb aber daneben stehen, um Colin bei seiner Arbeit zu beobachten.

»Ein Richtfeuer?«, fragte er ihn.

Colin nickte und drückte Nikolaus das Ende der riesigen Ruderpinne wieder in die Hand. »Nun leg mal das Ruder nach Backbord und fahr so weiter. Beobachte das Feuer genau.«

Schon nach wenigen Augenblicken rief Nikolaus: »Das Feuer ist verschwunden.«

»Bleib auf Kurs, Nikolaus, und beobachte, was geschieht!«, wies Colin ihn an und legte ihm seine Hand auf den Unterarm, um ihn bei der Kurskorrektur zu führen.

»Jetzt ist das Feuer wieder sichtbar!«, rief Nikolaus.

»Sehr gut«, lobte ihn Colin und ließ die Hand weiter auf seinem Unterarm ruhen.

»Ich brauche nichts zu tun«, lachte Schoke. »Du machst ja doch alles allein!«

»Ich verstehe, ab sofort muss es ohne meine Hilfe gehen«, lächelte Colin und überließ ihm das Ruder ganz.

»Nimm jetzt die Pinne wieder ein wenig nach Steuerbord hinüber – aber nicht zu weit! Sobald du nur den kleinsten Feuerschimmer erkennst, gehst du sofort wieder ein wenig nach Backbord und fährst immer so weiter, dass du vom Feuer möglichst nichts siehst.«

»Dann weiß ich Bescheid«, meinte Nikolaus. »Genauso läuft es auch bei uns daheim mit dem Leuchtfeuer von Neuwerk. Auf dem Turm lodert eine Flamme, und in einiger Entfernung davor steht auf einer gedachten Linie eine Bake, die hoch und breit genug ist, das Licht des Feuers für die Schiffe auf ebendieser Linie abzudecken, die sich von See her nähern. Wenn wir also auf die Abdeckung zuhalten und uns anstrengen, auf dieser Linie zu bleiben, werden wir irgendwann unweigerlich auf eine erste Tonne des Fahrwasserweges stoßen, der uns in den Hafen von La Coruña führt.«

»Was du nicht alles weißt!«, staunte Colin. »Und ich glaubte, dich zu kennen. Hast du Frau und Kinder?«

Nikolaus erzählte ihm Einzelheiten über seine Familie und über seine Tätigkeit in Hamburg. Es war ihm deutlich geworden, dass Colin, diese ehrliche Haut, einen Anspruch auf die volle Wahrheit hatte und sorgsam damit umgehen würde.

Colin aber gab sich noch nicht ganz zufrieden. Seine Gedanken kreisten immer wieder um den Überfall auf Schoke in La Rochelle. Was mochte dahinterstecken? Aufs Geratewohl fragte er weiter:

»Hast du Feinde in Hamburg, in der Kaufmannschaft oder im Rat?«

»Aber nein! Das hast du mich schon einmal gefragt«, wehrte Schoke ab, »höchstens Neider.«

»Ach ja? Und worum beneiden sie dich?«

»Um mein Ansehen, meinen Wohlstand und um meine schöne Frau, die fromme Abeke!«, erwiderte Nikolas und musste schlucken.

»Du hast sie sehr lieb, nicht wahr?«, sagte Colin leise.

Noch leiser antwortete Schoke: »Meine Frau und die Kinder! Sie bedeuten mir alles.«

»Umso mehr solltest dir daran gelegen sein, ihnen erhalten zu bleiben. Wer wird sich sonst um sie kümmern, wenn du einmal nicht mehr da bist?«

»Was willst du damit sagen?«

»Du musst unbedingt diejenigen stellen, die dich ums Leben bringen wollen, und sie unschädlich machen.«

Eine Weile schwieg Schoke. Dann sagte er langsam wie zu sich selbst: »Nicht von Lebenden droht mir Gefahr, auch nicht von Himmlischen oder Teufeln. Er, von dem ich spreche, kann nicht mehr am Leben sein. Ich selber habe ihn zum Tode verurteilt und hinrichten lassen. Seit dem Überfall in La Rochelle aber weiß ich, dass es ihn trotzdem gibt. Ein Untoter ist es, der mich verfolgt, ganz sicher! Zu Lande und zu Wasser will er mich zur Strecke bringen.«

»Und warum?«

»Warum! Warum! Des Urteils wegen? Ich weiß es nicht. Nur eines hab ich inzwischen begriffen: Er weiß immer, wo ich zu finden bin, und er ist mir immer einen Schritt voraus. Aber – wie kann er nur? Ob ihm ein Lebender dabei hilft?«

Schoke erinnerte Colin an den merkwürdigen Fidel-Block in der schwarzen Kiste und an eine alte Geschichte in Hamburg.

»Dunkle Mächte! Hin und wieder hört man von Untoten, auch unsere Geistlichen wissen davon, aber ich kenne niemanden, der sich dafür verbürgt, einem solchen je begegnet zu sein. Mit deiner Geschichte verhält es sich genauso: Wenn man sie weitererzählte, niemand würde sie glauben«, sinnierte Colin. »Mir ist so, als ob diesmal mehr dahintersteckt. Es geht nicht mehr um den gleichen Mann, den du hast hinrichten lassen. Ein Dämon ist aus ihm geworden, wäre zu vermuten. Einer, der seine Macht über dich nur ausüben kann, solange er unsichtbar bleibt. Ich werde dir helfen, ihm die Tarnkappe vom Gesicht zu reißen.«

Unschlüssig wanderte Schoke ein paar Schritte auf und ab.

»Es muss ein Ende haben!«, sagte er plötzlich sehr bestimmt. »Endlich frei sein! Mich von ihm zu befreien ist das Ziel!«

Er ließ Colin einfach stehen und verkroch sich wieder an seinem Lieblingsplatz hinter der Schanz am Bug und blickte hinauf in das Sternenzelt.

Der Hafen kam näher. Allmählich zeichneten sich im Lichte des lodernden Feuers die Konturen des alten Leuchtturmes aus römischer Zeit ab, den sie Herkules nannten. Auch die TRANCHEMAR folgte dem Tonnenweg in die Bucht bis in den Hafen hinein und warf den Anker. Wann die MORELLE den Hafen erreichen würde, wusste niemand zu sagen.

Der Fehlschlag

Vom Decksmann zum Ratspilger

La Coruña,
Mittwoch, 10. Mai 1402

Als das erste Morgenrot über die Berge stieg, herrschte unter Deck des béthencourtschen Flaggschiffs, einmal abgesehen von gelegentlich aufbrandendem Schnarchen, noch allgemeine Nachtruhe. Einzig der weißblonde und gelichtete Schädel Nikolaus Schokes wagte sich aus dem Niedergang hervor, nach rechts und links blinzelnd, ob die Luft rein sei. Ohne lange darüber nachzudenken, suchte er aufgrund unaufschiebbarer Bedürfnisse das Freie und ließ sich auf der Schanz nieder. Es reichte, sein Mienenspiel zu beobachten, um zu erkennen, dass die erhoffte Erleichterung schnell eingetreten war.

Erlöst sprang er von der Schanz, griff nach dem mit einem langen Bändsel gesicherten Eimer, den die Seeleute Schlagpütz nennen, und warf ihn kopfüber in die See, um ihn gefüllt wieder heraufzuziehen und sich den Inhalt über Kopf und Schultern zu gießen. Mehrmals hörte man den Eimer in der Tiefe klatschend aufschlagen, bis er genug Wasser gefördert hatte und die morgendliche Reinigung beendet war. Schließlich langte Schoke nach seinem geschärften Bootsmesser und setzte es sich ans Kinn. Während der letzten Tage war ihm auf Kinn und Wangen ein Stoppelbart gewachsen.

Einen Spiegel hatte er nicht, rasierte sich aber sauber, ohne sich dabei zu schneiden.

Niemand von der Schiffsbesatzung beobachtete die Rückverwandlung des ziemlich ungepflegten Decksmannes in einen auf Dienstreise befindlichen veritablen Hamburger Ratsherrn. Schoke warf sich den braunen Reisemantel des Santiago-Pilgers über, schlüpfte in die dazu passenden Sandalen, legte den mit Muscheln aus Goldblech besetzten Gürtel an und setzte sich den breitkrempigen Reisehut auf, der an der Vorderseite mit der großen Jakobsmuschel verziert war. Ach, wenn ihn die Kollegen im Hamburger Rat nur so sehen könnten! Er gefiel sich so, dass er das Deck auf und ab schritt, an sich herunterschaute und stolz den unsichtbaren Zuschauern zunickte.

Schoke hatte nicht bemerkt, dass es einen Zuschauer gab: Colin, der leise den Niedergang heraufgekommen war. Erst als der ein Lachen nicht mehr unterdrücken konnte, wurde ihm bewusst, dass er beobachtet worden war, und er musste in das Gelächter einstimmen.

»Nun muss ich dir den Ratsherrn ja glauben!«, griente Colin.

»Mein letzter Tag bei euch«, sagte Nikolaus leise. »Besser sollte ich sagen: meine letzte Stunde. Wie gern würde ich bleiben! Aber jetzt bin ich meinem Reiseziel so nahe, dass ich endlich meinen Auftrag erfüllen und die Reliquien übergeben kann. Ich werde mir ein Pferd besorgen und sofort nach Santiago de Compostela aufbrechen. Der Weg von hier aus ist zwar kurz. Mit zwei oder drei Tagen muss ich aber rechnen.«

Colin wirkte bedrückt, als er erwiderte: »Wie willst du das nur anstellen? Hier liegt kein einziges Pilgerschiff im Hafen, mit dem Reisegruppen angekommen wären. Also kannst du dich niemandem anschließen und wirst ganz allein unterwegs sein. Hast du nicht doch Angst? Du setzt dich wieder unvorhersehbaren Gefahren aus. Wenn ich nur an den Vorfall in La Rochelle zurückdenke ...«

Nachdem er für eine Weile geschwiegen hatte, setzte er hinzu: »Ich könnte Jean de Béthencourt um Urlaub bitten, um dich auf deinem Weg zu begleiten.«

»Das kommt gar nicht in Frage. Ich selbst werde auf keinen Fall an Bord zurückkehren. Und Béthencourt wird nicht ewig mit seinen Schiffen in La Coruña auf dich warten wollen. Er hat ohnehin schon zu viel Zeit verloren. Wenn er nicht bald aufbricht, gibt es wieder Aufruhr unter den Söldnern.«

»Das siehst du falsch, Nikolaus. In La Coruña muss er nicht warten. Er behauptet doch immer, *master of the ship* zu sein. Dann muss er es auch schaffen, wenigstens einmal ohne meine Hilfe um das Cabo Finisterre zu segeln.«

»Und wann willst du wieder an Bord gehen?«, fragte Schoke zweifelnd.

Colin zögerte mit der Antwort. »Sobald sie das Kap umrundet haben. Irgendwie muss es gelingen«, erklärte er selbstsicher und fügte hinzu: »Ich kann und darf dich doch nicht allein gehen lassen. In der Gegend hier ist übles Gesindel unterwegs.«

Nach gründlicher Erwägung entschloss sich Schoke, das Angebot des Engländers anzunehmen. Dass er gut daran tat, sollte sich schon bald erweisen. Colin, der ein wenig Spanisch konnte, war es dann auch, der in der Umgebung zwei Maultiere beschaffte, für ausreichend Verpflegung sorgte und dem Ortspfarrer eine mehrfach benutzte, handgeschriebene Wegbeschreibung abschwatzte, in der Brunnen und Herbergen am Weg verzeichnet waren.

Als Schoke, nunmehr ein bestens ausstaffierter Hamburger Ratspilger, sich später von den Schiffsbesatzungen verabschiedete, sah er nur in offene Münder und ungläubig gaffende Gesichter. Eine solche Verwandlung überstieg denn doch ihr Vorstellungsvermögen.

Der Baron de Béthencourt aber hielt ihn auf und bat ihn für einige Augenblicke in seine Kammer.

»Es war mir von vornherein klar, dass sich hinter der Maske des schlichten Seemannes jemand anderes verbergen würde. Dennoch habe ich Euch wie einen gewöhnlichen Decksmann behandelt und angeredet. Ich hoffe, Ihr verzeiht mir. Es war ein schwerer Fehler, einem solchen Mann misstraut zu haben. Obendrein habe ich mich berufen gefühlt, aufgrund von bloßen Vermutungen zu urteilen und zu richten. So habe ich mich um die Möglichkeit gebracht, Euch für meine großen Pläne zu gewinnen. Gadifer und ich, die wir von König Enrique III. berufen sind, die Kanarischen Inseln für Kastilien einzunehmen, zu kolonisieren und zu christianisieren, hätten so dringend einen Mann mit Weitblick benötigt, einen Statthalter vor Ort, der eine funktionierende Verwaltung hätte aufbauen können. Ihr wärt der richtige Mann gewesen – und nicht der dreiste Bertin de Berneval, den Gadifer für dieses Amt vorgesehen hatte. Von allen Mitreisenden wäret nur Ihr so erfahren und in der Lage gewesen, für unser künftiges Inselreich die notwendigen Wirtschaftsbeziehungen nach England und zur Hanse zu knüpfen.« Er machte eine Pause und atmete tief ein.

»Aber was rede ich! Ihr habt wichtigere Aufgaben für Eure Vaterstadt zu erledigen und müsst ein Gelübde einlösen. Ihr werdet bald nach Hamburg zu Eurer Familie zurückkehren und Euer Ratsmandat wahrnehmen. Viel Glück und Gottes Segen auf diesem Weg!«

Nach einigem Zögern setzte der Alte erneut zum Sprechen an: »Da war noch etwas, was ich Euch sagen wollte, bevor Ihr geht. Ich weiß nicht einmal, ob es richtig ist, Euch im Augenblick des Abschieds das Herz schwer zu machen. Mir ist nicht verborgen geblieben, dass Euch das schöne Guanchenmädchen, das für Bertin de Berneval als Dolmetscherin arbeiten soll, gut gefiel. Sie ist nicht verheiratet, wie Ihr vermutlich angenommen habt. Der Begleiter ist ihr Bruder. Sagt, was empfindet Ihr für sie?«

Schoke zögerte, bevor er beinahe verlegen antwortete. »Nicht das, was Ihr denkt. Mir ist, als wäre dieses junge Geschöpf meine Tochter. Ich fühle mich für sie verantwortlich, seit sie zu uns an Bord geflohen ist.«

Dennoch – die Überraschung war dem Alten gelungen. Neue, verwirrende Fantasien wurden in Schoke wach. Er sah die mädchenhafte Frau vor sich, glaubte, ihren Geruch zu spüren, und hatte nur noch den Wunsch, sich bei ihr zu vergessen.

Er zwang sich, die verführerischen Vorstellungen beiseitezuschieben. Er fasste sich, bedankte sich und verwies noch einmal auf seine Verpflichtungen, die ihn von nun an in Anspruch nähmen.

Er musste sich allerdings eingestehen, wie viel schwerer ihm nach dem Gespräch mit Jean der Abschied von Isabel fallen musste. Als er kam, um ihr Lebewohl zu sagen, spürte sie seine Sympathie und sagte ernst: »Ihr werdet mir fehlen. Mein Bruder und ich – wir hätten viel darum gegeben, Euch auch in Zukunft in unserer Nähe zu wissen.«

»Ist es wegen Bertin? Behandelt er euch beiden schlecht?«, fragte Schoke erstaunt und versuchte, sie zu beschwichtigen: »Der weiß doch noch nicht einmal, wo er in der letzten Nacht gewesen ist und was er alles angestellt hat.«

»Wenn es das nur wäre!«, klagte sie. »Weil ich ihm nicht zu Willen bin, hat Bertin mich angeschrien und bereits gedroht, er werde mich ein zweites Mal verkaufen. Aber nicht nur meinen Bruder und mich! Sobald man auf den Kanaren landen werde und es ihm gelungen sei, sich die Herren Béthencourt und Gadifer vom Halse zu schaffen, werde er Jagd auf die arbeitsfähigen Guanchen machen, bis er sie alle eingefangen habe. Dann würden wir alle, das ganze Guanchenpack, in Sevilla auf dem Sklavenmarkt landen. Hier geht es also um mehr, Ratsherr Schoke!«

Schoke fühlte sich beschämt und verunsichert. Er selbst hatte nur an sich gedacht und sich insgeheim eine rosige Zukunft ausgemalt. Aber Isabel – sie war in Gedanken bei den Ihren gewesen und hatte gehofft, er werde sie gegen den Feind ihres Volkes unterstützen.

Zum Abschied sagte er leise zu ihr: »Ich weiß noch nicht, wie – aber so Gott will, werde ich an eurer Seite sein, sobald meine Hilfe benötigt wird. Aber sag niemandem etwas davon, auch deinem Bruder nicht. Hörst du, Isabel? Niemandem!«

Die Warnung

La Coruña,
am gleichen Tag, Vormittag

Colin und Nikolaus ritten nach Süden in die Berge hinein, dem sonnigen Tag entgegen, über saftige Matten, gesäumt von hohen, knorrigen Korkeichen, deren Geäst sich mit dichtem Blattwerk beschirmt hatte. Colin ritt voraus, dahinter Schoke, der immer mit der Wegbeschreibung beschäftigt war und erst im Nachhinein bestätigt sah, was Colin auch, ohne den Text zu hören, gefunden hatte. Gegen Abend fanden sie in einem auf vier Pfählen aufgestelzten Heuspeicher Unterschlupf. Sie krochen tief ins Heu und schliefen gleich fest ein.

Das Geblöke von Schafen weckte sie am anderen Morgen, der einen ungewöhnlich schönen Tag versprach. Sie passierten Weinberge, begegneten Ziegenherden mit ihren Hirten und ganzen Rudeln von Schweinen, die mit gesenktem Rüssel den Boden ringsum auf der Suche nach Nahrung durchpflügten.

An diesem Tage ereichten sie gegen Abend nach steilem Anstieg den Fluss Tambre, der sich von Nordwesten her durch die Berge seinen Weg gebrochen hatte und nun in einem Tal zur Rechten ihrer Straße weiter nach Süden floss.

An einer ziemlich verwahrlosten Pilgerherberge ritten sie vorbei und waren froh, neben der Straße, in den buschigen Abhang oberhalb des Flusses hineingebaut, einen freundlich aussehenden Gasthof zu entdecken. Für die Reittiere hatte man einen Unterstand aufgezimmert, der sich seitwärts an eine Außenwand des Hauses lehnte.

Colin regelte die Unterkunft für eine Nacht und versorgte die Tiere. »Wenn ich dich nicht hätte, wüsste ich bald nicht mehr weiter«, lobte ihn Nikolaus.

Colin griente: »Als ob ich's nicht geahnt hätte!«

Der Hunger hatte sich noch nicht gemeldet. Eher war ihnen danach, sich die vom anstrengenden Ritt ermüdeten Beine ein wenig zu vertreten, und so kletterten sie den von Büschen und allerlei Krüppelholz überwucherten Abhang zum Fluss hinunter. Dort zogen sie die Schuhe aus und prüften mit den Füßen die Wasserkälte. »Eisig!«, meinte Colin.

»Ach was – du kannst die Erfrischung gebrauchen.«

»Ich geh da nicht rein.«

»Feigling! Jetzt oder nie!« Nikolaus hatte seine Sachen ausgezogen und stürzte sich mit Todesverachtung kopfüber in den gemächlich dahinziehenden Strom. Kraulend wie ein Hund hielt er sich über Wasser und brüllte: »Mach's nach!«

Aber Colin schrie, als gelte es sein eignes Leben: »Komm sofort raus, Nikolaus! Du ertrinkst ja. Seeleute können nicht schwimmen.«

Schoke litt es nicht lange in dem eisigen Wasser. Er tapste vorsichtig über die scharfkantigen Ufersteine an Land und sprang dann auf Colin zu, umarmte und bespritzte ihn, bis der arme Kerl keine trockene Faser mehr am Leib zu haben glaubte.

Colin versuchte, ihn abzuwehren, und protestierte heftig: »Wie soll ich nur wieder trocken werden? Die Sonne ist gleich weg, und ich friere.«

Schoke kleidete sich an und brummte: »Hast recht, lass uns gehen!«

Während des Aufstiegs zur Herberge erklärte er Colin ganz offen den Zweck seiner Reise:

»Wir haben den gefährlicheren Teil meiner Pilgerfahrt

noch vor uns, Colin. Darüber müssen wir reden. Die Reliquien sind es, deretwegen ich verfolgt werde, Goedeke Michel und Störtebeker hatten sie gestohlen, soweit man weiß. Sie bedeuten Lebensgefahr für jeden Überbringer, weil es auf dieser Welt nichts gibt, was teurer wäre – nicht Silber, nicht Gold und nicht einmal die wertvollsten Edelsteine. Obwohl die Hamburger den Transport vollkommen geheim gehalten haben, muss es doch im Umkreis des Rates eine undichte Stelle gegeben haben. Ich denke mir, dass die Engländer es herausbekommen haben. Ich werde mich erst wieder sicher fühlen, wenn ich die kostbaren Knöchelchen einem bestimmten Monsignore in Santiago ausgehändigt haben werde – merk dir seinen Namen: Juan de Torquemada! Wir müssen damit rechnen, dass wir es mit mächtigen Interessenten zu tun bekommen, die diese Übergabe unbedingt verhindern wollen. Ab sofort müssen wir Tag und Nacht auf der Hut sein.«

»Soll nur mal einer wagen, dich anzugreifen! Den zerreiß ich in Stücke«, erklärte Colin dazu.

»Ich hab jetzt Hunger«, meinte Nikolaus, und Colin nickte: »Nur gut, dass wir uns mit Brot, Käse und Wurst reichlich eingedeckt haben. Der Wirt kann uns sicher einen guten Landwein dazu anbieten.«

Langsam stiegen sie den Hang wieder hinauf. Bald konnten sie den Gasthof sehen. Da hörten sie das Wiehern von Pferden und Stimmen zweier Männer, die jetzt auf der Wiese neben dem Haus erschienen.

»Ich glaub, du hast gut daran getan, mich rechtzeitig auf die Gefahr einzustimmen. Schau einer an: Es geht schon los!«, flüsterte Colin und hielt Nikolaus fest.

Beide duckten sich hinter einen Ginsterstrauch und beobachteten die Männer. Der eine war der Wirt.

»Redet der englisch, der Fremde? Klingt so merkwürdig«, wunderte sich Nikolaus.

Colin grinste: »Englisches Spanisch!«

»Wie der aussieht!«, staunte Nikolaus. »Bei Gott – ein Riese! Und diese Pranken erst, dieser klotzige Schädel. Und immer lässt er den Mund offen stehen und schlägt die Lippen nach innen, um die Zahnreihen zu verbergen.«

Colin schüttelte sich: »Dem möchte ich nicht bei Nacht begegnen.«

»Ich auch nicht. Aber nun lass mich eben zuhören, was der jetzt von dem Wirt will!«

»Oh, my dear«, tönte der Riese, »wem gehören die Maultiere? *Indeed!* Wann sind sie gekommen? Vor zwei Stunden? Ach – und Ausländer, beide?«

Der Wirt ließ den Fremden reden. Außer »ja« und »nein« war nicht viel aus ihm herauszubekommen.

Colin schaute Nikolaus fragend an: »Sollen wir dem Wirt zur Seite stehen? Schließlich ist von uns die Rede.«

»Geh du vor, Colin, erklär dem Kerl, wir seien Engländer, ein Wallfahrer und sein Leibdiener, auf dem Weg nach Santiago! Sag ihm, dein Herr habe Halsschmerzen und könne sich an Gesprächen leider nicht beteiligen und werde stumm bleiben. Vielleicht gibt er sich damit zufrieden.«

Sie traten nacheinander hinter dem Strauch hervor auf die Wiese. Der Riese wandte sich sogleich Colin zu. Der Gastwirt war sichtlich erleichtert, nicht weiter ausgefragt zu werden. Der Riese schien sich mit Colins Erklärung vorerst zufriedenzugeben, und er störte auch nicht weiter, als Nikolaus und Colin ihr Mitgebrachtes auf den Tisch packten und sich an ihr Abendbrot machten. Der Wirt schenkte ihnen Rotwein aus, während er den vierschrötigen Engländer gar nicht beachtete.

Nikolaus ließ sich durch die Zurückhaltung des Mannes nicht täuschen. Er musste herausfinden, in wessen Auftrag der Fremde aus England reiste.

Näher, als ihnen lieb war, rückte der Engländer an sie heran.

Mit einem »Ich darf doch? *My name is Fryman*« setzte sich der Fremde zu ihnen, ohne, wie es die Höflichkeit geboten hätte, ihre Zustimmung abzuwarten.

Er sei privat unterwegs und wolle die galicische Pflanzenwelt studieren. Vor allem sei ihm an der Entdeckung neuer Heilkräuter gelegen. Aus diesem Grunde werde er alle Klöster am Jakobsweg und schließlich auch Santiago de Compostela aufsuchen. Schoke fühlte sich unwohl, zumal ihm der Engländer immer näher auf den Leib rückte.

Der Schweiß stand ihm auf der Stirn, als er aufstand und wortlos den Tisch verließ. »Legt Euch ein wenig hin, Herr, und erholt Euch! Ich kümmere mich derweil um alles andere«, rief Colin ihm nach.

Nikolaus kletterte die Leiter zum Boden mit den Kammern hinauf. Einen Augenblick lang hielt er inne, um sich an das Dunkel zu gewöhnen. Durch die Dachluken fiel ein wenig Licht von der mondhellen Nacht auf die Dielen und verschärfte noch den Gegensatz von Hell und Dunkel. Noch bevor er die Tür zu seiner Kammer erreichte, sah er eine Mönchsgestalt in der braunen Kutte eines Kapuziners über den Flur huschen. Schoke hatte sich vorgenommen, sich alles, was vorfiel, genau zu merken. Also hielt er für sich fest: hagerer Körper, schlank und groß; darüber, beinahe ohne Hals, ein kleiner runder Kopf mit auffällig langer Nase.

Schoke sah neue Gefahren sich zusammenbrauen. Wie gut, den treuen Colin an seiner Seite zu haben. Er kniete am Fußende des Bettes nieder, um dem Herrn für den bisherigen

Schutz seiner Mission zu danken, legte sich hin und war bald eingeschlafen.

Colin hingegen sah sich noch einige Zeit den zudringlichsten Fragen nach der Bekleidung seines Herrn ausgesetzt. Der Engländer wollte auch wissen, ob der Pilger einen kleinen Lederbeutel mit klickerndem Inhalt bei sich trüge. Schließlich beschloss auch Colin, sich dem auffälligen Interesse zu entziehen. Er müsse noch einmal nach den Maultieren schauen, sagte er und verschwand nach draußen.

Als er dann zum Boden hinaufstieg, wurde er Zeuge eines nur unvollkommen gedämpften, ja heftigen Streitgeflüsters, das hinter einer der Kammertüren zu vernehmen war. Er schlich sich an die Tür und legte sein Ohr daran. Jetzt gelang es ihm, einige Wortfetzen genauer zu verstehen: »Er ist es – ganz zweifelsfrei! Er scheint sich ganz sicher zu fühlen und glaubt wohl, wir hätten uns täuschen lassen. Wir könnten ihn noch in dieser Nacht…«

»Bist du des Teufels! Hier vor allen Leuten! Er trägt die Jakobsmuschel am Hut und steht unter dem besonderen Schutz der Kirche und des Königs. Wer sich an ihm vergreift, der ist des Todes.«

»Ja, wie sollen wir denn sonst an die Reliquien herankommen? Die Kastilier dürfen sie auf keinen Fall in die Finger kriegen.«

»Nicht so laut! Wenn uns jemand hört!«

»Aber wie wollen wir vorgehen?«

»Halt den Mund und schlaf jetzt, lass mich nur machen! Wie – das erzähl ich dir morgen früh unterwegs.«

Colin war gewarnt. Er zog sich in seinen Verschlag zurück, der Tür an Tür mit Schokes Kammer lag. Er tat jedoch in der Nacht kein Auge zu und hielt sich bereit, jeden erdenklichen Anschlag auf das Leben seines Freundes abzuwehren. Erst gegen Morgen fiel er in traumlosen Schlaf.

Er schlief noch tief und fest, als Nikolaus schon aufstand, vor das Haus trat und sich dort mit Wasser aus dem Ziehbrunnen wusch. Er konnte den Unterstand für die Reittiere leicht einsehen. Es fehlten die beiden Pferde, die am Vorabend zu ihren Maultieren gestellt worden waren. Der vierschrötige Riese und ein Kapuziner, der ihn begleite, wären trotz des einsetzenden Regens in aller Herrgottsfrühe aufgebrochen, versicherte der Wirt.

Colin berichtete Nikolaus von dem Gespräch, das er in der Nacht belauscht hatte.

»Wir sollten auf jeden Fall unseren Reiseweg ändern«, folgerte Schoke. »Wenn wir von hier aus den kürzesten Weg in südwestlicher Richtung nach Santiago de Compostela nähmen, liefen wir denen, die uns nachstellen und bestimmt schon erwarten, genau in die Arme. Lass uns also nach Süden weiterreiten, bis wir auf die Via Francia kommen, die von Frankreich nach Compostela führt! Im Schutz der Wallfahrer werden wir unbehelligt an unser Ziel kommen.«

»Oh, dann heißt es aber sofort aufbrechen, wenn wir trotz des Umwegs noch vor Einbruch der Dunkelheit Compostela erreichen wollen«, mahnte Colin.

Die Wegbeschreibung, die Colin besorgt hatte, erwies sich als äußerst nützlich, um den Umweg festzulegen. Noch in der Herberge wurden alle darinnen enthaltenen Hinweise aufs genaueste studiert und beinahe auswendig gelernt, um das kostbare Heft bei dem nassen Wetter nicht hervorholen zu müssen. Es goss, als hätte der Himmel all seine Schleusen gleichzeitig geöffnet. Über der warmen Erde dampfte das Gras. An den Bäumen flirrten und nickten die Blätter unter dem Gewicht der Regentropfen.

Sie kamen auf ihrer Route an kleinen Dörfern und einsam gelegenen Höfen vorbei, sahen Bauern, die unter Vordächern Schutz suchten, ihnen zuwinken und waren selbst bald völlig durchnässt.

Santiago – Das »neue Jerusalem«

Monte de Gozo,
Freitag, 12. Mai 1402

Auf dem Monte de Gozo, dem Berg der Freude, angelangt, reihten sie sich in den großen Pilgerstrom der von Frankreich her anreisenden Gläubigen ein. Der Regen hatte nachgelassen und schließlich ganz aufgehört. Der Himmel blieb grau, aber die Sicht war gegen Abend gut. So sahen sie erleichtert auf die sich endlich unter ihnen ausbreitende heilige Stadt. Aus dem Gewimmel der niedrigen Bürgerhäuser hob sich der mächtige Buckel der Kathedrale deutlich hervor. An dem schweren Holzkreuz, dem Cruz de San Pedro, vorbei ritten sie auf die Stadtmauer zu, die Santiago de Compostela umschloss. Durch eines der sieben Stadttore, die von allen Pilgern benutzte Puerta Francígena, betraten sie das Innere der Stadt.

Der Tag ging zur Neige. Nikolaus und Colin rutschten eher von ihren Maultieren, als dass sie abstiegen – so müde waren sie. Doch als sie am Ende der Straße die Kirche des heiligen Jakobus aufragen sahen, fühlten sie sich wie erweckt. Die Regenwolken waren abgezogen, und ein fast klarer Sternenhimmel überwölbte das »zweite Jerusalem«. Sie führten ihre Maultiere in Richtung der Kathedrale, bis sich die Via Francígena zu einem großen Platz weitete, in dessen Mitte ein rauschender Brunnen die Pilger anzog. Zu Füßen des riesigen Bauwerks schlürften sie das Wasser aus der hohlen Hand und meinten, kaum je etwas Köstlicheres genossen zu haben.

Nicht weit von dem Platz fanden sie in der von Lokalen, Hospizen und Geschäften aller Art gesäumten Via Francígena Unterkunft in einem freundlichen Gasthof. Anfängliche Bedenken, die Engländer könnten sie beobachten, waren schnell verflogen. Nikolaus schaffte es noch, für einen guten Ausgang der gefahrvollen Mission am nächsten Tag den Schutz des Herrn zu erbitten. Dann versank er auch schon im Schlaf.

Lautes Zurufen, Lachen und das Gekreisch vieler Menschen drangen am nächsten Morgen von der Straße durch die Fenster und weckten jeden, den die Sonne noch nicht aus dem Schlaf geholt hatte. Auch Nikolaus und Colin trieb es aus dem Haus, um sich unter die Pilger aus vielen Ländern zu mischen. Man verzichtete gern auf das Morgenbrot, kostete stattdessen von den nach Honig und Schmalz duftenden Köstlichkeiten der Bäcker und belustigte sich an den einfallsreichen »Hahnenkämpfen« der Marktschreier, die sich gegenseitig durch Grimassen und unverständliche Anpreisungen zu überbieten versuchten. Marktweiber und Hausfrauen feilschten in gestenreichen Verhandlungen.

Angeboten wurden Felle, Wolltücher, Filzhüte, Jakobsmuscheln, auch in Messing und Silber nachgebildet, Schneidwaren vom Küchenmesser bis zum Nierendolch – auf diesem Markt fehlte es an nichts. Hühner, Gänse, Enten gackerten und schnatterten durcheinander, Ferkel grunzten, Ziegen meckerten, Lämmer blökten. Düfte von Kräutern und Gewürzen mischten sich mit denen von Öl und Lake, Obst und Gemüse lagen bunt ausgebreitet, dazwischen lockten in kleinen Körbchen Mandeln und Rosinen. Getränkestände wurden umlagert. In ihrer Nähe roch es nach abgeschlagenem Wasser.

Ein Großteil der Landbevölkerung schien an diesen Sonnabend in die Stadt gekommen zu sein. Zweirädrige Bauernkarren mit Scheibenrädern wurden quietschend herangerollt und brachten, beladen mit Brot, Butter, Käse, Schinken und Trockenfleisch, Nachschub an die Marktstände. Auf einer Bühne suchten sich Musikanten mit Fiedeln, Flöten, Sackpfeifen und Schalmeien Gehör zu verschaffen. Junge Bauern kletterten auf das Gerüst und versuchten sich an Tanzschritten zur Musik.

Colin wollte auch hinauf, als Schoke ihn an der Schulter fasste. »Wir haben noch eine Menge zu erledigen, mein Freund«, rief er ihm ins Ohr. »Nicht ich, sondern du wolltest doch heute noch aufbrechen, um dein Schiff irgendwie zu erreichen. Wir müssen uns sputen.«

Colin besann sich, und Nikolaus schob ihn vor sich her durch das Gedränge um den Domchor herum und machte erst halt, als sie vor dem Palast des Erzbischofs, dem Palacio Gelmírez, standen.

»Hier müssen wir nach ihm fragen«, sagte Nikolaus. »Warte hier bitte einen Augenblick!« Dann verschwand er in der mit verzierten Kapitellen reich geschmückten Arkadenreihe des Erdgeschosses.

Colin musste nicht lang warten, Schoke war bald zurück: »Wir finden ihn in der Kathedrale. Er hat im Querschiff zu tun und ist gerade noch damit beschäftigt, eine Pilgergruppe einzuweisen. Er wird darüber in Kenntnis gesetzt, dass wir ihn gleich danach ansprechen werden. Wir sollten die Zeit nutzen, um durch das Portal an der Westseite hineinzugehen.« Schweigend gingen sie um das Gebäude herum und kamen zu den Stufen vor dem Pórtico de la Gloria. Gut, dass sie das Heft mit der Wegbeschreibung eingesteckt hatten. Jetzt erfuhren sie aus ihm, dass der Eingang mit wunderbaren Skulpturen an der Mittelsäule, im Giebel darüber und an den Gewänden vor 114 Jahren von einem Meister Mateo geschaffen worden war.

»Und der auf der Mittelsäule Thronende soll den heiligen Jakobus vorstellen? Sein Pilgerstab sieht genauso aus wie deiner«, bemerkte Colin. Geschoben und gedrängt von der Menge der Gläubigen und mit der Allerheiligenlitanei auf den Lippen durchmaßen sie das mächtige Mittelschiff und näherten sich dem wichtigsten Gegenstand der Kathedrale, der uralten Statue des heiligen Jakobus. Aus Eichenholz geschnitzt, hatte sie die Zeiten überdauert und einen Ehrenplatz über dem Hauptaltar gefunden. Der bärtige Heilige schien sie durch seinen leicht geöffneten Mund ansprechen zu wollen, so wie er schon vor Jahrhunderten hier in Galicien den Heiden das Wort Gottes gepredigt hatte. Sie schlossen sich dem Strom der Pilger an, gingen um den Altar herum und stiegen ein Treppchen hinauf, um den Rücken des Heiligen mit ihren Lippen zu berühren.

Ergriffen kehrten sie in das Querschiff zurück. Vor dem Hauptaltar stießen sie auf eine Gruppe von sechs Handwerkern. Die hatten das Querschiff mit einer roten Kordel abgesperrt und standen im Kreis um einen großen Gegenstand, einem Kronleuchter vergleichbar. Sie waren gerade dabei, diesen in einen Flaschenzug einzuhaken, der an einem schier endlos langen Seil vom Deckengewölbe herabhing. Nach einem knappen Befehl ihres Vormanns hoben sie den schweren Gegenstand bis in Brusthöhe an. Jetzt konnte man erkennen, dass es sich um ein riesengroßes, aus Messing gearbeitetes Weihrauchgefäß handelte. Einer der Männer ging noch einmal mit einem Putzlappen darüber, um das Material zum Glänzen zu bringen.

»Wollen mal sehen, wie's funktioniert«, rief einer, der in ihrem Kreis den Ton angab. »Anzünden! Jetzt drei Leute auf die Nordseite, drei auf die Südseite. Jeder ergreift eine der sechs Leinen, die am Gefäßrand festgemacht sind. Zuerst ziehen und schieben wir das Gefäß nach Norden, dann nach Süden und wiederholen den Vorgang, bis das Weihrauchgefäß von allein im Querhaus hin und her schwingt.« So kam es dazu, dass der Weihrauchkessel vor dem Hauptaltar, eine Rauchfahne hinter sich herschleppend, wie ein riesenhaftes Pendel hin und her fuhr. »Aufholen!«, rief der Anführer und erklärte dann: »Wenn der *botafumeiro* bei jedem Anlass so gut mitspielt, sollten wir ganz zufrieden sein.«

Das schwere Gefäß wurde mit dem Flaschenzug bis zur Höhe der Kronleuchter angehoben und schwang an der verkürzten Aufhängung weiter. Das Querhaus wurde wieder freigegeben.

Die Probevorstellung mit dem *botafumeiro* hatte Schokes und Colins Aufmerksamkeit so in Anspruch genommen, dass sie einen ziemlich gebrechlich wirkenden Würdenträger, vornehm gekleidet mit einem schwarzen langärmeligen Mantel und rotem Schulterkragen mit Kapuze, der im Bereich des Hauptaltars jemanden zu suchen schien, völlig übersehen hatten. Schoke nahm ihn erst wahr, als der Geistliche Anstalten machte, das Querschiff in Richtung des Nordausgangs zu verlassen. Schoke ging ihm rasch nach und rief in deutscher Sprache hinter ihm her: »Monsignore Juan de Torquemada? Seid Ihr es?«

Der Angesprochene drehte sich langsam um, sah Schoke und kehrte um. Freundlich lächelnd und mit ausgebreiteten Armen näherte er sich. »Und Ihr seid es auch, der Ratsherr Nikolaus Schoke aus Hamburg? Hört man, wenn ich das so sagen darf. Bin ja auch ein halber Hamburger. Aber dazu ein andermal mehr. Mit Eurem Pfarrer war ich gut Freund geworden. Und er hat Euch zu mir geschickt. Hier bin ich also und von jetzt an für Euch da.«

Während sie sprachen, wanderten sie einige Schritte im

Langhaus auf und ab. Schoke aber hegte nur den Wunsch, sich endlich seiner Verpflichtung zu entledigen und die Reliquien zu übergeben. So begann er: »Darf ich fragen, was weiter mit den Gebeinen des Heiligen geschehen soll?«

»Doch nicht hier vor allen Leuten, bester Schoke! Kommt hier herüber! In dieser Nische können wir ungestört reden. Nun zu Eurer Frage: Ich werde sie heimlich von hier fort nach Lissabon bringen, wo sie hingehören.«

»Wieso nach Lissabon?«

»Sie müssen wieder mit den restlichen Gebeinen des heiligen Vincentius vereinigt werden, dessen goldener Schrein sich in der Kathedrale zu Lissabon befindet. Sie wurden vor Jahren daraus entnommen.«

»Warum aber so heimlich?«, hakte Schoke nach.

Der Monsignore winkte ab und legte den Zeigefinger auf die Lippen: »Leise doch! Ich kann hier nicht sprechen – wir werden beobachtet! Ich bringe Euch in die Krypta – dort alles Weitere.«

Torquemada führte die beiden durch das Mittelschiff in Richtung der Tür zur Krypta. Schoke blickte sich vorsichtig um. Seine Hand lag schützend auf der Stelle seines Mantels, unter der sich das Lederbeutelchen befand. Im Gehen beugte er sich zum Monsignore hinüber und flüsterte ihm zu: »Ich bin so froh, dass mit Eurer Hilfe trotz aller Schwierigkeiten …« Weiter kam er nicht.

Alles schrie durcheinander, und ein jeder sah es mit an, wie der immer noch pendelnde Weihrauchkessel mitsamt der ganzen Aufhängevorrichtung sich von dem Haken im Gewölbe gelöst hatte und von oben auf die Gruppe vor dem Hauptaltar herabstürzte und den Monsignore, der nicht mehr schnell genug war, rechtzeitig auszuweichen, unter sich begrub.

Schoke sprang hinzu und beugte sich zu dem Verletzten hinab. Er schrie nach den sechs Männern, den Weihrauchkessel sofort wieder anzuheben, um den Alten zu befreien, doch der Schlag hatte dem Monsignore bereits das Rückgrat gebrochen. Mit einem Wink bedeutete der Hinscheidende dem Hamburger, mit seinem Ohr dicht an seinen Mund heranzukommen. Er schob ihm, von den Umstehenden unbemerkt, ein klein zusammengefaltetes Blatt Papier in die Hand und flüsterte unter großer Anstrengung:

»Bei allem, was Euch heilig ... überlasst hier niemandem ... auch nicht ... dem Erzbischof! Flieht ...! Bringt dem Heiligen seine ...! Oder legt sie in den Altar einer Kirche ... zu Ehren ... beeilt Euch ... geht ans Meer nach Padrón ... der Pfarrer ... er hilft Euch. Gottes Hand ... ganz groß, wahrhaft groß ... wird Euch ...!«

Mit diesen fast zusammenhanglos gesprochenen Worten hauchte er sein Leben aus.

Während die feinen Züge einen friedlichen Ausdruck annahmen und das Haupt langsam in seinem Arm zurücksank, durchfuhr Schoke der Gedanke, dass der Tod Torquemadas kaum mit einem Unfall zu erklären war. Ihn und Colin könnte ein ähnliches Schicksal ereilen, wenn sie nicht auf der Hut waren. Er hatte begriffen, was zu tun war.

Ein Geistlicher von hagerer Statur drängte sich zu ihnen – eine unangenehme Erscheinung. Das Gewand, die weiße Albe, hing schlotternd an ihm herab. Der kleine runde Kopf ging beinahe ohne Hals in die Schulter über. Schoke sträubten sich die Nackenhaare.

Der Geistliche schob Nikolaus unsanft beiseite, kniete neben ihm nieder, um dem gerade Verschiedenen die Letzte Ölung nachzureichen. Oder wollte er etwas anderes? Das Auffälligste an dem Mann war die sehr lange Nase.

In der Kathedrale war es still geworden. Die Gläubigen standen entgeistert und betroffen. Auch Schoke und Colin waren noch wie betäubt.

Jetzt erhob sich der Geistliche und wandte sich um, so dass er unmittelbar vor dem Hamburger stand. Alles wirkte falsch an ihm, als dienten die um den Leib schlotternde Albe und die vor der Brust gekreuzte Stola nur der Verkleidung.

Er gab Nikolaus Schoke in feinstem kastilischen Spanisch zu verstehen, er möge ihm in die Krypta folgen. Colin behagte sein Vorschlag nicht. Scheinbar unabsichtlich verstellte er Nikolaus den Weg zur Treppe neben dem Hauptaltar und flüsterte ihm zu: »Vorsicht!«

»Ich weiß! Ich bin im Bilde«, zischelte Nikolaus und schob ihn beiseite, um dem Geistlichen zu folgen. Er musste unbedingt herausbekommen, wer in diesem verbrecherischen Spiel die Fäden zog. Nur durfte der Geistliche nicht merken, dass er längst als der geheimnisvolle Begleiter Frymans erkannt war, dem Schoke in der vorletzten Nacht begegnet war.

Als sie zu dritt in der Krypta standen, beklagte der Geistliche den tödlichen Unfall mit so bewegenden Worten, dass kaum jemand ihm ein echtes Mitgefühl hätte absprechen mögen. Dass Gott, der Herr, den Monsignore ausgerechnet auf diesem Wege habe heimrufen müssen! Schlimm, schlimm! Wie auch immer – die Wege des Herrn seien wunderbar.

Colin spürte, wie sich Widerwillen und Wut in ihm zusammenballten. Aber der verdächtige Gottesmann war mit seiner Litanei noch nicht am Ende: Nur gut, dass der Monsignore ihn gerade noch rechtzeitig in sein Vertrauen gezogen und zu seinem Stellvertreter ernannt habe! Er sei vom Monsignore ausersehen, die mit Gottes Hilfe an diesem Tage hierher gelangten Reliquien entgegenzunehmen. Alles Weitere läge nunmehr in seiner Hand. Mit raschen Schritten ging er zu der kleinen Mensa vor der Grablege des heiligen Jakobus, auf der sich ein kunstreich aus Gold und Edelsteinen gefertigter Arm erhob. Nikolaus Schoke erschrak.

»Da staunt Ihr, nicht wahr?« Er öffnete einen mit Scharnieren an der goldenen Hand befestigten Deckel und wies auf den darin sichtbaren Abdruck vom Skelett einer rechten Hand.

»Ihr seht, mein Herr, jedes Knöchelchen, das Ihr mit Euch führt, wird sogleich in den entsprechenden Austiefungen des Abdrucks seinen Platz finden. Schaut Euch das Wunderwerk an!«

Andächtig bot er Nikolaus die Goldschmiedearbeit dar. Bedeutungsvoll fügte er hinzu: »Wer diese Reliquie einer Schwurhand besitzt, kann ein Volk beherrschen.«

Schoke hatte sich längst daran erinnert, das kostbare Gefäß für eine Handreliquie schon einmal gesehen zu haben – in einem Glaskasten in den Räumen des Hohen Schatzkanzlers zu Westminster! Ob König Henry IV. wusste, welch Schindluder sein Schatzkanzler im Namen der Krone trieb – mit dem Heiligsten, das die Kirche besaß, den Gebeinen der ersten Bekenner des christlichen Glaubens?

Aber jetzt galt es, diesen Falschspielern zu entkommen und schleunigst das Weite zu suchen, um den letzten Worten des Monsignore trotz aller Widrigkeiten zu folgen.

»Zur Sache –«, herrschte ihn der Geistliche an, »übergebt mir jetzt die Reliquien!«

Schoke, auf Zeitgewinn aus, entgegnete: »Wo ist die Quittung? Uns war zugesagt worden, eine Quittung werde vorbereitet. Ohne eine solche Quittung, unterfertigt von Eurem Auftraggeber, darf ich Euch die Reliquien nicht aushändigen.«

Doch der Kirchenmann hatte an alles gedacht. Er griff in seinen Ärmel. Während er die Quittung hervorkramte, schlich sich Colin von hinten heran, ergriff das goldene Behältnis für die Armreliquie, holte damit aus und schlug zu. Der Gottesmann sank mit der Brust gegen den Altar, so dass Kopf und Arme auf dem Altar ruhten – in Gebetshaltung, hätte man meinen können. Er atmete noch. Die kostbare Goldschmiedearbeit lag verbeult am Boden.

»Weg hier!«

Colin zerrte den immer noch fassungslosen Nikolaus die Treppe zum Hauptaltar hinauf. Dort galt alle Aufmerksamkeit weiterhin dem tragischen Tod des Monsignore. Und wohl niemand – Mr. Fryman ausgenommen – wäre in diesem Augenblick auf den Gedanken verfallen, einen kastilischen Priester beim Gebet in der Krypta zu stören.

Auf der Flucht

Santiago de Compostela,
Sonnabend, 13. Mai 1402

»Weil ich mit unvorhersehbaren Schwierigkeiten bei der Übergabe gerechnet hatte«, stieß Colin, nach Atem ringend, hervor, »habe ich unsere Maultiere und das Gepäck vor dem Treffen mit dem Monsignore aus der Stadt gebracht.«

Sie wollten die Kathedrale gerade durch das Südportal, die Puerta de las Platerías, verlassen, als nicht weit von ihnen entfernt eine schmale Tür mit der Aufschrift »Zu den Gewölben« von innen aufgestoßen wurde. Heraus huschte, verstaubt und verdreckt, ein alter Bekannter: Fryman, der Engländer! Dass er sich durch diese Tür aus der Kirche davonmachte, bestätigte sie in ihrem Verdacht, er könnte am Ende bei dem Unfall seine Hand im Spiel gehabt haben.

Nikolaus blickte Colin zweifelnd an: »Wird man uns nicht auch verdächtigen?«

»Ich rechne fest damit«, bestätigte Colin. »Wir sollten eine Untersuchung der Todesursache keinesfalls abwarten.«

Sie liefen ins Freie und schlugen den Weg zum südlichen Stadttor ein. Nach den letzten Ereignissen war ihnen klar, dass Fryman kein Verbrechen scheuen würde, um ihnen die Reliquien doch noch zu entwenden. Über kurz oder lang würde er den falschen Priester finden und von ihm erfahren, dass die Aneignung der Reliquien gescheitert war. Sie würden verfolgt werden, das war sicher.

Ein Anflug von Mutlosigkeit überkam Schoke: »Wie ich unter diesen Umständen meine Mission zu Ende bringen soll, weiß Gott allein. Was immer ich mir vornehme, es läuft mir alles aus dem Ruder.«

Colin ließ sich nicht anstecken: »Dann soll es wohl so sein, aber denke an das Bibelwort: ›Des Herrn Wege sind wunderbar!‹ Tu nicht so, als wärst du hilflos allen Stürmen ausgesetzt! Dein Heiliger hat dir doch schon bis hierher geholfen – oder nicht? Und jetzt? Erinnere dich doch, welchen Weg dir der Monsignore genannt hat.«

»Nach Padrón, hat er gesagt. Aber da kommen wir nicht weiter und sitzen in der Mausefalle. Was sollen wir dort?«

»Was du nicht wissen kannst: Der Hafen von Padrón passt so gut in meinen Plan, als sei es die Fügung Gottes. Von dort wollte ich ein Boot heuern, um Béthencourt auf See zu treffen. Er ist schon auf dem Weg, Cabo Finisterre zu umrunden. Treffpunkt und Zeit sind genau festgelegt. Du weißt, dass du an Bord der MARIA immer willkommen bist.«
Schoke schüttelte ungläubig den Kopf: »Du versetzt mich immer wieder in Staunen, mein Lieber. Was sollte ich ohne dich anfangen!«

Colin wehrte ab: »Es sind doch deine Heiligen und … wir sind bereits auf dem Wege.«

Kurze Zeit später hielten sie, wieder auf ihren Maultieren, auf einen abschüssigen Hohlweg zu, der nach Südwesten führte und mehrfach einen von Fels zu Fels springenden Sturzbach querte. Mit sicherem Tritt kletterten die Tiere den steinigen Weg abwärts.

Die Sonne war heruntergewandert und schien ihnen ins Gesicht. Kein Lüftchen bewegte sich. Es war heiß. Nach einer langen Wegstrecke hatte sich der Bach zum Fluss geweitet und strömte nun durch eine breite Mündung ins Meer. Nikolaus wischte sich mit dem Handrücken den Schweiß aus den Augen.

»Wie wäre es mit einer kleinen Pause?«, fragte er.

»Nicht hier«, erwiderte Colin. »Bis zu den Eichen da vorn am Ufer musst du noch durchhalten.«

Dumpfe Schläge, immer fünf bis sechs hintereinander, hallten von dort herüber. Nikolaus kannte den Rhythmus: »Da muss die Werft sein, die auf deinem Plan verzeichnet ist.«

So war es. Im Schatten der Baumgruppe lagen auf einer Lichtung mehrere Galeoten nebeneinander, flinke Boote, die ein Rahsegel besaßen, aber auch mit zwanzig Riemen gerudert werden konnten, den norddeutschen Schniggen besonders ähnlich. An manchen waren Plankenstücke einzusetzen, an anderen Spanten zu erneuern oder Ruderbänke zu reparieren. Die dumpfen Schläge rührten von einem Holzhammer her, der wieder und wieder auf ein Kalfateisen niedersauste. Ein Bootsbauer schlug das zu Fäden gedrehte Kalfatmoos in die Plankennähte eines Neubaus hinein, um sie abzudichten. Neben dem Boot flackerte zwischen zwei Steinen ein kleines Feuer. Darüber stand ein eiserner Topf, um das Pech zu erhitzen, mit dem man die Nähte wasserdicht machte.

Nur einige Schritte entfernt stand am Ende des Werftplatzes, dicht am Wasser, eine kleine, ziemlich baufällige Kapelle. Gerade erschien ein hochgewachsener Franziskaner in reichlich abgerissener Kutte in der Tür. Er war auch sonst kaum von den Werftarbeitern in ihren dürftigen Kitteln zu unterscheiden. Er redete auf einen einfach, aber bemerkenswert sauber gekleideten Mann ein, dessen merkwürdig geformte Kappe auffiel. Dieser überreichte dem Mönch eine Dechsel und ein Schnitzeisen. Und zwei außergewöhnlich große Hände griffen zu – Pranken, wie man sie bei einem Mönch nicht erwartete. Riesenhände! War das der Gewährsmann des Monsignore? Der Mann war offensichtlich in ein Gespräch mit dem Meister der Werft vertieft. Von dem, was da gesagt wurde, verstanden sie kein Wort, weil die beiden sich in einem fremdartigen Dialekt unterhielten. Auf Galicisch? Oder Baskisch? Sie konnten es nicht erraten.

Colin begrüßte den Meister und trug ihm vor, der Monsignore de Torquemada schicke sie und seine Bitte sei, dass eines der schnellsten Boote sie unterhalb von Cabo Finisterre aus der Bucht herausbringen möge. Das schnellste Boot? Da müssten sie schon den neben ihnen stehenden Mönch fragen. Dem gehöre die schnellste Galeote, die er eigenhändig gebaut und durch tägliche Tüftelei immer weiter verbessert habe. Sie kamen aber gar nicht dazu, sich über Colins Bitte zu besprechen, denn aus den Bergen stürmten in scharfem Galopp sechs Reiter auf dem Wege heran, den sie selber gekommen waren.

»Das gilt wohl Euch, nicht wahr?«, fragte der Meister spitz.

Der Mönch öffnete schnell die Kapellentür mit einladender Hand und erklärte dem Werftbesitzer in einem Ton, der keinen Widerspruch duldete: »Kümmert Ihr Euch um die Maultiere – sofort!« Der Meister widersprach nicht, nahm den Maultieren die Sättel und das Zaumzeug ab, wischte ihnen den Schaum vom Mund und trieb sie auf eine abgezäunte Weide unter den Bäumen, wo bereits eine größere Anzahl von Reittieren graste. Währenddessen schob der Mönch seine Schützlinge durch die Kapelle zum Altar, schlug die von dem Tisch des Herrn herabhängende Decke beiseite, öffnete die sichtbar werdende Doppeltür und ließ sie in den engen Innenraum des Altars kriechen. Dann verschloss er die Tür wieder, ordnete die Altardecke neu und verließ die Kapelle.

Von draußen drang der Lärm der eintreffenden Reiter herein, eine Stimme brüllte: »Wo habt ihr sie? Ihr Verräter! Die Schiffe des Königs bauen und gleichzeitig die Feinde des Königs schützen – das könnte euch so passen! Gebt die Mörder heraus!«

»Hier war niemand.«

»Ach so? Und wer waren die Leute, mit denen ihr euch hier vor der Tür besprochen habt? Lügt nicht! Wir haben euch doch schon vom Weg aus beobachtet!«

»Wer seid Ihr, dass Ihr so zu uns sprecht?«, hörten sie den Pater sagen. Statt einer Antwort hallten Peitschenhiebe.

Colin und Schoke hockten in ihrem Versteck und fühlten sich gefangen. Sie sahen nichts, spürten nur in ihrem Rücken die Rundung einer umgestürzten Säule, die den größten Teil des engen Verlieses ausfüllte.

»An dieser Säule haben sie das Schiff festgemacht, als es die Gebeine des heiligen Jakobus in diesen Hafen brachte«, flüsterte Colin. Über dem Säulenstumpf wurde der Altar und über dem Altar die Kapelle errichtet. Darum steht sie direkt an der Hafenkante.«

Da flog mit lautem Schlag die Kapellentür auf.

»Das dürft Ihr nicht!«, hörte man den Mönch schreien.

»Wenn du uns belügst, müssen wir eben selber nachsehen«, dröhnte der Anführer. Gleich würde man sie haben, und alles wäre zu Ende, fürchtete Nikolaus. Schon rumpelte ein Möbelstück zu Boden.

»Im Beichtstuhl ist auch keiner.«

Der Krach ließ darauf schließen, dass das Unterste zuoberst gekehrt wurde. Dazu wütendes Geschimpfe, das sich vor der Kapellentür fortsetzte: »Wie vom Erdboden verschluckt. Sag endlich, du schmutziger Kuttenträger, wo du sie versteckt hältst! Ich warte! Was ist? Du kannst wohl nicht hören, wie? Dann wollen wir mal deinen Gehörgang frei machen.«

Ein lauter Schrei – dann Gelächter: »Hörst du jetzt besser? Das Ohr kannst du gern wiederhaben. Heb es dir bis zu unserem nächsten Besuch gut auf, damit du dich leichter an uns erinnerst!«

Colin und Nikolaus hörten Pferdegetrappel. Zogen sie endlich ab?

»Wir müssen weiter!«

Das war die Stimme des Anführers.

Ein anderer wollte ihn offenbar hindern: »*Stop, stop! My friends*. Nicht so schnell! Denkt an die Kopfprämie, die ich obendrauf gelegt habe!«

»Eben, eben! Habt Ihr«, lachte der Anführer. »Und wir haben sie schon im Sack.« Drohend schloss er: »Mr. Fryman! Wir haben getan, was wir konnten. Was wollt Ihr noch?«

Das Geräusch galoppierender Pferde entfernte sich.

Stille trat ein! Die Freunde konnten sich kaum bewegen. Wieder einmal gerettet, wie Colin vorausgesagt hatte. Welch eine Zuversicht er ausstrahlte! Wenn er, Nikolaus, doch nur etwas mehr davon besäße!

Aber jetzt hieß es erst einmal raus aus diesem moderigen Loch. Viel länger würden sie es beide nicht ertragen, eingepfercht wie in einem Heringsfass sich ruhig zu verhalten.

Der Franziskaner war es, der sie aus ihrem engen Versteck befreite. Als sie herauskrochen, stand er vor ihnen, das Gesicht blutverschmiert, und mit der linken Pranke drückte er ein Tuch auf die Stelle, wo vorher noch das Ohr gesessen hatte. Es war kaum zu glauben, dass er noch klare Sätze herausbringen konnte: »Die Kastilier behandeln uns wie den letzten Abschaum. Das wollen Soldaten sein – Soldaten des Königs! Vielleicht weiß er gar nicht, was hier vorgeht. Die

Galicier laufen jetzt scharenweise zum König der Portugiesen über. Aber nun zu Euch: Ich werde noch einige Leute aus Padrón für die Besetzung meiner Ruderbänke zusammentrommeln. Morgen früh bringe ich Euch von Süden her an das Cabo Finisterre heran. Gott schütze Euch!«, sagte er und segnete sie mit seiner Rechten.

Die Inseln der Glückseligen

Das wahre Glück zur See

Auf See,
Sonntag, 14. Mai 1402

Als die von Nikolaus Schoke in Padrón geheuerte Galeote allmählich aus dem Windschatten von Cabo Finisterre in die offene See hinaussegelte, bekam sie den scharfen Nordwind von der Seite zu spüren und legte sich kräftig nach Lee. Sie refften das Rahsegel, und dennoch schnitt ihr Boot mit hoher Fahrt durch die aufsprühende Gischt. Nikolaus und Colin hielten an der Steuerbordseite Ausschau, immer hoffend, dass die drei schwarzen Holken des Jean de Béthencourt sich zeigen würden.

Bald kam die düstere Formation tatsächlich in Sicht. Von Nordosten her, viel zu dicht unter Land, nahmen die Schiffe das Kap und hielten auf ihr Boot zu. Colin bemerkte noch vor Nikolaus, dass den drei Holken ein bewaffneter Segler mit hoher Geschwindigkeit folgte, der plötzlich kehrtmachte – offenbar um nach La Coruña zurückzulaufen. Was hatte das zu bedeuten?

Auf dem Flaggschiff Jean de Béthencourts wurde jetzt das Großsegel weggenommen. Das Schiff wurde langsamer. Das kleine Treibersegel am Heckmast und das Dreieckssegel an dem kurzen Vormast brachten gerade noch so viel Vortrieb, dass der Kurs gehalten werden konnte. Mit Schwung ging die Galeote um das Heck der Holk herum und legte sich auf deren Luvseite. Nikolaus Schoke und Colin kletterten an Bord, die Galeote ließ sich wieder achteraus sacken und nahm Kurs auf ihren Heimathafen. Die drei Schiffe der béthencourtschen Flotte nahmen wieder Fahrt auf und zogen unter vollen Segeln parallel zur portugiesischen Küste Richtung Süden.

Die Begrüßung der beiden auf das Flaggschiff zurückgekehrten Männer fiel herzlich und rau aus.

Isabel wartete im Hintergrund, um Schoke für seine Rückkehr zu danken. Als die Reihe endlich an ihr war, warf sie sich ihm zu Füßen und stammelte ein Dankgebet. Schoke war es peinlich, weil sie glauben musste, er sei nur zurückgekommen, um sein Wort zu halten. Er fasste sich und befahl ihr, sich sofort wieder zu erheben.

Sie verbarg ihre Erleichterung nicht: »Oh, ich wusste, dass Ihr meinen Bruder und mich in die Heimat begleiten würdet. Wenn Ihr uns beschützt, wird uns niemand die Freiheit wieder nehmen.«

Schoke beschwichtigte: »Nun – nicht gerade nach den Kanaren, aber doch wenigstens bis Lissabon!«

»Wieso Lissabon?«, fragte Isabel irritiert.

Gadifer mischte sich ein: »Sagtet Ihr Lissabon? Bester Schoke, stellt Ihr Euch nur so unwissend, oder hat Euch tatsächlich niemand darüber unterrichtet? Wir fahren nicht nach Lissabon und dürfen auch unter keinen Umständen irgendeinen anderen portugiesischen Hafen anlaufen!«

»Warum hat man mir das nicht gesagt?«, empörte sich Schoke. »Was soll ich auf den Kanaren? Ich muss nach Lissabon!«

Er stürmte zur Kapitänskajüte und war noch nicht zur Tür herein, da rief er schon: »Baron de Béthencourt!«

»Nun mal langsam, bester Ratsherr Schoke! Warum so förmlich? Ihr seid ja ganz aus der Fassung. Was ist es, das Euch so aufregt? Immer heraus damit!«

»Ihr müsst es klarstellen!«, legte Schoke los, aber Béthencourt blieb ruhig.

»Was muss ich klarstellen?«

»Gadifer behauptet, dass wir nicht nach Lissabon segeln und auch keinen anderen portugiesischen Hafen anlaufen dürfen.«

»Ja und? Was ist falsch daran?« Béthencourt hob erstaunt die Augenbrauen.

Schoke wurde energisch: »Ich muss aber nach Lissabon! Ich habe schließlich ein Gelübde zu erfüllen.«

»Dann hättet Ihr in Padrón bleiben und den Landweg nehmen müssen. Wir sind seit zwei Stunden auf dem Weg nach Süden. Ich werde doch Euretwegen meine Leute nicht gefährden«, konterte der Alte.

Schoke erwiderte verblüfft: »Was habt Ihr gegen die portugiesischen Häfen? Das wäre doch ein schöner Auftakt vor dem Besuch portugiesischer Besitzungen auf den Kanaren.«

Béthencourt schüttelte den Kopf: »Mein Gott! Er weiß es wirklich nicht.« Dann wandte er sich wieder Schoke zu: »Wir segeln nicht im Auftrag der portugiesischen, sondern der kastilischen Krone nach den Kanaren. König Enrique III. hat mich beauftragt, die von den Portugiesen vernachlässigten Kanaren für ihn in Besitz zu nehmen und zu christianisieren. Die Portugiesen sind im Augenblick so mit der Festigung ihres Reiches beschäftigt, dass sie dort nicht eingreifen können. Der Papst in Avignon hat nur zu gern seine Zustimmung signalisiert. Was, meint Ihr, würde geschehen, wenn wir jetzt einen portugiesischen Hafen anliefen? Die würden uns totschlagen und unsere Schiffe zu Kleinholz verarbeiten!«

Schoke wurde kleinlaut: »Das darf doch nicht wahr sein! Warum weiß ich nichts davon? Nie wieder werde ich mich auf andere verlassen. Ich Esel hätte Euch fragen müssen. Und was nun?«

»Beruhigt Euch erst einmal!«, besänftigte Béthencourt den größten Zorn. »Ihr habt nichts falsch gemacht. Die Wahrheit ist, Ihr hattet keine Wahl. Wäret Ihr in Padrón an Land geblieben, hätten Euch Eure Verfolger gleich totgeschlagen. Wir werden in Andalusien noch einen spanischen Hafen ansteuern, bevor wir Europa in Richtung der Kanaren verlassen. Bis Cádiz habt Ihr noch Gelegenheit, Euch einen anderen Weg einfallen zu lassen. Außerdem steht mein Angebot, Euch nach den Kanarischen Inseln mitzunehmen.«

Schoke, beinahe tonlos: »Und was könnte ich dort tun?«

»Wir würden Euch am Aufbau einer Verwaltung beteiligen. Nach dem Willen des Königs sollen die Inseln einen neuen Herrschaftsbezirk seines kastilischen Reiches, einen *Señorío* bilden. Verwalter und Vögte werden gebraucht. Mit Euren Erfahrungen als Hamburger Ratsherr könntet Ihr Großes bewirken. Und nach Neuordnung der örtlichen Verhältnisse müsste man darangehen, Wirtschaftsbeziehungen über Flandern mit den Städten im Hanseraum aufzunehmen. Das wäre doch etwas für Euch, oder nicht?«

»Eines würde ich gerne wissen, Baron: Wie hätte man sich die Christianisierung der Guanchen zu denken?«

Diese Frage ließ in Béthencourt die Hoffnung aufkommen, er könnte sein Gegenüber womöglich doch für die Reise nach den Kanaren gewinnen. Ausführlich ging er darauf ein. Nach der hoffentlich friedlichen Einnahme der Kanarischen Inseln wolle er, Béthencourt, den Guanchen eine erste Bischofs- und Taufkirche errichten, um der Bekehrung zum Christentum einen würdigen Raum zu geben.

Schoke war ganz ruhig geworden: »Eine schöne Idee! Vielleicht sogar ein Wink des Himmels, der nur richtig gedeutet sein will. Wäre es vermessen, wenn ich nach all den Fehlschlägen in meinen Bemühungen, das Gelübde einzulösen, mich für eine neue Aufgabe berufen fühlen würde? Nämlich zur Ehre Gottes an der Christianisierung der Guanchen mitzuwirken?«

»Zumindest tätet Ihr nichts Falsches und nichts, was die Una Sancta nicht billigen würde«, meinte der Alte.

Schoke dachte nach. Endlich sagte er: »Ich werde in mich gehen und herausfinden, ob ich meine alten Verpflichtungen mit einer neuen Berufung verbinden kann.«

»Nehmt Euch Zeit, Schoke, und lasst es mich wissen, wenn Ihr zu einem Entschluss gelangt seid.«

Das Wetter meinte es gut, und auch der Nordwestwind blieb ihnen treu. So segelte die Flotte in wenigen Tagen und Nächten die portugiesische Westküste entlang. Die Einfahrten nach Porto, Coimbra und in den Tejo nach Lissabon ließen sie hinter sich. Schoke hatte sich damit abgefunden, dass er seinen Auftrag jetzt nicht würde erfüllen können. Er hatte seine Pilgerkleidung gar nicht erst wieder angezogen, sondern die scheckige Seemannskleidung übergestreift, um zu zeigen, dass er als Decksmann – Hand gegen Koje – an Bord zurückgekehrt sei. Außerdem wollte er sich nicht selbst an die Erfüllung seines Gelübdes erinnern. Isabel leistete dem Hamburger oft und gern Gesellschaft und erzählte ihm von der Schönheit ihrer Heimat, der Inseln der Glückseligen. Schoke bewunderte ihren klaren Verstand und sah die Möglichkeit voraus, mit Isabels Unterstützung das Vertrauen der Guanchen zu gewinnen. Dann wäre er für immer in ihrer Nähe. Er bildete sich sogar ein, dass er einen solchen Entschluss nie bereuen würde.

Mit Genugtuung vermerkte er, dass der Alte ihm gern und oft die Ruderwache zur Nachtzeit überließ. Dann betrachtete er immer wieder den Nachthimmel, der sich mit neuen, unbekannten Sternbildern über der silbern aufblitzenden See wölbte.

Sie näherten sich allmählich wieder der Küste und machten eine Kette von riesigen Dünen aus, so hoch und breit, wie man sie an nördlichen Meeren noch nie gesehen hatte!

Als den Dünen rote, steil abfallende Felsen folgten, ließ der Wind allmählich nach, und Wolken zogen am Horizont auf. Unerträgliche Hitze bedrückte alle. Es sah nach einer aufziehenden Gewitterfront aus. Der Alte rief Schoke an die Schanz auf Backbordseite: »Seht da drüben mal an der Felsenkante entlang. Sie gehört zu einer schmalen Landzunge, die da vorn endet. Seht Ihr das Kap? Wir müssen es mit aller Vorsicht umschiffen. Übernehmt Ihr jetzt das Ruder! Aber: Abstand halten – wenigstens neunhundert Fuß. Hoffentlich schaffen wir es noch, ehe es hier ungemütlich wird. Hinter der Landzunge wären wir in Sicherheit. Nicht dass wir noch vor diesen Felsen dümpeln, wenn aus Westen der Sturm losbricht! Denn dann gnade uns Gott!«

Schoke gab sein Bestes, rief den Decksleuten Befehle zu, wie die Segel zu trimmen seien, um aus jeder noch so schwachen Bö Fahrt für die Schiffe zu gewinnen.

Und sie schafften es, hinter dem spitz auslaufenden Felsplateau, das eine Höhe von wenigstens sechzig Fuß haben mochte, in eine tief eingeschnittene Bucht einzulaufen und das Schiff mit zwei Ankern zu sichern. Geschützter hätten sie angesichts des aufkommenden Unwetters nirgends liegen können.

Die Berufung

Cabo de São Vicente,
Sonnabend, 20. Mai 1402

Die Verantwortung für Mannschaft und Schiff, die schwer auf Schokes Schultern gelastet hatte, sie fiel nun von ihm ab. Er war zufrieden, die ihm anvertraute Aufgabe glücklich gemeistert zu haben, und ging zu seinem Lieblingsplatz am Bug hinüber, wo er sich aus Leinen und Segeln so etwas wie eine Lagerstatt geschaffen hatte. Von dort aus überblickte er die nah gelegene rote Felswand mit all ihren Einzelheiten und bestaunte die Felstürme, die wie Riesenfiguren vor der Küstenlinie einzeln im Meer standen. Beinahe wie Helgoland, dachte Nikolaus Schoke bei sich und dämmerte allmählich ein.

Hoch oben auf der grünen Kante des langen Kliffs entdeckte er einen bärtigen Alten in einer Art Kutte, die gewiss schon bessere Tage gesehen hatte, umringt von einigen Ziegen.

Er spürte den Wunsch, das Plateau näher zu erkunden, und weil das Unwetter immer noch auf sich warten ließ, nahm er das Beiboot, das man zur Ausbringung eines zweiten Ankers ausgesetzt hatte, und ruderte damit an Land. Nach einigem Suchen fand er einen sehr schmalen, steilen Pfad, der ihn auf den Felsen hinaufführte. Ein Blick über die Hochfläche, die zum Kap hin spitz auslief, ließ den Himmel noch drohender erscheinen. Das Wolkenschwarz ging horizontlos in das des Meeres über. Tief hängende Nebelschwaden kamen näher und hüllten das ganze Plateau in matten Dunst.

Schoke verlor die Orientierung und irrte über das Gelände. Mit einem Mal stand der alte Mönch vor ihm. Seine Kutte starrte vor Dreck. Er roch nach ranzigem Fett und saurer Milch. Trotzdem beeindruckte er Nikolaus, der ihm auf einen

Wink hin zu einer kleinen Kapelle folgte. Aus einiger Entfernung drangen dumpfe, kratzende Geräusche an sein Ohr, wie sie von einem Spaten herrühren mochten, der einmal ins Erdreich und dann wieder in steinigen Grund fährt. Ein wildes Krächzen mischte sich ein. Schoke entdeckte auf dem Dachfirst der Kapelle zwei Raben, die von dort aus wütend zu kommentieren schienen, was sich hinter dem Gebäude auf freiem Gelände abspielte.

Mehrere Männer waren dabei, mit Hacken und Spaten eine Grube auszutiefen. Daneben stand ein vornehm gekleideter Herr, der die Gruppe anzuleiten schien. Gesprochen wurde nicht. Gerade hob der Anführer die Hand, als wolle er zur Vorsicht mahnen. Einer der Arbeiter sprang in die Grube hinab und legte von Hand einen Schädel frei. Er arbeitete nur langsam weiter. Unter seinen Fingern erschien nach und nach das auf den ersten Blick vollständig erhaltene Skelett eines Mannes. Als es so frei dalag, wurde es hell über der Grube: Die Wolken rissen auf, und der Nebel verzog sich. Mit äußerster Sorgfalt wurde das Gerippe geborgen und in einen mit Kissen ausgeschlagenen Sarg gebettet. Dann wurde der Deckel darübergestülpt. Der Anführer gab den Männern ein Zeichen, den Sarg zu schultern und ihm zu folgen. Die Raben aber stürzten sich mit lautem Gezeter vom Dach der Kapelle herunter und nahmen ohne Scheu auf dem Sarg Platz. Niemand machte Anstalten, sie von dort zu vertreiben, als der merkwürdige Trauerzug – an der Spitze der vornehme Herr – sich in Gang setzte und auf einem breiten Weg zu dem Ufer an der Westseite des Kaps hinunterbewegte. Am Fuß des Weges ragte ein Landesteg ins Meer, an dem eine Galeote bereitlag. Die Männer trugen den Sarg hinüber auf das Boot, nahmen ihre Plätze auf den Ruderbänken ein und griffen nach den Riemen. Sofort legte die Galeote ab, und das Rahsegel stieg am Mast empor. Die beiden Raben waren aufgestiegen und begleiteten das Schiff auf das Meer hinaus.

Endlich fand Schoke, der das ganze Geschehen wortlos staunend verfolgt hatte, die Sprache wieder und wandte sich an den Eremiten: »Wer war der vornehme Herr?«

»Ach, das wisst Ihr nicht?«, fragte der zurück. »Kennt Ihr nicht unseren Herrn und König Afonso Henriquez? Er traf gestern aus Lissabon hier ein und bat mich, ihm einen Begräbnisplatz zu zeigen, den wir vor den Mauren geheim gehalten haben. Er wird die geborgenen Gebeine nach Lissabon bringen und ihnen in der Kathedrale einen gebührenden Ehrenplatz zuweisen.«

Ehe Nikolaus weiterfragen konnte, blitzte es grell auf und tat nur einen einzigen gewaltigen Gewitterschlag. Der Himmel öffnete seine Schleusen, und es goss in Strömen.

Nikolaus wachte auf, schüttelte sich und kam von seinem durchgeweichten Lieblingsplatz hoch, auf dem er so gut geschlafen hatte. Was er geträumt hatte, ließ ihn nicht los. Er lief zu Jean de Béthencourt und fragte ihn, welchen Tag sie hätten und wo sie sich denn gegenwärtig befänden.

»Was ist mit Euch? Wir schreiben den 20. Mai. Wo wir sind, wollt Ihr wissen? Ich hätte es Euch vorher sagen sollen. Als Hamburger Kaufmann seid Ihr noch nie so weit im Süden gewesen, nicht wahr? Wir liegen wunderbar geschützt hinter dem Cabo de São Vicente. Das Kap heißt übrigens so nach dem heiligen Vincentius, dessen Grab vor ungefähr zweihundertfünfzig Jahren ein Eremit hier wiedergefunden hat. Daraufhin hat der erste portugiesische König und Reichsgründer – Afonso Henriquez – es ausgegraben und die irdischen Reste nach Lissabon überführen lassen. Im Gedenken daran zeigt das Stadtwappen von Lissabon noch heute das Schiff, auf dem der Transport erfolgt war, und darüber zwei Raben, die den teuren Leichnam des Heiligen auf dem Kap stets bewacht und sogar nach Lissabon begleitet haben.«

Früh am nächsten Morgen hatte sich das Unwetter gelegt. Die beiden Anker wurden aufgeholt und die Segel gehisst. Sie fuhren Richtung Osten, immer der Morgensonne entgegen.

Der Alte stand neben Schoke am Ruder. Da legte er seinen Kopf in den Nacken und hielt, vom Sonnenlicht geblendet, die Hand über die Augen.

»Das gibt es doch nicht«, sagte er staunend. »Schaut mal zur Großrah hinauf! Habt Ihr die beiden mitgebracht?«

Und er zeigte auf zwei große Raben. Ihr zottiges Gefieder deutete auf ein hohes Alter. Ein Leuchten ging über Schokes Gesicht, und begeistert rief er: »Da ist ein Zeichen für mich! Ein Zeichen des Himmels, dass ich auf dem rechten Weg bin!«

Nach langer Grübelei schien Schoke endlich mit sich selbst im Reinen. Er wirkte sicher und gelassen. Er beglückwünschte sich zu dem bevorstehenden Abenteuer, an welchem teilzunehmen ihm auferlegt – jawohl: auferlegt war.

Nikolaus zog seinen jungen Freund Colin und auch Isabel ins Vertrauen. Sie würden seine Familie sein. Gemeinsam riefen sie sich noch einmal die schrecklichen Ereignisse der letzten Wochen in Erinnerung. Colin habe ihm unterwegs mehrfach das Leben gerettet, erklärte Schoke der gebannt zuhörenden Guanchin. Isabel dankte es dem Engländer mit geschwisterlicher Zuneigung. Bescheiden wehrte Colin ab und meinte, Nikolaus übertreibe.

In bester Stimmung suchte Schoke erneut Béthencourt auf. Der Wink des Himmels sei unabweisbar – er fühle sich berufen, die Expedition nach den Kanaren zu begleiten und allein die Verantwortung für die Errichtung einer Taufkirche im Heidenland zu übernehmen.

Béthencourt stutzte für einen Augenblick und sah seinen Besucher erstaunt an.

»Habt Ihr Euch das gut überlegt?«, fragte er nach. »Gewiss, eine hochherzige Idee, eine solche Stiftung! Denkt an die Schwierigkeiten, die einem solchen Vorhaben im Wege stehen!«

»Ich habe mir die Verwirklichung in allen Einzelheiten durch den Kopf gehen lassen – nicht ein Mal, sondern immer wieder. Ich habe auch noch einmal darüber nachgedacht, was mir Goedeke Michel vor seiner Hinrichtung anvertraut hat. Den Diebstahl der Reliquien werden wir sühnen, indem wir sie in den Altar der neuen Kirche legen. Zugleich wird sich die Gelegenheit auftun, den heiligen Vincentius – anders als in Lissabon – nicht mehr als Vorkämpfer für die Vernichtung der Muslime zu verstehen, sondern als Friedensbringer zu verehren, der den Guanchen Sicherheit gegen Überfälle vom Festland und die Entführung in die Sklaverei bieten wird. Ich habe begriffen, dass wir mit solchen Bemühungen den Wünschen König Enriques III. von Kastilien am besten entsprechen werden.«

Schoke wartete gespannt auf Béthencourts Reaktion. Der aber blieb stumm. Irgendetwas stand da im Raum, das ihn zögern ließ. Endlich gab er sich einen Ruck: »Also ja – einverstanden, natürlich! Was soll ich noch mehr dazu sagen. Nikolaus Schoke, Ihr habt meine volle Unterstützung. Seid mir als Mitstreiter herzlich willkommen!«

Er zog sich von seiner Bank hoch und reichte Schoke nachdenklich die Linke. Beide, Béthencourt und Schoke, verständigten sich darüber, dieses Abkommen vorerst geheim zu halten.

Béthencourt blieb beunruhigt. Er freute sich, dass Schoke sich so tatkräftig beteiligen wollte, nur dieser Überschwang, mit dem alles vorgetragen worden war, gefiel ihm nicht. Auch waren ihm der Schweiß auf der Stirn, die leicht geröteten Wangen und dieses Feuer in den Augen nicht entgangen, vor allem aber die gespreizte Rede! – So kannte er seinen Schoke überhaupt nicht. Sonst hatte der Ratsherr immer vom Vorrang seiner Familie, der schönen Frau und den Kindern gesprochen, vom Amt in Hamburg und von der heiligen Verpflichtung, die ihm anvertrauten Reliquien dem Grab des heiligen Vincentius zurückzuerstatten. Über all dies hatte Schoke heute kein Wort verloren. War ihm die Vergangenheit mit einem Schlag gleichgültig geworden? Er nahm sich vor, den Hamburger bei nächster Gelegenheit genauer zu fragen. Er würde Colin bitten, ein Auge auf ihn zu haben.

Schoke seinerseits resümierte noch einmal die wechselvollen Reiseerlebnisse. Die Schönheit Isabels fesselte ihn, aber sie raubte ihm nicht die Besinnung. Doch wenigstens in ihrer Nähe bleiben zu dürfen, das wünschte er sich. Wie, wenn er mit ihr unter einem Dach lebte? Mit ihr, die seine Tochter sein könnte? Unerhört, sich das nur vorzustellen! Da war etwas Zauberisches zwischen ihnen, das ihn mit Macht anzog und zugleich wieder fortstieß. Wenn er es doch nur ergründen könnte!

Die Schiffe blieben fortwährend auf gleichem Kurs und fuhren, ohne die Segelstellung noch einmal ändern zu müssen, vor dem Wind auf die Mündung des Río Guadalquivir zu. Sie waren nur noch wenige Meilen von der Einfahrt in den Fluss entfernt, als Béthencourt den Rudergänger seines Flaggschiffes mit dem Kommando »Hart Steuerbord« überraschte und damit alle Hoffnungen zunichtemachte, man werde abends in Sevilla anlegen. Stattdessen segelten sie in Sichtweite andalusischer Sandstrände weiter nach Südosten. Die Mannschaften sahen sich neuerlich enttäuscht, als auch die Mündung des Río Guadalete und also die Zufahrt zur Kaufmannsstadt Santa Maria an Backbordseite vorbeizog.

Endlich näherten sie sich Cádiz. Die Stadt war auf einer Halbinsel weit ins Meer vorgeschoben, und die Bebauung drängte sich auf einer den Hafen umfassenden Landzunge zusammen. Man konnte erkennen, dass der Alte einen Hafen ausgewählt hatte, von dem aus man, wann immer, bei jedem Wind sofort auslaufen und in See stechen konnte.

Festgehalten in Cádiz

Cádiz,
Dienstag, 23. Mai 1402

Sie hatten noch gar nicht richtig festgemacht, als vom Ufer her Schmährufe herübertönten, mit denen sie als Seeräuber beschimpft wurden. Nur waren es nicht Seeleute, die ihrer Empörung Luft machten, wie leicht zu erkennen war, sondern die Ärmsten der Armen, Bettler und Obdachlose, wie man sie überall für kleine Münze oder ein Stück Brot für jedwede Schreierei gewinnen kann. Die Wortführer ließen sich gegen wenig Geld überreden, ihre Anstifter zu nennen. Die Nachrichten, die ausgeplaudert wurden, waren nicht gut. Im Nachbarhafen von Santa Maria sei ein Schiff aus Schottland mit Leuten aus Genua und Piacenza eingelaufen, dessen Mannschaften und Frachtherren die Flotte Jean de Béthencourts der Seeräuberei bezichtigten. Daher also wehte der Wind. Schoke dachte sofort an den Vorfall auf der Reise von Viveiro nach La Coruña, als Bertin de Berneval mit der MORELLE ausgeschert war, um einen Ankerlieger in der Bucht von Cedeira zu attackieren. Oder ob es noch etwas gab, von dem er nichts wusste?

Das Geschrei von Land her, das immer noch nicht aufgehört hatte, nahm die Aufmerksamkeit aller so in Anspruch, dass niemand die Flotte hochgerüsteter Schiffe bemerkte, die zur Hafeneinfahrt hereinkam. Die Einheit war auf Anordnung König Enriques III. von Kastilien aufgestellt worden, um die Seeräuberei zu bekämpfen, und stand unter dem Oberbefehl des Admirals Inigo Lopez de Mendoza. Seine Schiffe umringten jetzt die drei Holken Béthencourts. An ein Entkommen war nicht zu denken. Dem Alten wurde mitgeteilt, dass bis zur Klärung bestimmter Vorfälle seine Schiffe an die Kette gelegt und die Mannschaften an Bord arretiert seien.

Am nächsten Morgen ging Jean de Béthencourt mit Erlaubnis des königlichen Admirals von Bord, um zu erkunden, wessen man sie beschuldigte. Er bestand darauf, dass Schoke, der in Fragen des Schiffsrechts kundige Hamburger Ratsherr, ihn begleitete. Schoke konnte und wollte diesen Wunsch umso weniger abweisen, als er vermutete, Béthencourt könnte von seinen Zweifeln wissen. Eine Schaluppe wurde ausgesetzt und die beiden Herren nach Santa Maria gerudert.

Schokes Zweifel sollten sich bestätigen. Unterwegs fragte er den Alten, worum es ging. Ja, es hätte in La Coruña – und zwar nach Schokes und Colins Aufbruch Richtung Santiago – eine haarsträubende Auseinandersetzung gegeben.

Béthencourt hoffte auf eine Begegnung in Santa Maria, um die Angelegenheit klarzustellen. Wie er erwartete, trafen sie dort auf den schottischen Schiffer Sir David Lindsay, Earl zu Crawford, den sie in La Coruña kennengelernt hatten.

Aus einem Wrack, das angeblich ihm gehörte, hatten sie mit seinem Einverständnis ein Beiboot sowie einen schweren Anker übernommen und mit großen Mühen abtransportiert. Den Anker und das Boot hatten sie auf Gadifers Schiff geschafft, um dessen Ausrüstung für die Reise nach den Kanaren zu vervollständigen. Béthencourt hatte nicht wissen können, dass der Earl ihm damit großzügigerweise Ausrüstungsteile eines englischen Schiffes überlassen hatte, das er höchstselbst kurz vorher in einem Akt der Piraterie aufgebracht, ausgeplündert und so weit zerstört hatte, dass man den Rest getrost der Abwrackwerft überlassen konnte.

Später hatte der Earl seine Einwilligung widerrufen und die Rückgabe verlangt, weil er Beweisstücke für seinen

Überfall auf den Engländer benötigte. Er hatte sich nämlich überlegt, die Spanier damit zu beeindrucken, dass er das Schiff eines ihrer Feinde, eben eines Engländers, gekapert hatte. Er hoffte, für diese Heldentat von den Spaniern eine Prämie zu ergattern.

Béthencourt war verärgert gewesen und hatte den aufwendigen Rücktransport verweigert. Der Earl möge Beiboot und Anker schon selber zurückholen.

Die Auseinandersetzungen hatten sich so weit zugespitzt, dass Béthencourt schließlich von La Coruña ausgelaufen und von Lindsay mit einer Galeote bis zum Cabo Finisterre verfolgt worden war. Als er jetzt im Hafen von Santa Maria von Béthencourts Ankunft in Cádiz hörte, schwärzte er ihn an und behauptete, Béthencourt habe sogar drei Schiffe versenkt und ausgeplündert. Er redete so lange auf vier Männer der Stadtwache ein, bis sie ihm in den Hafen folgten. Als Béthencourt und Schoke auf ihn zukamen, um die leidige Auseinandersetzung gütlich zu bereinigen, schrie er: »Da sind sie, die beiden. Nehmt sie sofort fest, die Seeräuber!«

Proteste nützten nichts und auch nicht der Hinweis auf die Genehmigung der Reise durch den königlichen Admiral.

»Was kann ein König noch dort bewirken, wo man den Lügen der Schotten mehr Glauben schenkt als den Anordnungen seiner Admiräle? Ich kann für Kastilien kein Reich erobern, wenn man mich arretiert«, hielt Béthencourt der Stadtwache von Santa Maria entgegen. Die Grobiane aber, die sich an ihm vergriffen, hörten gar nicht zu. Er wurde wie ein Schwerverbrecher in Fesseln gelegt und an Deck eines Schnellseglers nach Sevilla transportiert. Schoke erfuhr die gleiche Behandlung. Man sah in ihm einen wichtigen Komplizen des räuberischen Barons.

Das war eine traurige Reise den gewundenen Guadalquivir nach Sevilla hinauf! Nicht im Traum hätte Nikolaus daran gedacht, jemals aus einer solchen Lage heraus den ersten Blick auf die andalusische Stadt zu werfen! Aber – war das überhaupt noch die als Schönheit berühmte Stadt, von der ihm die Seeleute unterwegs so viel erzählt hatten?

Man würde die Stadt schon aus weiter Entfernung an vier in der Sonne glänzenden goldenen Kugeln erkennen, die das Dach des höchsten Turms der Welt bekrönten, eines Wahrzeichens von zweihundertvierzig Fuß Höhe. Es hieße Giralda. Er strengte die Augen an. Wo waren die Kugeln? Wo die sagenhafte Wirkung des Giraldaturmes, den vor alter Zeit die längst vertriebenen Mauren errichtet hatten? Noch war er da, der Turm, wenigstens ein Stumpf davon, doch schien das oberste Geschoss mit den Kugeln herabgestürzt zu sein.

Auf dem Weg durch die Stadt zu ihrem Ziel bemerkten sie überall Trümmer von zusammengefallenen Häusern und Gruppen von Arbeitern, die mit Aufräumarbeiten beschäftigt waren. Der Wind trieb Staub und Dreck vor sich her durch die Gassen. Je näher sie dem Stadtzentrum kamen, umso mehr nahm der Baulärm an Stärke zu. Pferdegespanne mit Langholz und Steinmaterial ratterten über die gepflasterten Straßen in Richtung der Kirche, die einmal eine Moschee gewesen war. Als der Gefangenentransport sie passierte, sahen sie auf eine riesige Baustelle.

Die ehemalige Moschee war von unten bis oben mit Baugerüsten zugebrettert, hinter denen offenbar ganze Heerscharen von Handwerkern arbeiteten. Das war ein Hämmern und Sägen, ein Schreien und Steineklopfen! Ihre Bewacher erklärten, hier werde zu Füßen des höchsten Turmes die größte Kathedrale der Welt entstehen. Und der Alkalde habe vor dem Rat der Stadt gefordert: »Lasst uns ein Bauwerk vollbringen, von dem künftige Generationen denken, wir seien wahnsinnig geworden.«

Inzwischen war das in Sevilla ansässige höchste Gericht des kastilischen Königreichs über die Ankunft des Barons Béthencourt in Kenntnis gesetzt. Er war bei Hofe wohlgelitten, und so hatte man für die angemessene Unterbringung der beiden Gefangenen in einem gut gesicherten Trakt des Alkazar-Palasts gesorgt.

Am nächsten Morgen wurden sie durch das Löwentor in die Sala de la Justicia geführt. Hier tagte unter dem Vorsitz des ehrenwerten Doktor Juan Alonso de Toro der Rat des Königs, der nicht versäumte, diesen komplizierten Seerechtsfall dem König persönlich vorzutragen. Der Zufall wollte es nämlich, dass König Enrique III. von Kastilien sich gerade in Sevilla aufhielt, um sich persönlich ein Bild von dem um sich greifenden Piratenunwesen zu machen. Der König war entsetzt, dass die von ihm nach den Inseln der Glückseligen abgeordnete Flotte angeblicher Seeräubereien wegen in Cádiz an die Kette gelegt worden war.

Zu einer Verurteilung kam es nicht. Und auch die weiter gehenden Hoffnungen des schottischen Earls erfüllten sich nicht. König Enrique war, entgegen Lindsays Erwartungen, nicht bereit, ihn für den Überfall auf ein Schiff der englischen Flagge mit einer Prämie zu belohnen und ihm womöglich ein neues Fahrzeug für seine Heimreise bereitzustellen. Mit den Engländern sei inzwischen Frieden geschlossen, ließ der König verlauten. Außerdem bekämpfe Lindsay als Schotte die ihm verhassten Engländer, nicht aber an der Seite der Spanier als deren Verbündeter.

Obwohl Béthencourts Verdienste um die Krone längst bekannt waren, hatte das königliche Gericht die Vorwürfe gegen Béthencourt gewissenhaft prüfen müssen, wie denn alle anhängigen Fälle von schnödem Seeraub genau untersucht wurden. Es war nämlich ruchbar geworden, dass nach schrecklichen Übergriffen bei den Judenpogromen von 1391 in Sevilla viele Bürger der Stadt auf die See ausgewichen waren, um sich dort ihr Recht zu holen, das an Land mit Füßen getreten wurde.

Béthencourt wurde voll rehabilitiert und von Enrique III. zu einer Privataudienz im Thronsaal eines Palasts empfangen, den ein Menschenalter zuvor König Pedro hatte errichten lassen. Schoke durfte ihn begleiten. Ihm war, als würde er in eine Märchenwelt eintreten.

Die Pracht überstieg alle seine Vorstellungen. Die Ausschmückung der Fassaden mit bunten Fliesen, die von eigentümlichen Hufeisenbögen gesäumten Durchgänge und Türdurchlässe, die prachtvollen Dekorationen an Wänden und Decken! Seufzend erklärte ihr Begleiter, ein junger Mann mit schwarzem, krausem Haar und von dunklerer Hautfarbe, all dies sei der beste Beweis für die großartige Zusammenarbeit König Pedros mit dem Emir von Granada und ebenso der besten muslimischen Künstler Granadas mit den hiesigen Baumeistern. Das seien noch Zeiten gewesen! Schoke betrachtete den jungen Mann genauer. Das Auffälligste an ihm waren die aus dem dunklen Gesicht hervorleuchtenden feurigen Augen. Auf Nachfrage gab er mit trauriger Miene zu, er sei vor einigen Jahren von einem Muslim in einen getauften Christen umgewandelt worden.

Schokes Begeisterung für den Glanz und die Schönheit des Palasts wurde durch die Bemerkungen des jungen Begleiters ein wenig gedämpft. Aber er vergaß das kleine Erlebnis schnell, als König Enrique den Thronsaal betrat. Huldvoll nahm der Béthencourts Komplimente entgegen und wünschte ihm, ohne das Gerichtsverfahren mit einem Wort zu erwähnen, eine gute Reise. Er erwarte, es möge gelingen, alle Guanchen vom christlichen Glauben zu überzeugen. Alles werde von einer vorbildlichen Haltung seiner Männer abhängen. Dazu gehöre auch, dass man den Ureinwohnern ihr Eigentum und ihre Freiheit beließe. Sie in die Sklaverei zu verkaufen und sich daran zu bereichern, wie früher geschehen, zöge unweigerlich Aufstände der Guanchen nach sich, die dann nicht mehr zu beherrschen wären. Er müsse wohl nicht eigens betonen, dass die kastilische Krone jede Form des Sklavenhandels ahnden werde.

Er fügte noch an, dass die Kanaren nach erfolgreicher Eroberung und Vereinigung unter einheitlicher Verwaltung eine eigene Provinz bilden sollten. Der erste Vizekönig werde Jean de Béthencourt heißen. Der vornehme Gast aus Hamburg – ein Ratsherr sogar? – werde gewiss an der Seite des neuen Vizekönigs eine respektable Position ausfüllen. Schoke fühlte Stolz und sah sich darin bestätigt, eine Entscheidung getroffen zu haben, die seinem Leben eine grundlegende Wendung geben würde.

Unmittelbar nach dem Empfang durften die beiden nach Cádiz zurückkehren. Unterwegs bat Béthencourt Schoke darum, niemandem auch nur ein Sterbenswörtchen von den freundlichen Versprechungen des Kastiliers zu verraten.

Das Wiedersehen mit den Mannschaften gestaltete sich äußerst betrüblich. In der Zwischenzeit hatten die in Hartfleur angeworbenen normannischen Schiffssöldner die seemännische Besatzung in schwere Sorge gesetzt, indem sie behaupteten, für eine derartige Reise nach den Inseln der Glückseligen würden die Lebensmittel an Bord niemals ausreichen und die meisten von ihnen würden hungers sterben.

Erst sehr viel später sollte sich herausstellen, dass der Söldnerführer Bertin de Berneval selbst es gewesen war, der solche Gerüchte in die Welt gesetzt hatte. Ihm war es zu verdanken, dass in Cádiz von den ursprünglich 280 Söldnern und Mannschaften, die er nicht auf seine Seite ziehen konnte, weit mehr als 200 nach und nach abmusterten und nur 63 an Bord blieben, die ihm, Bertin, ergeben waren.

Unbeirrt hielten Béthencourt und Gadifer an ihren Plänen fest, warben neue Leute an und stachen nach Bewältigung all dieser Schwierigkeiten in See.

»Glückselig« nach den Kanaren

Auf See,
Mittwoch, 7. Juni 1402

Es dauerte Tage, bis Cádiz und alle bösen Erinnerungen an diesen Aufenthalt endlich hinter dem Horizont verschwanden. Flauten und leichte Winde hatten die béthencourtsche Flotte an der afrikanischen Küste nur sachte voran nach Westen driften lassen. Windstille, Hitze und ein bleiernes Meer ließen die Stimmung an Bord sinken, lähmten auch die Gedanken an das Kommende.

Schoke verfiel ins Grübeln.

Er achtete kaum auf Isabel, die neben ihm saß. »Was habt Ihr, alter Mann? Seht auch einmal mich an!«, sagte sie. Aber Schoke war ganz in sich gekehrt und blieb unerreichbar für sie.

Die mühevoll weggesperrte Vergangenheit brach sich jäh Bahn und verdrängte jeden anderen Gedanken. Wie mochte es daheim gehen, wie stand es um die Verwandten, die geliebte Frau, die Kinder, den Bruder? Ob sie sich vorstellen konnten, welche Herausforderungen er zu bestehen haben würde?

Die Tage der Gefangenschaft, der Bedrohung seines Lebens – all das erschien ihm in diesen Stunden endloser Grübelei weniger beängstigend als sein eigenes Inneres. Dabei wollte er Colin, Isabel und ihrem Bruder Fernando doch nur ein väterlicher Freund sein. Dass er aber für Isabel mehr empfand als ein väterliches Gefallen, durfte er sich unter keinen Umständen eingestehen.

Er schloss die Augen und schaute auf seine Seele, sah ihren Zwiespalt gleich einem riesigen Tor sich langsam auftun über schwarzen Gründen, aus denen giftfarben blühende Schlingpflanzen zu ihm heraufwucherten. Es öffneten sich die Blütenkelche und wurden zu aufgerissenen Mäulern wilder Gesellen, die ihn bedrohten. Grauenvolle Köpfe, aus Schwären blutend und eiternd, stiegen auf und sanken nieder. Nur einer kam ihm so nahe, dass er ihn zu erkennen glaubte, und er schrie: »Ich weiß, dass du's bist! Geh zurück in dein Reich und bleib bei den Toten!«

Isabel schüttelte ihn bei den Schultern: »Hört auf damit! Mit wem streitet Ihr?«

Unwirsch wehrte er ab und nahm ihre Traurigkeit darüber gar nicht mehr wahr.

An jedem Abend quälten ihn die Zweifel aufs Neue. War er auf dem richtigen Wege? Da war kein Rat, wie er sich aus dem Zwiespalt befreien konnte, in den er sich selbst gebracht hatte. Immer wieder kam Trotz dagegen in ihm auf. O ja! Er war bereit, den Strich nun endgültig zu ziehen, die neue Aufgabe anzunehmen und zum Trost für all das, was er hinter sich lassen musste, auf den Inseln der Glückseligen ein neues und frommes Leben mit den Guanchen zu beginnen.

Die Guanchen – natürlich! Es wurde Zeit, dass er sich über sie und ihr Land genauer erkundigte, anstatt in lähmenden Selbstzweifeln zu versinken. Also besuchte er den Alten in seiner Kapitänskajüte. Er traf ihn in lebhaftem Gespräch mit den beiden Klerikern Jean Le Verrier und Pierre Boutier.

»Die Namen der Kanarischen Inseln sind doch längst bekannt!«, bekräftigte Jean Le Verrier und weckte damit Fragen bei Pierre Boutier.

»Wirklich aller Inseln?«, zweifelte er und fuhr fort: »Wie weit haben wir eigentlich Kenntnis von anderen Ortsnamen, von den Wohnorten der Guanchen?«

»Schon heute kennen wir die Namen von wenigstens zwei oder drei Ortschaften auf jeder der Inseln, so dass Ihr, verehrter Baron, wohl um das Vergnügen gebracht werdet, die Namen ein zweites Mal zu erfinden und Inseln zu taufen.«

Béthencourt reagierte lachend, wollte aber die Schlussfolgerung nicht ganz gelten lassen.

»Ein oder zwei Orte zu taufen werdet Ihr mir schon noch zugestehen müssen.«

Erst jetzt sah er Schoke in der Tür stehen. »Setzt Euch zu uns«, sprach er ihn an, »hier könnt Ihr was lernen.«

Schoke ließ sich nicht zwei Mal bitten und setzte sich auf einen Hocker.

Jean Le Verrier griff nach einem auf dem Tisch liegenden, in Leder kostbar gebundenen Buch. Der Titel war in goldenen Buchstaben aufgemalt: *De Canaria et de insulis reliquis ultra Hispaniam in Oceano noviter repertis*. Le Verrier las ihn vor und übersetzte sofort: »Über Canaria und über die übrigen jenseits von Spanien im Ozean entdeckten Inseln.« Spottend fuhr er fort: »Der Titel ist beinahe länger und informativer als alles andere, was drinnen steht.«

»Nun macht mir das wertvolle Buch nicht schlecht!«, mahnte Béthencourt. »Es ist die Abschrift von einem Original aus der Feder des Giovanni Boccaccio, verfasst vor sechzig Jahren. Boccaccio beschreibt darin kurz und knapp eine Reise der genovesischen Seefahrer Nicoloso da Recco und Angelino di Tegghia nach den Kanarischen Inseln im Auftrage der portugiesischen Krone. Die Abschrift verdanke ich übrigens Seiner Majestät König Enrique III. von Kastilien. Er hat mich außerdem mit einer wunderbaren Karte ausgestattet.«

Béthencourt zog aus einem Fach unterhalb der Balkendecke eine Rolle hervor und entrollte ein großes Kartenblatt mit Darstellung der westafrikanischen Küste und den Kanarischen Inseln davor.

»Auch dieses Blatt stellt eine Kopie dar, einer Seekarte aus dem Jahre 1375.«

»Mein Gott«, staunte Schoke, »ich sehe Graciosa, Lanzarote, Fuerteventura und Gomera. Und alle diese Inseln sollen wir mit unseren wenigen Leuten erobern?«

»Ich würde nicht ›erobern‹, sondern eher ›gewinnen‹ sagen«, korrigierte Béthencourt. »Gewinnen für den christlichen Glauben. Wir haben ihnen viel zu geben – auch unseren Schutz gegen Seeräuber und Sklavenhändler.«

Schoke hörte das gern. Was da geplant wurde, konnte er mit seinem Gewissen vereinbaren. Schnell verflogen die jüngsten Zweifel. Die trübsinnigen Selbstanklagen hatten ein Ende.

Endlich zeigte auch der Himmel ein Erbarmen. Wind kam auf und brachte sie in wenigen Tagen hin zu den Inseln der Glückseligen.

Die erste, klein und unbewohnt, kam am fünften Tag in Sicht. Béthencourt war wie verwandelt. In seine meist reglose Miene war Bewegung gekommen. Die Augen leuchteten, wie man es noch nie an ihm gesehen hatte. Und er gab sich leutselig: »Ein winziges Eiland nur, nicht wahr, Schoke? La Graciosa, ich nenne dich bei deinem Namen, weil du so zierlich und anmutig bist«, grüßte er sie betont feierlich und schrieb dabei mit dem Handschuh an seiner Rechten ein Kreuz in den Himmel, als sei er just in diesem Augenblick berufen worden, einem unschuldigen Stück Land Segen zu spenden.

Mit dem letzten Windhauch des Abends glitten die schwarzen Schiffe an der Leeseite des frisch getauften Eilandes entlang. Schon sahen sie die nächste größere Insel, riesig im Vergleich mit der Graciosa. Und wo beide Inseln sich am nächsten gegenüberlagen, öffnete sich an der Küste der Graciosa eine schützende Ankerbucht mit schönem Sandstrand, auf dem man gut mit den Beibooten landen konnte. Sie waren am Ziel.

Willkommen auf Lanzarote

Graciosa,
Donnerstag, 22. Juni 1402

Am nächsten Morgen ließ Béthencourt zwei der mitgeführten Versetzboote aufklaren und zusätzlich mit Segeln ausrüsten. Er suchte sich eine kleine Gruppe handfester Leute zusammen, die ihn auf einer Erkundung ins Innere der gegenüberliegenden Hauptinsel begleiten sollten. Dazu kamen als Dolmetscher Isabel und Fernando, die man vor Jahren auf den Inseln der Glückseligen gefangen genommen und als Sklaven nach Sevilla verschleppt hatte. Ausdrücklich wurde Schoke gebeten, sich an diesem Tagesausflug zu beteiligen.

Voller Tatendrang erklärte Béthencourt ihm den Weg: »Die Fahrt auf die andere Seite hinüber beträgt nicht einmal eine Meile. Es hat aber keinen Sinn, dort gleich an Land zu gehen. Seht Ihr die steilen Abhänge hinter dem Strand aufsteigen? Eine einzige unüberwindliche Barriere! Also segeln wir hinüber und lassen uns dann am Strand entlang mit dem sanften Tidenstrom nach Backbord bis zum nächsten Kap – linker Hand vor uns – treiben. Dahinter liegt ein kleiner Naturhafen. Von dort aus führt ein Tal in die Berge hinein, wie mir die Dolmetscher berichtet haben. Ziel dieses ersten Vorstoßes sollte es sein, den Guanchen zu begegnen.«

Der Alte hatte recht daran getan, Isabel und Fernando zu trauen. Der Zugang zur Insel über den angesteuerten Naturhafen hatte etwas Einladendes, Lockendes. Es war leicht, den in die Berge führenden Pfad zu finden.

Welch eine Vegetation! Wiesenflächen, wunderlich verwachsene Bäume und dichtes Gebüsch wechselten einander ab.

Nur eines gefiel ihnen nicht: die Stille. Wann endlich würden sie auf die ersten Guanchen treffen? Würde ein Tag überhaupt ausreichen, um es zu einer Begegnung kommen zu lassen?

Obwohl sie niemand sahen, hatten sie das Gefühl, auf Schritt und Tritt beobachtet zu werden. Ihnen war unheimlich zumute. Sie zogen bis zum Anbruch der Nacht auf der Insel umher. Auch Isabel und Fernando wussten sich nicht zu erklären, warum die Guanchen ausblieben.

Unverrichteter Dinge kehrten sie schließlich wieder um, stiegen in ihre Boote und ließen sich zum Liegeplatz ihrer Holken in der Ankerbucht bei der Insel La Graciosa zurückrudern.

Es war verabredet, dass nun Gadifer de La Salle, Béthencourts verlässlicher Freund und Vertreter, gefordert war, den nächsten Versuch zu unternehmen. Am gleichen Abend noch erzählte Béthencourt ihm von den merkwürdigen Eindrücken des ersten Tages, wie man sich ständig beobachtet gefühlt, aber doch nie einen der Eingeborenen zu Gesicht bekommen habe.

Gadifer suchte ihn zu beruhigen: »Bertin de Berneval wird mich begleiten. Seine Erfahrungen im Umgang mit Eingeborenen in anderen Weltgegenden wird uns zustattenkommen.«

»Ausgerechnet Bertin?«

»Warum fragst du? Hältst du ihn nicht für geeignet? Ich merke schon, du magst ihn nicht.«

»Nun – das will ich nicht sagen«, brummte der Alte, »aber ich würde dir außerdem noch den Schoke als Begleiter empfehlen. Ein guter Mann, umsichtig und zuverlässig.«

»Einverstanden. Ich schätze ihn auch«, pflichtete ihm Gadifer bei.

In aller Herrgottsfrühe brachen sie mit sechs Booten auf, diesmal beladen mit Proviant und Wasser für einen Zeitraum von mehreren Tagen. Bei der Abfahrt versicherte Gadifer noch einmal, sie wollten nicht zurückkehren, bevor man auf die Guanchen gestoßen sei. Als sie den kleinen Hafen erreicht hatten, sah Schoke sich etwas gründlicher an Land um. Undenkbar, dass die Guanchen die Vorteile eines so günstigen Landeplatzes nicht auch längst für sich entdeckt und für die Fischerei und den Besuch der benachbarten Inseln genutzt hatten.

Er fand schnell, wonach er suchte: Hinter Gras und Binsen entdeckte er mehrere durchaus für die Seefahrt geeignete, mit Zweigen sorgfältig getarnte Ruderboote.

Er zeigte Gadifer das Versteck, der seine Überraschung nicht verbergen konnte: »Die verstecken sich vor uns!«

»Wir müssen ihnen irgendwie zu verstehen geben, dass wir in friedlicher Absicht kommen«, riet Schoke.

»Aber wie nur?«, dachte Gadifer laut.

Und Schoke hakte sofort ein: »Indem wir die Bogenschützen und alle Waffenträger auf unseren Booten zurücklassen.«

Jetzt mischte sich Bertin ein: »Im Gegenteil! Wir sollten sie dafür bestrafen, dass sie ihre Boote vor uns versteckt halten, indem wir sie verbrennen. Dann sollten wir ihnen in voller Rüstung mit allen verfügbaren Männern nachsetzen, damit sie wissen, wer hier künftig Herr im Hause ist. Was würden sie denken, wenn wir ohne Waffen kämen, wie Schoke vorschlägt? Sie würden meinen, sie hätten leichtes Spiel mit uns, und würden uns überfallen.«

Schoke widersprach ihm: »Das werden sie nicht riskieren,

weil sie die Rache nicht nur der von uns im Hafen zurückgelassenen, sondern auch der auf unseren Holken vermuteten Söldner fürchten müssten.«

»Recht hat er, der Hamburger«, bekräftigte Gadifer und fügte noch hinzu: »Genau so soll es geschehen!«

Bertin schäumte.

Absichtlich laut und lärmend zogen sich die Söldner auf die Boote zurück, während Gadifer, die Hauptleute und die Proviantträger landeinwärts aufbrachen. Schoke hielt die Augen weiterhin offen. Bald befand er sich am Anfang des Zuges, bald in der Mitte oder an dessen Ende, immer auf der Suche nach weiteren Spuren menschlicher Betätigung.

»Hab's doch geahnt!«, ließ er sich plötzlich hören. »Schaut hier hinter den Büschen – und nur ein paar Schritte vom Weg entfernt: Das sind doch bearbeitete Felder, wenn ich recht sehe! Dann sind die Guanchen auch nicht mehr weit.«

Es sollten aber noch mehrere Tage vergehen, bevor sie die Eingeborenen völlig überraschend auf einer Lichtung antrafen. Eine Gruppe von sieben Männern schien sich nach eingehender Beobachtung der Eindringlinge auf deren Besuch sorgfältig eingestellt zu haben. Sie waren von der Sonne tief gebräunt, trugen knielange Kittel aus gegerbtem Ziegenleder und hatten sich, wohl je nach ihrem Rang, mit Ketten aus Muscheln und Tierknöchelchen geschmückt. Gegen die Sonne schützten sie sich mit Mützen aus Palmblättern, unter denen das dunkle, strähnige Haar über die Schultern fiel. Mit Genugtuung vermerkte Schoke, dass keiner von ihnen bewaffnet war – offenkundig eine Reaktion auf den Waffenverzicht der Ankömmlinge. Stattdessen hielten sie Körbe bereit, gefüllt mit Feigen und Datteln, Bohnen und Farnwurzeln, die sie Gadifer und seinen Leuten – ein Zeichen ihrer friedlichen Absichten – zum Geschenk machten.

Gadifer sah den rechten Zeitpunkt gekommen, um Isabel als Dolmetscherin vorzuschicken.

Schoke beobachtete gespannt, wie sie ihre Sache machen würde. Er begriff, dass sie zunächst von sich selber und ihrer von den Korsaren erschlagenen Familie erzählte und danach die Gruppe um Gadifer vorstellte. Aus den Gesichtern der Guanchen ließen sich Rührung und Mitgefühl für das Schicksal ihrer Schwester ablesen, aber auch letztlich Erleichterung darüber, dass sie es heute bei Gadifer so gut habe.

In das Zutrauen, welches die Guanchen nach und nach für Isabel entwickelten, fand sich schnell die ganze Gruppe einbezogen. Nach Austausch gegenseitiger Gunstbezeugungen wurde ein weiteres Treffen verabredet, an welchem das Oberhaupt der Guanchen, Herrscher Guadarfía, und Jean de Béthencourt als Vertreter König Enriques III. von Kastilien teilnehmen sollten.

Jean staunte nicht schlecht, als er noch am gleichen Abend von seinem hohen Standort aus auf dem Vorderkastell des Flaggschiffs die Boote mit den singenden und winkenden Teilnehmern der Erkundung zurückkehren sah.

Nur einer schien die Freude der Übrigen nicht zu teilen. Jean hörte jemanden böse fauchen, als sie gerade aus den Booten auf die Jakobsleitern stiegen: »Wir sprechen uns noch, Schoke! Von dir lasse ich mir nicht ein zweites Mal in die Suppe spucken.«

Es war Bertin de Berneval, der auf eine ganz andere Behandlung der Guanchen gehofft hatte.

Sein Gesicht war weiß vor Wut, als Jean de Béthencourt am nächsten Tag aufbrach, um den Herrscher der Guanchen zu treffen. Da segelten sie nun mit vier Booten davon, um den Herrscher der Guanchen um friedliche Aufnahme zu bitten. Und ihn, Bertin de Berneval, hatte man mit seinen Leuten als Ankerwache und zum Schutz der Holken auf Graciosa zurückgelassen. Dabei durfte es nicht bleiben. Er nahm sich vor, den Booten zu folgen, sobald sie außer Sichtweite wären.

Mit dem bisherigen Verlauf des Unternehmens war er überhaupt nicht einverstanden. Das hatte er sich ganz anders vorgestellt, als Gadifer ihn für die Reise nach den Kanaren angeworben hatte. Hier gab es doch gar nichts zu holen, das man zu Geld hätte machen können. Es sei denn, man finge alle Eingeborenen ein und verkaufte sie in Sevilla auf dem Sklavenmarkt! Aber darüber war weder mit Béthencourt noch mit Gadifer vernünftig zu reden. Es hätte doch nur einer winzigen Provokation bedurft, um schon die ersten Begegnungen mit den Guanchen in kriegerische Auseinandersetzungen umschlagen zu lassen und diese Wilden in einer Strafaktion gefangen zu nehmen. Aber da war ihm dieser Kerl aus Hamburg, der nur noch Augen für das Guanchenmädchen hatte, in die Quere gekommen. Bertin ballte die Fäuste. Bei nächster Gelegenheit wollte er es ihm schon heimzahlen.

Zu Gast beim Herrscher der Guanchen

Lanzarote,
Dienstag, 27. Juni 1402

Zwei Abgesandte des Guanchenherrschers hatten den Tross Béthencourts in dem kleinen Fischerhafen an der Ostseite der Insel, der, wie sie ihrer Karte entnehmen konnten, Arrecife hieß, begrüßt und gingen ihnen jetzt voran. Schon seit Stunden wanderten sie durch ein langes Tal in nördlicher Richtung. Längst war das Meer ihren Blicken entschwunden. Während der größten Mittagshitze hatten sie in der Nähe eines Brunnens unter Olivenbäumen gerastet. Colin war eifrig um Isabel und Nikolaus bemüht gewesen und mehrmals zum Brunnen gelaufen, um aus der Tiefe das kühlste Wasser zu ihrer Erfrischung zu schöpfen.

Ausreichend gestärkt, hatten sie sich wieder aufgemacht und erreichten noch vor der Vesperzeit eine beachtliche Siedlung, von den Guanchen der ungewöhnlichen Ausmaße wegen Großdorf genannt. Sie durchquerten es und bestaunten die schönen Häuser aus Holz und aus Stein.

Nun sei es nicht mehr weit bis zur Residenz des Herrschers, versicherten ihnen ihre Begleiter. Und in der Tat, es waren nur noch wenige Schritte, und sie befanden sich vor Zonzamas, einer großen, von Bäumen umstandenen Gruppe von Hütten. Hier also residierte ihr Gastgeber, der Guanchenherrscher Guadarfía.

Ihnen blieb nicht viel Zeit, sich gründlich umzusehen, denn sofort erschienen Mitglieder der königlichen Leibgarde vor dem Tor, um sie hereinzuführen.

In diesem Augenblick trat völlig unerwartet Bertin de Berneval mit zwei seiner Genossen aus dem Schatten des an den Palast grenzenden Gehölzes hervor, um sich der Gruppe um Béthencourt einfach anzuschließen, ohne – wegen der Anwesenheit der Guanchen – Vorwürfe befürchten zu müssen.

Béthencourt schmeckte die Überrumpelung gar nicht, doch Gadifer de La Salle machte gute Miene zum bösen Spiel.

Was mochte Bertin wieder im Schilde führen? Schoke war auf alles gefasst.

Die Delegation wurde in einen Innenhof geführt, dessen Wände von oben bis unten von Kletterpflanzen überwuchert waren. Das Dach darüber sprang rundum etwa fünf Fuß nach innen vor und sorgte so für Schatten auch bei größter Tageshitze. Angenehme Kühle wurde außerdem von Vorrichtungen verbreitet, wie die mit Béthencourt eingetroffenen Fremden sie noch nie gesehen hatten. In den Ecken des Innenhofes hatte man Kugeln aus Basaltlava mit Durchmessern von etwa eineinhalb Fuß aufgestellt, über die tropfenweise das hierher geleitete Zisternenwasser rann. Weil es auf der Oberfläche der Kugeln verdunstete, entstand eine gewisse Abkühlung. Unterhalb der Kugeln wurde das übrige kostbare Nass in Trichtern wieder aufgefangen und einer nächsten Verwendung im Haushalt des Palasts zugeführt.

Die Begrüßung geriet zu einem feierlichen Zeremoniell.

Béthencourt ließ sich zum ersten Mal als *Señor* ansprechen, ohne schon jetzt den Anspruch eines Gouverneurs über die Gesamtheit der Kanarischen Inseln auszudrücken.

Der Guanchenherrscher nahm auf seinem Thron an einer Langseite des Innenhofes Platz, rechts und links flankiert von je neun adligen Mitgliedern seines Kronrates. Ihm gegenüber saßen auf Ehrenplätzen der Señor Béthencourt und Gadifer.

Erfrischungen wurden gereicht. Überhaupt war zu bemerken, dass die Gastgeber in jeder Weise für das leibliche Wohl Sorge trugen.

Aber auch die Verhandlungen über die Anliegen der Gäste wurden freundlich aufgenommen. Weil der Herrscher sich kaum imstande sah, zusammen mit nur dreihundert waffenfähigen Männern die Insel gegen äußere Feinde zu verteidigen, begrüßte er sogar eine längerfristig andauernde Anwesenheit so freundlicher Gäste.

Die versprachen, sie vor allem gegen Überfälle von Korsaren zu schützen, und sicherten weitere Hilfen des über ihnen stehenden kastilischen Königs zu. Die anwesenden Geistlichen erklärten ihnen die Vorzüge der christlichen Religion in milden Farben und stellten ihnen vor Augen, dass alle im Namen Jesu Getauften fortan die besondere Protektion der allmächtigen Mutter Kirche in Anspruch nehmen dürften. Señor Béthencourt glaubte fest an seine christliche Mission. Man sah es seinen leuchtenden Augen an.

Zur Verblüffung aller Anwesenden drängte sich Bertin de Berneval in den Vordergrund und erkundigte sich in schroffem Ton nach einer Festung aus älterer Zeit, ehedem gegründet von einem gewissen Lancelotto Malocello. Béthencourt, der einige Tage zuvor von einer solchen Anlage geredet hatte, war sprachlos und saß mit versteinerter Miene daneben.

Ein Sprecher des Königs erklärte zögernd, es handele sich um die Ruine oberhalb des Großdorfes am Rande des Guanapay-Vulkans.

»Wunderbar!«, gab sich Bertin begeistert. »Dann können wir die Festung ja leicht wiederherrichten und dann dort oben residieren.«

Was Isabel übersetzt hatte, löste bei den Guanchen offenkundig empörtes Raunen aus. Unmut zeichnete sich in ihren Gesichtern ab.

Der Herrscher sagte leise, aber sehr bestimmt: »Wir haben schlechte Erfahrungen mit Leuten, die oberhalb unserer Häuser sitzen und uns beherrschen wollen.«

Überlegen lächelnd griff Gadifer ein, indem er für Klarheit sorgte: »Eben das wollen wir nicht, Eure Hoheit. Ich bitte darum, die zuvor ausgesprochene Idee als persönlichen Beitrag unseres Freundes Bertin zu bewerten, den die Leitung unserer Expedition nie erwogen hat und auch nicht für erwägenswert hält.«

Bertin traf diese Bemerkung wie ein Schlag, der alle seine Pläne wieder einmal zunichtezumachen drohte. Seine Lider verengten sich, und seine Lippen wurden schmaler. Von nun an hatte auch Gadifer seinen Hass zu fürchten.

Nach der Übersetzung von Gadifers Worten verschwand die Missstimmung schneller, als sie aufgekommen war. Der Guanchenherrscher schlug einen weit günstigeren Platz für die Ansiedlung der Fremden ganz im Süden der Insel vor, dessen Lage sich durch die Nähe eines geschützten Ankerplatzes für tiefgehende Schiffe auszeichnen würde.

Die Würfel fallen

Lanzarote,
Freitag, 30. Juni 1402

Schon am dritten Tage nach dem Besuch beim Herrscher in Zonzamas lichtete die béthencourtsche Flotte in der Bucht von Graciosa die Anker und verholte sich an die Südküste Lanzarotes. Dort reichten die Buchten tief ins Land. Sie umrundeten die Spitze eines Kaps und lagen bald in ruhigem Wasser.

Ein breiter, heller Sandstrand säumte die vor ihnen liegende Bucht und lud sie ein, mit ihren Booten hinüberzufahren. In der Mitte der Bucht wich der Strand trichterartig zurück, als läge dort die Mündung eines alten, inzwischen ausgetrockneten Flusses.

Dort landeten sie und liefen am linken Ufer des alten Flussbettes ein Stück weit landeinwärts. Rechts stieg das Ufer an und bildete einen Geländesporn, besetzt mit den zahlreichen Hütten eines Dorfes. Unterhalb des Dorfes in Richtung des Flussbettes entdeckten sie solide, aus Steinen aufgesetzte, gut gefüllte Brunnen.

Als Letzter folgte dem Zug der Señor Béthencourt. Ehe er das ausgetrocknete Flussbett durchquerte, hob er die Linke und grüßte zum anderen Ufer hinüber. Als ob er den unsichtbaren Fluss feierlich anspräche, rief er aus: »Rubikon sollst du heißen wie jener Fluss, den Gajus Julius Cäsar überschritt, als er aus Gallien zurückkehrend trotz aller Warnungen des römischen Senats mit seinem Heer die Grenze Italiens in Richtung Rom passierte! Das große Wagnis, die Guanchen zu christianisieren, beginnt hier. Nicht auszudenken, wenn wir diesen Kampf verlören! Aber es gibt kein Zurück. ›*Alea iacta est*‹, rief Cäsar damals. Und auch für uns heute gilt: Die Würfel sind gefallen.«

Was da vor sich ging, schien die Ureinwohner nicht im Geringsten zu interessieren. Im Dorf oberhalb des Flusses herrschte weiterhin Stille. Kein Mensch zeigte sich. Als sie hinaufgingen und nachsahen, fanden sie fast alle Hütten leer.

Offenkundig hatten die Einwohner, als sie die drei schwarzen Holken kommen sahen, die Flucht ergriffen. Als ob sie geahnt hätten, welch grausames Schicksal ihnen noch bevorstand! Nur ihre Kranken und bettlägerigen Alten hatten sie zurückgelassen.

Sie sollten es bald genauer wissen. Obwohl Bertin de Berneval in den letzten Tagen ein ziemlich befremdliches Verhalten an den Tag gelegt hatte, übertrug ihm Gadifer, vielleicht ein altes Versprechen einlösend, vor versammelter Mannschaft eine Aufgabe, mit der er nicht hätte betraut werden dürfen. Schoke traute seinen Ohren nicht, und Isabels Gesicht wurde weiß wie ein Tuch, als sie es hörten. Gadifer hatte ausgerechnet Bertin de Berneval dazu ausersehen, den Aufbau ihres Stützpunktes zu leiten, und ihn mit ziemlich weitgehenden Befugnissen ausgestattet. Nikolaus Schoke, der Hamburger Ratsherr, sollte ihm zur Seite stehen, was dieser allerdings nur mit äußerstem Widerwillen zur Kenntnis nahm.

De La Salle und der Señor überließen Bertin schon deswegen den Befehl über den Stützpunkt, um selbst von der Verpflichtung frei zu sein, das Erreichte zu verwalten und auszubauen. Sie wollten sich neuen Aufgaben widmen. Die lagen vor aller Augen: Im Süden sah man weitere Inseln, die zu gewinnen und zu christianisieren waren, die kleine Insel Lobos und dahinter die große Fuerteventura.

Dorthin schifften sie sich im festen Glauben ein, den Aufbau des Stützpunktes Rubikon zu treuen Händen übergeben zu haben. Zu ihrer Begleitung gehörten Colin, der unentbehrliche Steuermann, und Isabel als Dolmetscherin.

Schoke musste sich fügen. Wieder würde er von Isabel getrennt sein. Inständig beschwor er Colin, sie nicht aus den Augen zu lassen und gegen jede erdenkliche Gefahr zu schützen.

Auf eine entscheidende Frage gab es keine Antwort: Wie sollte Bertin in der Zwischenzeit den Aufbau des Ortes Rubikon ohne die Unterstützung der Guanchen beginnen? Wohl hatte deren Herrscher zugesagt, Arbeitskräfte in ausreichender Zahl zur Verfügung zu stellen. Die Leute aber waren geflohen. Was nun?

Bertin – der wusste sich zu helfen, wenn er nur freie Hand hatte. Ihm war klar, die Späher der Entflohenen würden jeden seiner Schritte genau überwachen. Darum ließ er so auffällig wie irgend machbar die zurückgelassenen bettlägerigen und gebrechlichen Dorfbewohner aus ihren Hütten herausholen und setzte sie mitten auf dem Dorfplatz der glutheißen Mittagssonne aus. Dann zwang er Isabels Bruder Fernando, vom Dorfplatz aus eine erste Anordnung bekannt zu machen und sie so laut herauszuschreien, wie das seiner Stimme möglich war. Das ganze Tal sollte die Schandtat vernehmen können.

Er drohte den Kranken und Alten an, sie tagsüber so lange in der Sonne schmoren und nachts frieren zu lassen, bis ihre Angehörigen sie wieder in die Hütten zurücktragen würden. Mehr Grausamkeit war gar nicht notwendig. Es dauerte in der Tat nicht lang, bis die Dorfbewohner zurück waren. Bertin überkam sie wie eine Seuche, die sie gemeinsam durchstehen mussten.

Er ordnete zunächst den Bau einer Festungsmauer an. Sie sollte das ganze Dorf umfassen. Kaum dass sie stand, befahl er, die Hütten der Guanchen niederzureißen und durch Gemeinschaftsunterkünfte für die Männer vor der Mauer und für die Frauen innerhalb der Mauer zu ersetzen. Die Trennung würde weiteren Fluchtversuchen vorbeugen, wie er hoffte. Innerhalb des Mauerringes war vorgesehen, Häuser aus Stein für die neuen Herren zu errichten, die einen solchen Schutz brauchen würden. Die Einheimischen wurden durch Prügel gezwungen, bis zur Erschöpfung zu arbeiten. Bertin behandelte sie so, als seien sie bereits Sklaven. Endlich hatte er die Guanchen da, wo er sie von Anfang an hatte sehen wollen!

Für Schoke hatte er sich eine besondere Form der Erniedrigung ausgedacht. Er beorderte ihn zu sich auf den Dorfplatz, wo gerade für ein Gebäude in der Mitte Gräben für die Grundmauern ausgehoben wurden.

Beinahe freundschaftlich sprach Bertin ihn an: »Hier wird einmal die Taufkirche stehen. Sobald der Befestigungsring geschlossen ist, werden wir den Bau beschleunigen.«

»Damit habt Ihr nichts zu tun!«, hielt ihm Schoke entgegen. »Um den Entwurf und den Bau der Kirche werde ich mich kümmern – und zwar ohne Eure Hilfe. Wie ich sehe, wollt Ihr Euch mit einem dürftigen Kirchlein begnügen, das unserer Mission nicht gerecht wird.«

»Dabei wird es auch bleiben!«, erwiderte Bertin mit ironischer Schärfe. »Wie Ihr wisst, habe ich hier das Sagen. Haltet Euch also zurück, bis Ihr gefragt werdet!«

Mit ohnmächtiger Wut musste Schoke zusehen, dass Bertin das Vorhaben eines ehrwürdigen, großen Kirchenbauwerks, wie er es mit Béthencourt besprochen hatte, hintertrieb.

»Ich werde mich mit dem ›dürftigen Kirchlein‹ beeilen«, ergänzte Bertin schadenfroh. »Denn erst wenn wir die Guanchen getauft haben, können wir ihnen erklären, was sie alles auf Erden leisten müssen, bevor ihnen die Seligkeit zuteil wird. Mit unseren Geistlichen habe ich schon gesprochen. Von denen weiß ich, dass Ihr noch immer ein paar Reliquien mit Euch herumschleppt, die Euch nicht gehören und die doch wunderbar in solch eine Taufkapelle hineinpassen. Die Menschen glauben ja fest an ihre Wirkung. Hütet sie mir gut!«

Bertin lachte bösartig. »Ich denke, Ihr werdet uns die wertvollen Knochen, wenn es so weit ist, aushändigen, damit wir sie in den Altar einschließen. Besser könnt Ihr gar nicht zeigen, wie sehr Euch unsere Missionsaufgabe am Herzen liegt.«

Schoke wurde übel. Die großherzige Stiftung einer Kathedrale, die der Bedeutung der Reliquien angemessen gewesen wäre, wollte Bertin zunichtemachen. Mutlos sagte sich Schoke, dass seine »Erleuchtung« doch wohl eher eine Einbildung gewesen war. Den Beistand des Himmels hatte er nicht erfahren, er brauchte ihn aber wie selten zuvor.

Je mehr er über seine Lage nachdachte, desto klarer wurde ihm bewusst: Wären ihm die Reliquien erst einmal genommen und damit sein Auftrag gescheitert, gäbe es für ihn keinen Weg mehr zurück. Wäre das eine annehmbare Voraussetzung für ein Leben mit Isabel?

Mit dem Mut der Verzweiflung widersprach er Bertin: »Die Reliquien des heiligen Vincentius wären verschwendet, würden sie dazu dienen, der Versklavung der Guanchen eine religiöse Weihe zu verleihen. Ihr werdet mich nicht daran hindern, sie vor einem solchen Missbrauch zu bewahren. Im Übrigen liegen sie in einem ganz und gar sicheren Versteck, das Ihr ohne meine Mithilfe nie finden würdet.«

Bertin grinste abfällig: »Hab ich mir beinahe schon gedacht, aber wie Ihr mich kennt, würde ich meine Fantasie spielen lassen und Euch ganz selbstlos auf das nachdrücklichste darüber belehren, wie unentbehrlich mir gerade Eure Mithilfe beim Auffinden der Reliquien wäre.«

Hohnlachend zog er ab und ließ Schoke einfach stehen.

Während sich das an der Südküste Lanzarotes in Rubikon abspielte, hatten Béthencourt und Gadifer dank ihres diplomatischen Geschicks auf Fuerteventura erfolgreich Fuß gefasst. Um aber das Erreichte zu sichern, brauchten sie weitere Hilfskräfte und beträchtliche Gelder, vor allem für die Einfuhr von Lebensmitteln.

Sie schöpften nicht den geringsten Verdacht, dass die Zusagen des Guanchenherrschers in der Zwischenzeit von Bertin übel ausgenutzt worden waren, als sie nach der im Bau befindlichen Festung Rubikon zurückkehrten. Bertin machte ihnen weis, die alte Dorfgemeinschaft sei aus freien Stücken fleißig für ihn tätig geworden. Und Fernando, Isabels Bruder? Er schwieg aus Angst, weil Bertin ihm immer wieder drohte.

Schoke wollte unbedingt mit Isabel über das Schicksal ihrer Landsleute in Rubikon sprechen – und wie man der bösen Lage gemeinsam entfliehen könnte. Nur ließ Isabel es gar nicht zu einem Gespräch kommen. Wenn sie einander begegneten, wurde sie rot und schaute verschämt zur Seite. Was war unterwegs vorgefallen, dass sie sich ihm so entzog? Colin müsste es wissen. Den wollte er fragen. Aber auch Colin schien eigentümlich kurz angebunden und tat Nikolaus gegenüber so, als kenne man sich nur flüchtig. Schließlich ließ es sich nicht mehr verbergen: Colin, der Isabel nur hätte beschützen sollen, dieser Colin war über die Beschützerrolle weit hinausgewachsen. Er war ihr Liebhaber geworden.

Mit allem hätte Nikolaus gerechnet, nur nicht mit einer solchen Verwandlung des jungen Engländers. Die beiden Liebenden nutzten jede Gelegenheit, um beieinander zu sein. Was um sie herum geschah, schien sie nicht zu berühren.

Nikolaus musste sich eingestehen, dass er eifersüchtig war. Aber er begriff auch, dass es für gemeinsame Pläne mit Isabel zu spät war. Viel Zeit hatte er mit Unschlüssigkeit, Zweifeln und Zögern vertan.

Es wurde ihm klar, dass ihn nichts mehr an diesem Ort festhielt. Er wollte fort. Kurz entschlossen wandte er sich an Jean de Béthencourt, um ihm mitzuteilen, dass er nun doch seine ursprüngliche Mission erfüllen wolle. Er berichtete schonungslos über Bertins Verhalten gegenüber den Guanchen und die Behinderung des Kirchenprojekts durch ihn, aber der Alte hörte nicht zu.

Béthencourt hatte den Kopf voll mit ganz anderen Dingen. Er musste so bald wie möglich nach Sevilla segeln, wollte mehr Geld vom König erbitten und neue Leute anheuern. Er hatte keine Zeit, sich darum zu kümmern, wie Schoke schließlich sein Gelübde einlöste. Ihn nach Sevilla mitzunehmen, der sich doch beinahe aufgedrängt hatte, wichtige Aufgaben auf den Kanarischen Inseln zu übernehmen, passte nicht in seine Pläne. Was er, Béthencourt, brauchte, waren Meldungen über Erfolge in Rubikon, auf Lanzarote, auf Lobos und Fuerteventura.

An wen sich Schoke auch wandte, niemand schien sich für seine Sorgen zu interessieren. Er durchlebte eine schlimme einsame Zeit. Aus Tagen wurden Wochen, und die Wochen wurden schließlich zu Monaten.

Ausgesetzt auf Lobos

Lanzarote,
Freitag, 29. September 1402

Gadifer zeigte ebenso wenig Verständnis für Schokes Sinneswandlung. Warum sollte er auch auf Empfindlichkeiten anderer reagieren, die ihn eigentlich nichts angingen? Er, ein leidenschaftlicher Jäger, hatte gerade in Erfahrung gebracht, dass die Insel Lobos ein wahrer Tummelplatz für Seehunde war. Das war schon eher der Rede wert!

Bei nächster Gelegenheit wollte er nach Lobos hinüberfahren. Schoke bot sich an, ihn dorthin zu begleiten, um eine Weile nicht das Glück Colins und Isabels mit ansehen und außerdem Bertins Rücksichtslosigkeiten ertragen zu müssen.

Es ergab sich, dass in jenen Tagen nach erfolgreichen Erkundungen auf Fuerteventura dort eine erste Missionskampagne durchgeführt werden sollte. Weil kein anderer mehr in Frage kam, der eine solche Aktion hätte leiten sollen, bot Bertin de Berneval sich an. Für ein Unternehmen dieser Art würde er eine der großen Holken benötigen und zwei Galeoten nebenhersegeln lassen, um beweglicher zu sein. Gadifer wollte die Gelegenheit wahrnehmen, um auf Jagd zu gehen. So wurde geplant, eine kleine Jagdgesellschaft, bestehend aus Gadifer, dem Benediktinermönch Pierre Boutier und Schoke, bei der Fahrt nach Fuerteventura mitzunehmen und auf der nur drei Seemeilen entfernten Robbeninsel Lobos abzusetzen, versorgt mit Lebensmitteln und Wasser. Nach drei Tagen würden sie auf dem Rückweg wieder abgeholt.

Bertin trug die Verantwortung für die Organisation, und Robin Brument, Colins Bruder, steuerte die Holk.

Sobald die kurze Strecke zwischen den Inseln hinter ihnen lag und sie in einer geeigneten Bucht von Lobos Anker geworfen hatten, wurde von der Holk ein Beiboot heruntergelassen, und Colin ruderte die Herrschaften an Land. Außerdem errichtete er für sie aus altem Segeltuch ein Zelt. Bevor er wieder zur Holk zurückfuhr, verabredete er mit Gadifer, wann er sie wieder abholen würde.

Schoke, wie immer grundsätzlich misstrauisch gegenüber allem, was von Bertin ausging, beobachtete, dass die Holk, vermutlich von Robin bewacht, in der Bucht liegen blieb und Bertin mit den übrigen Leuten auf die zwei Galeoten umstieg und in Richtung Fuerteventura absegelte. Denn auch ihm, Bertin de Berneval, stand der Sinn nach einer Jagd. Nur nicht auf Robben! Den Missionsgedanken hatte er nur vorgeschoben. Zusammen mit den ihm treu ergebenen Männern veranstaltete er auf Fuerteventura eine Treibjagd auf die Einheimischen, bis er vierzig arbeitsfähige Männer zusammenhatte. Die brachten sie am dritten Tag auf den überfüllten Galeoten zu der bei Lobos ankernden Holk und schafften sie unter Deck. Man hörte die Wutschreie und das Wehklagen der verschleppten Guanchen bis an Land.

Schoke hatte Gadifer sofort an den Strand geholt, um ihm einen Beweis für die schrecklichen Menschentransporte zu geben. Zorn und Entsetzen packten den Mann, als er nun mit ansehen musste, wie das so friedlich begonnene Missionswerk, für das Béthencourt und er die Verantwortung trugen, in einen Sklavenhandel zu münden drohte. Wie hatte er sich in dem Mann nur so täuschen können! Eine strenge Bestrafung werde auf dem Fuße folgen, stand für Gadifer fest. Dass Bertin dies voraussehen und entsprechend handeln könnte, bedachte er nicht.

Bertin schickte den Steuermann Colin mit zwei seiner

Leute von der Holk nach Lobos herüber, aber nur, damit er Gadifer davon in Kenntnis setzte, dass nun leider gar kein Platz mehr vorhanden sei, ihn und seine Freunde wieder an Bord der Holk zu nehmen. Einzig Schokes Bitte, wenigstens den Benediktinermönch mitzunehmen, da er doch für die Mission gebraucht würde, wurde nachgegeben. Am Schluss folgte noch der zynische Rat, mit den Lebensmitteln und dem Trinkwasser, das ja ohnehin nur für drei Tage bemessen war, sorgsam umzugehen.

Colin wusste, dass die beiden kräftigen Begleiter ihn beobachten sollten. Doch er fand einen Weg, Schoke unauffällig zuzuraunen: »Mein Bruder Robin und ich, wir sind keineswegs mit dem einverstanden, was Bertin hier anrichtet. Aber er ist äußerst misstrauisch und gefährlich. Wir müssen vorsichtig sein, sonst ist es um uns geschehen. Béthencourt hat er bei dessen Abreise nach Sevilla zwei ihm hörige Gesellen mitgegeben, die dem Señor das Geld abknöpfen sollen, das er sich vom König erhofft. Gadifer und dich will er hier verenden lassen. Aber haltet durch! Es wird einige Tage dauern, bis ich in einem unbemerkten Augenblick ein Boot ergattern kann. Dann hole ich euch hier ab.«

Dann nahm er scheinbar ungerührt Abschied und segelte zur Holk zurück. Die Holk lichtete den Anker und verschwand in der Abendsonne.

»Haltet durch!« – hatte er das nicht empfohlen? Leichter gesagt als getan! Nicht einmal ein Beiboot hatte er ihnen gelassen, mit dem sie sich hätten retten können. Es ärgerte Gadifer de La Salle maßlos, dass dieser Verbrecher auch noch die Frechheit besaß, ihn daran zu hindern, sein eigenes Schiff zu betreten. Weit schlimmer aber war: Der Übeltäter hatte seinen und seiner Gefährten Tod von vornherein geplant. Auf Lobos gab es keinen Tropfen Trinkwasser.

Bertin war nun, wie er glaubte, den frommen Vorgesetzten ein für alle Mal los. Er segelte mit seiner Beute an Bord der Holk zurück nach Rubikon. Dann machte er sich daran, in aller Eile eine Reise nach Cádiz vorzubereiten. Die menschliche Ware musste bald verkauft werden. Alles, was sich irgendwie zu Geld machen ließ, wollte er auf die dritte Holk packen, um mit den beiden großen Schiffen und den Galeoten zum Schiffsmarkt in Cádiz zu segeln.

Befreiung und Flucht

Lobos,
Donnerstag, 5. Oktober 1402

Inzwischen waren den beiden auf Lobos Gefangenen die Lebensmittel und das Wasser ausgegangen. Von den getöteten Robben allein konnten sie sich nicht ernähren. Sie fingen mühsam ein paar Fische, aber Früchte an Sträuchern und Bäumen gab es nicht. Vor allem mangelte es an Trinkwasser. Sie teilten sich an jedem Morgen ein paar Schluck von dem Tau, der sich in den Nächten auf dem Zeltdach sammelte und tropfenweise eingefangen werden musste. Sie litten Durst, wurden immer matter und sahen schon ihr Ende näher rücken. Gegenüber dem Verbrecher Bertin empfanden sie nur ohnmächtige Wut, der da drüben auf Rubikon hockte, das sie auf dem Südufer Lanzarotes weniger sehen als ahnen konnten.

Da endlich! Eines Abends entdeckten sie ein einfaches Lateinersegel, das aus dem Dunst direkt auf sie zukam. Colin hatte es geschafft! Und Wort gehalten!

Es war ihm gelungen, eine der reparaturbedürftigen und deshalb unbewachten Galeoten ins Wasser zu schieben und damit zu entkommen. Er war nicht allein. Er hatte Isabel leicht überzeugen können, mit ihm zu fliehen. Nach allem, was sie durchgestanden hatten, schlossen Gadifer und Schoke ihre Retter wortlos in die Arme.

Colin schien sich aber trotz der gelungenen Flucht und des Wiedersehens nicht recht zu freuen. Als Nikolaus ihn fragte, was ihn bedrücke, bekannte er, ihm sei es nicht gelungen, sich in Schokes Wohnung in Rubikon zu schleichen, die von Wachposten umstellt war, und dessen persönliche Habe an sich zu nehmen. Die Reliquien seien nun wohl auf ewig verloren. Bertin habe das Säckchen mit den Knöchelchen gefunden, das unter dem Bett versteckt war, und seine wertvolle Beute triumphierend überall herumgezeigt.

Nikolaus lachte: »Es waren die falschen Reliquien, eben die Knöchelchen, die man Störtebeker und seinen Freunden abgenommen hatte. Ich hatte sie als Köder ausgelegt. Ich wusste, Bertin würde sich die Reliquien mit allen Mitteln verschaffen wollen. Aber was wird nun aus meinen übrigen Sachen? Und aus den echten Reliquien, die sich noch bei meinen Sachen befinden? Was wird mit mir, wenn ich sie dem Heiligen nicht mehr zurückgeben kann?« Lanzarote noch einmal betreten – Schoke war hin- und hergerissen. Bertin wartete doch nur auf ihre Rückkehr und würde diesmal nicht lange fackeln. Aber ohne die Reliquien abzureisen? Welche Aussichten! Wie auch immer – erst einmal mussten sie sich in Sicherheit bringen und Gott dafür danken, dass sie überhaupt noch am Leben waren.

Gadifer und Schoke stiegen zu Colin und Isabel ins Boot, und Colin setzte das Segel. Der Wind trieb sie aus der Bucht aufs Meer hinaus.

Lebensmittel hatte Colin nur in geringer Menge an Bord schaffen können, ohne Gefahr zu laufen, entdeckt zu werden. Wenigstens war ein Fässchen mit Wasser an Bord. Sie mussten also, um zu überleben, aber auch weil Colins Flucht sicherlich bald bemerkt werden würde, so schnell wie möglich nach Spanien entkommen.

Aber der Wind blieb flau, und so mussten vier Männer abwechselnd Wasser schöpfen und das Boot rudern, auf dessen Ruderbänken sonst zwanzig starke Ruderer saßen.

Bertin war der Diebstahl der Galeote in der Tat bald gemeldet worden, und so schickte er eine zweite mit voller

Besatzung hinterher, um Colin den Weg nach Norden abzuschneiden. Am frühen Morgen lag Colin mit den Befreiten nur eine Meile voraus. Er fluchte über die Seeleute, die sich, entgegen den zuvor getroffenen Absprachen, zu seiner Verfolgung bereitgefunden hatten. Die Angst vor Bertin musste sie dazu getrieben haben. Bertin hatte seine Ohren überall und bestrafte gnadenlos jeden, der ihm bei der Durchführung seiner Machenschaften die Gefolgschaft verweigerte.

Die Verfolger kamen näher. Colin war darauf gefasst, dass ihr Boot bald erreicht war und sie gefangen genommen würden.

Umso überraschter waren sie, als sie von drüben freudig begrüßt wurden. Zu Gadifers Rührung und Schokes größter Überraschung tauchte unter einer Ducht des Verfolgers Pierre Boutier, der Benediktiner, auf, der sich vor der Abfahrt von Rubikon dort hingekauert hatte, um von Bertin nicht entdeckt zu werden.

Das Boot kam längsseits, Körbe mit Lebensmitteln wurden herübergereicht und auch eine Schleppleine übergegeben, an der ein winziges Beiboot hing. In dem Boot lag ein Wasserfass. Wenn sie trinken wollten, brauchten sie es nur zu sich heranziehen. An Bord hätte das große Wasserfass nur gestört.

Das Wichtigste aber kam erst im letzten Augenblick geflogen: Schokes Bündel! Pierre hatte es geschafft, die Wachen vor Schokes Haus zu bestechen und seine Sachen zu bergen.

Schoke standen die Tränen in den Augen. Das Bündel hatte er längst verloren geglaubt.

Pierre rief herüber, die Reliquien des heiligen Vincentius dürften nicht auf der Insel bleiben, wenn er, Schoke, nicht mehr dort sei. Ihm allein seien sie rechtmäßig anvertraut.

Als die Flüchtenden versorgt waren und sich überschwänglich bedankt hatten, wendeten die gutherzigen Verfolger, um nach Rubikon zurückzukehren.

Nikolaus machte sich sofort daran, sein Bündel zu untersuchen, und fand alles unberührt: das Pilgergewand, die Reliquien und sogar neben der aufgesparten Heuer den ihm von Béthencourt ausgehändigten Beuteanteil und sein Reisegeld, das er aus Hamburg mitbekommen hatte. Nun würde er am Ende seine Mission doch noch zu einem Ende bringen können, sagte er ernst. Er spürte die Last auf seinen Schultern, die ihn nach Rettung der Reliquien erneut bedrückte.

Colin aber machte ihm klar, dass eine Weiterfahrt nach Lissabon mit dem undichten Boot für sie alle tödlich enden könne. Dafür habe er sie nicht gerettet. Der nächste erreichbare Hafen müsse angelaufen werden. Nur Cádiz komme in Frage. In der Tat würden ihre Kräfte auch nicht weiter reichen. Am Ende dürften sie froh sein, mit heiler Haut entkommen zu sein.

Unentwegt mussten sie Wasser schöpfen. Trotzdem kamen sie gegen das eindringende Wasser nicht an. Colin sah nur noch die Möglichkeit, den Schiffsrumpf durch Kalfatern abzudichten, und zwar vom Schiffsinneren aus. Er hatte dazu das notwendige Material, Kalfatmoos und einen Pott Holzteer sowie Handwerkszeug, eingepackt. Schoke erinnerte sich an diese Handhabung von früheren Schiffsreisen: »Wir nannten es Binnenkalfatern.«

Colin schaffte es tatsächlich, das Kalfatmoos mit ein wenig Speiseöl auf dem Knie zu fettigen Würsten auszurollen und diese mit Hammer und Kalfateisen in die undichten Nähte zwischen den Planken zu schlagen. Dann wurde Holzteer auf der kleinen, aus mehreren flachen Steinen zusammengefügten Herdstelle im Vorschiff erhitzt und sofort über die abgedichteten Nähte verstrichen. So gelang es, bis auf wenige Stellen die größten Lecks abzudichten.

Sie folgten, der Erschöpfung nahe, tagelang in einem weit von der afrikanischen Küste nach Westen ausgreifenden Bogen einer Nordwestströmung. Hier zahlten sich Colins Erfahrungen mit Wind und Wetter aus. Er lauerte geradezu auf eine Änderung der Windrichtung. Als diese endlich mit einer kräftigen Brise aus Westen eintrat, gingen sie auf Ostkurs und hielten auf Gibraltar zu. Sie ließen den Felsen an Steuerbordseite und hofften, gegen Abend Cádiz zu erreichen. Doch da die Tage kürzer wurden und das Tageslicht nicht mehr weit reichte, hielten sie auf Land zu.

Isabel machte sich nützlich, indem sie den Pott mit dem Holzteer beiseiteschob und eine Bohnensuppe zubereitete. Bald schon zog ein wunderbarer Duft durch das Schiff, der den geschickten Umgang der Guanchin mit zugesetzten Kräutern verriet.

Gerade war sie dabei, Holzteller und Holzlöffel auszuteilen, als hinter ihr mit einem kurzen, dumpfen Laut eine Stichflamme emporschoss, eines der Geitaue entzündete, an dem sich das Feuer in Windeseile hochleckte und dann auch das große Lateinersegel in Brand setzte. Der Pott mit dem Holzteer war umgekippt und hatte das Feuer auflodern lassen.

»Die Eimer!«, schrie Nikolaus, und sie schöpften wie besessen. Mit dem Wasser aus vier Eimern zielten sie auf die Brandherde, aber die Flammen behielten die Oberhand.

Wieder hatten sie Glück. Ganz in ihrer Nähe waren Fischer bei der Arbeit. Die packten ihre Angeln beiseite und eilten ihnen zu Hilfe.

Schnell war das brennende Schiff von kleinen Booten umgeben. Mit Wassergüssen von allen Seiten gelang es schließlich, die Flammen zu löschen.

Das Feuer hatte ihr Schiff aufs schwerste beschädigt. Nicht nur das Segel war verbrannt, auch die große Rah war verkohlt, und der harzgetränkte Zedernmast stand zwar noch, würde aber keinen starken Wind mehr aushalten.

Das Feuer hatte das harzdurchtränkte Holz rundum abgenagt und nur noch den zu einer schwarzen, dünnen Stange geschrumpften Rest übrig gelassen. Das Tauwerk war zu Asche geworden.

Auch die Fischer sahen, wie es um das Boot bestellt war. Als sei es selbstverständlich für sie, nahm einer von ihnen den Havaristen in Schlepp, vier kräftige Männer sprangen ihm bei, hockten sich auf die Ruderbänke des Schleppfahrzeugs, drückten ihre Riemen in die Dollen und setzten mit ruhigen Schlägen den Schleppzug in Gang.

»Wie steht es mit deinen Plänen, Nikolaus?«, fragte Colin.

Schoke entgegnete: »Ich fühle mich nicht verlassen. Irgendjemand hat immer die Hand über uns gehalten. Warum nicht auch jetzt?«

Sie glitten bei Windstille und glatter See auf die Küste zu, an Salinenfeldern zur Salzgewinnung vorbei, und liefen in die Mündung eines Flusses ein. Es wurde schnell dunkel. Schon war die Hand kaum mehr vor Augen zu sehen. Die Ufer wuchsen aufeinander zu, und vor einer Brücke machte der Schleppzug halt. Vom Schleppschiff aus wurde Colin bedeutet, den Anker über Bord zu schmeißen, der in dem sicheren Ankergrund auch sofort fasste. Die Schleppleine wurde eingeholt, und das vorausfahrende Fahrzeug schwoite auf seinen Liegeplatz am linken Ufer zu.

Am nächsten Morgen wurden sie früh geweckt. Die Fischer waren schon bei der Arbeit. Als sie sich an Deck umsahen, erkannten sie den trostlosen Zustand ihres Schiffes erst in seinem ganzen Ausmaß. Die Rah war in schwarze

Stücke zerfallen, das Segel ein stinkender, vom Löschwasser triefender Haufen. Colin trat vor Wut gegen den Mast. Die verkohlte Spitze polterte auf das Deck. Nur gut, dass niemand getroffen wurde.

Sie mussten als Erstes ihr Schiff, so weit es ging, aufklaren und säubern. Nikolaus und Colin räumten die verkohlten und versengten Teile beiseite und brachten mit dem Beiboot die Überreste an Land. Isabel fegte die Asche über Bord, und Gadifer stand ein wenig hilflos daneben. Erst danach konnten sie die Umgebung in Augenschein nehmen.

Mit ihrem untüchtigen Fahrzeug lagen sie unmittelbar vor einer Brücke, die hier den Fluss querte. Am Ufer zur Linken befanden sich die Liegeplätze für die Fischerkähne. Dahinter sahen sie einige Fischer, die ihre Stellnetze über den größten Teil des Ufers ausgespannt hatten und daran arbeiteten. Dahinter stieg das Gelände kräftig an. Auf der Höhe erhob sich beinahe in Uferweite ein kleines Städtchen, umschlossen durch eine starke Stadtmauer.

Am gegenüberliegenden Ufer zeigten sich ebenfalls einige Fischer bei der Arbeit. Flacher Wiesengrund reichte bis an den Fluss heran. Hier stand gleich am Wasser ein aus schweren Balken aufgezimmertes Gerüst, von dem drei Thunfische herabbaumelten. Daneben stand ein Tisch, über den sich gerade ein Fischer beugte und einen großen glänzenden Thunfisch mit einem langen Messer in dicke Scheiben zerlegte. Die Scheiben warf er in eine Kiste, deren Boden mit Salz bedeckt war. Ein Arbeiter schaufelte die Thunfischscheiben um, während ein zweiter von einem kleinen Salzhügel körniges Salz in eine Kiste schippte. Zwei andere Männer waren damit beschäftigt, die bereitstehenden Fischtonnen mit dem gesalzenen Thun zu füllen und mit einem Deckel zu schließen.

Die neue Wendung

Conil,
Montag, 23. Oktober 1402

Wie ihr Nothafen hieß, in dem sie in der Dunkelheit gelandet waren, erfuhren sie beim ersten Landgang von einem der freundlichen Fischer. Conil hieße das kleine, uralte Städtchen da oben am Berge. Es lebe ganz und gar von der Kunst der Fischer, den Roten Thunfisch zu fangen, ihn mit Salz zu konservieren und für den Versand in Tonnen zu verpacken. »Alles Fischerbuden!«, erklärte der Fischer und wies, um das Gesagte zu unterstreichen, auf die zahlreichen Bretterverschläge, die den Stadtmauerring am Fuße des Berges säumten.

Schoke drängte es, den Fischer zu fragen, ob er ein seetüchtiges Boot kaufen könne. Der Angesprochene schüttelte den Kopf: »Hier wird niemand sein Boot verkaufen, das er für die tägliche Arbeit braucht. Außerdem sind unsere Fischerboote nicht für die Fahrt übers Meer geeignet. Schlagt Euch das aus dem Kopf! Wie wäre es, wenn Ihr Eure Galeote reparieren lasst? Ich schicke Euch unseren Ältermann, damit er einen Blick auf Euer Schiff wirft.«

Sie kehrten zu ihrem schwer beschädigten Boot zurück. »Weiterzufahren mit diesem Schluffen, das kommt gar nicht in Frage«, meinte Colin.

»Dann werde ich mich wohl oder übel zu Fuß nach Cádiz durchschlagen müssen«, folgerte Gadifer für sich.

»Da würden wir uns gern anschließen, Colin und ich«, setzte Isabel hinzu.

Colin warf ihr einen erstaunten Blick zu, widersprach aber nicht – auch nicht, als sie fortfuhr: »Ich möchte gern in meine Heimat zurück.«

Sie sah Gadifer an und bat ihn, er möge sie bei seiner Rückkehr nach Lanzarote mit an Bord nehmen.

»Aber was wird aus Euch, Schoke?«, wollte Gadifer wissen. »Ihr seid ganz allein unterwegs.«

Schoke schwieg. Bedrückt sahen sie aufs Wasser.

Vom Ufer löste sich ein Kahn, der auf sie zuhielt. Es war der Ältermann, dessen Besuch ihnen angekündigt worden war. Er kam längsseits und gab seine beiden Festmacherleinen herüber, die Colin und Schoke an Bug- und Heckpoller auf ihrer Steuerbordseite befestigten. Ohne lang um Erlaubnis zu bitten, war er mit einem Schritt bei ihnen an Bord und sah sich wortlos um. Unaufgefordert zückte er sein Fischmesser, bückte sich und stach in die Planken, um den Zustand des Rumpfes zu prüfen. Wo immer das Messer ins Holz fuhr, förderte es faulige, vertorfte Brösel zutage.

»Damit dürfen wir Euch gar nicht mehr fortlassen«, begann er. »Die alten Planken halten wohl nur noch aus Gewohnheit zusammen. Mein Messer geht durch das Holz wie durch Butter.«

»Das überrascht uns nicht«, meinte Schoke. »Was wir brauchen, ist ein seetüchtiges Boot. Ich kann's auch bezahlen.«

»Wenn Ihr glaubt, für Geld sei hier alles zu haben«, entgegnete der Fischer, »irrt Ihr gewaltig. Aber geht mal in die Stadt, über die Brücke da vorn und dann immer den Weg hoch! Fragt nach Don Roberto. Die Leute meiden ihn. Das darf Euch nicht kümmern. Er weiß immer Rat und hat noch jedem geholfen.«

Ohne sich zu verabschieden, stieg er in seinen Kahn, löste die Leinen und wriggte ans Ufer zurück. Noch einmal drehte er sich um und rief: »Denkt an Roberto! Nicht vergessen!«

»Höchst unfreundlich, uns in dieser Lage so abzufertigen«, brummte Colin.

Gadifer, der die ganze Zeit zuvor geschwiegen hatte, blickte nach der Stadt hinauf und kniff die Augen zusammen. »Nicht so voreilig, junger Freund!«, widersprach er. »Ich hab das ganz anders verstanden. Warum hat sich der Fischer die Mühe gemacht, uns mit seinem Boot zu besuchen? Sicher nicht, um mit seinem Messer unseren Kahn zu versenken. Sein Rat war eine Botschaft. Wir wären töricht, sie in den Wind zu schlagen. Bevor wir hier herumsitzen und Trübsal blasen, sollten wir uns aufmachen und prüfen, ob die Empfehlung nicht doch etwas wert ist.«

»Ich bin sicher, dass Gadifer recht hat«, sagte Schoke. »Aber wir werden nicht zusammen gehen. Ihr braucht die Zeit, euer Gepäck fertig zu machen. Ich werde diesen Roberto schon allein finden.«

Schoke machte sich auf den Weg. Vorbei an den Fischerbuden und den Männern, die ihre Stellnetze ausbesserten, gelangte er durch das Hafentor in das Städtchen und zum Marktplatz. Überall war es bemerkenswert sauber. Die Frontseiten der kleinen Häuser waren mit bunten Fliesen in den verschiedensten Mustern verziert. Hier musste einiger Wohlstand herrschen.

Auf dem Marktplatz fragte er einen der Passanten nach Don Roberto. Aber anstelle einer Antwort bekreuzigte sich der Angesprochene und schlich sich mit scheelem Blick davon. Der nächste Befragte nahm eine drohende Haltung an. »Was willst du von dem?«, schimpfte er. »Den haben sie bei unserer letzten Säuberung noch nicht erwischt, aber beim nächsten Mal – da ist er dran. Verlass dich drauf!« Wild um sich starrend und schimpfend überquerte er den Platz.

Wen Schoke auch fragte, immer schlugen ihm Ablehnung

und Unmut entgegen. Ziemlich entmutigt wollte Nikolaus Schoke den Platz wieder verlassen und zum Schiff zurückkehren, als ein kleiner Junge – er mochte acht Jahre alt sein – ihm entgegenhopste und ihn neugierig anstarrte. Ohne eine Antwort zu erwarten, fragte er ihn. Zu seiner Überraschung bot sich der Kleine an, ihn zu Don Roberto zu führen.

Vor einem einzelnen, zurückliegenden und hinter hohen Bäumen beinahe verborgenen Haus machte er halt. Schoke dankte ihm und wollte ihn mit einer Münze belohnen, aber der Junge wehrte ab und lief davon.

Unter den Bäumen hindurch ging Schoke auf das Haus zu. Die Tür stand halb offen. Er betätigte den Türklopfer, aber niemand erschien. Da wagte er sich in das Haus. Auf der Diele war es dunkel. Schoke fasste sich ein Herz und rief: »Don Roberto? Seid Ihr hier?«

Er wartete und lauschte in die Dunkelheit hinein. Dann war eine brüchige Stimme zu hören: »Ihr müsst schon zu mir kommen, wenn Ihr etwas von mir wollt.«

Er tastete sich in die Richtung, aus der die Stimme gekommen war, voran und stieß an eine Tür. Er klopfte und trat in einen großen, hohen Raum ein, dessen Fußboden mit Teppichen ausgelegt war. Ringsum standen vor den Wänden in Regalen, die bis zur Decke reichten, Bücher, nach Größen geordnet, oben die kleineren und unten die dicken Folianten. Auf den Teppichen herrschte ein wirres Durcheinander von aufgeschlagenen Texten und Papieren, so dass man die Füße vorsichtig dazwischen aufsetzen musste.

Nikolaus Schoke trat an einen riesigen Tisch heran, hinter dem ein asketisch wirkender Mann hockte, ein Gelehrter mit wirrem grauen Haar und einem durch tausend Falten verknitterten Gesicht. Der Alte schien seinen Gast gar nicht zu bemerken. Er blätterte in Büchern und schrieb wie jemand, der nicht gestört sein wollte. Doch all diese Anzeichen geistiger Abwehr eines Eindringlings waren vergessen, als der Mann aufsah und Schoke in den Bann seiner Augen geriet. Ihrer Ausstrahlung vermochte sich niemand zu entziehen. Sie verhießen Güte, Sanftmut und Weisheit. Hätte Schoke an Gadifers gutem Rat gezweifelt, dann hätte er sich spätestens jetzt widerlegt fühlen müssen.

»Ich wusste, dass Ihr kommt, Ratsherr Schoke«, begann der Alte mit leiser Stimme. »Auch kenne ich Euer Begehr. Euch ist eine heilige Pflicht auferlegt, und Ihr müsst eine wichtige Mission zu Ende bringen, nicht wahr? Ihr werdet die aus dem Grab des heiligen Vincentius entnommenen Reliquien nach Lissabon zurückbringen. Ist es nicht so? Ich hoffe nur, dass Eure Mission dem Frieden dient.«

Indem er dies sagte, sah er Schoke scharf an.

Der aber fand aus dem Staunen nicht heraus, denn er hatte bisher zu niemandem in Conil von seinem Vorhaben gesprochen. Selbst wenn sich dazu überhaupt eine Gelegenheit geboten hätte, wäre es ihm nicht eingefallen, jemanden ins Vertrauen zu ziehen.

»Woher wisst Ihr, wer ich und wie ich …?«, fragte er in seiner Verwirrung.

Aber Don Roberto ließ ihn nicht zu Worte kommen: »Seit der christlichen Rückeroberung unserer Stadt vor rund hundertfünfzig Jahren haben ihre Bürger es als ihre vermeintlich vornehmste Aufgabe betrachtet, die Christenheit an der Grenze zu den maurischen Gebieten zu verteidigen. Sie empfinden seitdem die Ergänzung des Stadtnamens – Conil – um die Worte *de la Frontera* als eine Auszeichnung, die auf dieses fatale Wächteramt verpflichtet. Nach Beendigung der Reconquista verstand man diesen Ehrennamen zunächst als Aufforderung, den Frieden an der Grenze zu wahren.«

»Seid Ihr ein Muslim, dass Ihr so redet?«, wollte Schoke wissen.

»Nein, ein Sefarde, ein spanisch denkender Jude, war ich und bin ich, aber ohne die Hilfe meiner muslimischen Freunde wäre ich nicht mehr am Leben.«

»Wollt Ihr darüber reden?«

»Ja, das möchte ich gerne, weil ich darauf hoffe, dass Ihr Eure Mission in einem neuen Licht betrachten werdet.«

»Das kann ich mir nicht denken«, meinte Schoke.

Doch Don Roberto fuhr unbeirrt fort: »Nicht immer herrschte Feindschaft zwischen den Christen und den Sefarden. Meine Vorfahren haben, Gott sei es geklagt, den Spaniern sogar bei der Reconquista, der Rückeroberung des Landes, geholfen und waren sehr geehrt. Nach der Reconquista gab es eine wunderbare Friedenszeit. Sogar die muslimischen Wissenschaftler und Künstler, Bauhandwerker und Maler standen bei den kastilischen Königen in hohem Ansehen, aber auch wir weiterhin, die Juden, die wir die arabischen Schriften ins Spanische übersetzten. Was Ihr da auf dem Fußboden seht, sind Texte, die in lateinischer und griechischer, hebräischer und arabischer Sprache und Schrift abgefasst sind.

Dann aber kam das Jahr 1391. Es fing damit an, dass in unserem andalusischen Land ein christlicher Kanzelredner glaubte, das Trennende zwischen den Religionen herausstellen und den christlichen Glauben als den einzig wahren preisen zu müssen. Wie jeder seiner verantwortungslosen Gleichgesinnten wusste er, dass er mit der vermeintlichen Klärung der Grenzen zwischen den Religionen Hass und Feindschaft säen, ja Krieg, Mord und Totschlag heraufbeschwören würde. Sie machten die Christen krank im Kopf.«

»Und was geschah daraufhin?«

»Der Priester stachelte mit seiner Hasspredigt zu einer gräulichen Judenverfolgung an. Nur wenige Glaubensbrüder entkamen. Besonders fürchterlich verlief das Morden in Sevilla. Ich habe das Schlimmste mit eigenen Augen gesehen, weil ich in jenen Tagen mit meinem Schiff unterwegs war und eine Ladung Thunfisch im Hafen von Sevilla verkaufen wollte.« Er machte eine Pause.

»In der Stadt lief ich einem Trupp von Unholden in die Arme. Sie hätten mich umgebracht, wenn nicht Achmet und seine muslimischen Freunde dazwischengetreten wären und mich herausgehauen hätten. Mehreren jüdischen Schiffskaufleuten war es ähnlich ergangen. Wir vereinigten uns auf See und beschlossen, als Piraten die Schifffahrt auf Sevilla zu schädigen. Wir wollten uns wenigstens für die an Land erlittenen Verluste von Hab und Gut schadlos halten.«

Schoke unterbrach ihn: »Ihr sagtet vorhin, Ihr wäret ein Jude gewesen. Was hat sich daran geändert?«

Don Roberto zögerte, doch schließlich erklärte er: »Als sich die Lage beruhigte und ich mich zum ersten Mal wieder nach Conil traute, da haben sie mich ergriffen und zur Zwangstaufe geschleppt. Man taufte den Juden Hiram auf den Namen Roberto. Ich habe nie in meinem Leben eine größere Demütigung erfahren. Aus einem Juden wurde ein *Converso*, ein Christ zweiter Klasse, der grundsätzlich verdächtigt wird, insgeheim den jüdischen Glauben zu praktizieren. Auf gleiche Weise wurden Muslime zu *Moriscos*, zu Zwangschristen.«

»Aber nun seid Ihr wieder hier, in Eurem Haus, Hiram – so darf ich Euch doch von jetzt an nennen? Wie wurde das ermöglicht?«

»Ja, mein Herr. Dafür habe ich König Enrique III. von

Kastilien zu danken. Er war noch ein Kind, als die Judenverfolgung stattfand. Aber in diesem Frühjahr ist er nach Sevilla gekommen, um die Lebensbedingungen der Juden im Lande zu verbessern und Änderungen an der Stadtverfassung Sevillas durchzusetzen. Mein Haus habe ich wieder und auch meine Bücher. Es fehlte nichts.«

Schoke wollte auf sein Anliegen zurückkommen: »Anfänglich spracht Ihr darüber, dass Ihr meiner Mission eine neue Wendung geben wolltet. Wie darf ich das verstehen?«

»Nun«, entgegnete Roberto. »Christen und Juden, die Träger der Reconquista, haben gegenüber den Muslimen eine gemeinsame Schuld abzutragen. Der heilige Vincentius hat sich gewiss nicht träumen lassen, Vorkämpfer einer Reconquista zu werden. Wäre es nicht angemessener, ihn in Zukunft als Vorkämpfer für ein friedliches und gleichberechtigtes Zusammenleben von Christen, Muslimen und Juden zu verehren? Gerade in dieser Zeit wäre ein solcher Vorstoß dringend nötig, weil der König von Portugal, João I., sich neuerdings anschickt, die Rechte der Juden und der Mauren schrittweise einzuschränken.«

»Das wäre in der Tat hilfreich, um religiöse Konflikte zu entschärfen«, gab Schoke zu.

Hiram fuhr fort: »Nach alledem werdet Ihr begreifen, dass ich Euch gern dabei helfen möchte, Eure Mission zu erfüllen. Ihr braucht ein seetüchtiges Schiff, nicht wahr? Ich werde Euch mit meinem Schiff, das schon so manchen Seesturm überstanden und sich im Kampf bewährt hat, nach Lissabon bringen.«

»Habe ich richtig gehört? Ihr wollt selbst …?«

Der Jude Hiram, den sie Don Roberto nannten, lachte über das ganze Gesicht. »Ihr glaubt, ich sei zu hinfällig, nicht wahr? Ich bin froh, trotz meines hohen Alters mein Schiff noch führen zu können. Morgen früh wird es unterhalb der Stadt bei der Thunfischschlachterei im Salado-Fluss für Euch bereitliegen. Geht nun – ich habe zu arbeiten.«

Schoke setzte zu einem Dank an und wollte fragen: »Was habe ich für die Passage zu bezahlen, soll ich gleich …?«

»Aber nein doch!«, beschwichtigte ihn Hiram. »Nichts! Ich freue mich auf die Gelegenheit, die herrliche Stadt Lissabon einmal wiederzusehen. Was steht Ihr hier noch herum? Nun geht schon – geht«, drängelte der freundliche Alte. »Ich kann die mir bis zur Abfahrt verbleibende Zeit nicht mit dem Austausch von Artigkeiten vertun.«

Nikolaus Schoke ging. Auf dem Rückweg wiederholte er sich noch einmal jedes Wort, so sehr hatte Hiram ihn beeindruckt. Dieses Gesicht, es war ihm irgendwie vertraut. Wo hatte er es schon einmal gesehen? Schoke grübelte den ganzen Rückweg darüber nach.

Am Abend drang ein Schwall kühler Seeluft vom Meer her durch das Flusstal herauf und verschaffte den Freunden erholsamen Schlaf.

Als Colin, der Frühaufsteher, am nächsten Morgen noch schlaftrunken an Deck stieg, stutzte er und rieb sich die Augen. Ein Trugbild? Aber nein! Was er sah, war so wirklich wie er selbst: ein gut gepflegter Schnellsegler, scharf gebaut, einmastig und mit der langen Rah für ein Lateinersegel ausgestattet. Das Boot lag Seite an Seite mit ihrem rotten Boot. Auf dem Vorschiff bemerkte Colin ein neues Segel, sorgfältig aufgetucht. Neue Festmacherleinen lagen aufgeschossen neben den Pollern, und alles übrige Tauwerk war seemännisch verstaut. Das ganze Schiff vermittelte einen seetüchtigen Eindruck.

Keiner der Freunde hatte während der Nacht nur das Geringste bemerkt, wann und wie der schöne Segler an ihrer Seite festgemacht hatte. Auch von den Fischern wusste niemand zu sagen, wie das schmucke Boot hierher gekommen war.

Schokes Kopf tauchte gerade aus der Luke auf, als Colin ihm zurief: »Da kommen sie von der Stadt den Bergweg herunter! Hiram hat Wort gehalten.«

»Und er bringt noch jemanden mit, der Tracht nach einen Muslim«, sagte Schoke. Colin und Nikolaus eilten zur Brücke, um die beiden zu empfangen. Hiram stellte ihnen seinen Freund Achmet vor und bat sie anschließend auf sein Boot. Dort erklärte er ihnen in aller Kürze, wie der Segler zu führen sei.

»Wir müssen uns nur noch etwas Praktisches anziehen«, bemerkte Hiram und verschwand mit Achmet für wenige Minuten unter Deck.

Als sie wieder aus dem Niedergang auftauchten, waren sie in ihrer Seemannskleidung von Schoke kaum mehr zu unterscheiden.

»Unsere Tarnkappen«, erklärte Hiram lachend.

Die Habseligkeiten von Schoke und seinen Freunden wurden auf das neue Schiff umgeladen. Sie legten sofort ab und überließen das wrackreife Fahrzeug, das sie bis hierher getragen hatte, seinem Schicksal. Der Bug gierte nach der Mitte des Stroms, der sie flussabwärts mitnahm.

Gegen Mittag liefen sie in Cádiz ein, um Gadifer, Isabel und Colin abzusetzen. Die Verabschiedung von Gadifer, diesem großherzigen, weltklugen Mann, fiel Schoke schon nicht leicht. Aber Isabel und Colin gehen zu lassen bedeutete zugleich das endgültige Erwachen aus einem verlockenden Traum, dem er lange genug nachgehangen hatte.

Nachdem sie sich verabschiedet hatten, löste Schoke die Landleinen.

Achmet zog das dreieckige Lateinersegel am Mast hoch, und Hiram legte das Ruder. Ein laues Lüftchen aus Nordosten füllte das Segel und nahm das Schiff aus dem Hafen mit in die offene See.

Isabel und Colin winkten ihnen von der Mole aus noch lange nach.

Am Ziel der Reise

Ankunft in Lissabon

Auf See,
Sonnabend, 4. November 1402

Den Bug nach Nordwesten vorgehalten, waren sie an Andalusien und der Algarve vorbei aus dem Golf von Cádiz hinausgesegelt. Hart an den Wind zu gehen hatte sich gelohnt. So hatten sie die Höhe von Cabo de São Vicente gut halten und seine nach Südwesten ausgestreckte Nase knapp umrunden können. Aber als sie am Kap vorbei waren, bekamen sie an der Steuerbordseite wieder die Gewalt des Meeresstroms zu spüren, der von Nord nach Süd vor der portugiesischen Westküste entlangläuft und sie erheblich nach Süden versetzte.

»Weit in den Atlantik hinaussegeln, bis wir die Küste gerade noch sehen!«, empfahl Hiram dem Hamburger Ratsherrn, der am Ruder saß. »Da draußen lässt der Strom nach, und unsere Abdrift wird sich verringern.«

Das Wetter verschlechterte sich. Sie fuhren einer Wolkenbank entgegen. Hiram aber lachte: »Die Wand bringt uns den Wind, den wir brauchen.« Wie er es vorhergesehen hatte, drehte der Wind nach Südwesten und fiel im nächsten Augenblick von Backbord in die Segel.

»Ich geh jetzt in die Nord!«, rief Nikolaus und drückte das Ruder herum.

»Erstaunlich!«, murmelte Hiram. »Nach allem, was ich über Euer Wetter weiß, hätte ich eher mit einer steifen Brise aus Norden gerechnet.«

»Wohl wahr! Umso mehr dürfen wir uns darüber freuen, dass es diesmal anders gekommen ist.«

Sie segelten Tag und Nacht. Der frische Wind schob sie mit Macht durch die See. Zusätzliche Wendemanöver ließen sich vermeiden, weil der Südwestenwind, ohne Richtung und Stärke zu wechseln, das Lateinersegel stets gleichmäßig gefüllt hielt. So lag das Boot ruhig auf Kurs. Wohl wirkten die langen Wogen von Backbord her auf die Stabilität des Schiffes ein, doch versetzten sie es allenfalls in sanft rollende Bewegung.

Begünstigt durch Wind und Wetter, geriet die Reise parallel zur portugiesischen Westküste den drei Männern zum reinen Vergnügen. Die Wachen ließen sich bequem einhalten, ohne dass jemandes Schlafbedürfnis zu kurz kam.

Am Horizont ein Strich im Morgenlicht, hellweiß – das genügte ihnen als erster Hinweis dafür, dass sie sich der Tejomündung näherten. Jetzt konnten sie wagen, den Kurs nach Nordosten zu ändern, um die Tejomündung auch zu erreichen. Der kräftige Südwest kam von achtern und reichte aus, um den in Küstennähe wieder stärker aus Norden einwirkenden Strom mühelos zu queren. Der hellweiße Strich vor ihnen entwickelte sich zu einer ins Meer vorgeschobenen Knollennase mit hohen Dünen darauf.

Sie fuhren in der weiten Mündung am Nordufer entlang. Die langen Seen des Atlantiks verloren an Kraft. Von Süden her war die Mündung durch ein steilwandiges Hochplateau geschützt. Am Nordufer dagegen reihte sich eine Kette von Hügeln, die langsam höher und steiler wurden. Dann brach die Hügelkette plötzlich ab, und ein tiefes, breites Tal trennte sie von dem nächsten, dem höchsten Hügel, auf dem eine von Mauern und Toren umgebene Königsburg thronte. Zur Talseite nach Nordwesten hin fiel der Burgfelsen schroff ab. Nach Südwesten breitete sich ihm zu Füßen auf sanft abfallendem Gelände Lissabon aus. Die Stadt war durch einen Mauerring eingefasst. Auf halber Höhe zwischen Burg und Hafen erhob sich beherrschend die zweitürmige Kathedrale über ein Meer von Hütten und Häusern.

Kurz darauf hatten sie ihren Landeplatz ausgemacht, eine mit dem Taleinschnitt von der Natur gegebene Bucht an der Südwestseite der Stadt. Dort lagen, dicht an dicht, die Handelsschiffe, die kleinen für sich, nebeneinander vertäut an der Brücke. Von den tiefer gehenden Großen ankerten mehrere mitten in der Bucht. An ihren Toppwimpeln erkannte man sie: die Engländer, Flamen, Bretonen, Kastilier, die Genuesen, die Schiffe aus Venedig und einige wenige aus dem Norden, die der *dudeschen Henze* – der deutschen Hanse – zuzurechnen waren.

Mit viel Geschick manövrierte Hiram den kleinen Segler durch das Gewirr der Ankerleinen unter den plumpen Hecks der größten Schiffe hindurch und an den hoch aufragenden Bugkastellen der Holken und Koggen vorbei. Er entdeckte sogar noch einen Liegeplatz zwischen zwei Schiffsleibern an einer Anlegebrücke.

»Der ist unser! Lasst den Buganker fallen!«, rief er Schoke zu.

Der zuckte zusammen, als sei er mit seinen Gedanken woanders. Er bestätigte das Kommando, ließ den Anker vom Kranbalken am Bug herab und gab ihm einhundertfünfzig Fuß Ankerleine mit auf den Weg in die Tiefe. Das Schiff schwoite um seinen Bug und legte sich rückwärts, ohne dass man den Peekhaken hätte zur Hilfe nehmen müssen, in die

Lücke hinein. Schoke hastete nach achtern und warf eine Leine vom Heck aus über einen der Brückenpoller, holte sie dicht und bestätigte lauthals: »... und fest!«

Schoke war erschöpft. Er zitterte. Die wechselnden Ereignisse während der langen Reise hatten ihre Spuren hinterlassen. Sein Gesicht wirkte müde, mit einigen scharfen Falten. Endlich am Ziel einer gefahrvollen Irrfahrt! Was er bei Hiram in Conil über die Bedeutung und die politische Geltung der Reliquien erfahren hatte, machte ihm die letzte Etappe seiner Mission nicht leichter.

Und immer noch diese Ängste vor Anschlägen aus der Dunkelheit! Sollte es jetzt wirklich damit ein Ende haben?

Hiram sah ihn an: »Nun – was fühlt Ihr jetzt?«

Schoke wischte sich mit dem Handrücken über die Augen.

Hiram rüttelte ihn auf: »Kommt zu Euch! Ihr seid in Lissabon – da wolltet Ihr doch hin. Seid Ihr noch nicht zufrieden?«

Schokes Stimme klang matt: »Ich bitte um Verzeihung! Es ist so vieles geschehen, das ich noch nicht verstehe. In meinem Kopf geht alles durcheinander, und ich weiß schon nicht mehr, warum ich eigentlich hier bin und was jetzt mit den Reliquien zu geschehen hat. Ich danke Euch dafür, dass Ihr mich hierher gebracht habt. Aber jetzt bin ich auch mit meiner Kraft am Ende.«

Wie müde das klang, wie mutlos, was er so dahersagte! Hiram hätte ihn absetzen und zurücksegeln können, doch in diesem Augenblick fühlte er sich aufgerufen, Schoke wieder aufzurichten und ihn dazu zu bringen, das ihm auferlegte Leben in beide Hände zu nehmen.

Hiram wandte sich an Schoke: »Ihr habt mich dazu gebracht, nach langer Zeit wieder nach Lissabon zu fahren. Der Anblick dieser großartigen Stadt ist mir fast schon Dank genug für diese Reise. Sie kommt wie ein Traum auf mich zu. Schaut ihn Euch an, meinen Traum!«

Hiram zeigte hinüber zur Stadtkulisse: »Von hier aus erkennt man schon Einzelheiten! Da hinten, wo der Strand an die Stadt grenzt, ist etwas Neues zu sehen: die lange Stadtmauer, die an die alte Mauer anschließt und quer durch das Tal bis zu dem nächsten Hügel ganz links verläuft. Und dann die großen Tore, durch die man vom Hafen aus in die Stadt kommt! Zwanzigtausend Menschen sollen hier jetzt wohnen, wie man mir gesagt hat. Dagegen kommt Euer kleines Hamburg mit seinen bescheidenen Hafenanlagen nun wirklich nicht an.«

»Woher wollt Ihr das wissen?«, wandte Schoke völlig überrascht ein.

»Ich weiß es eben«, beschied ihn der Jude mit vielsagendem Lächeln. »Aber nun wollen wir uns das alles noch näher ansehen.«

»Ich höre große Worte«, ließ sich Achmets Stimme aus der Tiefe des Schiffsbauchs hören. Sein Krauskopf tauchte aus dem Niedergang auf. »Großartig, oder? Vor Jahren war ich schon einmal hier und kenne die Stadt ziemlich gut.«

Von der Brücke her klang ein kräftiger Bass in portugiesisch gefärbtem Englisch herüber: »Wo kommt Ihr denn her? Den Hamburger Wimpel auf dem Topp? Ein Hamburger, der sich nach Lissabon verirrt! Nur leider ohne Schiffbauholz! Aber davon habt Ihr wohl selber nicht genug. Und wo solltet Ihr es auch verstauen – auf dem kleinen Schiff!«

Die freundliche Anrede wunderte ihn. Schoke erwiderte: »Ihr verwechselt uns mit den Danzigern. Die verfrachten ganze Eichenwälder. Und was den Hamburger Flögel betrifft: Ich kann nun mal nicht anders, ich bin und bleibe ein Kaufmann meiner Vaterstadt, auch wenn ich ein fremdes Schiff heuere.«

»Aber selbst wenn Ihr tausendmal aus Hamburg seid und ein noch so schönes Anlegemanöver fahrt, seid Ihr noch lange nicht berechtigt, an der Brücke des Königs festzumachen.«

Hiram war es aufs äußerste unangenehm: »Verzeiht! Wir werden sofort woandershin verholen …«

»Ach was! So streng sind wir hier auch wieder nicht. Ich sehe ja, Ihr habt eine lange Reise hinter Euch. Bleibt erst einmal auf diesem Platz liegen und besucht mich gleich da vorn in dem gelben Haus, so um die frühe Mittagszeit. Das ist das königliche Zollamt. Aber verwechselt es nicht mit dem Gebäude dahinter. Da würde man Euch Pachtgelder und Gebühren abverlangen. Ich denke, zu verzollen habt Ihr nichts in Eurer schmucken Nussschale. Ich brauche mich gar nicht erst davon zu überzeugen.«

Der freundliche Portugiese wandte sich zum Gehen, rief aber noch: »Also nicht vergessen: das gelbe Haus! Da gibt es immer eine grüne Suppe für meine Freunde.«

»Das nenne ich Gastfreundschaft«, staunte Schoke und hielt schon wieder die Hand über die Augen, um die im Sonnenlicht weiß leuchtende Stadt zu betrachten.

»Wollt Ihr mit? Oder seid Ihr zu müde?«, fragte er die beiden anderen.

»So ist es recht! Mir scheint, Eure Lebensgeister haben sich zurückgemeldet«, stellte Hiram erfreut fest. »Aber wenn wir in die Stadt gehen, wollen wir vorsichtig sein. Es muss nicht jeder gleich erkennen, dass Achmet ein Moslem ist und ich ein Jude bin. Deswegen bleibt Achmet in seinen

Seemannskleidern und ich in dem Habit des Arztes. Es ist uns lieber, wenn Ihr uns unterwegs und bei unserem Besuch in der Stadt Don Roberto und Alessandro nennt.«

Er war sicher, dass Schoke Hunger hatte. »Wir dürfen auf keinen Fall die *caldo verde* versäumen!«

»Wie könnten wir so etwas vergessen?«, lachte Achmet.

Von der Brücke zum Zollhaus war es nicht weit, und die grüne Lissabonner Suppe dampfte bald vor ihnen auf dem Tisch. Dass es den drei Gästen schmeckte, war offensichtlich. Während des Essens ließ der Zöllner beiläufig fallen, er sei auch zuständig für ein- und ausgehende Briefschreiben. Ob denn wohl irgendeine Nachricht für ihn eingegangen sei, wollte darauf Schoke von ihm wissen.

»Für einen Hamburger Ratsmann namens Nikolaus Schoke? Aber ja doch!«

Er drehte sich zu einer Wand voller Fächer mit lauter eingesteckten Briefschaften um, zog nach einigem Suchen einen Umschlag heraus und übergab ihn mit der Bemerkung: »Kein Absender drauf – ungehörig so etwas.«

Schoke steckte ihn einfach ein, obwohl deutlich zu erkennen war, wie gern der Zöllner etwas über den Inhalt erfahren hätte. So begnügte er sich mit der Frage, ob man den Hamburger Ratsherrn Simon von Utrecht kenne.

»Hamburger Ratsherr?« Schoke musste lachen: »Wer hat ihn denn dazu gemacht?« Doch – woher kannte der Steuereinnehmer Simon von Utrecht? Schoke nahm sich vor, ihn bei anderer Gelegenheit danach zu fragen.

Als sie wieder vor der Tür waren, verkündete Schoke: »Auf in die Stadt! Ihr habt mich wirklich neugierig gemacht.« Er setzte sich gleich an die Spitze.

»Nicht so schnell, denkt an mein Alter«, stöhnte Hiram, »ich komme ja kaum mit. Lasst mich noch das eine oder andere erklären. Vorhin haben wir die neue Stadtmauer gesehen, die sich nach Westen hinzieht. Sie verbindet die Altstadt, dort rechts, über der sich der São-Jorge-Berg abzeichnet, mit dem flacheren Hügel, dort links, auf dem das Kloster São Francesco steht. Die neue Mauer schützt außerdem einen neuen Stadtteil, der hinter ihr in der Talsenke entsteht.«

»Lissabon scheint ja aus allen Nähten zu platzen«, unterbrach Schoke den Juden.

»Hier platzt nichts. Ein Wachstum in geordneten Bahnen, wie Ihr erkennen werdet.«

Sie gingen durch das erste Tor und standen auf der Rua Nova, der Neuen Straße, die gleich hinter der neuen Mauer nach Westen verlief.

»Und all dies gehört zur Neustadt?«, fragte Schoke ungläubig. »Und eine Seitenstraße neben der anderen zweigt nach rechts ab – alle exakt im rechten Winkel!«

»Und in jeder Straße wird etwas anderes hergestellt. In der ersten haben wir das Rentenamt, die Steuerbehörde und die Gebäude, in denen die Schlachter ihre Waren auf den Fleischschrangen anbieten, dann eine Straße der Goldschmiede, danach kommt ein Haus für die Kammer, in der alle Kaufleute vertreten sind, mit Lagerflächen für Handelsgüter aus aller Herren Länder.«

»Wie es hier duftet! Fremde Gerüche, wie ich sie noch nie in der Nase hatte«, staunte Schoke.

»Alles aus dem Süden, mein Bester! In Lissabon bekommt Ihr ganze Schiffsladungen von dem, was gut riecht und gut schmeckt.«

Von Achmet kam der Hinweis: »Vergesst da drüben nicht die Grobschmiede! Und bis zum Kloster São Francesco auf dem Hügel in der Südwestecke sind hier alle Berufe zu finden, die man sich nur denken kann.«

Schoke wies mit der Hand die Straße hinunter: »Da sind ja wirklich Meisterstücke der Handwerker versammelt – die Anker stehen bis an die Kreuzung heran, Riesenanker, ganz aus Eisen!«

Hiram fügte hinzu: »Könntet Ihr von hier aus durch das Hafentor an der Kreuzung hinaussehen, würden Euch die großen Schiffsrümpfe ins Auge fallen, die dort unmittelbar am Strand gebaut werden. Meine Glaubensbrüder bauen hier die besten Schiffe der Welt – sogar Kriegsschiffe. Man hat den Schiffbauern vor einigen Jahren gleich dahinter ein eigenes Wohnviertel zugewiesen und nennt es die *Judiaria.*« Bitter ergänzte er: »Nur dort dürfen sie wohnen.«

»Eine Schande, sage ich«, warf Achmet ein.

»Ich verstehe«, nickte Schoke. »Ob sich die jüdischen Ärzte und Wissenschaftler genauso wie die Schiffbauer gefreut haben, in das Hafengebiet umziehen zu müssen?«

Schweigen war die Antwort.

Sie beschlossen, nicht mehr zum Judenviertel hinüberzugehen. Sie kehrten zum Schiff zurück.

Ein Brief aus dem Jenseits

Lissabon, Hafen,
am gleichen Tag, Nachmittag

Noch bevor sie den Anlegesteg wieder erreichten, sahen sie zwei Hafenarbeiter, die ihnen von den Schiffen her im Laufschritt entgegenkamen und an ihnen vorbeistürmten, als sei der Teufel hinter ihnen her, irgendwelche portugiesischen Brocken schreiend.

Sie verstanden nur: »Alarm, Alarm!«

Schoke und Achmet rannten zum Schiff und sprangen an Bord. Hiram folgte, so schnell er konnte.

Das Deck war verwüstet, die Leinenkörbe ausgekippt, die sorgfältig zusammengelegten Segel zerwühlt und die Tür zum Niedergang offensichtlich mit einem Beil geöffnet. Töpfe, Pfannen und Holzlöffel waren aus den Regalen gerissen und auf den Boden geworfen worden. Scherben überall.

Was mochten die Diebe gesucht haben? Schoke ahnte Schlimmes und hastete zum Bug. Unter der Ankerwinde hob er ein nur locker verlegtes Stück einer Decksplanke auf und – seufzte erleichtert. Er zog aus dem Hohlraum unter der Planke einen kleinen Lederbeutel.

»Ihr wisst ja, was ich hier habe!«, sagte er heiser. »Die Herren Diebe haben sich die viele Mühe umsonst gemacht!«

Das leuchtete ein, weil von ihren persönlichen Sachen sonst nichts fehlte, nur war einiges zu Bruch gegangen. Als sie endlich dazu kamen, in Ruhe alles wieder einzuräumen und aufzuklaren, hörten sie das glucksende Geräusch unten im Rumpf. Beinahe gleichzeitig fiel ihnen auf, dass ihr Schiff ganz allmählich tiefer sank und dass im Schiffsbauch die Bodenbretter aufschwammen.

Achmet war im Nu beim Niedergang und stieg hinunter.

»Der Lenzstopfen!«, schrie er herauf und verschwand in dem dreckigen Bilgewasser länger, als es den anderen lieb war. Als er endlich mit Stroh und Kalfatmoos in den Haaren wieder hochkam, strahlte er über das ganze Gesicht. »Gewusst, wo!«, rief er und schüttelte sich. »Der Lenzstopfen schwamm im Bilgewasser. Ich hab ihn wieder eingesetzt.«

Es wurde Mitternacht, bis sie die nicht unerhebliche Wassermenge wieder außenbords befördert hatten. Aber die Kojen und die ganze Wäsche waren durchnässt.

Zum Trocknen wurden all die Sachen über die lange Rah gehängt.

Den Rest der Nacht verbrachten sie an Deck und versuchten zu schlafen. Schoke fror.

Am nächsten Morgen lag dichter Herbstnebel über den Schiffen. Die Wäsche wollte nicht trocken werden.

Die Nacht war Schoke nicht gut bekommen. Er fieberte und fantasierte ununterbrochen. Achmet suchte alle noch trockenen Kleidungsstücke zusammen, um Schoke damit zu wärmen. Hiram bereitete einen aromatischen Kräutertee und flößte dem Kranken von Zeit zu Zeit einen Becher davon ein.

Nur einmal am Nachmittag erwachte der Ratsherr aus seinem Tiefschlaf und fragte benommen nach der Zeit. Hiram ließ ihn wissen, es sei Sonntag, der 5. November, und die Vesperzeit vorüber.

Dann schlief Schoke wieder ein und weiter bis zum Mittag des folgenden Tages.

Hiram sah immer wieder nach ihm und stellte erleichtert fest, dass Schokes Atem immer ruhiger ging und die Gesundung Fortschritte machte.

Schließlich erwachte er, stand auf und wusch sich das Gesicht.

»Wo war ich? Ich weiß nichts mehr, nur dass wir gemeinsam das Boot ausgeschöpft haben und alles nass war.«

Hiram erklärte ihm, wie lange er im Fieber gelegen habe. Auf keinen Fall dürfe er sich schon gleich besonderen Anstrengungen aussetzen.

»Habt Ihr in Erfahrung bringen können, wem wir die Flutung unseres Bootes verdanken?«, fragte Schoke. Doch weder Achmet noch Hiram wussten eine Antwort.

Unruhig schaute Schoke sich um und hockte sich auf die Reling. Es knisterte in seiner Gürteltasche – der Brief!

Die Hände zitterten ihm ein wenig, als er den Umschlag öffnete. Das Siegel des dickwandigen Couverts schien auf dem Transport beschädigt worden zu sein. Er nahm das Briefblatt heraus, faltete es aber nicht völlig auseinander, als ob der Inhalt nicht ganz zum Vorschein kommen sollte. Was da zu lesen stand, überstieg alles, was er erwartet hatte:

»An den Ratsherrn Nikolaus Schoke, Gerichtsherrn der Stadt Hamburg, zurzeit auf See. Meinen Brüdern, den Vitaliensern, und mir ist schwerstes Unrecht durch Euch und Euren Rat zugefügt worden. Als Söldner zur See wurden wir gefangen genommen, aber als Verbrecher hingerichtet, zu denen wir erst durch Eure Anschuldigungen gemacht worden sind. Unsere Bruderschaft habt Ihr nicht vernichten können, auch wenn Ihr unseren Freund Goedeke Michel mit vielen seiner Genossen im vergangenen Jahr ebenfalls unter falscher Beschuldigung habt köpfen lassen. Ihr habt uns unseren Schatz gestohlen, den Grundstock für ein Vermächtnis, das Goedeke Michel und ich gemeinsam einlösen werden.

Ihr habt Euch widerrechtlich ein Eigentum an unseren Reliquien des heiligen Vincentius angemaßt, die Ihr uns und unseren Gefährten vom Hals gerissen habt. Wir verlangen sie zurück und werden es nicht hinnehmen, wenn Ihr sie in Lissabon dem Klerus ausliefert. Auf See gilt noch immer unser Recht. Es wird auch Maßstab für Eure Verurteilung sein, welche in diesem Augenblick ausgesprochen wird.

Claus Johan Störtebeker, Master des guten Schiffes ALLER SEELEN, zurzeit in der See.«

Schoke war wie vom Schlag gerührt.

Als Hiram ihn fragte: »Was ist Euch? Was steht in dem Brief?«, stammelte der kreidebleiche Ratsherr: »Er, nur er steckt dahinter! Ich hab's nicht wahrhaben wollen, aber es gibt ihn noch – irgendwie! Er wird mich nicht in Ruhe lassen. Er hat mich entdeckt, er weiß, wo ich bin! Auf den Kanaren hab ich ihn vergessen können. Wär ich doch nur dortgeblieben! Jetzt hat er meine Spur wieder aufgenommen. Er ist überall!«

Schließlich drückte er Hiram den schrecklichen Brief wortlos in die Hand. Der las ihn Wort für Wort laut vor. Dann sagte er ruhig: »ALLER SEELEN – so heißt kein Schiff. Undenkbar! Jedenfalls nicht das eines Lebenden.«

Schoke schüttelte den Kopf: »Also ein Totenschiff, auf dem ein Master das Kommando führt, der denkt und Briefe schreibt! Ein Untoter ist es, der Verwünschungen gegen mich ausstößt. Dieser verfluchte Störtebeker! Er ist nicht tot, aber er lebt auch nicht. Ich sag es Euch: Er ist mitten unter uns ...!«

Hiram fragte betont gelassen: »Achmet, sag einmal, weißt du, was ein Untoter ist? Kennt der Islam Untote?«

Achmet zuckte mit den Achseln: »Hab nie davon gehört. Ich bin aber auch nicht allwissend.«

Er suchte in dem Brief nachzulesen, den Hiram vor sich hinhielt. Achmet meinte: »Dann wird Schoke es uns erklären. – Schoke?« Nikolaus Schoke war verschwunden. Auch unter Deck war er nicht. »Der Beutel mit den Reliquien ist fort. Er wird versuchen, sie abzuliefern!«, rief Achmet von unten.

»Aber in seiner Verfassung? Er wird sich in Gefahr bringen. Wir müssen ihn suchen – sofort!«

Sie liefen durch den Hafen, durch die Tore in die Stadt, durch die Straßen und wieder zurück. Nikolaus Schoke war und blieb verschwunden.

Die Flucht vor dem Untoten

Lissabon,
Montag, 6. November 1402

Ich muss sie loswerden! Aber nicht an ihn! Er soll sie nicht in die Finger kriegen! … Der nicht! Mein Gott … wo bist du? … Hilf mir! Ich kann nicht mehr!«

Schoke schleppte sich den Strand entlang, den Beutel in der Rechten, und redete fortwährend mit sich selbst. Er zuckte, als ob ihn jemand stieße.

»Hände weg!«

Dann griff er bald zur Seite, bald hinter sich, als wollte er jemanden packen.

»Wenn ich dich kriege …! Ich bring dich um. Diesmal … Endgültig!«

Er stand vor dem vom König gestifteten Hafenbrunnen und stierte nur in das rinnende Wasser. Um sein Gesicht zu kühlen, wollte er davon schöpfen und neigte sich über den Brunnen. Aber da! Er fuhr entsetzt zurück.

Er sah nicht das eigene Spiegelbild – er blickte in das von langen Bartstoppeln eingefasste, von den Folterknechten blutig geschlagene Antlitz Störtebekers! Er schlug mit der Faust in dieses Trugbild hinein, dass es nur so spritzte.

Er heulte: »Aufhören …!« und rannte davon, hinein in das nächste Stadttor.

»Wo ist sie? Diese elende Kathedrale! Nur dort bin ich sicher … Ich muss den steilen Hügel hinauf, nur … was ist mit den Häusern? Platz da! Ich will hier vorbei! Die Gassen! Leere Augen ringsum … machen mir Angst. Ihr alten Fischerweiber, was gafft ihr so? Zeigt mir den Weg! Warum seid ihr jetzt alle hinter mir her? Dicht an dicht … alte Gesichter … Furien in schwarzen Tüchern … flügelschlagende Wesen … vorweg die verdreckten Gören … kreischend und juchzend. Lachen sie? Geifern sie? … Die verhöhnen mich! Die sind schneller, können fliegen. Gleich … gleich haben sie mich!«

Die Glocken aller Kirchen begannen zu läuten und zu lärmen.

»Endlich! Da ist sie ja … die Kathedrale. Ich muss zum Altar, weiß man doch! Muss mich auf die Knie werfen … die Hände auf den Altar legen … dann soll er nur kommen … soll er nur kommen …«

Schoke redete unablässig, ständig mit dem Kopf nickend.

Aus dem Dunkel der Kirche kam ihm eine Gestalt entgegen.

»Aber das ist kein Würdenträger … kein Pater! Es ist der … Gott sei bei mir … wieder dieser …!«

Schoke kehrte um, wollte die Kathedrale wieder verlassen. Doch in den großen Eingangstüren erschien jetzt der Pöbel, das Stadtvolk, das ihm auf den Fersen gewesen war, versperrte ihm den Weg ins Freie.

»Heilige Jungfrau Maria! Diese Teufel!«, rief er und erschrak über das Echo der eigenen Stimme.

Dann rettete er sich in den Aufgang zu einem der beiden Türme. Da droben, dem Himmel ganz nah, würde er sich ihm anvertrauen! Sich ihm in die Arme werfen! Noch ein paar Stufen – und er brach zusammen. Jemand packte ihn von hinten …

Schoke kam wieder zu sich. Ein besorgtes Gesicht beugte sich über ihn. Er fühlte die beruhigende Hand auf seiner Stirn, und das Gesicht redete wie zu einem Kind: »Geht es wieder? Steht auf und kommt mit!«

»Woran würde jemand denken, der sich etwas antun will?«, fragte Achmet.

Hiram wusste es sofort: »Die Türme! Natürlich, er ist in der Kathedrale, auf einem der Türme.«

So schnell die Beine sie trugen und sie den Berg hinaufkamen, rannten sie in Richtung der Türme. Die verloren sie aber in den Straßen aus dem Blick. Sie fragten mehrere Menschen nach der Kathedrale und wie man sie am schnellsten erreichen könnte. Mit Hilfe der Stadtbewohner fanden sie durch verwirrend viele Straßen zur Kathedrale.

Völlig verschwitzt und atemlos erreichten sie das Gotteshaus. »Ich nehme den rechten Turm, und du durchsuchst den linken«, rief Hiram Achmet zu, und schon stiegen sie keuchend die schmalen Treppen hinauf.

Da oben war niemand, weder in dem einen noch dem anderen Turm. Vollkommen erschöpft und doch ein wenig erleichtert stapften sie wieder abwärts.

Im Inneren der Kirche hörten sie lateinische Laute. Leise folgten sie dem Gemurmel.

Auf einem breiten Sessel saß ein vornehm gekleideter, sichtlich betagter Geistlicher. Er hatte seine Hand auf den Kopf eines Mannes gelegt. Der vor ihm kniete, war Nikolaus Schoke.

»Nehmt diese Knochen, Exzellenz! Ich kann die Verantwortung keinen Augenblick länger ertragen«, hörten sie Schoke sagen, und er zeigte dem Geistlichen den von seiner verkrampften Rechten herabhängenden Beutel.

Die Hand öffnete sich langsam. Der Beutel fiel dem Erzbischof in den Schoß, und er öffnete ihn.

»Wirklich, sie sind es. Wir wissen es – dem Himmel sei Dank!«, sagte der Alte, in dem Hiram und Achmet längst den höchsten geistlichen Würdenträger der Stadt erkannt hatten.

Sie traten zu ihm hin. An ihren besorgten Blicken bemerkte er, dass sie Angehörige oder Freunde sein mussten. Er stellte sich ihnen vor:

»Damit Ihr wisst, wer sich hier zurzeit um Euren Freund kümmert: Unser Name ist João Anes, Wir sind Erzbischof der Stadt Lissabon.«

Hiram kamen die Tränen, und Achmet seufzte vor Erleichterung. Schoke war gerettet. Schoke war endlich mit seiner Mission ans Ziel gelangt. Wie lange hatte er darum gekämpft, es zu erreichen.

Der Erzbischof erklärte: »Wir waren gerade dabei, die Messe vorzubereiten, und sahen, wie Euer Freund geradewegs in die Tür zu den Türmen hineinwischte. Und da er Uns einen durchaus verwirrten Eindruck machte, konnte man sich denken, was er vorhatte. Also sind Wir ihm nachgestiegen, haben ihn von dem Frevel abgehalten, sich selbst zu entleiben, und ihn in die Kirche zurückgeholt. Dem Herrn sei Dank, dass es nicht schon wieder passiert ist!«

Hiram wurde hellhörig: »Was heißt ›nicht schon wieder‹? Gab es vor kurzem einen ähnlichen Vorfall?«

»In der Tat! Sonst säßen Wir gar nicht hier.«

Er machte eine Pause und blickte auf die Knöchelchen in seinem Schoß: »Ohne die aufwühlenden Ereignisse der Jahre 1383 bis 1385 hier in Unserem Lande zu kennen, kann man nicht verstehen, wie es überhaupt zu einem freventlichen Anschlag auf die Reliquien des heiligen Vincentius hier in der Kirche hatte kommen können. Unser Bruder in Christo hat ein Recht, davon zu erfahren. Aber es ist eine lange Geschichte.

Das größte der spanischen Königreiche, Kastilien, sah damals – man schrieb das Jahr 1383 – die Gelegenheit gekommen, sich Portugal einzuverleiben. So weit ist allen Menschen die Geschichte vertraut. Was aber im Einzelnen geschah, war nicht für jedermanns Ohren bestimmt. Nur diejenigen, die es miterlebt haben, wissen davon, weil es weder in Akten noch in Chroniken zu lesen steht. Auch Ihr seid gebeten, Stillschweigen über all die Dinge zu bewahren, die Wir Euch jetzt zur Kenntnis geben. Könnt Ihr mir dies zusagen?«

Der Erzbischof hob das Kinn des Ratsherrn, der immer noch vor ihm kniete, ein wenig an und sah ihm in die Augen. Schoke nickte. Er erhob sich und setzte sich gegenüber auf eine Stufe zum Altar.

Ohne die Zustimmung der anderen beiden Zuhörer abzuwarten, fuhr der Erzbischof fort: »Wie es häufig ist – skrupellose Anführer wiegeln friedliche Völker gegeneinander auf, nur um des eigenen Vorteils willen –, so geschah es auch zur Regierungszeit des Königs Fernamdo. Seine Politik gegenüber der Kirche war ein einziges Durcheinander. Damals gab es, wie Ihr wisst, zwei Päpste. Erst entschloss Fernamdo sich, Portugal aus dem Gehorsam gegenüber dem Heiligen Stuhl in Avignon zu lösen und sich der Obhut des Heiligen Vaters in Rom anzuvertrauen. Dann widerrief er alles und schloss sich erneut Avignon an, und kurz vor seinem Tode setzte er wieder ganz auf Rom. Und dies alles nur, weil auch Kastilien zum Papst in Avignon hielt und Fernamdo in seinem Wankelmut bald gegen die Kastilier zu Felde zog, bald wieder mit ihnen in bestem Einvernehmen zu leben wünschte.

In einem solchen Augenblick hat er dann seine Tochter Beatriz, dieses arme Geschöpf, dem kastilischen Kronprinzen Don Juan als Verlobte aufgedrängt. Und das tat er, wo er doch keinen Sohn vorzuweisen hatte, der nach ihm Portugals Königskrone hätte tragen dürfen.«

Der Erzbischof holte ein paarmal tief Atem.

»Es kam, wie es kommen musste. Unser Volk war die ständigen Kriege mit Kastilien leid. Die Felder waren verwüstet. Die Bauern hatten ihr Land verlassen und waren in die Stadt geflüchtet. Diejenigen, die geblieben waren, wurden von den adligen Grundherren, zumeist Parteigänger der Kastilier, umso schlimmer geschunden und ausgepresst. Wer also auch nur in den Verdacht kam, mit den Kastiliern gemeinsame Sache zu machen, zog den Hass des Volkes auf sich.

Als nun König Fernamdo am 22. Oktober 1383 starb, wurde seine Tochter am kastilischen Königshofe erbberechtigt. Fernamdos Witwe, die Königin Donna Leonor Teles, übernahm die Regentschaft in Portugal für ihre Tochter Beatriz, obwohl gemunkelt wurde, das Kind sei wegen des unsittlichen Lebenswandels seiner Mutter nicht einmal die leibliche Tochter Fernamdos und daher überhaupt nicht erbberechtigt.

Solche Gerüchte von den Zuständen bei Hofe erwähnen Wir hier nur, weil man die Wut des Volkes und seine Reaktionen dann besser begreift.

Die Regentin, Donna Leonor, ließ sich in allen entscheidenden Fragen von ihrem Geliebten, einem Parteigänger der Kastilier, beraten, was die Bevölkerung erst recht aufbrachte. Der Einfluss dieses Mannes hätte uns am Ende zweifellos das Joch der kastilischen Herrschaft beschert, welches das Volk nie und nimmer tragen wollte. Es begehrte auf. Deshalb feierte es auch die Tat, zu der sich der Großmeister des Avis-Ordens, ein unehelicher Neffe des verstorbenen Königs, durchrang: Er tötete den Favoriten der verwitweten Königin eigenhändig. Er, der Meister von Avis – ganz allein! Er ging einfach in den Palast hinein, bis an die Festtafel, wo die Königin mit ihren Freunden saß, und erstach den Lüstling! Das geschah am dritten Dezember 1383. Nach dem Mord nannte man ihn im Volk Regent und Retter des Reiches.

Die rachsüchtige Witwe und Regentin Donna Leonor forderte daraufhin ihren Schwiegersohn Don Juan, mittlerweile König von Kastilien, dazu auf, ins Königreich Portugal einzumarschieren und es in Besitz zu nehmen. Das Volk bat in seiner Not den Meister von Avis, sich den Kastiliern entgegenzustellen. Könnt Ihr Uns folgen?«

Seine Zuhörer nickten, und er setzte seinen Bericht fort.

»Nun waren aber die Königin und ihr Liebhaber keineswegs die Einzigen, die daran arbeiteten, die Unabhängigkeit des portugiesischen Volkes zu untergraben. Auch Mitglieder des Hochadels und vor allem des Klerus waren beteiligt. Die Geistlichkeit stand unter dem Einfluss der Metropolitankirche Santiago de Compostela, und die gehört bekanntlich zu Kastilien. Am schlimmsten trieb es – Wir müssen es leider sagen – Unser Amtsvorgänger. Sein grauenvolles Ende haben Wir miterlebt. – Und damit kommen Wir zu der Tat, nach der Ihr fragtet.« Er sah zu Hiram hin.

»An dem Tage, an dem er zu Tode kam, befanden Wir Uns gerade vor der Kirche des heiligen Bartholomäus, die dicht bei der Burgmauer liegt. Eine große Zahl von Bürgern hatte sich unterhalb des São-Jorge-Tores zusammengerottet und wilde Beschimpfungen gegen die Königinwitwe Donna Leonor ausgestoßen. Sie zogen jetzt zur Kathedrale. Überall hörte man das gleiche Urteil: ›Nicht einmal auf den Balkon hat sie sich gewagt! Sie hat es wohl mit der Angst bekommen. Die Leute lachen schon über sie.‹

Das Gedränge und das Geschiebe auf dem Weg bergab wurde immer schlimmer. Schreckensmeldungen machten die Runde. Wilde Haufen hätten sich vor dem Tor zur Judiaria versammelt und drohten, dort hineinzustürmen, um zu plündern und zu morden. Ganz Lissabon drohe im Chaos zu versinken. Ja – und in der Sé habe sich etwas Grauenvolles ereignet.

Niemand wusste etwas Genaues, aber alle trieb die Neugier zur Kathedrale. Das war ein Geschiebe, ein Geschubse! Wir wurden von der Masse eingekeilt und einfach mitgerissen.«

Der Kirchenfürst machte wieder eine Pause. Die Erinnerung an die Ereignisse schien ihm zuzusetzen.

Schließlich sprach er weiter: »Wenig später standen Wir vor der Sé. Dort herrschte mit einem Mal Totenstille. Die Menge blieb am Rand des Vorplatzes stehen und starrte in die Mitte. Es war grauenvoll. Vor Uns lag, mit dem Gesicht nach unten, ein Mann mit zerschmetterten Gliedmaßen in einer Blutlache. Er war offensichtlich vom Südwestturm, dem gleichen, den Unser lieber Freund hier bestiegen hat, abgestürzt. Fassungslos erkannten Wir, dass der Tote ein Mann der Kirche war. ›Das ist doch unser Bischof Dom Martinho!‹, flüsterte einer der Umstehenden. ›Na und? Er hat bekommen, was er verdient. Ihr müsst Euch einmal in der Kirche umsehen. Euch werden die Augen übergehen!‹, zischelte ein anderer dazwischen. ›Ist er selbst…? Oder hat jemand nachgeholfen?‹ ›O ja! Und wie! Mit einem kräftigen Stoß …!‹ Keine Version wurde ausgelassen, um sich den Tod des Bischofs auszumalen.

Da löste sich aus der ersten Reihe der Umstehenden eine gebückte Gestalt, ein älterer Herr, der Mühe hatte zu gehen. So gebrechlich er war, schien ihn doch jeder zu respektieren. Mehr noch – mit seiner Ausstrahlung gewann er Macht über die Leute.

Einige Hochrufe wurden laut. ›Still jetzt!‹, riefen andere. ›Wir wollen hören, was Dom Alvaro Pais uns zu sagen hat.‹

Wir reckten Uns, um den alten Mann besser zu sehen, als jemand neben Uns meinte, Uns flüsternd belehren zu müssen: ›Du kennst ihn nicht, den klügsten Mann im Reich, Alvaro Pais? Er ist doch der Kopf unseres Aufstandes. Er hat schon König Pedro und später König Fernamdo zur Seite gestanden. Jetzt berät er den Meister des Avis-Ordens, Dom João, den sie zum König machen wollen.‹

Mit einer leichten Handbewegung brachte der würdige Herr Uns dazu, ihm in die Kathedrale zu folgen. Drinnen herrschte ein Gedränge wie auf einem Jahrmarkt. Die Kirche summte von dem halblauten Gerede der Leute. Aber man sprach nicht nur über den Tod des Bischofs. Aufgeregt wurde die Nachricht von einer frevelhaften Tat weitergegeben, die sich auf dem Hauptaltar ereignet hatte. Die Menschen traten beiseite, als Alvaro Pais die Mitte der Kirche in Richtung auf die Hauptkapelle durchschritt, und machten den Blick auf den Hauptaltar frei. Auf dem Altar standen eine aufgebrochene Holzkiste und daneben ein ebenso großes silbernes Gehäuse. Auch das war beschädigt. Schwere silberne Ketten hingen von dem Schrein über den Rand der Altarplatte herab. Daneben lagen Silbernägel. Sie waren herausgerissen worden, als man die Holzkiste aus dem kostbaren Silberschrein herausbrach.

Graf Alvaro Pais schleppte sich die Stufen zum Altartisch hinauf und betrachtete die Verwüstung. Er senkte nicht seinen Kopf, sondern nur die Augenlider. In einem und demselben Augenblick wusste er alles und verstand, was man dem Land Portugal mit den Gebeinen des Heiligen hatte nehmen wollen. Man sah die gebrechliche Gestalt vor Erschütterung und Ingrimm beben. Endlich drehte er sich zum Mittelschiff hin um und stand vor der Menge, die zu ihm hinaufstarrte. Das Raunen und Wispern verstummte. Aber der

Graf sagte immer noch nichts, stand da wie versteinert, mit geschlossenen Augen und gefalteten Händen – lange. Die Menschen verharrten wie gebannt.

Da wurde das Hauptportal aufgerissen, und eine Gruppe lärmender Männer stürmte herein, drängte sich bis fast zum Altar. ›Die Juden waren es!‹, brüllten sie. ›Die stehen doch alle auf der Seite der Königin. Sie haben den Bischof angestiftet, sie haben ihn bestochen, die Gebeine des heiligen Vincentius zu entführen. Kommt alle mit, wir stürmen das Judenviertel und holen uns wieder, was sie dem Land gestohlen haben! Wir tun es für den Meister von Avis, der wird das Geld brauchen, wenn er erst einmal unser König ist.‹

Aber bevor die Menge begriffen hatte, was da Ungeheuerliches sich anzubahnen drohte, öffnete sich das Portal noch einmal, langsam und knarrend. Im Eingang stand, nur von einer zweiten Person begleitet, ein Mann. Er wirkte schlicht, dieser Mann, der nun seinen schwarzen Filzhut vom Kopf nahm.

Alle wussten es sofort: Der Mann in der Tür war der Meister von Avis.

Seine Augen waren einzig auf den alten Mann am Altar gerichtet.

Die Schreier waren verstummt und sahen sich verunsichert um.

›Was höre ich? Was habt ihr vor, meine Freunde?‹, rief der Meister. ›Wer es wagt, die Judiaria zu betreten und auch nur einen einzigen Juden anzufassen, soll auf das härteste bestraft werden. Die Juden trifft keinerlei Schuld an dem Reliquienraub.‹ Und drohend fügte er hinzu: ›Es gibt hier freilich einige Einbläser, die bereit sind, den Juden alles Böse in die Schuhe zu schieben.‹«

»Das hat er wirklich gesagt?«, unterbrach Hiram ihn sichtlich bewegt.

»Ja, er hat es gesagt«, bekräftigte der Erzbischof. »Er wusste, wie leicht die Menge sich zu Gewalt gegen die Juden hätte hinreißen lassen. Er hat sich dagegengestellt.

Das Gedenken an diesen Abend ist in Uns lebendig geblieben. Wir bewunderten ihn, den Meister von Avis, als Retter Portugals. Noch war er nicht zum König ausgerufen. Wir sehen ihn vor Uns, wie er zum Hauptaltar ging und sich neben Alvaro Pais stellte. ›Gut, dass Ihr kommt, Meister!‹, begrüßte der ihn. ›Ihr müsst es verhindern! Sie haben es auf Dom Juda abgesehen!‹ Der hatte schon seinem Vater, Dom Pedro, und dem verstorbenen König Fernamdo als Schatzkanzler jahrzehntelang treu gedient. ›Lasst mich nur machen!‹, beruhigte der Meister den Alten.«

Schoke war inzwischen aufgestanden.

Jetzt sprach ihn der Erzbischof an: »Hört gut zu. Das Folgende geht Euch unmittelbar an: Dem Meister von Avis war ein den Anwesenden völlig unbekannter junger Mann von ziemlich wildem Aussehen gefolgt. Er trug auf dem vorgestreckten Unterarm ein großes Bündel, das von einem schwarzen Tuch verhüllt war. Der Meister von Avis trat neben den Grafen Alvaro, währenddessen der Fremde vor den beiden auf den Stufen zum Altar ins Knie sank und dem Meister das Bündel überreichte. Graf Alvaro Pais und der Meister traten neben den Altar und legten gemeinsam das Bündel in die Holzkiste.

Jubel brandete auf. ›Sie sind wieder da, die Gebeine unseres Heiligen! Gott im Himmel sei Dank‹! Der Meister hob die Hand, wartete, bis es wieder ruhig war, und erklärte: ›Bischof Martinho, den uns der Papst von Avignon gesandt hatte, wollte verhindern, dass unser Bistum dem Papst in

Rom unterstellt würde. Mit Duldung des Bischofs haben zwei gemeine Verbrecher die Gebeine des heiligen Vincentius nach Santiago entführen wollen. So sollte unser Bistum unter die Obhut der Metropole Santiago de Compostela gezwungen werden.

Es ist allein der Aufmerksamkeit eines Mannes zu danken, dass die Diebe noch im Hafen gefasst wurden, bevor sie ein Schiff besteigen und absegeln konnten. Die gestohlenen Reliquien wurden sichergestellt. Dieser Mann, ein Kaperfahrer aus dem hohen Norden, zurzeit in Diensten der englischen Krone, befindet sich unter uns und verdient unseren Dank. Ihr seht ihn hier vor uns knien.‹ Und indem er dies sagte, bückte er sich, zog den Knienden zu sich empor und umarmte ihn.«

Der Bischof schwieg ermattet. Es hatte ihn offensichtlich viel Kraft gekostet, die Ereignisse noch einmal zu erzählen. Seine Zuhörer schwiegen nachdenklich.

Schoke hatte sich so weit gefasst, dass er Fragen zu stellen wagte, die ihm am Herzen lagen:

»Wer war dieser fremde Seemann, der die Reliquiendiebe aufhielt?«

Der Bischof lächelte nachsichtig: »Haben wir Uns doch gedacht, dass Ihr danach fragen würdet! Nun, wen der spätere König zu sich emporgehoben und umarmt hat, will er Euch selber erzählen. Er will Euch morgen unbedingt persönlich empfangen. Was Uns aber als Kirchenmann und gläubigen Christen beunruhigt, ist ein Fluch, der mit den Reliquien verbunden ist, nämlich dass die Kathedrale demjenigen, der die Totenruhe des Heiligen zu stören und seine Gebeine zu entweihen wagt, einen grausamen Tod bescheren wird.«

Schoke erschrak. So rein war sein Gewissen keineswegs,

wenn er an sein kanarisches Abenteuer zurückdachte. Was hatte ihn getrieben, auf den Turm zu steigen? Der Erzbischof erkannte zwar, dass Schoke etwas zu verbergen hatte, aber er wollte nicht in den arg mitgenommenen Ratsherrn dringen. So sagte er: »An Eurer Turmbesteigung schuld war wohl dieser schreckliche Brief, von dem Ihr Uns erzählt habt, nicht wahr? Der hat Euch gewiss völlig in Verwirrung gestürzt. Habt Ihr ihn bei Euch?«

»Aber ja – darf ich?« Hiram überreichte ihm mit Einverständnis Nikolaus Schokes den Brief.

Der Erzbischof las ihn und blickte dann erstaunt in das Couvert.

»Die Briefhülle ist für zwei Blätter gearbeitet – viel zu groß für nur eines. Habt Ihr das andere Blatt nicht mitgebracht? Nein? Merkwürdig. Aber sagt Uns bitte eines noch: Erinnert Ihr Euch, wer Euch das Couvert ausgehändigt hat?«

Hiram wusste nicht, was er denken sollte: »Das war doch der freundliche Zolleinnehmer, der so gut Englisch spricht. Warum fragt Ihr?«

»Er ist Engländer. Er tut nur so, als sei er ein Portugiese, der das Englische hervorragend beherrscht«, meinte der Erzbischof. »Einer der vielen Engländer, die in den unruhigen Jahren als Söldner zur See hierher kamen und hier auch geblieben sind. Er ist Segelmacher und führt schon mal kleine Reparaturen auf Gastschiffen aus. Er unterhält Kontakte mit Gott und der Welt. Er lässt sich übrigens gern für sein ausgezeichnetes Englisch loben. Ein gefährlicher Mann, der in der letzten Zeit viel vom ganz großen Geld, das er noch machen werde, geprahlt hatte. Wir raten Euch gut: Haltet Euch in Zukunft von ihm fern und achtet vor allem darauf, dass er Euren Freund Schoke nicht mehr zu Gesicht bekommt.«

Hiram nahm sich die Freiheit zu bemerken: »Ratsherr Schoke hat eine Höllenangst vor den übernatürlichen Kräften, die dem Autor des Briefes offenbar zur Verfügung stehen.«

Und Achmet flocht ein: »Kein Lebender würde sein Schiff Aller Seelen nennen, geschweige denn sich damit auf die See trauen.«

»Furcht vor einem Untoten? Die wäre freilich mehr als berechtigt«, sagte der Erzbischof. »Wenn der fragliche Mann aber tatsächlich hingerichtet und sein Kopf auf ein Blutgerüst genagelt worden sein sollte, könnte er nicht zum Wiedergänger werden. Die Erfahrungen der Teufelsaustreiber mit dergleichen Erscheinungen sind seit Generationen gesammelt und in den Berichten der Rota Romana, also des höchsten päpstlichen Gerichts, niedergelegt worden. Es sei denn, man hätte es hier mit einem ganz unvergleichlichen Fall zu tun. Wir wären sehr daran interessiert, von Euch mehr darüber zu erfahren. Vor allem auch darüber, was sich vielleicht noch zutragen wird. Wir würden Uns glücklich schätzen, Euren Fall bei Gelegenheit in der Kurie vortragen zu dürfen.«

»Wie interessant für die Kurie! Wie wenig erquicklich für den armen Nikolaus Schoke«, wehrte Hiram ab.

Der Kirchenmann besann sich und schlug, jetzt zu Schoke gewandt, vor: »Lieber Bruder, Ihr müsstet, um gegen Angriffe des Untoten gefeit zu sein, Euch genauestens darüber kundig machen, wie denn die Reliquien in Goedeke Michels Hände geraten sind und ob dieser Störtebeker zu Lebzeiten überhaupt irgendwelche Ansprüche darauf hätte anmelden dürfen. Er scheint ja, wenn auch vergeblich, schon früher die Geltung Eures hansestädtischen Rechts für sich eingefordert zu haben. Offenbar hat er sich erst als ihm dieses verwehrt wurde, auf das Recht der Männer auf See verlegt. Verhaltet

Euch so, als müsstet Ihr mit dem Untoten Claus Störtebeker vor einem weltlichen Gericht erscheinen. Wenn er denn wirklich ein solcher Wiedergänger sein sollte, könnte er nicht anders handeln als im Leben. Lasst ihm Gerechtigkeit widerfahren, und er kann Euch nichts mehr anhaben!

Wir haben jetzt alles gesagt. Nur gut, dass Ihr morgen den König trefft. Er hat sich vorbehalten, Euch den Rest der Geschichte persönlich zu erzählen.«

Die drei bedankten sich, auch der immer noch abwesend wirkende Schoke, und wandten sich zum Gehen.

»Es ist sehr spät geworden«, sagte der Erzbischof, als er sie zur Tür begleitete, »und die Tage werden kürzer.«

Er rief nach einem Diener und einer Leuchte, damit die späten Gäste in den Hafen zurückbegleitet würden. Sie drückten sich an dem Zollamt vorbei und waren mit Recht sicher, von niemandem beobachtet worden zu sein.

Die Audienz auf São Jorge

Lissabon, auf dem Weg nach São Jorge,
Dienstag, 7. November 1402

Es war doch von Nutzen gewesen, dass sie sich am Vortag ein wenig mit der Stadt vertraut gemacht hatten. Schon gegen Mittag überbrachte eine unscheinbare alte Frau eine Nachricht vom Erzbischof, man möge sich zur Vesperzeit auf der Burg São Jorge einfinden. Sie warteten ab, bis sie sahen, dass der Zolleinnehmer mit seinem Boot weiter draußen in der Bucht seine Runde bei den Ankerliegern drehte, und machten sich frühzeitig auf den Weg, um noch die *Alfama*, wie die Altstadt mit muslimischem Namen hieß, zu besuchen.

So betraten sie durch die doppeltorige Porta da Ribeira zunächst die Neustadt und wandten sich auf der Rua Nova sofort nach rechts. Gleich sahen sie zur Linken die Außenseite der Altstadtmauer vor sich, unverkennbar ein Bauwerk, das noch aus der Zeit muslimischer Herrschaft herrührte. Sie fanden einen Durchschlupf, und schon waren sie in der Alfama. Innerhalb des alten Mauerringes sahen sie sich in eine fremde Welt versetzt. Sie ließen sich durch das Wirrwarr von Gassen, Plätzen, Treppen und Durchgängen treiben.

Schoke glaubte, hinter dem abwechslungsreichen Bild eines farbenfrohen Lebens eine gewisse Rückständigkeit gegenüber der Neustadt zu erkennen. Die Bäcker, die Schank- und Speisewirte bildeten die einzige Gruppe der Selbständigen, im Übrigen traf man auf Wasserverkäufer, Dienstmänner des Erzbischofs und des Königs, deren Schreiber und die Wachleute des nahen Gefängnisses. Sie kamen an Wohnungen vorbei, in denen die Menschen in unvorstellbarer Enge und Armut lebten und starben. Besser schien es da noch den Kindern des Waisenhauses in der Rua das Órfãs zu ergehen.

Sie gelangten schließlich zu dem Platz, an dem die Muslime zu ihrer Zeit eine gewaltige Moschee errichtet hatten. Ein heiliger Ort seit Menschengedenken, auf dem nunmehr die Kathedrale, die Sé, stand.

Für einen Besuch auf dem Schloss war es noch zu früh. Kurz entschlossen betraten sie die Kathedrale noch einmal, nunmehr frei von allen Ängsten. Seine Exzellenz, der Herr Erzbischof persönlich, zelebrierte gerade eine Messe. Es gelang ihnen, den hohen Herrn nach der kirchlichen Feier zu begrüßen und sich den Zeitpunkt für den Empfang beim König bestätigen zu lassen.

Sie gingen durch das Mittelschiff zum Hauptaltar, und als sie dort angekommen waren, nach rechts. Dort sahen sie ihn funkeln und gleißen: einen großen Reliquienschrein aus Silber und Gold, übersät mit kostbaren Edelsteinen. Er war mit silbernen Ketten an der Rückwand der Nische hoch aufgehängt. So war denn längst alles wieder am rechten Ort, stellten sie beruhigt fest.

Sie verließen die Sé wieder und nahmen vom Vorplatz aus auf einem kurzen, steilen Pfad den Aufstieg zur Burg in Angriff.

Gespannt und aufgeregt zugleich sahen sie dem Höhepunkt ihres Lissabonner Aufenthaltes entgegen, als sie vorbei an São Jorge und São Martinho auf die Kirche Santiago zusteuerten und sich von dort wieder nach links der Iglesia Santo Elói zuwandten. Zwischen ihr und der gegenüberliegenden Kirche São Bartolomeo hindurch führte endlich die Rua Jerusalem direkt auf das von geharnischten Posten bewachte Burgtor, die Porta Alfofa, zu.

Am Tor empfing sie ein würdiger älterer Herr, ein grauhaariger Lockenkopf mit klugen Augen. Er verbeugte sich vor seinen Gästen, nannte seinen Namen, Gomes Martins, und entschuldigte sich dafür, dass gerade er ihnen etwas zu zeigen beauftragt sei, worüber zu sprechen ihn eigentlich die Bescheidenheit hindern müsse. Er führte sie an Grüppchen geschwätziger Hofdamen vorbei, die das schöne Wetter für einen Rundgang nutzten, und geleitete seine Gäste an den nordwestlichen Rand der Vorburg über dem Steilabhang des São-Jorge-Felsens.

Von dort aus hatte man freie Sicht auf das bedeutendste Bauwerk der Neustadt, die Kirche Nossa Senhora do Carmo, gestiftet von dem eigentlichen Retter Portugals: Nuno Alvarez Pereira. Er war es gewesen, der die Spanier bei Aljubarota hatte schlagen können und danach die Kirche errichten ließ. Wie geschickt sie da in den gegenüberliegenden Berghang eingefügt lag! Durch die hohen Fenster fiel von allen Seiten das Tageslicht ins Innere. Ein neuer Verkündigungsauftrag, wahr und klar, schien sich mit dieser Architektur zu verbinden.

Nun stand sie seit gerade drei Jahren fertig da – nur zehn Jahre hatte man gebraucht, um das ganze Bauwerk fertigzustellen. Niemand konnte darüber genauer berichten als ihr gegenwärtiger Begleiter. Hatte er zunächst Fragen nach seiner genauen Beschäftigung freundlich überhört, bekannte er später, noch immer leitender Baumeister des Grafen Nuno Alvarez Pereira zu sein.

Bei dem Rundgang fiel ihr Blick allerdings auch auf ein Wohnviertel, das unterhalb der Burg lag und sich von dort in Richtung des Berges Santana nach Nordwesten zu erstreckte. Die Bebauung bestand aus einem Meer von Hütten – von Häusern konnte man kaum reden –, die so dicht aufeinanderhockten, dass man weder Straßen noch Gassen erkennen konnte.

»Wie heißt denn dieses Viertel?«, fragte Hiram.

»*Mouraria*, das Maurenviertel«, erklärte ihr freundlicher Führer und drängte sie, die Schritte des bevorstehenden Empfanges wegen zu beschleunigen.

Achmet standen Tränen in den Augen. Er flüsterte Hiram zu: »Meinen Glaubensbrüdern geht es hier inzwischen viel schlechter als den deinen.«

Wenig später saßen sie in einem großen Audienzraum, an dessen Schmalseite eine erhöhte Nische auffiel.

Die Rückwand der Nische wurde von einem großen, hoch gelegenen Fenster durchbrochen, das nach Südwesten ging. Es war die einzige Tageslichtquelle für den ganzen Versammlungsraum. Ein wenig unterhalb des Fensters stand auf einem flachen Podium ein großer Stuhl, ein zweiter neben dem Podium. Geblendet durch die voll einfallenden Sonnenstrahlen, sahen die Freunde dies alles nur in Umrissen. Schoke und Achmet nahmen zu Füßen des Podests in breiten Stühlen Platz, die mit Kissen belegt waren. Hiram blieb neben ihnen stehen und hielt sich bereit, schwierige Textpassagen zu übersetzen.

Eine Viertelstunde nach dem Vesperläuten öffnete sich in der Nische eine Seitentür, und es erschien auf dem Podium eine hohe, schlanke Gestalt, von der man gegen das helle Fenster zunächst nur das grau melierte Haupt- und Barthaar erkennen konnte, das Aufblitzen einer Goldkette und einen dunklen Umhang und nur für einen Augenblick das markante Profil des Königs. Der Unwirkliche tauchte in den Schatten des hohen Stuhls in der Mitte der Nische und sprach seine staunenden Gäste unmittelbar an: »Ihr Herren! Ihr seid spät, in der Tat zu spät nach Lissabon gekommen, um die Reliquien zurückzugeben. Eigentlich hätten Wir einen Freund erwartet, dem Wir sie persönlich anvertraut hatten, die Knochen von der rechten Hand des heiligen Vincentius. Das taten Wir, um diesen Mann zu verpflichten, möglichst bald in Unsere Stadt zurückzukehren und mit Uns gemeinsam einen Konvent und eine Kirche zu errichten, die an die Befreiung Lissabons erinnern sollte. Für wen hätten Wir wohl lieber einige Reliquien von den Gebeinen des heiligen Vincentius hergegeben als für ihn, dessen Umsicht Wir so viel zu verdanken hatten. Er beabsichtigte, Gott allein weiß, wie, die Mittel für den Bau des neuen Heiligtums zu beschaffen. Wir haben ihm einen Bauplatz angeboten. Er war begeistert und ließ Uns wissen, im Schutze dieses Konvents und der Obhut frommer Männer würde er gern mit seinen Gefährten die letzten Tage verbringen. Wir haben gewartet und gewartet. Vergeblich.

Nun lebt er nicht mehr, denn Unser Freund war Euer Feind, Schoke. Er hieß Goedeke Michel. Ihr habt ihn nach Eurem Gesetz gerichtet, aber Ihr habt wenigstens für die Einlösung seines Gelübdes gesorgt und die Reliquien zurückgegeben. Wie Wir gehört haben, hattet Ihr mehrere Überfälle zu bestehen. Diebe hatten es darauf abgesehen, Euch die Reliquien zu entwenden und zu Geld zu machen.«

Er beugte sich ein wenig vor: »Was Wir jetzt sagen, muss ein Geheimnis bleiben. Dennoch sehen Wir uns aus Sorge um Eure Sicherheit genötigt, Euch einzuweihen. Mitglieder aus höchsten Kreisen des englischen Königshauses Lancaster, das sich mit Uns verbündet hatte, sollen versucht haben, mit Hilfe von Auftragsmördern an die kostbaren Gebeine heranzukommen. Einer dieser gedungenen Verbrecher soll bereits in Lissabon gesichtet worden sein. Es muss sich um einen schon länger in Unserer Stadt beschäftigten Mann handeln, der sich brüstet, einen solchen Auftrag aus dem Ausland angenommen zu haben.«

Schoke meinte zu verstehen und fragte freiweg: »Könnte es sein, dass es sich um Euren Zolleinnehmer, den Engländer, handelt?«

Der König reagierte erstaunt: »Ihr wagt es, mich zu unterbrechen? Das hat bisher noch niemand versucht. Aber nur zu! Mit Euch wollen Wir eine Ausnahme machen, da Ihr Uns einen großen Dienst erwiesen habt. Was nun den Zolleinnehmer betrifft, seid Ihr im Unrecht. Er ist Uns treu ergeben. Von ihm geht keinerlei Gefahr aus.«

»Wenn nun aber doch …« Schoke berichtete von den Vorfällen an Bord und den Warnungen des Erzbischofs.

Der König blieb skeptisch und schien nicht gewillt, nochmals auf die Einwürfe einzugehen. Er sagte nur äußerst knapp: »Wir werden das prüfen. Doch nun zurück! Wir hatten versprochen, Euch anzuvertrauen, wie Goedeke Michel an die Reliquien kam.

Die Teilung von Gebeinen der Heiligen wird nur in seltenen Fällen erlaubt. Es war an Uns, den Papst um eine solche Genehmigung zu bitten. Unsere persönliche Wertschätzung hat Goedeke sich dadurch erworben, dass er dem ungetreuen Bischof Martinho in den Arm fiel, als der den Leichnam des Heiligen stehlen wollte. Unser ganzes Volk aber liebte und verehrte Goedeke, weil er die Stadt Lissabon vor dem sicheren Hungertod bewahrt hat. Euch aber danken Wir für die Einlösung seines Gelübdes auf so gefahrvolle Weise. Solange Ihr in Lissabon seid, steht Ihr unter Unserem Schutz. Niemand wird es gelingen, Hand an Euch zu legen.«

Die Sonne war inzwischen herumgewandert und stand im Fenster über dem Thronsessel. Das gleißende Gegenlicht blendete die Freunde so sehr, dass sie nicht bemerkten, dass König João sich leise erhob und den Raum verließ.

Hiram war deswegen nicht wenig enttäuscht. Er hätte den König zu gern nach dem Zusammenleben der Bürger Lissabons mit Menschen anderer Religionen gefragt. Wem war erlaubt, Hilfe vom heiligen Vincentius zu erflehen? Nur den Siegern der Reconquista oder auch den zwangsgetauften Juden und Moslems?

Während ihn diese Fragen beschäftigten, mochte Schoke sich nur ungern mit den nichtssagenden Auskünften des Königs über Goedeke Michel zufriedengeben.

Sie verließen die Burg und tauchten wieder in das Gewimmel der Stadt. Je näher sie ihrem Schiff kamen, desto mehr bedrückte sie, dass sie bald würden Abschied voneinander nehmen müssen. Schweigend liefen sie zum Hafen hinunter.

Schoke hatte sich tags zuvor einen Platz auf einer Kogge des Brügger Kontoristen Ghellersen gesichert, die gegen Abend Lissabon verlassen würde. Auf dem Wege zum Hafen überraschten ihn andere Schiffer mit der Nachricht, das Schiff aus Brügge sei bereits am späten Nachmittag ausgelaufen. Der Schiffsführer hatte zwar noch bis zum Abend warten wollen, um einen angemeldeten Gast aufzunehmen, war aber vom Zolleinnehmer darüber unterrichtet worden, dass dieser Gast tödlich verunglückt sei und man daher unverzüglich absegeln könne.

Beim Hafenbrunnen blieben sie stehen, um sich zu beraten. Schoke war wütend. Der Erzbischof hatte also recht damit gehabt, ihn vor diesem Schlitzohr zu warnen.

Umso mehr blieb Schoke auf der Hut und machte sich unsichtbar. Darum bat er Achmet um einen letzten Freundschaftsdienst, er möge noch einmal zum Anleger gehen und für ihn nach einer geeigneten Schiffsgelegenheit Ausschau halten. Es dauerte eine Weile, bis Achmet zurück war. In der Tat, es gäbe ein Schiff, das morgen früh nach La Rochelle abgehen werde. Mit dem Schiffer habe er der vorgerückten Stunde wegen nicht mehr sprechen können. Das Schiff läge weiter draußen auf dem Tejo vor Anker.

Die Stunde des Abschieds von den Freunden aus Conil war gekommen.

»Ich werde Euch nicht zum Schiff begleiten. Ihr wisst, warum«, sagte Schoke. Hiram trat auf ihn zu und umarmte ihn.

»Ich habe auch noch eine Bitte an Euch, Freund Schoke.« Indem er dies sagte, zog er einen goldenen Siegelring vom Finger und hielt ihn Schoke hin. »Es ist der Ring unseres Vaters. Gebt ihn meinem jüngeren Bruder, wenn Ihr nach Hamburg zurückkommt.«

»Eurem Bruder in Hamburg?«, fragte Schoke erstaunt.

Hiram lächelte: »Nun versteht Ihr manches besser, nicht wahr? Ihr kennt ihn sogar sehr gut, den Doktor Budessyn. Er hatte mir im April geschrieben, dass Ihr zu einem späteren Zeitpunkt hier an der Küste landen könntet. Er bat mich in dem Brief, Euch meine Hilfe zu gewähren, wann immer Ihr sie benötigen würdet.«

Schoke brauchte einen Augenblick, um sich zu fassen. Er nahm den Ring an sich und antwortete: »Das habt Ihr, weiß Gott. Seid bedankt, Hiram! Euer Gesicht war mir von Anfang an so vertraut. Nur habe ich nicht bemerkt, dass diese Vertrautheit auf der Ähnlichkeit mit Eurem Bruder beruhen könnte. Budessyn wird sich freuen, wenn ich ihm von unserer gemeinsamen Reise nach Lissabon und den ungewöhnlichen Erlebnissen berichten werde.«

»Komm, Achmet! Es wird Zeit«, sagte Hiram. Die beiden machten sich auf den Weg zu ihrem Schiff. Sie ließen einen beglückten Mann mit der Aussicht zurück, in der Heimat einen Vertrauten vorzufinden, der die Erinnerungen an die wunderbare Reise nach Lissabon gern mit ihm teilen würde.

Die letzte Nacht verbrachte Schoke am Strand. Er sah in den gestirnten Himmel und dachte an Hamburg. Wie würde er dort aufgenommen werden?

Er hatte mit den Augen des Königs einen anderen Goedeke Michel kennengelernt, hilfsbereit und fromm, der Freundschaft eines Königs wert. Ob die Hamburger ihm das abnehmen würden, wenn er ihnen vorschlüge, ihre fest gefassten Meinungen zu überdenken und ihre Gegner in einem neuen Licht zu sehen? Er überraschte sich bei dem Gedanken, wie es wohl gewesen wäre, eine Schiffsreise an Bord der Holk von Goedeke Michel zu wagen. Eine Reise bis ans Ende der Welt und von dort nach Süden, immer die portugiesische Westküste in Sicht, das Ächzen der Masten, die rollende See … Was für Gesellen!

Im Schlaf weitete sich sein Horizont. Da waren noch andere Schiffe, Engländer und Portugiesen – eine richtige Flotte beisammen.

»Nun beeil dich, Schoke, geh endlich ans Ruder! Passt auf, Männer, bringt erst einmal das Vorsegel auf die andere Seite, und jetzt Wahrschau mit dem Großsegel, wenn wir auf den anderen Bug gehen. Schoke, das Ruder langsam nach Backbord legen, mehr noch, mehr noch – und jetzt: rum durch den Wind!«

Das Großsegel füllte sich von der anderen Seite, und knarrend wanderte die Rah um den Mast. Auf neuem Kurs pflügte die Holk in die Tejomündung hinein und blieb dicht beim Nordufer. In der Bucht vor Cascais ging die ganze Flotte im Schutze der Dunkelheit vor Anker. Schoke suchte den Alten auf:

»Master Goedeke, ich muss dringend nach Hamburg.«

»Nach Hamburg? Heute Nacht noch? Du bist wohl nicht richtig im Kopf, Schoke! Sollen wir die armen Leute in Lissabon verhungern lassen? Die müssen erst einmal mit Lebensmitteln versorgt werden. Du bleibst schön hier.«

Auf allen Schiffen kehrte früh die Ruhe ein. Noch vor Tagesanbruch wurde es wieder lebendig. Die Anker wurden eingeholt, und mit leichter Brise segelte die Flotte vor dem Wind den Tejo aufwärts. Weiter landeinwärts musste Lissabon liegen, aber davor bildeten die Schiffe der Kastilier eine Kette. Sie lagen dort alle in gleichen Abständen zueinander vor Anker und schienen die englisch-portugiesische Flotte überhaupt nicht zu bemerken. Deren Schiffe ordneten sich neu, so dass alle Fahrzeuge jetzt nebeneinanderher fuhren, um möglichst gleichzeitig Brandpfeile auf den Gegner abzuschießen.

»Zielt auf die Takelage, das Tauwerk, die Masten, damit sie manövrierunfähig werden. Versucht, ihnen die Ankerleinen abzuschneiden!«

Ein einziger Schuss aus einer Kanone an Bord des englischen Flaggschiffes bildete das Signal zum Angriff. Genau wie Goedeke es seinen Leuten erklärt hatte, gingen auch die Mannschaften aller übrigen Angreifer vor. Goedeke Michel hatte den Plan zur Überrumpelung der Kastilier ausgedacht, und er war von allen Schiffsführern begeistert aufgenommen worden. Bald brannten auf den Ankerliegern die Masten und das stehende Gut. Noch ehe dort die Mannschaften aus ihren Kojen hochkamen, waren allen Schiffen die Ankerleinen abgeschnitten. Die zahlenmäßig überlegene Flotte der Kastilier trieb hilflos auf die Küste zu und saß bald fest. Die Überraschung war vollkommen geglückt.

So konnten die Engländer und Portugiesen in den Hafen einlaufen. Sofort fing man an, die mitgebrachten Lebensmittel an Land zu schaffen. Schon öffneten sich die Stadttore in der Hafenmauer, und in Scharen strömten die Leute, vor Freude *rufend und schreiend, an den Strand, um sich nach langen Entbehrungen mit dem Notwendigsten zu versorgen. Seit über drei Monaten war Lissabon zu Lande und zu Wasser eingeschlossen gewesen.*

»Was wir ihnen gebracht haben, dürfte bis zum Ende der Belagerung reichen, denn der Ring wird sich schnell wieder hinter uns schließen«, wusste Goedeke. »In der Stadt wird niemand mehr hungers sterben. Die haben jetzt mehr zu essen als die Belagerer.«

Von Land kam ein Boot und brachte einen Besucher an Bord. Er ging auf Goedeke zu und umarmte ihn.

Schoke erkannte ihn sofort.

Schoke erwachte. Jetzt verstand er, warum die Portugiesen Anlass gesehen hatten, diesen Goedeke Michel besonders auszuzeichnen.

Die Rückreise beginnt

Lissabon, Hafen,
Mittwoch, 8. November 1402

Als die Morgensonne sich hinter den Bergen in den Himmel schob, schlenderte er zum Anleger hinüber. Dort traf er auf den Franzosen, der gerade die letzten Vorbereitungen für die Abreise seines Schiffes nach La Rochelle traf. Der Schiffer war gern bereit, den Fremden aus dem Norden mitzunehmen, nur möge Schoke noch eine Stunde warten. Sie würden sich dann wieder treffen, um sich zu dem weiter draußen ankernden Schiff übersetzen zu lassen.

Schoke dankte dem französischen Schiffer, ließ noch einmal seine Blicke über den Hafen wandern, unschlüssig, was mit der gewonnenen Stunde anzufangen sei. Da erkannte er weit draußen auf dem Tejo das Ruderboot des Zolleinnehmers, und schon war ihm klar, was er in der verbleibenden Zeit erledigen konnte. Er ging rasch in Richtung des gelben Hauses. Er meinte sich zu erinnern, dass ihm bei der Einladung am Tag ihrer Ankunft etwas äußerst Merkwürdiges in dem Speiseraum des Zollamts aufgefallen war, das er sich da nicht hatte erklären können. Vielleicht gab es einen Schlüssel für das eigentümliche Verhalten des Engländers.

Er fand die Tür unverschlossen und trat ein, ging hinüber zum Speiseraum. Er untersuchte die Wände, betrachtete den Fußboden, den Tisch und die Bänke.

Plötzlich erinnerte er sich.

Eine der schwarz gestrichenen Bänke, die am Fenster stand, fiel durch eine merkwürdig breite Armstütze auf. Er suchte mit den Fingern nach einem Verschluss, mit dessen Hilfe sich die kastenartige Armstütze öffnen ließe. Dabei musste er irgendeinen Mechanismus berührt und ausgelöst haben, denn plötzlich sprang eine kleine Klappe auf. Schoke gingen die Augen über: In einem mit silberner Seide ausgeschlagenen Fach stand das Armreliquiar aus purem Gold, das ihm bereits in London und Santiago de Compostela begegnet war. Es glänzte wie neu. Offensichtlich hatte man es nach dem Handgemenge in der Jakobskathedrale in der Hoffnung restauriert, die von Goedeke Michel zurückgesandten Reliquien dem Überbringer in letzter Minute abzujagen und in das kostbare Gehäuse zu sperren. Schoke begriff allmählich, wie nützlich der Brief dem feinen Herrn, der durch Englands Krone zu weit höheren Aufgaben berufen war, hätte werden können.

»Was tut Ihr da?«, hörte er plötzlich den Zolleinnehmer von der Saaltür her brüllen.

Mit einem Messer in der Hand stürzte sich der schwere Mann auf ihn, aber Schoke gelang es, sich von ihm frei zu machen und aus dem Haus zu stürzen.

Der Zolleinnehmer war schnell und hätte ihn sicherlich eingeholt. Genau im richtigen Augenblick kamen ihnen vom Steg her vier Herren entgegen, die Schoke vorbeiließen, aber den vor Wut schnaubenden Engländer aufhielten und festnahmen. Der König hatte Wort gehalten und ein Auge auf das Verhalten des Zolleinnehmers gehabt. Die kräftigen Männer gehörten zu seiner Garde.

Nikolaus Schoke wurde es leicht ums Herz.

Am Steg traf er den Franzosen wieder, der ihn aufforderte, sein Versetzboot zu besteigen. Schoke machte es sich auf einer Ducht gegenüber dem Schiffer bequem. Sechs Leute packten die Riemen und setzten die beiden auf die Holk über, die im Strom vor Anker lag. Schoke suchte und fand am Bug einen Platz, wie er ihn liebte, und sah von dort aus noch einmal zurück. Beinahe mit Andacht betrachtete er das in der Sonne strahlende Lissabon. Er sah die Stadt langsam entschwinden, als die Segel gesetzt wurden und das Schiff Fahrt aufnahm.

Jetzt war er von allen Verpflichtungen frei. Erschöpfung und Müdigkeit brachen sich Bahn. Er schlief halbe Tage auf der Reise nach La Rochelle.

Und wieder La Rochelle

La Rochelle,
Dienstag, 15. November 1402

Gleich nach ihrer Ankunft verließ Schoke den französischen Segler, dankte dem Schiffer und verschwand in der Stadt. In seiner aufwendigen Tracht des Santiago-Pilgers versuchte er, in den feineren Lokalen Kontakte zu knüpfen, die den Schiffseignern, Frachtherren und Schiffern vorbehalten waren. Schoke versuchte alles und brachte seine Reputation als Hamburger Ratsherr ins Spiel. Doch wegen der fortgeschrittenen Jahreszeit fand er niemanden mehr bereit, jetzt noch Fracht nach Hamburg zu verschiffen und ihn mitzunehmen. Die Schifffahrt würde für dieses Jahr beendet sein, bevor man auf der Elbe einträfe, bekam er von allen Seiten zur Antwort.

Eine Woche ging vorbei, ohne dass sich irgendein Hoffnungsschimmer auf Weiterkommen am Horizont zeigte. Der Verzweiflung nah, versuchte er ein letztes Mittel.

Aus sentimentalen Gründen hatte er die zerschlissene Kleidung des Decksmanns Schoke auf der MARIA nie wegwerfen wollen. Nun sollte sie ihn retten. Eines Abends schlenderte er, als gewöhnlicher Seemann verkleidet, die Kaufmannsgasse hinunter und besuchte die ihm aus den Apriltagen vertraute Seemannskneipe. Das Lokal war fast leer, nur der ewig angetrunkene Spanier hatte dem Wirt die Treue gehalten. Er erkannte ihn sofort wieder und zog Schoke, dem es gar nicht recht war, an seinen Tisch. Schoke spendierte ihm zwar einen Becher Wein, blieb aber kurz angebunden. Er ließ nur durchblicken, er sei unterwegs, um ein Schiff nach Hamburg zu finden. Der freundliche Trinker, sehr darauf bedacht, seinen Gönner möglichst bei Laune zu halten, versprach ihm, am folgenden Abend einen Schiffer mitzubringen.

Als der folgende Tag erfolglos vorbeiging, warf Schoke sich wieder in seine abenteuerlich zusammengestoppelte Seemannstracht und fand in der Kneipe den Spanier im Gespräch mit einem schweren Graupez. Sie hatten beide schon kräftig dem Wein zugesprochen.

Schoke gesellte sich zu ihnen und spendierte. Der Graupez erzählte, er sei Flame. Er sei in La Rochelle geblieben, um sein Schiff hier zu einem günstigen Preis reparieren zu lassen. Doch auch dazu fehle im Augenblick das Geld. Wenn die Heuer stimme, könne man darüber nachdenken, eine Fahrt nach Hamburg zu wagen und die Reparatur ins nächste Jahr zu verschieben. Der Preis sei hoch, weil es aussichtslos sei, jetzt noch Frachten nach Hamburg zusammenzubekommen, um das Schiff auszulasten. Aber aus der Reise würde wohl nichts, wenn er ihn so ansähe. Ein einfacher Seemann – und als solchen schätze er ihn nach seinem Äußeren ein – wäre wohl nicht in der Lage, die Heuer für das ganze Schiff aufzubringen. Schoke musste nun Farbe bekennen. Er verdeutlichte dem flämischen Schiffer, wer er wirklich sei, bot ihm zehn Pfund Hamburgisch Silber und zeigte ihm das Geld. Jetzt glaubte ihm der Graupez.

»Einverstanden! Ich heiße Marten«, sagte er. Die Abmachung wurde per Handschlag besiegelt.

Am folgenden Tag schon stachen sie in See. Der Zustand des Schiffes war nach Schokes Dafürhalten miserabel. Aber es musste sein, was da auch immer kommen würde.

Je näher er seiner Vaterstadt kam, desto schwerer fiel es ihm, sich vorzustellen, wie er wieder in das Leben hineinfinden sollte, das er vor seiner Abreise geführt hatte. Was er von dem Erlebten tagsüber zu durchdenken versuchte, beschäftigte ihn des Nachts noch mehr. Schwere Träume hielten ihn beinahe während der ganzen Rückreise nach Hamburg gefangen.

Für Schoke, den Mitreisenden, galt die strenge Wacheinteilung an Bord nicht. Er genoss die ruhigen Tage des Spätherbstes, schöpfte bei Sonnenschein frische Luft und verkroch sich bei Nebel und Regen unter Deck. Dann lag er, von Wolldecken gewärmt, in seiner Koje und überdachte sein Leben. Wie sie als Kinder hinter dem Dom auf der Kathedralentreppe zum alten Stadtgraben hinunter gespielt hatten, er und noch drei Jungen aus der Nachbarschaft.

Manchmal hatten sie zu zaubern versucht. Er erinnerte sich, wie Herman Langhe sie einmal aufgefordert hatte, die Augen fest zu schließen, sich gemeinsam an einen anderen Ort zu wünschen und dabei die Handflächen nach oben und dann wieder nach unten zu drehen. Sie hatten sich nach Bremen gewünscht. Doch als sie dann die Augen wieder öffneten, hatte sich entgegen ihren Erwartungen nichts verändert. Sie saßen noch auf dem Kattrepel, wie mundfaule Hamburger die Kathedralentreppe auch nannten, und hielten sich den Bauch vor Lachen.

Schoke räkelte sich und legte sich auf die andere Seite. Er dachte daran, wie wunderbar es jetzt zu Hause sein könnte.

Daheim – und bei Gott

Hamburg – ein schwerer Traum

An Bord,
2. Dezember 1402, nachtens

Im Handumdrehen waren sie in Hamburg. An den Ufern drängten sich die Menschen, um sie zu begrüßen. Schoke, wieder ganz Ratsherr, stand in vollem Ornat an der Reling und winkte den Menschen zu. Neben dem Landeplatz an der Schaarkirche hatte man eine Rampe gebaut, so breit, dass man ihr Schiff auf Rollen setzen und den Hang hinaufziehen konnte. Arbeiter liefen neben dem Schiff her, nahmen hinter dem Heck die Rollen heraus und legten sie wieder vorn unter den Bug. Weitere Helfer nahmen von beiden Seiten kräftige Leinen wahr. Damit hielten sie das Schiff im Gleichgewicht. Sie rollten durch die engsten Straßen und Winkel und standen plötzlich vor dem Hauptportal des Doms. Hunderte von Menschen warteten auch hier.

Zwei Ratsherren flankierten den Eingang, Heyno von Hachede und Heyno Vorrad. Welch eine Freude, die alten Freunde wiederzusehen. Sie nahmen ihn freundlich in Empfang. Aber ihre Mienen! Was hatten sie nur?

»Ach, dass du heil wieder da bist, ist jetzt das Wichtigste«, eröffnete Heyno Vorrad die Begrüßung, doch erleichtert schien er nicht.

»Wir hatten schon geglaubt, demnächst dein Testament eröffnen zu müssen«, versuchte Heyno von Hachede zu scherzen und wirkte nur kläglich. Schoke sah von einem zu dem anderen und griff sie bei den Schultern.

»Ihr habt doch etwas«, sagte er ihnen auf den Kopf zu. »Warum seid ihr gekommen?«

Vorrad kratzte sich am Kopf. Dann erklärte er: »Was sollen wir lange darum herumreden – wir wollten dich abfangen.«

»Abfangen? Hör ich richtig?«

»Wir wollten dich auf die Lage im Stadtrat vorbereiten, bevor du mit bestimmten Fragen konfrontiert wirst«, ließ von Hachede durchblicken.

»Ihr müsst schon deutlicher werden!«

»Im Laufe des letzten Jahres haben sich nahezu alle Schiffer aus Campen, Groningen und Enghuizen brieflich und mündlich beim Rat beschwert, dass sie nach der Gefangennahme des Goedeke Michel und seiner Kumpane entgegen den üblichen Gepflogenheiten ungerecht bei der Verteilung der Beute behandelt worden seien. Dass du und Hinrik Jenevelt weit mehr als alle anderen Beteiligten bekommen hättet, fanden sie unverschämt. Das sei einzig auf eine falsche Darstellung des Kampfgeschehens zurückzuführen, wobei ihr beiden, du und Jenevelt, euch das alleinige Verdienst am Sieg über die Vitalienbrüder zugeschrieben hättet. Gerrit Jacobssone aus Enghuizen hätte sogar von Betrug und unangemessener Bereicherung gesprochen.«

»Aber ihr habt denen doch kein Wort geglaubt, oder?«

»Natürlich nicht«, beeilte sich Vorrad zu bemerken, »aber was sollten wir sagen? Du warst ja nicht da, um dich zu verteidigen.«

»Der ganze Rat hätte mich verteidigen müssen, denn er hat mich zu der Reise gezwungen.«

»Hätte! Hat er aber nicht. Man wird von dir im Rat eine zusätzliche Klarstellung …«

Von Hachede unterbrach ihn. »Nein, Vorrad, das wäre nur die halbe Wahrheit. Wir wollen es nicht verschweigen. Man möchte dich, Nikolaus Schoke, zwingen, nach Groningen zu *reisen und vor Gericht deine Darstellung der Kampfeinsätze zu beschwören oder zu widerrufen.«*

Schoke war wie vor den Kopf geschlagen und wurde wütend: »Das darf doch nicht wahr sein! Ihr kennt mich doch.«

»Wir beiden schon«, sinnierte Vorrad, »aber die Mehrheit denkt leider anders. Das ist eben Ratspolitik. Manch einem, der nach dem Bürgermeisteramt giert, kam der Skandal sogar gut zupass.«

»Und darum muss man mich anschwärzen? Mir geht es doch nur um Hamburg. Ich hätte dem Rat eine Verstärkung des Handels mit Lissabon und die Eröffnung neuer Märkte auf den Kanaren vorzuschlagen …«

»Das interessiert hier zurzeit niemanden. Man beschäftigt sich viel lieber mit sich selber«, sagte von Hachede, »nur du bist außen vor, wirst nicht mehr gebraucht – jedenfalls nicht als Bürgermeister.«

Nun war es heraus. Schoke konnte nur mit Widerwillen an das nächste Treffen mit den Ratskollegen denken. Wie sie versuchen würden, ihn zu umschmeicheln und einzulullen, immer darauf bedacht, ihn endgültig zu Fall zu bringen!

Er wusste in diesem Augenblick nicht mehr, warum er vor dem Dom gelandet war. Was wollte er hier?

Unschlüssig trat er ein. Niemand folgte ihm, nicht einmal die Mannschaft.

Er traf in der Eingangshalle unter dem Turm einzig auf seinen alten Pfarrer von St. Jacobi, Pater Josef Eggert. Der machte einen so niedergeschlagenen Eindruck, dass Schoke sich wunderte.

»Kommt mit, ich muss Euch etwas zeigen«, begrüßte ihn der Pater. Als sie das Mittelschiff bis zur Vierung schweigend durchschritten hatten, hielt er den Ratsherrn am Ärmel fest. »Was Ihr gleich sehen werdet«, warnte er ihn, »wird Euch tief erschüttern. Ich habe versucht, es bis zum letzten Augenblick zu verhindern – glaubt mir! Ich habe stundenlang auf unseren

Altaristen, Pater Hiob, eingeredet. Aber der hat mir gar nicht zugehört.«

»›Ich muss es tun‹, hat er gesagt, ›es hat den ganzen Sommer über geregnet, und die Ernte ist auf dem Halm verfault, nur weil ich nicht früher eingegriffen habe. Es war nicht zu verhindern, dass alle Welt darüber sprach, wer es ist, der den Teufel im Leib trägt. Also muss ich handeln, und weder Ihr noch der Erzbischof wird mich daran hindern.‹ Beinahe triumphierend fügte er hinzu: ›Nach geltendem Kirchenrecht sind wir Altaristen nun einmal den Institutionen der Kirche keinerlei Rechenschaft schuldig.‹ – Aber kommt!«

Er zog Schoke mit sich die Treppe hinunter in die Krypta.

Schoke ahnte Furchtbares, aber was er dort sah, ließ sein Blut gerinnen. Die Lähmung erfasste den ganzen Körper. Arme und auch Beine gehorchten nicht mehr, und auch die Stimme versagte.

Nur in ein schweres Wolllaken gehüllt, lag sie auf einer hölzernen Pritsche. Ihr von schweißnassen Goldlocken umrahmter Kopf rollte von einer Seite auf die andere. Eine Gruppe von Mönchen, deren Gesichter hinter Kapuzen verborgen blieben, beugte sich über ihr Lager. Kein Zweifel, sie erwarteten etwas, ein Ereignis oder ein Wunder. Sie schienen kaum zu bemerken, dass sich das Mädchen auf der Pritsche vor Schmerzen krümmte.

»Liegen die Riemen fest an? Nicht dass sie sich noch selbst verletzt!«, mahnte der Älteste, ein gebückt dastehender Mann in bürgerlicher Kleidung.

Johan, mein Bruder, erkannte Schoke. Warum befreit er sie nicht?

Johan Schoke trat an die Pritsche und prüfte die Fesseln an Hand- und Fußgelenken.

»Ist es nicht genug jetzt?«, fragte er weinerlich. »Ich kann es nicht mehr mit ansehen! Ich meine, zehn Exorzismen, alle nur einschlägig verwendbaren Gebete und Bibelstellen haben An-

wendung gefunden. Die Fastenkuren, die Stockschläge – was haben sie gebracht? Nichts! Gar nichts! Sie hat weiß Gott genug gelitten.«

»Aber Johan Schoke! Etwas mehr Haltung wäre angebracht. Ihr seid ja verblendet durch das liebe Aussehen des Mädchens. Steht ab davon!«, wurde ihm aus der Kapuze einer Riesengestalt beschieden.

Der schien der Meister des Rituals zu sein. Seine Stimme klang jetzt beinahe beleidigt, als er hinzufügte: »Dass Ihr es nicht einmal merkt! Wir sind doch gleich am Ziel. Wir beziehen die Medizin und ihre neuesten Erkenntnisse ein, gehen hier mit den fortschrittlichsten Prozeduren vor, von denen man in anderen Kirchenprovinzen noch nicht einmal zu träumen wagt. Und Ihr – Ihr … Ach, lassen wir das.«

Zum wiederholten Mal beugte er sich über den Kopf des Mädchens, strich ihr dreimal das Kreuzeszeichen aufs Gesicht, murmelte Gebete dabei, steigerte die Lautstärke und schloss mit einem donnernden » … in nomine Jesu Christi!«.

Dann überkam ihn wieder die Wissenschaft. Er hielt ihr die Nase zu und öffnete, wie man es von der Behandlung von Haustieren her weiß, ihren Mund mit einem Zangengriff und schaute ihr in den Schlund.

»Schau einer an!«, flüsterte er. »Nur noch einen Augenblick, und ein schwarzer Teufel wird ihr aus dem Mund fahren. Dann wird der Dauerregen endlich aufhören, der Stadt und Land seit vierzig Tagen zu schaffen macht und mit dem die Hungersnot gekommen ist. Aber jetzt wollen wir nicht über die Schuldfrage … Ja, wir sollten vielleicht doch noch einen neuen Keil einführen, damit es schneller geht. Wer möchte …?«

Eilfertig huschte der Jüngste, ein wissbegieriger Vikar, zum Feuerbecken hinüber und nahm mit einer Feuerzange einen erhitzten Keil heraus, schlug ein Tuch darum und schob das qualmende Bündel der Armen in den Rücken. Sie schrie gellend auf und sie stemmte sich mit letzter Kraft von der Pritsche in die Höhe, dass die Fesseln tief in die Handgelenke schnitten.

»Ja – ja, da kommt er ja schon zum Vorschein!«, rief, vor Begeisterung zitternd, der Riese.

Schokes Augen weiteten sich vor Entsetzen, als er den Strom breiigen schwarzen Blutes aus dem Schlund seiner Tochter quellen sah. Mein Gott, versuchte er es mit Beten, befreie mich aus dieser Starre, damit ich ihr beistehen kann! Und er haderte mit diesem Gott, der ihn angesichts der höchsten Not zum Zuschauer verdammt hatte.

Da drängte sich ein Mann, die Ellenbogen gebrauchend, in den Kreis der andächtig dastehenden Mönche, offensichtlich ein Seemann in klitschnassem Mantel.

»Jetzt ist aber Schluss mit Euren hundsföttischen Prozeduren!«, schrie er und riss der Elenden den glutheißen Keil aus dem Rücken. Mit einem immer wieder erstickenden, schier nicht endenden Klagelaut sank sie auf die Pritsche zurück und blieb dort mit blutverschmiertem Gesicht liegen. Niemand sagte ein Wort.

Pater Hiob war der Erste, der das Schweigen brach.

»Ist sie …? Ja – sie ist wirklich tot. Wo … ist … nun … der … Teufel, den Ihr uns versprochen habt?«, fragte er mit anklagender Stimme in die Stille hinein.

Der Seemann sah den langen Herrn aus Bremen von oben bis unten an. »Der Teufel? Zeigt ihn mir! Seid Ihr's am Ende selbst?« Wer mochte es sein, der sich hier mutig einmischte und diese Ungeheuerlichkeit aussprach?

»Das muss ich mir nicht mit anhören! Hütet Eure Zunge!«, dröhnte der Riese. »Das ist nun der Dank für meine Arbeit! Tot oder nicht tot – der Teufel hat ihren Körper verlassen. Diesmal in Gestalt des blutigen Breies. Gott sei ihrer armen Seele gnädig!«

Jetzt traten die Angehörigen auf den Plan, alle ohne Gesichter. Sie hatten sich bisher im Hintergrund gehalten. Frau

Abeke ging nach vorn. Schoke erkannte sie nur an ihrer Haltung und ihren Bewegungen. Sie machte einen Schritt auf den Riesen zu und fasste mit beiden Händen seine Rechte: »Ich habe gesehen, wie stark Ihr wart. Ohne Euch wäre unsere Tochter mit dem Bösen zur Hölle gefahren. Ich danke Euch für alle Eure Bemühungen. Wir haben schwere Zeiten hinter uns.«

Auch für Pater Hiob hatte sie ein freundliches Wort.

An dem Seemann rauschte sie vorbei, schmähte ihn, ohne ihn eines Blickes zu würdigen: »Dass Ihr nur so unverschämt sein könnt, eine solche Zeremonie zu stören, hätte ich nie von Euch gedacht. Schämt Euch!«

Erst jetzt, als alles vorbei war, löste sich die Starre, und Schoke konnte sich wieder rühren. Er brüllte aus Leibeskräften, dass die Sakristei erbebte: »Greteken! Mein Greteken! Was haben sie dir getan!« Er schrie, und die Tränen verdunkelten ihm die Augen.

Von der Weser zur Elbe

Im ostfriesischen Watt,
Sonnabend, 2. Dezember 1402

Er war vollkommen nass geweint, als ihn Marten, der Schiffer, in der Koje fand. Er rüttelte ihn sanft wach: »Reise, Reise, Ratsherr Schoke! Ihr wolltet früh geweckt werden.«

Nikolaus Schoke schüttelte sich, und es dauerte einige Augenblicke, bevor er zu sich kam. Wann würden sie endlich aufhören, diese Träume! Gern hätte er geglaubt, dass für dieses Mal nichts daran sei. Aber er hatte trotzdem Angst.

Die Nacht über hatten sie im ostfriesischen Watt vor Anker gelegen und waren mit ablaufend Wasser die Weser abwärtsgeschwommen.

Schoke hatte sich ausgebeten, die Navigation im Seegebiet zwischen Weser und Elbe zu übernehmen. Er stellte sich ans Ruder und brachte das Schiff auf einen Kurs Richtung Osten.

Das Schiff machte langsam Fahrt durch die graue See. So gut war immerhin die Sicht, dass sie nach einigen Stunden Helgoland voraus liegen sahen. Das war wieder seine Welt, in der er sich zu Hause fühlte. Der Wind kam träge aus Westen. Jetzt, als das äußerste Niedrigwasser draußen vor der Wesermündung erreicht war, mussten sie nicht mehr lange auf den sanften Zug des Wassers nach Steuerbord, zur Elbmündung hinüber, warten. Der Sog des einsetzenden Flutstroms würde sie erfassen und die Elbe hinauf tragen. Und schon gierte der Bug nach Steuerbord. Schoke wusste, was zu tun war. Er folgte mit dem Ruder dem Willen des Schiffes Richtung Osten. Er gab das Ruder an Marten, den

Schiffer, weiter. Da sie nun vor dem Wind lagen, spürten sie ihn kaum noch. Wieder vergingen Stunden. Dann machten sie auf Steuerbordseite *het niege Wark* aus, den Turm von Neuwerk.

Schoke spürte die Ungeduld in sich aufkeimen.

»He, Master, aufgepasst!«, rief er dem Flamen zu. »Wir müssten jetzt in Richtung des Turmes abfallen, damit wir auf den Tonnenweg nach Hamburg kommen.«

»Dann nehmt das Ruder gleich wieder, Schoke! Ihr kennt Euch hier besser aus«, entgegnete der Schiffer, und Schoke ging an die Pinne.

Inzwischen hatte er auch die auf Neuwerk errichtete Verdunklungsbake entdeckt und pendelte seinen Kurs so auf den Turm ein, dass Bake und Turm auf einer Linie fluchteten.

Genau auf diesem Kurs blieb er so lange, bis der Ausguck rief: »Da ist etwas – eine Spiere! Ich seh sie an der Stelle, wo sonst die Schaartonne liegt! Wo ist die Schaartonne geblieben?«

»Auf dem Tonnenhof in Hamburg!«, rief Schoke mürrisch. »Die Schifffahrt ist seit Tagen schon für dieses Jahr beendet, und alle Elbtonnen sind zur Überholung eingezogen. Also halt dich an die Ersatzspieren!«

An Steuerbordseite zog jetzt die weiße Dünenkette des Alten Scharhörn vorbei. Schoke sah hinüber und meinte: »Sieht heute so friedlich aus, de Ole Scharhörn! Aber wer bei Sturm mit seinem Schiff hier auf den harten Sand läuft, ist übel dran. Das hat noch keiner überlebt.«

Der Himmel blieb grau, von der Sonne war nichts zu sehen. Nur der Wind flaute ab. Schoke wurde immer unruhiger.

»Ich muss nach Hause. Irgendetwas Schreckliches ist geschehen, ich weiß es«, murmelte er.

Für einen Augenblick verließ er das Ruder und kratzte mit seinen Fingernägeln dreimal am Mast. Aber es geschah nichts. Ungeduldig wiederholte er den Versuch, den Wind zu wecken.

Er sprach zu sich selbst: »Soll ich nicht doch …? Aber nein, kommt nicht in Frage. Wo werd ich! Mit dem Teufel paktieren! Ausgerechnet ihn um Wind bitten! Ich muss doch etwas tun, muss einschreiten, ehe die mein Greteken …!«

Die schlimmsten Befürchtungen drängten sich ihm auf, so dass er schließlich alle Bedenken fahren ließ und leise immer und immer wiederholte: »Kuhl up, ole Vadder, kuhl up! Bris endlich auf, alter Vater, nu bries schon auf!«

»De ole Vadder« ließ auf sich warten. Langsam trieben sie in die Elbmündung hinein, sahen den Turm von Ritzebüttel an sich vorbeiziehen, und in sanftem Bogen ging es nach Backbord auf die Ostemündung zu. Mit einem kräftigen Schwung des auflaufenden Wassers liefen sie in die Ostemündung ein und verkrochen sich hinter dem Osteriff. Als der Anker fiel, war es bereits dunkel.

Der letzte Reisetag

Hinter dem Osteriff,
Sonntag, 3. Dezember 1402

Schoke sah nach dem Wetter. Es verhieß nichts Gutes. Sie mussten vor Anker den Vormittag abwarten, um mit dem Rest des Ebbstroms wieder aus der Ostemündung auszulaufen. Wenn sie es richtig machten, würden sie das Stauwasser draußen auf der Elbe erreichen und die danach langsam wieder auflaufende Flut nutzen können, um sich die Elbe aufwärtstragen zu lassen. Wer an Bord hätte sich da besser als Schoke ausgekannt! Und so warteten alle auf sein Kommando.

»Anker auf!«, schrie er jetzt. »Das muss jetzt sehr schnell gehen.«

Die Mannschaft reagierte, und schon glitt das Schiff von seinem Ankerplatz hinter dem Osteriff auf die Elbe hinaus. Das Wasser stand, und das Schiff blieb auf der Stelle liegen. Obwohl sie alle Segel gesetzt hatten, gab es keinen Vortrieb. Wenige Minuten mochten vergangen sein, da stellte sich ein großer Schwarm von Möwen ein, die sich rings um das Schiff auf dem Wasser niederließen und sich im Schwimmen putzten.

Schoke runzelte die Stirn. O ja, ihm waren all die Zeichen vertraut: Baden die Möwen im Meer, drohen Starkwind und Fallböen. Als er achteraus über die See blickte, sah er das Wetter kommen, sah, wie der Horizont langsam anzusteigen schien und sich wie ein Vorhang hob, hoch und höher kam – eine einzige schwarze Wolkenwand. Es regte sich kein Lüftchen.

»Sturm kommt auf, refft die Segel, nehmt die Bonnets

weg!«, schrie er. Und die Decksleute folgten in Windeseile seinen Anweisungen. Sollte man das Großsegel nicht lieber ganz wegnehmen und einpacken?, fragte er sich. Aber dafür war es schon zu spät.

In der Ferne hatte sich ein dumpfes Tosen aufgemacht, das schnell näher kam und immer lauter wurde. Auf beiden Seiten sah man an einzelnen Stellen Fallböen niedergehen, wie sie Wellenkämme niederdrückten und die Gischt in Fahrtrichtung am Schiff vorbeitrieben. Das Groß stand zum Bersten prall vor dem Wind, und langsam bog sich der Großmast unter der Last des Segels wie eine Peitsche nach vorn. Die Holk trieb unter dem Vorsteven eine hohe weiße Bugwelle vor sich her und brauste in die Elbmündung hinein. Bald war die Burg Ritzebüttel an Steuerbordseite vorbei, dann die beiden Kirchtürme von Groden. So schnell kamen sie voran, dass sie eine riesig hohe Heckwelle hinter sich herzogen, die dem Schiff folgte, ohne es einzuholen.

Noch hielt der Sturm bei auflaufendem Wasser die elbaufwärts laufenden Wellenkämme nieder. Aber wie würde es sein, sobald ihnen nach dem Tidenwechsel das ablaufende Wasser entgegenkäme? Marten, der Schiffer, gesellte sich nun zu Schoke am Ruder und machte sich Vorwürfe: »Ich hatte es gewusst: Man soll nicht ins Sternbild des Schützen hineinsegeln. Wir hätten im Hafen bleiben sollen. Aber Ihr – Ihr wolltet ja unbedingt weiterfahren. Wenn ich mich nur nicht von Euch hätte erweichen lassen! Und dann mit diesem alten Schluffen, der nur noch aus Gewohnheit zusammenhält!«

Schoke sagte nichts. Auf der Elbe würde es schon nicht so schlimm kommen, dachte er. Und doch hatte er den Sturm zu verantworten, da er ihn durch seinen Zauber erst herbeigerufen hatte. Dass Marten davon nichts ahnte, tröstete ihn nur wenig. Schon sahen sie die Flut an den Deichkronen kratzen. Sobald das Wasser darüber hinwegschwappen und die Köge volllaufen würden, wäre es aus mit der Orientierung. Dann würden sie nicht mehr wissen, ob sie sich noch auf dem Elbstrom befänden oder schon über die Felder ritten.

Zur Rechten tauchte in der Ferne die Stadt Stade mit St. Willehadi, mit St. Cosmae und Damian auf.

Die Schwingemündung passierten sie dicht unter Land und sahen dort Menschen auf dem Sand entsetzt die Hände heben, wie sie vorbeibrausten. Zwar ließ der Wind ein wenig nach, doch stand ihnen das Unangenehmste noch bevor.

Der Flut schien die Kraft auszugehen, nachdem sie sechs Stunden lang die Wassermassen den Fluss hinaufgetrieben hatte. Sie blieb nun minutenlang stehen, bevor gemäß den seit Ewigkeiten geltenden Gesetzen des Tidenkalenders die Ebbe einsetzte und das Wasser wieder flussabwärts mit sich ins Meer zurücknehmen wollte. Nur – der Weststurm behinderte den Rückfluss und staute. Und »der alte Schluffen«, wie Marten sein Schiff genannt hatte, musste auf jeden dieser Berge hinauf und wieder hinunter. Das Wasser türmte sich zu immer höheren Wellenbergen auf. Bergauf, bergab, bergauf, bergab!

Die Brecher rissen an den Verbänden. Einem gut gepflegten Schiff hätten sie mit Gewissheit nichts ausgemacht. Jetzt rächte sich, dass Marten, der Schiffer, die notwendigen Reparaturen Jahr um Jahr hinausgeschoben hatte. Das mit kurzen Brettchen notdürftig geflickte Schanzkleid wurde zerschlagen und von Bord gefegt, erst am Bug, dann zu beiden Seiten, bis die Schanzstützen völlig nackt dastanden. Wenn der Bug eintauchte, schaufelte er das Spritzwasser übers Deck. Die Luken waren rechtzeitig verschalkt und der Niedergang geschlossen worden, so dass kein Wasser unter Deck eindringen konnte.

Es dauerte nicht lang, da riss das längst ausgefranste Großsegel ganz langsam mittendurch und flog in Fetzen davon. Alle Leute waren an Deck und hatten sich angeleint. Wer jetzt den Halt verlöre und in die Elbe stürzte, dem würde kaum mehr zu helfen sein!

Dann nahm der nächste Brecher das Vorsegel mit. Der vom Rahsegel befreite Großmast schleuderte seine Spitze von hinten nach vorn und wieder zurück, unablässig. Marten wusste, was geschehen musste, und schaute besorgt nach oben. Der stellenweise durchgerottete Mast war längst fällig. Dann hörte man ein grauenvolles Krachen und Beben.

»Vorsicht, der Großmast kommt!«, rief Marten.

Es knackte und splitterte, donnernd und polternd stürzte der Oberteil des Mastes nach vorn auf das Deck, die Wanten und Stagen mit sich reißend. Auch die Rah ging zu Bruch, und ein unentwirrbares Durcheinander von Leinen und Bruchholz bildete ein undurchdringliches Dickicht, das jeden daran hinderte, sich einen Weg nach vorn zum Bug zu bahnen.

Marten musste seine Leute nicht eigens davor warnen, irgendetwas bergen zu wollen. Frierend und verbissen hockten sie alle im Heck des Schiffes, nahe dem Ruder. Schoke versuchte mit Umsicht, das einzig verbliebene Segel, den Treiber über dem Heck, so zu nutzen, dass das Schiff steuerfähig blieb. Dazu musste er das Fahrzeug vor dem Wind halten und verhindern, dass der Wind den Treiber von der Seite fasste. Erst würde das Schiff zur Seite schlagen, um sich umzudrehen und mit dem Bug in den Wind zu gehen. Dann wäre alle Steuerfähigkeit endgültig verspielt und ihre Holk zum Spielball der Wellen degradiert.

Stürmische Heimkehr

Hamburg, Rödingsmarkt,
am gleichen Tag, Abend

Erste Böen fegten durch das Fleet am Rödingsmarkt und ließen die entlaubten Bäume knacken und ächzen. Das Hochwasser war bei Ebbe gar nicht richtig abgelaufen und beinahe unverändert stehen geblieben. Also würde das nächste Hochwasser viel höher steigen, wenn der Sturm nicht nachließ. Man musste mit einer sehr schweren Sturmflut rechnen. Simon von Utrecht stand unschlüssig auf dem Treppenabsatz vor dem Haus, als erwarte er noch jemanden oder das Eintreten eines besonderen Ereignisses. Eine Bö, halb Regen, halb Schnee, trieb ihn auf die Diele zurück und schlug die Tür hinter ihm zu. Ob er besser noch einmal nach seinem Schiff schauen sollte, solange die Straßen passierbar blieben? Jetzt in den Hafen? Musste das wirklich sein? Missmutig streifte sein Blick den neben der Tür hängenden schweren Mantel. »Du wirst heute nicht mehr gebraucht – hoffentlich!«, murmelte Simon.

Der Türklopfer schreckte ihn auf. Was wollte man von ihm? Ausgerechnet jetzt? Er stemmte sich gegen die Haustür, sie zu öffnen. Der Wind trieb den davor Wartenden mit klatschendem Regen herein, an Simon vorbei. Da stand er auf der Diele, ein Hüne von Gestalt, die Kapuze über den Kopf gezogen und triefend nass. Der unerwartete Besucher schob die Kapuze ein wenig nach hinten. Simon hatte ihn längst erkannt. Herman Nyenkerken war's, der mit seiner Holk an diesem Morgen hereingekommen war und das Schiff, wie Simon seine Kogge, nahe dem Neuen Kran angebunden hatte. »Gib mal deinen Mantel her, Herman!«, knurrte Simon.

»Wir setzen uns in die Küche. Da ist es warm, und deine Sachen trocknen wieder.«

Der triefende Gast protestierte: »Aber nein! Keine Zeit! Ich muss! Muss wieder auf mein Schiff. Nebenbei – du musst auch runter in den Hafen. Deine Kogge geht zur Kehr, als ob sie jemand zum Tanzen aufgefordert hätte. Aber bevor wir gehen – hier im Trockenen lässt sich das besser regeln. Ich soll dir von unserem Kollegen, dem Kaufmann Ghellersen, schöne Grüße bestellen und diesen Brief übergeben. Er steckte ihn mir vor ein paar Tagen in Brügge zu, als ich bei ihm eine Partie portugiesisches Olivenöl eingekauft hab. Er war gerade aus Lissabon zurück. Er sagte noch, der Zolleinnehmer dort habe ihm diesen Brief unmittelbar vor Antritt seiner Rückreise ausgehändigt.«

Simon schien nicht sehr überrascht. Im Gegenteil, seine Reaktion: »Klappt doch!« klang, als sähe er seine Erwartungen bestätigt. In Wahrheit aber hatte ihn eine Unsicherheit erfasst, die Nyenkerken keinesfalls bemerken sollte. Post aus Lissabon! Sollte er sich freuen oder fürchten? Der Brief – eine Nachricht über Schokes Schicksal?

Er griff nach dem Brief, brach das Siegel, riss ihn sofort auf und überflog das Schriftstück. Was er da las, erfüllte ihn mit Schrecken. »Entschuldige, mein Lieber! Ich musste nur eben einen Blick auf das Schreiben werfen. Und dann – selbstverständlich! Ich begleite dich sogar sehr gern in den Hafen. Eine günstigere Gelegenheit könnte ich mir gar nicht erhoffen, als dass du mir dabei hilfst, meine wild gewordene Kogge zu bändigen. Allein würde ich es wohl nicht schaffen.«

Wenig später warfen sich die beiden dem Wetter entgegen und eilten in Richtung der Hohen Brücke und zum Neuen Kran. Dort scheuerte Simons Schiff im Kampf mit den Wellen an der Kaimauer auf und ab und riss an den Leinen.

»Die Sturmflut wird es über die Mauer auf die Straße setzen, wenn wir nichts unternehmen«, rief er dem Kollegen zu.

Der nickte: »Musst du mir nicht erzählen! Deswegen hab ich dich ja gewahrschaut.«

Simon und Herman mussten alle ihre Kräfte aufbieten, um das Schiff gegen den Wind von der Kaimauer wegzudrücken und um eine Schiffslänge weiter nach vorn zu verholen. Ohne den Hünen hätte Simon es nie geschafft. Aber es gelang, Zoll für Zoll Abstand zu gewinnen. Simon sprang an Bord und zwang die Kogge, indem er mit kräftigen Zügen die Vorleine einholte, nach vorn und an die Reihe der neu gesetzten, hoch aus dem Wasser ragenden Sturmpfähle heran. Gleichzeitig drückte Herman, auf der Uferkante balancierend, das Schiff von der Kaimauer weg. Als sie die richtige Position erreicht hatten, befestigte Simon die Festmacherleinen neu und gab ihnen so viel Spielraum, dass die Kogge, an die Sturmpfähle gelehnt, mit Ebbe und Flut auf- und absteigen konnte.

»Das war knapp!«, lachte der Hüne. »Das Wasser läuft mir schon in die Schuhe.«

Und tatsächlich – die ersten Wellen spritzten über die Kaimauer. Der Sturm begann zu pfeifen. Immer höhere Wogen rollten in den Hafen hinein, setzten Schaumkronen auf und brachen sich an den Ufern. Nach dem Pfeifen kam das Heulen und dann das Brüllen. Die Schaumkronen hoben ab und verwandelten sich in sprühende Gischt, die waagerecht über das Wasser flog und über die Hafenmauern in die Straßen trieb.

Am gegenüberliegenden Ufer stiegen vor der Grasbrookspitze große Brecher in die Höhe und begruben immer wieder die ganze Insel unter sich. Sie rissen das Balkenwerk der Schädelstätte für Seeräuber auseinander, so dass, schaurig anzusehen, einige Totenköpfe davontrieben. Die hereingepeitschten Wogen zerrten den Landesteg der Werft aus den Dalben und rissen die dort vertäuten Neubauten und Reparaturschiffe von ihren Leinen. Zusammen mit den Trümmern eines Bootsschuppens trieben sie durch das Dovenfleet dem Oberhafen entgegen.

Die Elbe stieg jetzt auch zur Stadt hin über die Kaimauer und verwandelte die Straßen und Plätze in eine einzige Wasserfläche, über der die Häuser wie auf Inseln standen. Was an Handelsgütern in Tonnen, Kisten und Ballen beim Kran aufgestapelt lag, um mit den Schuten zu den Speichern der Handelshäuser gebracht zu werden, gelangte schwimmend in die Stadt, fortgerissen durch die ins Nikolaifleet und alle Wasserstraßen der Stadt einbrechenden Wassermassen.

Simon sah sie zuerst in einiger Entfernung: eine von See her in den Hafen treibende Holk, einem Trümmerhaufen ähnlicher als einem Schiff. Der Großmast gebrochen, die Segel zerfetzt. Der Kahn ist doch gar nicht mehr steuerfähig, dachte Simon bei sich.

Welch ein merkwürdiger Schimmer über dem Ganzen liegt! Wie faules Holz, das im Dunkeln leuchtet. Unheimlich still an Bord, kein Mensch an Deck zu sehen. Wie will der heil an Land kommen? Dem müsste man doch helfen, die Leinen annehmen, das Schiff mit dem allenthalben bereitliegenden Buschwerk abfedern, damit der Rumpf nicht ungeschützt gegen die Kaimauer stößt.

Simon überlegte: Bevor der hier ankommt, ist bald eine halbe Stunde herum. Und dann noch eine halbe Stunde beim Festmachen helfen? Herman Nyenkerken ahnte, was Simon dachte, und beruhigte ihn: »Geh du ruhig wieder nach

Hause! Den da drüben, den werd ich schon wahrnehmen, sobald er hier ist. Verlass dich drauf!«

»Nach Hause gehen? Dann müsste ich schon schwimmen. Der Rödingsmarkt liegt zu tief unter Wasser!«, brummte Simon.

»Nimm mein Beiboot!«, lachte der Hüne. »Ich habe zwei – aber bring es mir morgen wieder!«

Simon watete zu dem bereitliegenden Kahn und wriggte im schon knietiefen Wasser nach Hause zurück. Er dachte aber nicht länger an den Sturm, sein Schiff, den Hünen und den Hafen, sondern nur an das Antwortschreiben aus Lissabon. Der Text hatte sich in sein Gedächtnis eingebrannt. Er verstand nicht ganz, worauf der Zolleinnehmer mit den Worten anspielte: »Insofern war Euer Schreiben äußerst wirkungsvoll. Aufgrund der hernach eingetretenen geistigen Verwirrung hat sich der Hamburger Kaufmann Nikolaus Schoke am heutigen Tage allhier zu Lissabon das Leben genommen, indem er sich von einem der Türme der hiesigen Sé-Kathedrale stürzte.«

Simon band den Kahn vor der Haustüre an, ging hinein und kleidete sich mit Bedacht um. Es galt, noch einen wichtigen Besuch zu absolvieren.

Den Brief ließ er in dem linken Puffärmel seiner Schecke verschwinden. Er schaute prüfend an sich herunter. Ein prachtvolles Obergewand. Damit würde er Eindruck machen. Dann warf er den Mantel über und bestieg vor dem Haus noch einmal das Beiboot.

Der Regen hatte nachgelassen, aber der Sturm noch zugelegt und das Wasser in den Straßen in eine aufgewühlte See verwandelt.

Eine gute halbe Stunde musste er wriggen. Er stand im Boot, den Blick nach achtern gerichtet, und schlug mit nur einem Riemen, der am Heck in einer Dolle lag, energisch kleine Achten ins Wasser. Das Boot nahm Fahrt auf. Er lenkte es derart geschickt, dass er ohne Schwierigkeit die in den Straßen hin und her schießenden Wasserströme ausnutzte, ohne aus seiner Richtung gedrängt zu werden. Oberhalb der Reichenstraße stieg das Gelände wieder an. Von hier aus konnte er trockenen Fußes seinen Weg fortsetzen.

Der Sturm hatte die Wolken beiseitegefegt und brüllte unvermindert durch die sternklare Nacht.

Mehrfach fasste er nach seinem linken Ärmel, ob der Brief noch darinnen steckte. Ein Brief, dessen Inhalt zu verkünden ihm nicht leichtfallen würde. Keineswegs reinen Gewissens oder gar mit sich und der Welt zufrieden, lief er zu Fuß ins Jacobiviertel weiter.

Er spürte Schweiß auf der Stirn. Nur wenige Schritte trennten ihn von der schweren Aufgabe. Nie zuvor hatte er solche Skrupel gekannt. Das Elend, der Schmerz, den andere Menschen empfanden, hatten ihn nie bewegt. Was nur war mit ihm geschehen? Immer noch stand ihm das Gesicht eines zu Tode gequälten Mädchens vor Augen – und er konnte es nicht vergessen.

Er fasste nach seinem Ärmel. Der Brief – er war immer noch da.

Greteken, mein Greteken

Hamburg, Jacobiviertel,
am gleichen Tag, später am Abend

Der Sturm zerrte an seinem Mantel. Simon war in die Steinstraße eingebogen, hatte den Konvent der Blauen Schwestern passiert und stand jetzt, der Jacobi-Kirche gegenüber, vor dem Haus des Ratsherrn Schoke. Das Haus war mäßig erleuchtet. Hin und wieder flackerte Kerzenschein hinter den Fenstern auf. Simon trat ein.

Familienangehörige und Freunde waren geladen, der Hausherrin in ihrem Schmerz zur Seite zu stehen. Sie passierten der Reihe nach ein flaches Pult aus schwarzem Holz, darauf lag eine Totenkrone aus Tannengrün und weißen Christrosen, durchwirkt von bunten Glasperlen, die man auf einen feinen Kupferdraht gezogen hatte.

Nun tauchte er da ganz zufällig, wie es schien, in der Arbeitskleidung des Seemanns in der Haustüre auf und wurde von Nikolaus Schokes Bruder Johan freundlich eingelassen und auf die Diele begleitet. Dort traf er auf die engsten Freunde des Hausherrn, Herman Langhe und Johan Cleesken, die ihn deutlich reserviert vorbeiließen.

»Was will der denn hier?«, flüsterte Cleesken absichtlich so laut zu Langhe hinüber, dass Simon es mithören musste. »Dass er es wagt, nach all dem, was er angerichtet hat, der Hausherrin unter die Augen zu treten.«

»Man erzählt sich«, ließ Langhe ihn in ebenso aufdringlichem Flüsterton wissen, »er unterhalte die besten Verbindungen nach der Westsee und versorge die Familie ab und an mit zweifelhaften Nachrichten über die Reise des Hausherrn.«

Simon ließ sich nicht beirren. Aber als müsse er sich legitimieren, trug er den Brief vor sich her und steuerte auf die schöne Abeke zu, die sich mit Pater Hiob unterhielt. Die glaubensstarke Frau wirkte gefestigt: »Ich kann Euch gar nicht sagen, wie sehr ich Euch für die Beiziehung des Bremer Exorzisten dankbar bin. Gut, dass er da war, zumal Ihr auch schon einmal schwach wurdet. Ja, ja! Keine Widerrede, mein lieber Pater Hiob! Ich habe es wohl bemerkt, aber längst verziehen.«

Die letzten Bemerkungen bekräftigte sie, indem sie ihm wie einem kleinen Jungen die Wangen tätschelte und dabei mild lächelte.

»Aber er«, fuhr sie fort, »er, der Exorzist, dieser Bremer Diakon! Was für ein starker, wertvoller Mensch er ist! Schon wie er die Masse durch seine Körpergröße überragt! Wenn so jemand auch schon einmal in unserer Domkirche amtieren darf, das zählt vor Gott, mein Lieber – und wie das zählt! Ich habe noch nie einer derart zu Herzen gehenden Zeremonie beigewohnt. Es ging ja alles gut, bis dieser schreckliche … Ach! Seht an! Kaum redet man vom Teufel … Ich traue meinen Augen nicht! Was will der denn hier? Ich werde ihm gleich noch einmal sagen, was …« Und sie schritt zur Tat.

»Ihr, Simon von Utrecht«, fuhr sie ihn an, »Ihr wagt es noch, mein Haus …«

Der ließ sie nicht ausreden. »Ich hätte es wirklich gern, und zwar liebend gern vermieden, Euch aufzusuchen, wenn nicht ein Brief aus Lissabon mich dazu verpflichten würde. Erlaubt, dass ich Euch umgehend über den Inhalt in Kenntnis setze. Ich bin dann auch gleich wieder fort.«

Ein Brief aus Lissabon? Was hatte das zu bedeuten? Plötzlich angespanntes Schweigen ringsum.

Pater Hiob trat noch einen Schritt beiseite. Seinen scharfen Augen entgingen nicht Absender, Anschrift und das Wappen des Kontors in Brügge auf dem Siegel. Er las für sich: »›*Per me*...‹ – aha: ›Durch mich‹ –, jetzt müsste der Name kommen, richtig, ›Vicke van Ghellersern an Symon van Utrecht, Hamborch‹.«

Simon gab sich einen Anstrich von Förmlichkeit und sprach langsam und deutlich, damit die ganze Versammlung ihn gut verstehen könne: »Ich bedauere, Euch allen eine höchst traurige Nachricht überbringen zu müssen.«

Die innere Bewegung schien ihm Tränen in die Augen zu treiben: »Ich bring es gar nicht fertig, es Euch zu sagen. Es ist furchtbar, ganz furcht...bar! Ich verdanke dieses Schreiben dem mir gut bekannten Zolleinnehmer der Stadt Lissabon, einem Ehrenmann, wenn ich das hinzufügen darf. Also hier, mit seinen Worten:

›Aufgrund der hernach eingetretenen geistigen Verwirrung hat sich der Hamburger Kaufmann Nikolaus Schoke am heutigen Tage allhier zu Lissabon das Leben genommen, indem er sich von einem der Türme der hiesigen Sé-Kathedrale stürzte. Da wir hier nicht mehr wissen, als dass er Nikolaus Schoke hieß, und sonst über keine näheren Angaben verfügen, bitte ich Euch, Simon von Utrecht, diese Nachricht an Angehörige weiterzuleiten. Es trifft sich, dass noch heute Mittag ein Schiff nach Brügge von hier ausläuft. Der Schiffer wird bemüht sein, diesen Brief nach Hamburg weiterzuleiten.‹«

Frau Abeke hatte stumm zugehört. So leicht war sie nicht aus der Fassung zu bringen. Sie wollte die Nachricht nicht glauben und bat Simon, das Schreiben ein zweites Mal vorzutragen.

Was mochte es nur gewesen sein, überlegte sie, das den besonnenen Nikolaus dazu hätte bringen sollen, den sündhaften Freitod als letzten Ausweg zu wählen? Irgendetwas konnte an dieser Nachricht nicht stimmen.

»Ihr mögt entschuldigen, Simon von Utrecht, aber es besteht kein Anlass, diesem Schreiben und Euch zu glauben«, stellte sie fest.

Simon trat an den großen Tisch in der Mitte des Raumes, legte den geöffneten Brief darauf und stützte sich mit den Fingern der rechten Hand daneben ab, um, wie es die Advokaten zu tun pflegten, seine Aussage wenigstens durch eine kraftvolle Geste zu untermauern. Seiner Sache nicht sicher, suchte er nach Worten: »Mir – das heißt uns allen, darf ich wohl annehmen, oder? – ist schmerzlich bewusst – das Jahr ist beinahe vollendet und die Schifffahrt geschlossen, nicht wahr? Nikolaus Schoke war vom Rat der Stadt auf eine Dienstreise geschickt worden, von der er bisher nicht zurückgekehrt ist. Er kann ja auch nicht zurück sein, er ist gesprungen – von einem Kirchturm. Der Zolleinnehmer in Lissabon – ein äußerst zuverlässiger Mann – hat es mir geschrieben. Jeder, der will, kann es lesen.«

Die Anwesenden bemerkten Simons Betroffenheit, blickten einander betreten an und begannen zu tuscheln.

Noch während Simon dem Nachklang seiner eigenen Worte lauschte, griff Pater Hiob nach dem Schreiben und zog es Simon unter der Hand weg. Dann begann er, daraus vorzulesen: »›Insofern war Euer Schreiben äußerst wirkungsvoll. Aufgrund der hernach eingetretenen geistigen Verwirrung hat sich der Hamburger Kaufmann …‹«

Pater Hiob starrte weiter auf das Schreiben und fragte mit einem lauernden Unterton: »Was heißt das eigentlich? Hattet Ihr ihm etwa zuvor geschrieben? Was hattet Ihr denn geschrieben, Simon, das so wirkungsvoll gewesen sein könnte, Nikolaus Schoke in den Wahnsinn zu treiben?«

Jetzt erst bemerkte Simon, wie durchtrieben der englische Zolleinnehmer in Lissabon den Brief abgefasst hatte und ihm, Simon, die Schuld an einem schrecklichen Ereignis zuschob! Zwar hatte er auf einem ersten Blatt seines Briefes einen untoten Störtebeker als Verfasser erfunden, um diesen ungläubigen Thomas, als den er Schoke durchschaut hatte, endlich von dem Weiterleben Störtebekers zu überzeugen.

Auf einem zweiten Blatt des Briefes, das der Hafenmeister dem Adressaten unterschlagen haben musste, war das Spiel mit dem Untoten als Briefschreiber durch viele Beweise für einen im Diesseits weiterhin tätigen Störtebeker erklärt worden. Man musste es nur beiseitelassen, um Störtebekers Richter, nämlich Schoke, in tiefste Ausweglosigkeit zu manövrieren.

War das Fehlen des zweiten Blattes Nikolaus Schoke zum Verhängnis geworden? Simon fühlte sich nicht wohl in seiner Haut und versuchte, einer ihm nicht gerade wohlgesinnten Gesellschaft den Vorgang zu erläutern. Aber niemand hörte ihm zu.

Nur Johan, Nikolaus' Bruder, trat auf ihn zu und sagte leise: »Ich glaube Euch.« Er fügte noch leiser hinzu: »Ich danke Euch für Euer tapferes Einschreiten gegen die Mörder unserer kleinen Nichte Greteken.«

Hiob hörte es und protestierte. In seiner Wut griff er nach einem Humpen und hieb ihn dem Utrechter ins Kreuz, dass er einen Schmerzenslaut ausstieß und aus dem Haus flüchtete.

Ein schwerer Windstoß erschütterte das Haus und ließ die Haustür auffliegen. Die Kerzen auf dem Tischleuchter erloschen. Der immer noch durch die Gassen heulende Wind hatte längst die Wolken fortgeblasen. Urplötzlich ebbte das Tosen ab – Stille! Man schaute bedrückt aus der Dunkelheit der Diele durch die aufgestoßenen Türflügel in den nachtblauen, vom Mondlicht erhellten Himmel, vor den sich jetzt die schwarze Silhouette einer schlanken, breitbeinig dastehenden Gestalt in einem halblangen Mantel schob. Der Mondschein fasste die Silhouette mit einem Silberrand ein, der über dem nassen Hut und dem nassen Mantel wie weißes Feuer funkelte. In der Rechten sah man einen langen Stab, der dumpf auf den Dielenboden aufsetzte, als die Gestalt noch einen Schritt weiter in das Haus trat.

»Nein!«, schrie Pater Hiob mit schriller Stimme. »Schließt die Tür! Lasst ihn nicht herein! Er gehört nicht zu uns, nicht zu den Lebenden – da steht ein Toter, ein Untoter! Mit der Flut kam heute ein Geisterschiff in den Hafen. Ich hab es selber gesehen!«

Hiob kam nicht mehr bis zum Hauseingang, stand wie gelähmt. Er konnte und wollte nicht wahrhaben, was er ahnte.

Abeke blieb unverrückt an ihrem Platz. »Ich wusste es«, hörte man sie flüstern. »Ich wusste, dass er wiederkommt, der in Pflichten treue Ehemann! So sind denn Ehe und Familie vor Gott wiederhergestellt. Jesus und Maria sei Dank!«

Schoke ging auf Abeke zu und umarmte sie. Und Tydeken, seine Jüngste, die sich zuvor hinter der Mutter versteckt gehalten hatte, drängte sich dazwischen und umklammerte ein Knie des Vaters. »Welch eine Überraschung«, stieß er heiser hervor, »die ganze Familie hier gesund und munter anzutreffen! Mir war so, als hätte ich auch noch Simon von Utrecht gesehen, wie er das Haus verließ. Gibt es einen Grund zum Feiern, von dem ich nicht weiß? Lasst mich raten: Meinetwegen?« Ohne eine Antwort abzuwarten, fuhr er fort:

»Ach nein – woher hättet ihr wissen sollen, dass ich gerade heute…«

Abeke schwieg. Schoke fühlte Unsicherheit in sich aufkommen. Ihm fiel auf, dass alle versammelt waren, nur sein Greteken fehlte.

»Was hat es mit der Totenkrone auf sich, die ich am Eingang gesehen habe?«, fragte er ängstlich. Verlegen schaute er sich noch einmal in der schweigenden Runde um, stutzte und fragte weiter: »Und wo, liebe Abeke, habt Ihr unser Schätzchen, unser Greteken, versteckt?« Abeke wartete einen Augenblick. Aller Augen richteten sich auf die Hausherrin.

Dann sagte sie – nein, sie verkündete ohne jede Bewegung: »Sie ist zum Herrn eingegangen. Gott sei Lob und Dank! Ihren Leib und den ihrem Leibe innewohnenden Dämon haben wir gestern außerhalb der Kirchhofmauer verscharrt.«

Die Nachricht traf Schoke wie der Fausthieb eines Riesen. Ihm war, als würde alles in ihm zusammengepresst. Er fror, er zitterte – er allein! Wieso war da sonst niemand, der mit ihm litt? Hatten sie nicht auch die fürchterliche Nachricht anhören müssen? Er sah die Gesichter in der Runde nur eine entrückte Freude ausstrahlen, eine einverständige Glaubensgewissheit. Was war mit Johan, dem Bruder? Wenn er doch wenigstens den Seemann fände, den er so mutig im Traum erlebt hatte!

Hier lief jetzt alles durcheinander. Nikolaus Schoke wusste nicht, wohin er sich wenden sollte.

Abeke murmelte: »Wenigstens ist ihre Seele gerettet.«

Johan Schoke widersprach: »Was heißt hier, die Seele retten? Man hätte ihr Leben retten müssen, und ohne Leben hält sich nun mal keine Seele auf Erden.«

Der Streit wurde heftiger.

»Leib und Leben, lasst es dahinfahren! Rettet die Seelen!«

»Wart Ihr bereits einmal tot, dass Ihr dies zu beurteilen wagt?«

»Der Glaube ist das einzig Entscheidende …«

Jeder wusste es besser, und alle schrien und gestikulierten durcheinander.

Schoke war am Ende. Alles widerte ihn an. Diese Gesichter, in denen sich eine törichte Heilsgewissheit widerspiegelte! Er konnte sich den Streit der Besserwisser nicht länger mit anhören. Sein geliebtes Kind war tot! Das Einzige, was ihn beschäftigte, war die im Traum erfahrene Wahrheit über eine grausame Hinrichtung seiner Tochter. Die Mörder waren noch stolz darauf, der Stadt und dem Land einen Dienst und dem Mädchen etwas Gutes getan zu haben! Das schwarze Blut, das sie spie – das soll der Teufel gewesen sein, der an der Regenflut schuld gewesen wäre? Wo hört die christliche Religion auf, und wo beginnt die Zauberei? Hatte nicht er selbst am Morgen noch den Wind mit teuflischen Praktiken herbeizaubern wollen? Bin auch ich, fragte er sich verzweifelt, sind wir nicht alle schuldig an Gretekens Tod? Niemals hätte er diese lange Reise antreten dürfen. Alles, was er auf der Reise erfahren und erlebt hatte – war das angesichts dieses Verlusts nicht ganz und gar unerheblich? Nein! Und nochmals nein!

So, nur mit den eigenen Gedanken beschäftigt, hatte er das Haus verlassen – niemand schien es bemerkt zu haben. Er spürte es deutlich: Er wurde dort nicht mehr gebraucht.

Schoke lief planlos durch die Stadt und geriet eher zufällig in die tiefer liegenden Wohngebiete. Das Wasser war wieder abgelaufen und hatte Schlamm, Dreck und Trümmer in den Straßen hinterlassen.

Zynisch verglich er das, was ihm in den Straßen an Unrat

entgegenquoll, mit seinem Inneren: Genau so sah es in seiner Seele aus, nachdem der Sturm hindurchgefegt war.

Da stand jemand vor ihm – ein Seemann.

»Simon, der Piratenjäger!«, entfuhr es ihm. »Ihr wart es also, der versucht hat, meine Tochter zu retten?«

Simon fühlte sich ertappt. »Woher wisst Ihr das?«, fragte er unsicher und fuhr wie zu seiner Entschuldigung fort: »Ein Jahr, das ist eine lange Zeit. Wir haben dazugelernt – auch ich, der Piratenjäger. Ich habe Euch damals beschimpft, warum Ihr Goedeke Michel vor seiner Enthauptung so ausführlich zu Wort kommen ließet. Erinnert Ihr Euch?«

»Aber ja«, antwortete Schoke, »das werde ich mein Lebtag nie vergessen. Hätte ich auf Euch gehört, dann wäre mir zwar vieles erspart geblieben. Aber das, was er mir damals ins Ohr flüsterte, hat mich begreifen gelehrt, dass er ein anderer war, als die Anschuldigungen uns glauben machen wollten. Und so musste ich mich für ihn auf den langen Weg machen – und für mich selbst. Er darf nicht in einem Atemzug mit den Seeräubern und Mördern genannt werden, die man zu Recht verfolgt.«

Simon atmete tief durch wie jemand, der schwer zu tragen hat. Dann sagte er: »Hätten wir das nur früher gewusst und danach gehandelt – wir wären dem Frieden auf See ein gutes Stück näher gewesen.«

Schoke nickte zustimmend, dann griff er nach seiner Gürteltasche und fingerte etwas heraus, nahm es in die Rechte und streichelte es mit den Fingern der Linken. Es war zu dunkel, dass Simon hätte sehen können, worum es sich handelte.

»Was habt Ihr da, Schoke?«, fragte er.

»Ein wertvolles Erinnerungsstück«, antwortete Schoke mit bewegter Stimme. »Es ist ein Siegelring. Der ihn mir gab, war der beste Anwalt für den Frieden zwischen den Völkern, ein sefardischer Jude. Morgen werde ich seinen Bruder aufsuchen. Ich freue mich schon darauf, ihm das wertvolle Stück auszuhändigen.«

»Darf man fragen, wen Ihr damit beglücken werdet?«

»Aber ja doch! Ihr kennt ihn und schätzt ihn wie alle Hamburger: unseren Doktor Budessyn.«

Simon schwieg eine Weile. Dann sagte er leise: »Nikolaus Schoke, Ihr müsst den Ring behalten. Doktor Budessyn ist letzte Woche gestorben.«

Wahr oder wahrscheinlich?

Nachwort zu den Reliquien von Lissabon

Auch wenn es für den Liebhaber der Legenden und Mythen um ihn nur schwer zu vermitteln ist: Weder im Jahre 1400 noch davor oder danach ist auf dem Hamburger Grasbrook ein Mann namens Störtebeker hingerichtet worden.

Dies haben die von Gregor Rohmann am Museum für Hamburgische Geschichte begonnenen Forschungen geklärt. Er identifiziert Störtebeker, der von Graf Albrecht von Holland im August 1400 für eine Fehde gegen Hamburg als Kaperfahrer angestellt wurde, mit einem Mann gleichen Namens, der im Jahre 1405 zwei Mal in Gerichtsakten vermerkt wurde. Zum einen erhielt er in Danzig eine Geldstrafe, weil er als Schiffskaufmann auf einer Holk den Handelsboykott der preußischen Hansestädte gegen England missachtet hatte. Zum anderen wird er in einer englischen Klageakte als Schiffer auf einer Danziger Holk erwähnt, der vor Norwegens Küste ein englisches Schiff aus King's Lynn überfallen hatte. König Henry IV. von England schließlich stellte im Jahre 1413 sein großes Interesse an diesem stets erfolgreichen Kaperfahrer unter Beweis, indem er ihn und seine Holk mit 40 Männern an Bord in seinen Schutz nahm.

Störtebeker hat also 1413 noch gelebt, und es gibt nicht eine einzige bekannte zeitgenössische Quelle – weder in Hamburg noch an irgendeinem anderen Ort –, die dem widerspräche und seine Hinrichtung auf dem Hamburger Grasbrook bestätigen würde. Diese neuesten Erkenntnisse über die historische Figur Störtebeker sind bereits in meinen Roman *ZEELANDER* eingeflossen.

Das Eingangskapitel des hier vorliegenden Romans *DIE RELIQUIEN VON LISSABON* beginnt mit der gut abgesicherten Darstellung der Gefangennahme und Hinrichtung Goedeke Michels. Die offizielle hansestädtische Propaganda machte aus ihm einen Seeräuber und Verbrecher, obwohl er wie Störtebeker als »Söldner zur See in fürstlichem Auftrag« – legitimiert durch Kaperbriefe – tätig geworden war. Ungefähr achtzig Jahre nach diesen Ereignissen hat schon Albert Krantz (1448–1517), Domlektor und Domdekan in Hamburg, das propagandistische Zerrbild kritisiert. Er erklärte, dass Störtebeker, Goedeke Michel und die Vitalienbrüder am ehesten noch den gewöhnlichen Soldaten seiner Zeit vergleichbar gewesen seien.

Derselbe Albert Krantz – vielseitig ausgebildet sowohl in Jurisprudenz als auch in historischen Wissenschaften und einer der besten Kenner des Reliquienwesens – hat in seiner *Wandalia* mitgeteilt, man habe den Vitalienbrüdern vor ihrer Enthauptung Reliquien des heiligen Vincentius abgenommen, die sie am Halse trugen.

Diese Nachricht mutet auf den ersten Blick geradezu absurd an. Bei welcher Gelegenheit hätten die Gebeine des zu Lissabon in einem kostbaren Schrein ruhenden Nationalheiligen der Portugiesen den Vitaliensern in die Hände fallen sollen? Man muss aber bedenken, dass Krantz zu allen einschlägigen Quellen Zugang hatte – und außerdem nachdrücklich und glaubwürdig versicherte, er sei nicht imstande, etwas der Nachwelt zu überliefern, wenn dies die Quellen nicht hergäben.

Zu gerne wüsste man, was sich wirklich hinter diesen mühsam zusammen gelesenen Gedankensplittern verbirgt.

Aber da sie alle nur mehr oder minder zuverlässig überlieferten Nachrichten entstammen, darf der Historiker nicht hoffen, auf wisseschaftlicher Grundlage das Geheimnis zu entschleiern: War Goedeke Michel tatsächlich in Lissabon? Wenn ja – wie war es ihm möglich, sich die berühmten Reliquien anzueignen? Mehr als eine allenfalls glaubhafte Lösung wird nicht zu erarbeiten sein, die mit den politischen Ereignissen, den Auswirkungen des Hundertjährigen Krieges auf Herrschaft und Kirche, auf das Zusammenleben der Völker sowie die Sicherheit der See- und Landwege in Einklang zu bringen ist.

Zu einigen Fragen hilft Alber Krantz uns weiter. Er hat sehr wahrscheinlich aus der gleichen Quelle geschöpft, die 1583 Johan Renner bei der Abfassung der *Chronica der Stadt Bremen* benutzt hat. Dort heißt es: »Goetke Michel heft ene schone Kercke to Lissabon gebuwet, dan he by dem Koninge von Portegal in grotem ansehn gewesen.« Wenn es wirklich so war, kämen für einen solchen Aufenthalt nur die Jahre 1383 und 1384 in Betracht. Nach Usurpierung der Königsmacht und Beginn des Kampfes gegen die Kastilier im Jahre 1383 hätte König João I. von Portugal die Unterstützung von Kaperfahrern im Jahre 1384 am allerdringendsten gebraucht, als Lissabon zu Lande und zu Wasser von den Kastiliern belagert wurde und die Bevölkerung Hunger litt. Die mit den Portugiesen verbündeten Engländer leisteten kaum Hilfe, brachten aber wahrscheinlich Kaperfahrer aus dem Norden mit. Zusammen mit der unbedeutenden eigenen Flotte der Portugiesen gelang es ihnen, den Belagerungsring der Kastilier kurzfristig zu sprengen und so viel an Nahrungsmitteln in die Stadt zu schaffen, dass sie die Belagerung des ebenfalls durch Hunger und Krankheit geschwächten Gegners durchstehen konnte.

Der Vorgang ist einem sechs Jahre später erfolgenden Handstreich der Vitalienbrüder gegen Königin Margarete von Dänemark vergleichbar. Sie durchbrachen von der Wasserseite her den Belagerungsring, den die Königin um die Stadt Stockholm gelegt hatte, und versorgten die ausgehungerte Stadtbevölkerung mit Nahrungsmitteln. Ihre Religiosität stellten sie nach dem Sieg in Stockholm mit der Stiftung eines Epitaphs unter Beweis.

In Lissabon soll nach der Bremer Chronik Goedeke Michel eine Kirche gestiftet haben. Hat man ihm zum Dank für eine wirkungsvolle Teilnahme an dem Kampf auf dem Tejo Reliquien zur Verfügung gestellt? Die Quellenlage ist so dürftig, dass man an ihr für die Ergründung des wirklichen Geschehens keine Stütze findet.

Durch Hamburger Kämmereirechnungen belegt ist allerdings dieses: 1402, ein Jahr nach der Hinrichtung Goedeke Michels und seiner Vitaliensergruppe, hat der Hamburger Ratsherr Nikolaus Schoke, auf Kosten der Stadt, eine Reise nach Santiago de Compostela unternommen. Der große Hansehistoriker Karl Koppmann hat vermutet, dass diese Reise geschehen musste, um die von Albert Krantz erwähnten Reliquien des heiligen Vincentius wieder zurückzubringen.

Aus der Sicht Hamburgs hätte es genügt, die Lissabonner Reliquien in Santiago de Compostela abzugeben, weil Lissabon bis dahin als Suffraganbistum der Metropolitankirche Santiago de Compostela unterstellt war. Doch nach dem Befreiungsschlag der Portugiesen gegen die Versuche der Vereinnahmung durch Kastilien in den Jahren 1383/84 wurden auch die Verbindungen zum Erzbistum Santiago und zum Gegenpapst in Avignon gelöst. Portugal unterstellte sich dem Gehorsamsbereich des Papstes in Rom, der Lissabon zu einem neuen Erzbistum mit eigenen Suffraganbistümern erhob.

Die Gefahr, in Seeraub und Kaperkrieg das Leben zu verlieren, war im Westen keineswegs geringer als in Nord- und Ostsee. Solche und ähnliche Schwierigkeiten hatte zu bedenken, wer wie Nikolaus Schoke vor der Aufgabe stand, nach Santiago de Compostela zu gelangen. Mit einer Anreise über London zu beginnen wäre ein vernünftiger Schritt gewesen, weil die Engländer nicht nur die ganze französische Atlantikküste mit ihren Häfen besetzt hielten, sondern als Verbündete Portugals die gleichen Wasserstraßen befuhren und beherrschten.

Der normannische Baron Jean de Béthencourt brach mit seinen Holken am 1. Mai 1402 von La Rochelle auf und fuhr über Viveiro und La Coruña weiter nach Süden. Auf dieser Linie hätte der gleichzeitig reisende Schoke ohne weiteres dem Baron begegnen können. Der Autor hat sich daher erlaubt, Nikolaus Schoke schon ab London auf dem Flaggschiff des verarmten normannischen Adligen mitreisen zu lassen, der nämlich vor Erreichen von La Rochelle seinen Unterhalt durch Seeraub sicherzustellen pflegte. Schoke wird auf diesem Wege die Gelegenheit geboten, den Seeraub auch mal von der anderen Seite her kennenzulernen.

Nach dem Anlaufen von La Coruña war Santiago de Compostela tatsächlich in wenigen Tagesmärschen schnell zu erreichen. Man kann sich aber leicht vorstellen, dass Nikolaus Schoke – nach Erkennen der oben geschilderten neuen Machtverhältnisse im kirchlichen Bereich – vor Ort daran zweifeln musste, ob die abgelieferten Reliquien auch wirklich nach Lissabon weitergeleitet würden.

Es bot sich ihm die Alternative an, die Reise mit Jean de Béthencourt fortzusetzen und für eine ordnungsgemäße Rückgabe direkt in Lissabon zu sorgen. Doch dessen Reise führte – tatsächlich – an der portugiesischen Westküste entlang, vorbei an Lissabon und weiter über Sevilla und Cádiz nach den Kanarischen Inseln. König Enrique III. von Kastilien hatte Jean de Béthencourt beauftragt, die Inselgruppe zu unterwerfen, zu christianisieren und so dem Einfluss der Portugiesen zu entziehen.

Der Autor lässt Nikolaus Schoke den Sommer über an diesem Unternehmen teilnehmen, um die Vielfalt der unvorhersehbaren Einwirkungen, mit denen jeder Reisende zu rechnen hatte, deutlich werden zu lassen.

Man kann dem Reichtum der auf unseren Protagonisten auf dieser Reise einstürmenden Eindrücke nur gerecht werden, wenn man die topografischen Erscheinungen der berührten Städte und Häfen um 1400 berücksichtigt. Der für alle Fragen der Stadtentwicklung aufgeschlossene Ratsherr dürfte hierbei auch ein Auge auf die beginnenden Probleme der Integration von Juden und Moslems geworfen haben.

Ich schließe an dieser Stelle mit den Hinweisen zu meiner Eingangsfrage: *Wahr oder Wahrscheinlich?* Den Leserinnen und Lesern habe ich hier – zur besseren Orientierung – einige Baken und Tonnen in die Gewässer des Romans gelegt. Für den Autor galt es immer wieder, der Fantasie Einhalt zu gebieten. Sie hat mich oft wie ein Ebbstrom mit sich fort ins offene Meer gerissen, wo ich ohne Landsicht auskommen musste. Dennoch sind wir – mit fester Hand am Ruder zwischen Historie und Vorstellungsvermögen steuernd – gemeinsam an unser Roman-Ziel gelangt. Der rechte Gebrauch der nautischen Autoren-Instrumente zahlt sich eben doch aus.

Jörgen Bracker
2. März 2008

Weiterführende Literatur

Alçada Cardoso, Isabel Maria: São Vicente diácono e mártir. Lissabon 2005.

Andermann, Ulrich: Albert Krantz – Wissenschaft und Historiographie um 1500. Weimar 1999.

Bracker, Jörgen: »Störtebeker, der Ruhm der Hanseaten«, in: ders. (Hrsg.): Die Hanse, Lebenswirklichkeit und Mythos. Hamburg 1989.

Bracker, Jörgen: »Mutmaßungen über den sagenhaften Goldschatz des Piraten Claus Störtebeker«, in: Beiträge zur deutschen Volks- und Altertumskunde, Bd. 26. Hamburg 1991.

Bracker, Jörgen: »Bemerkungen zur Konstruktion und Ausstattung der Hamburger Staatsewer, Schniggen und Hukboote im Lichte der Hamburger Kämmereirechnungen«, in: Zeitschrift für Hamburgische Geschichte 83/1. Hamburg 1997.

Bracker, Jörgen: Klaus Störtebeker – nur einer von ihnen. Hansische Studien XV. Trier 2005.

Bracker, Jörgen: Zeelander – der Störtebeker-Roman. Hamburg 2005.

Carita, Helder: Lisboa Manuelina e a formação de modelos urbanísticos da época moderna (1495–1521). Lissabon 1999.

Ehbrecht, Wilfried: »Von Seeräubern, Hansen und Häuptlingen im 15. Jh.«, in: Sicken, Bernhard (Hrsg.): Herrschaft und Verfassungsstrukturen im Nordwesten des Reiches. Beiträge zum Zeitalter Karls V. Franz Petri zum Gedächtnis. Köln 1994.

Ehbrecht, Wilfried (Hrsg.): Störtebeker – 600 Jahre nach seinem Tod. Seeraub an der südlichen Nordseeküste vom 14. bis zum 16. Jahrhundert. Hansische Studien XV. Trier 2005.

Ehbrecht, Wilfried: Ebd., Ergebnisse und neue Fragen.

Hakluyt, Richard: Voyages and Discoveries. The principal Navigations, Voyages, Traffiques and Discoveries of the English Nation. London 1589.

Instituto de Estudios Canarios (Hrsg.): Fontes Rerum Canariarum XLIII. Le Canarien – retrato de dos mundos. 2 Bde. Santa Cruz de Tenerife 2006.

Koppmann, Karl: Kämmereirechnungen der Stadt Hamburg, Bd. 1–2. Hamburg 1869/94.

Koppmann, Karl: »Die Vitalienbrüder«, in: ders.: Hanserecesse: Die Recesse und andere Akten der Hansetage, Teil I: 1256–1430, Bd. 4. Leipzig 1877.

Krantz, Albert: Wandalia. Köln 1519.

Puhle, Matthias: Die Vitalienbrüder. Klaus Störtebeker und die Seeräuber der Hansezeit. Frankfurt am Main 1992.

Renner, Johann: Chronica der Stadt Bremen. Bremen 1570/80.

Rohmann, Gregor: Der Kaperfahrer Johan Stortebeker aus Danzig. Beobachtungen zur Geschichte der »Vitalienbrüder«. Hansische Geschichtsblätter 125. Jg. 2007, Trier, S. 78–119.

Glossar

Begriffe und Orte

Avis: Portugiesischer Ritterorden, der von einem Ordensmeister geführt wird.

Block, ein- oder mehrscheibig: aus Hartholz gefertigtes Gerät, das aus einem Gehäuse mit einer oder mehreren darin eingebauten Umlenkrollen für Taue besteht.

botafumeiro: riesiger, an Seilen vom Gewölbe herabhängender Weihrauchkessel in der Kathedrale von Santiago de Compostela. An hohen Festtagen wird er durchs Querhaus geschwenkt.

Brassen, brassen: Leinen, mit deren Hilfe die Rah mit dem Rahsegel gegen den Wind gestellt wird, zum Beispiel um ein Schiff aufzustoppen.

Bruch: Unterhose, an der die »Beinlinge«, das sind lange Hosenbeine, vernestelt werden.

Büttel: Gehilfe des Hamburger Niedergerichts bei Folterungen, zuständig für Unterhaltung von Gefängnissen und Richtstätten, Unterbringung und Vorführung von Gefangenen sowie Verscharrung der Hingerichteten.

Dechsel: Werkzeug aus Stahl, dass der Holzbearbeitung dient.

Dolle: auf der → Schanz eines Ruderbootes eingebautes Widerlager zur Riemenführung.

Ducht: Sitzbank in einem offenen Boot.

Dupsing: tief sitzender, derber Ledergürtel, oft mit Metallbeschlägen.

Ebbe: das Ablaufen des Wassers vom Hochwasser zum Niedrigwasser in ca. 6 Stunden und 12 Minuten.

Edenburg: von Edo Wiemken (siehe unten) als Festung auf einer Jade-Insel angelegt. Auf der Flucht vor den Hamburger Piratenjägern versuchte Goedeke Michel 1402, dorthin zu entkommen.

Fallreep: an der Bordwand festgemachte Treppe. Heute würde man »Gangway« dazu sagen.

Fehde: angesagte kriegerische Auseinandersetzung.

Festmacher: Leinen, mit deren Hilfe das Schiff an Land befestigt wird.

Flögel, auch Flügel: Wimpel, Windweiser im ➔ Masttopp.

Flut: das Auflaufen des Wassers vom Niedrig- zum Hochwasserstand in etwa 6 Stunden und 12 Minuten.

Fuder: Maßeinheit aus dem Mittelhochdeutschen, zum Beispiel für Wein. Bedeutet so viel wie »Fuhre«, »Wagenladung«.

Führung: eine dem Seemann neben seiner ➔ Heuer zustehende Möglichkeit, ein begrenztes Quantum an Handelswaren mitzuführen und auf eigene Rechnung im nächsten Hafen auf den Markt zu bringen.

Galeote: schlankes Boot, das gerudert und gesegelt werden kann. Typisch ist das große, an einer Rah geführte Dreieckssegel, das ➔ Lateinersegel.

geien, aufgeien: ein Segel mit Hilfe der Geitaue unter die Rah holen und zusammenziehen.

Geitaue: siehe ➔ geien, aufgeien.

Gezeiten: die durch Einwirkung der Anziehungskraft des Mondes rhythmisch veränderten Wasserstände, siehe ➔ Tide.

Grasbrook: die der mittelalterlichen Stadt Hamburg vorgelagerte Insel. Sie war von dieser nur durch einen Elbarm getrennt.

Großmast: der höchste Mast von mehreren auf einem Schiff.

Großsegel: das am Großmast geführte Segel.
Heuer – heuern: Lohn für Seeleute.
Hochwasser: höchster Wasserstand der auflaufenden ➔ Flut.
Holk: aus der ➔ Kogge fortentwickeltes zwei- oder dreimastiges Handelsschiff, bei dem ein kurzer Mast auf dem Heck, der »Treiber«, als Manövrierhilfe eingesetzt wird. Manchmal kommt ein kurzer, schräg nach vorn fallender Mast mit einem kleinen Dreieckssegel auf dem Vorschiff hinzu, der ebenfalls die Manövriermöglichkeiten verbessert.
Jakobsleiter: Strickleiter mit eingespleißten Holzstufen, die außenbords herabgelassen wird, um die Bordwand zu erklimmen.
kalfatern, Kalfateisen, Kalfatmoos: Abdichten der Nähte zwischen den Planken mit einem faserigen Moos, das zu einem Strang zusammengedreht und mit dem Kalfateisen in die Nähte getrieben wird.
Kaper, Kaperfahrer: Söldner, die, legitimiert durch Kaperbriefe, im fürstlichen Auftrag nach Eröffnung einer ➔ Fehde fest umrissene Aufgaben als Seestreitkräfte übernehmen.
Knoker: häufig in den Hamburger Kämmereirechnungen namentlich erwähnter ➔ Büttel.
Kogge, die oder auch der Koggen: einmastiges Handelsschiff, das mit kastenartigen »Kastellen« auf Bug und Heck zum Kriegsschiff aufgerüstet werden konnte.
Kraier: Sondertypus eines für die Wattenfahrt geeigneten kleinen Handelsschiffes.
Kurie: päpstliche Verwaltung.
Lateinersegel: auf ➔ Galeoten und anderen mediterranen Bootstypen verwendetes, an einer ➔ Rah geführtes Dreieckssegel.

Lee: die vom Wind abgekehrte Seite des Schiffes.
lenzen: Entwässern eines Schiffes.
Lenzstopfen: bei vollständiger Entwässserung eines zur Durchführung von Reparaturen an Land gesetzten Schiffes wird an der tiefsten Stelle des Rumpfes ein Loch gebohrt, das vor Rückkehr des Schiffes ins Wasser durch einen Lenzstopfen verschlossen wird.
Luv: die dem Wind zugekehrte Seite des Schiffes.
master of the ship: Schiffsführer, Kapitän.
Meister: vom lateinischen »magister« abgeleiteter Ehrentitel, zum Beispiel für den Präses eines Handwerkeramtes, Großmeister der Ritterorden, Ärzte und Gelehrte.
Niedrigwasser: niedrigster Wasserstand der ablaufenden → Ebbe.
Peekhaken: eisernes Gerät mit zweifacher Spitze, das auf eine Holzstange montiert wird. Die eine Spitze führt geradeaus, die andere ist zu einem Haken umgebogen.
Pilgerzeichen: am Hut oder Mantel der Pilgerkleidung oder am Hals getragenes Abzeichen. Die Jakobsmuschel ist ein solches Zeichen für Santiago-Pilger.
Rah: Horizontal am Mast befestigte Stenge, an der das Rahsegel mit seinem »Oberliek« (Oberkante) befestigt war.
Reliquien: aus traditionell gesicherten oder anders beglaubigten Gräbern erhobene Gebeine von verehrungswürdigen Heiligen. Weil man ihrer zu jeder Kirchengründung bedurfte, galt vom 14. Jahrhundert an auch die Aufteilung von Gebeinen eines Heiligen als zulässig.
Riemenblatt: unterer, löffelartig verbreiterter Teil eines Riemens, der im Wasser genug Halt findet, um beim Rudern das Boot nach vorn zu drücken.
Rigg: Takelage eines Segelschiffs.

Schaluppe: auf größeren Schiffen mitgeführtes, gerudertes Versetzboot.

Schanz: der aus einer breiten Planke bestehende obere Abschluss der Reling.

Schecke: einer Jacke ähnliches Obergewand für einen Mann.

Schnigge: Schnellruderer, mit zwanzig Riemen und einem schlanken ➔ Rahsegel ausgerüstet.

schwoien: gleitende Seitwärtsbewegung eines Schiffes.

Sé: Abkürzung für den Sitz des Erzbischofs von Lissabon: die Kathedrale.

Spanten: die »Rippen« des Schiffes.

Spieren: die wagerechten Rundhölzer, an denen die Segel befestigt sind.

spleißen: durch Knoten und Vernähen sichert man das Ende einer Leine. Weitere Anwendungen: einen ➔ Block oder ein Auge einspleißen, das am Ende der Festmacherleine gebraucht wird.

Spring: Vorspring: Festmacherleine, die am Bug nach achtern verläuft; Achterspring: Festmacherleine am Heck, die nach vorne läuft.

Sturm- oder Streichpfähle: verhindern vor niedrigen Kaimauern im Hochwasserbereich, dass Schiffe durch höhere Wasserstände auf Land vertrieben werden.

Tide: sie umfasst einen Wechsel von ➔ Ebbe und ➔ Flut im Zeitraum von 12 Stunden und 24 Minuten.

Tidenhub: Niveauunterschied zwischen Hoch- und Niedrigwasser.

Topp, Masttopp: Mastspitze.

Treiber: siehe unter ➔ Holk.

Trossen: schweres Tauwerk zum Festmachen oder Schleppen.

Unterliek: die untere Kante des Segels.

Urfehde: Der in einer → Fehde unterlegene Gegner schwört Urfehde, das heißt auf Rache zu verzichten und Frieden zu halten.

Vorsteven: auch Vordersteven – der Balken (bei Holzschiffen), der auf den Kiel aufgesetzt ist und in den die Planken vorne »reinlaufen«. Zum Schutz vor Beschädigungen erhält der Vorsteven einen Stevenbeschlag.

Wanten: zwei bis sechs kräftige Taue, die zu Seiten des Masts an der Außenbeplankung befestigt werden und von dort zur Mastspitze laufen. Sie halten den Mast in seiner senkrechten Position.

wriggen: mit nur einem Riemen ein Ruderboot vorwärtsbewegen, indem man den Riemen in eine Dolle am Heck einlegt, mit beiden Händen fasst und durch kreisende Bewegung das Ruderblatt so durchs Wasser führt, dass es – ähnlich einer modernen Schiffsschraube – Vortrieb entwickelt.

Personen

Die *fiktiven* Personen sind *kursiv* gekennzeichnet. Alle anderen Personen und Personenverhältnisse sind historisch belegt.

Achmet: Moslem aus Conil, Freund von → Nikolaus Schoke.

Afonso Henriquez: König von Portugal (geb. 1109 – gest. 1185). Befreit Lissabon 1147 von maurischer Herrschaft, veranlasst auf Cabo de São Vicente die Ausgrabung und Überführung der Gebeine des heiligen Vincentius nach Lissabon.

Albert II.: Erzbischof der Erzdiözese Hamburg-Bremen 1360–1395. Betrieb See- und Landraub, wurde vom päpstlichen Gericht dafür zu einer symbolischen Wiedergutmachung verurteilt.

Albrecht: Graf von Holland. Am 15. August 1400 gibt der Graf bekannt, dass er mehrere Anführer der Vitalienbrüder, so auch → Störtebeker, mit ihren Männern in Dienst genommen hat, um eine Fehde gegen seine Feinde, die Ostfriesen, die von Groningen und die von Hamburg zu unterstützen.

Albrecht III.: Herzog von Mecklenburg, König von Schweden 1364–1405 (geb. um 1338 – gest. 1412). Stellte Vitalienbrüder als Kaperfahrer ein.

Bertin de Berneval: Söldnerführer bei → Gadifer de La Salle.

Bonifaz IX.: aus Neapel, römischer Papst von 1389–1404.

Christern: Steuermann bei → Goedeke Michel.

Christian Militis: Hamburger Ratsherr und Bürgermeister 1379–1420.

Clemens VII.: Papst in Avignon 1379–1394. Von französischen Kardinälen, die → Urban VI. nicht anerkannten, als Gegenpapst gewählt.

Colin: Engländer und Steuermann auf der MARIA. Freund von → Nikolaus Schoke.

Doktor Budessyn: auch »barbatus« genannt. Arzt im Dienst Hamburgs.

Dom Martinho: Bischof von Lissabon. Eingesetzt vom Papst in Avignon. Wurde wegen seiner Zugehörigkeit zur kastilischen Partei während der revolutionären Vorgänge 1383 von einem der Türme der Sé gestürzt.

Donna Beatriz: (geb. 1372 – gest. nach 1409) Tochter von König → Dom Fernamdo I. und → Donna Leonor Teles.

Donna Leonor Teles: (geb. 1345 – gest. 1386) verheiratet mit König ➔ Dom Fernamdo I., nach dessen Tod 1383 für kurze Zeit Regentin von Portugal. Mutter der Infantin ➔ Donna Beatriz.

Edo Wiemken: ostfriesischer Häuptling 1375–1415, der versuchte, aus den Ländern Rüstringen, Östringen und dem Wangerland im Jade-Weser-Gebiet um 1400 einen Küstenstaat zu etablieren. Auf einer der zahlreichen Inseln des durch verästelte Priele geteilten Jadegebiets errichtete er 1383 die Edenburg, die unter seinem Enkel Sibet Wiemken als Sibetsburg eine wichtige Funktion hatte.

Enrique III.: König von Kastilien (geb. 1379 – gest. 1406).

Fernamdo I.: König von Portugal (geb. 1345 – gest. 1383).

Gadifer de La Salle: ➔ Jean de Béthencourts Stellvertreter.

Gerrit Jacobssone: Schiffer aus Enghuizen.

Goedeke Michel: Kaperfahrer, führendes Mitglied der Vitalienbruderschaft, (geb. um 1360 – gest. 1401), enthauptet auf dem Grasbrook.

Henneke Grubendal: Anführer einer Kapergruppe.

Henry IV.: König von England 1399–1413 (geb. 1366 – gest. 1413). Weit gereist, zum Beispiel nach Preußen 1390–1391 und 1392. Entthronte 1399 ➔ König Richard II.

Henry Yevele: englischer Baumeister, tätig in Westminster.

Herman Langhe: Hamburger Ratsherr 1391–1414.

Herman Nyenkerken: Eigner und Schiffer der BUNTEN KUH, Kaperfahrer im Dienst der Stadt Hamburg.

Hiram: Jude aus Conil. Nach seiner Zwangstaufe nannte man ihn Don Roberto. Freund von ➔ Nikolaus Schoke.

Isabel: Guanchin, war für ➔ Jean de Béthencourt als Dolmetscherin tätig.

Jean de Béthencourt: normannischer Baron, tätig für ➔ König Enrique III. von Kastilien auf den Kanaren.

João Anes: Erzbischof der Stadt Lissabon. Nachfolger des 1383 ermordeten Bischofs, eingesetzt vom Papst in Rom als erster Erzbischof der nunmehr von Santiago de Compostela unabhängigen Erzdiözese.

João I.: König von Portugal (geb. 1357 – gest. 1433). Unehelicher Sohn König Pedros I., Mitglied des Ritterordens und »Meister von Avis«, verhindert 1383 mit einer ersten bürgerlichen Revolution die Ausdehnung der kastilischen Königsherrschaft auf Portugal und übernimmt nach endgültigem Sieg über die Kastilier 1385 die Krone.

Johan Hoyer: Ratsherr und Bürgermeister der Stadt Hamburg 1389–1402.

Johan Schoke: Schiffskaufmann. Bruder des Nikolaus Schoke.

Juan I.: König von Kastilien (geb. 1358 – gest. 1390). Seine zweite Ehe mit ➔ Beatriz von Portugal, erbberechtigte Tochter König ➔ Fernamdos von Portugal und der ➔ Leonor Teles, führte zu der sogenannten Ersten Revolution in Portugal, als Juan 1383 versuchte, die Erbansprüche seiner Frau auf die portugiesische Krone durchzusetzen.

Klaus Sheld: freier Kaperfahrer, Mitglied der Vitaleinbruderschaft, der Hinrichtung im Jahr 1400 entgangen.

Konrad II.: Graf von Oldenburg (geb. ca. 1330 – gest. nach 1402). Seine Söhne beurkunden den freundschaftlichen Umgang ihres Vaters mit ➔ Goedeke Michel und ➔ Otto von Tyne.

Lubbert Overdieck: Schiffseigner und Schiffer.

Magister Wigbold: Geistlicher und Gelehrter, »Meister der sieben Künste«, kämpfte auf Seiten der Vitalienbrüder, ➔ Goedeke Michels Gefährte.

Margarete: Königin von Norwegen, Dänemark und Schweden. Auch bekannt als Margarete die Große.

Meister von Avis: Großmeister des Ritterordens von Avis, der spätere ➔ König João I. von Portugal.

Nikolaus Schoke: Hamburger Ratsherr 1395–1416 (geb. etwa 1370).

Nuno Alvares Pereira: Ordensmann und erfolgreicher Feldherr im Dienst des Großmeisters von Avis. Ruhmreicher Sieger im Kampf der Portugiesen gegen die Kastilier bei Aljubarrota.

Otto von Tyne: freier Kaperfahrer, Mitglied der Vitalienbruderschaft, 1401 zusammen mit Goedeke Michel hingerichtet.

Philipp II. der Kühne: Herzog von Burgund (geb. 1342 – gest. 1404), seit 1384 im Besitz der Grafschaften Burgund, Flandern, Artois, Nevers und Rethel. Er zwingt die flandrischen Städte unter seine Botmäßigkeit.

Richard II.: König von England 1377–1399 (geb. 1367 – gest. 1400). Starb nach Absetzung und Einkerkerung durch ➔ Henry IV. im Tower.

Santa Maria: andalusischer Kaufmannshafen bei Cádiz.

Simon von Utrecht: Schiffskaufmann, Kaperfahrer im Dienst der Stadt Hamburg.

Störtebeker: mit Vornamen Nikolaus (geb. etwa 1360 – gest. nach 1413). 1380 erwähnt im Vervestungsbuch der Stadt Wismar. Seit ca. 1390 Kaperfahrer und führendes Mitglied der Vitalienbruderschaft. Mehrfach mit Vornamen Johan genannt, zuerst am 15.8.1400 bei Ankündigung einer Fehde unter anderem gegen Hamburg.

Urban VI.: Papst in Rom 1378–1389. Erster in Rom gewählter Papst; unmittelbar nach Rückführung der Kurie von Avignon nach Rom.

William Lord de Ross: Schatzkanzler ➔ König Henrys IV.

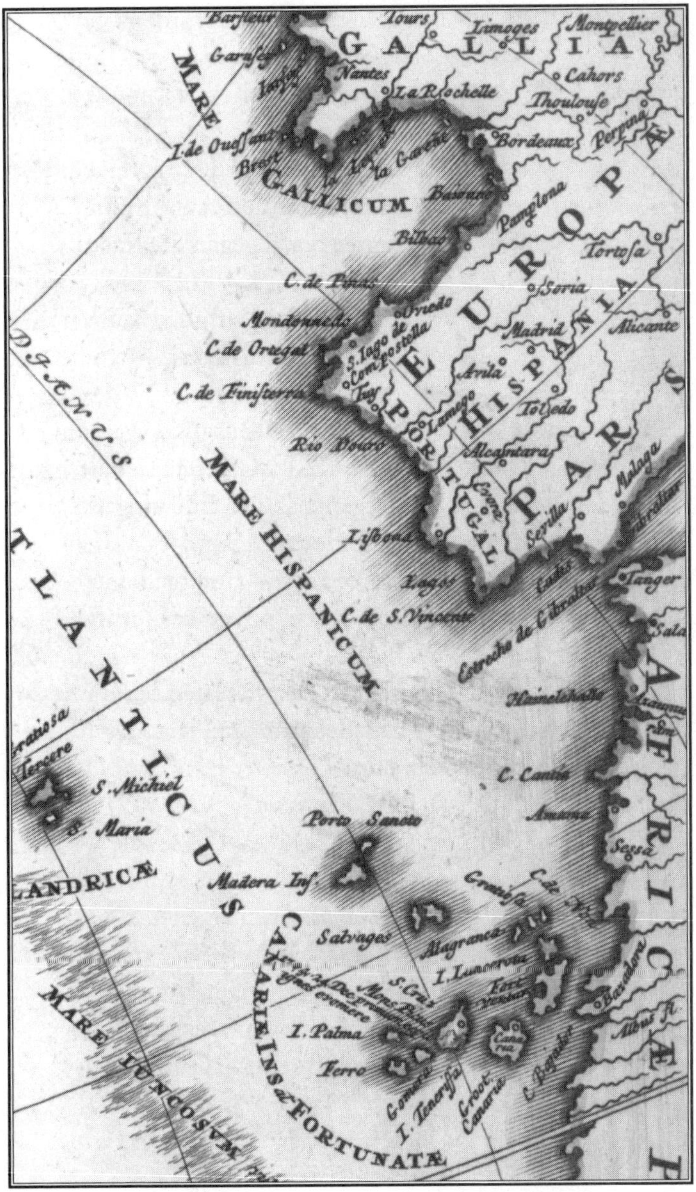

GALLIA
EUROPA
HISPANIA
PORTUGAL
MARE GALLICUM
MARE HISPANICUM
ATLANTICUS
MARE IUNCOSUM
CANARIÆ INS. al. FORTUNATÆ
AFRICÆ
Barfleur
Tours
Limoges
Montpellier
Nantes
La Rochelle
Cahors
Thoulouse
Perpinan
Bordeaux
Brest
I. de Ouessant
Bayonne
Pamplona
Bilbao
Tortosa
C. de Penas
Soria
Oviedo
Mondonnedo
Madrid
Alicante
C. de Ortegal
S. Iago de Compostella
Avila
C. de Finisterra
Tuy
Lamego
Toledo
Rio Douro
Alcantara
Malaga
Sevilla
Lisboa
Lagos
Cadis
Tanger
C. de S. Vincente
Estrecho de Gibraltar
Sala
Tercere
S. Michiel
S. Maria
Porto Sancto
C. Cantin
Madera Ins.
Sessa
Salvages
I. Lancerota
I. Palma
Ferro
Gomera
I. Teneriffa
Groot Canarie
Canaria
C. Bojador
Albus fl.

Über den Autor

© Michael Zapf

JÖRGEN BRACKER, Jahrgang 1936, promovierte 1965 in Münster/Westfalen und wirkte von 1965 bis 1976 als wissenschaftlicher Mitarbeiter des Römisch-Germanischen Museums in Köln an Ausgrabungen, Ausstellungen und der Einrichtung des neuen Museumsgebäudes mit. Von 1976 bis zum Ende des Jahres 2001 leitete er als Direktor und Professor das Museum für Hamburgische Geschichte. Die Neugestaltung der Schausammlungen und die von Katalogwerken begleiteten Sonderausstellungen zur Geschichte Hamburgs vom 9. bis zum 20. Jahrhundert bestimmten sein dortiges Wirken. Seit der von ihm 1989 in Hamburg und Rostock präsentierten Ausstellung »Die Hanse – Lebenswirklichkeit und Mythos« galt sein besonderes Augenmerk der durch Seeraub und wirtschaftlichen Niedergang gekennzeichneten Krise der Hansezeit um 1400.

Nach seinem Störtebeker-Roman *ZEELANDER* legt Jörgen Bracker mit *DIE RELIQUIEN VON LISSABON* seinen zweiten Roman vor.

Antje Joel & Robert Lebeck

Sylt Stories

128 Seiten, mit zahlreichen Fotografien

ISBN 978-3-938017-76-0

Sylt ist »die Insel«, das Lieblingseiland der Deutschen. Quasi-Vorort von Dortmund, München, Berlin und Hamburg zugleich. SYLT STORIES ist ein Buch über Sylt wie kein anderes.

Natur, Kult, Kommerz und Autoaufkleber. Boutiquen und Dünen. Promis und Prolls. Antje Joel war auf »der Insel«. Wie kaum jemand anders versteht sie es, die lauten, bunten Welten gegen den Strich zu lesen. Sie ist eine Meisterin des Stils – ohne Zurückhaltung vermag sie in schwebender Distanz zu bleiben. Wie Robert Lebeck, von dem die Fotos aus den 60er und 90er Jahren stammen. Stilsicher, intim und seriös zugleich.

»Joels Wiedersehen mit der Insel ist eine literarische Reisereportage, eine intime Annäherung an diese Insel, auf der früher mal fast alle nackt waren und wild – wie die meisterhaften Bilder des Fotografen Robert Lebeck erzählen.«

Der Spiegel

»Star-Fotograf Robert Lebeck zeigt seine besten Sylt-Bilder in einem neuen Buch.« *Gala*

»Erfrischend, brillant und frei von gekünstelten Stilisierungen kommt der Erzählband ›Sylt Stories‹ daher. In Joels Erzählungen verstecken sich viele kleine, teils unbewusste Liebeserklärungen an die Insel.« *Sylter Rundschau*

MURMANN